STEPHEN BAXTER

Anti-Eis

Roman

Aus dem Englisch
MARTIN GILBERT

Deutsche Erstausgabe

WILHELM HEYNE VERLAG
MÜNCHEN

HEYNE SCIENCE FICTION & FANTASY
Band 0605891

Titel der englischen Originalausgabe
ANTI-ICE
Deutsche Übersetzung von Martin Gilbert
Das Umschlagbild ist von Chris Moore

Umwelthinweis:
Dieses Buch wurde auf
chlor- und säurefreiem Papier gedruckt

Redaktion: Wolfgang Jeschke

Englische Erstausgabe 1993 by HarperCollins*Publisher,* London
Mit freundlicher Genehmigung des Autors
und HarperCollins*Publisher,* London

Printed in Germany August 1997
Umschlaggestaltung: Atelier Ingrid Schütz, München
Technische Betreuung: M. Spinola
Satz: Schaber Satz- und Datentechnik, Wels
Druck und Bindung: Presse-Druck, Augsburg

ISBN 3-453-12672-6

Meiner Mutter gewidmet

Inhalt

Prolog

Ein Brief an den Vater

7. Juli 1855
Vor Sewastopol

Mein lieber Vater,

Ich weiß kaum, wie ich Euch anreden soll nach dem schändlichen Vorfall, der mich dazu bewogen hatte, mein Elternhaus zu verlassen. Ich weiß sehr wohl, daß ein volles Jahr verstrichen ist, ohne daß ich Euch eine Nachricht habe zukommen lassen, und ich empfinde nur tiefe Scham wegen meines Schweigens. Ich kann Euch versichern, bei dem Gedanken, daß Ihr, Mutter und Ned vielleicht geglaubt habt, ich würde irgendwo im entferntesten Winkel Englands liegen, einsam, mittellos und dem Tode geweiht, fühle ich mich schuldig.

Nun, Sir, die Liebe und die Pflicht in Verbindung mit den außergewöhnlichen Ereignissen der letzten Tage haben mich dazu bewogen, mein Schweigen zu brechen. Vater, ich bin am Leben und gesund und kämpfe in der 90. Leichten Infanterie im Krimkrieg für die Sache des Empire! Ich beginne diesen Bericht in den Ruinen einer russischen Festung, die wir als Redan bezeichnen – so geheißen wegen ihres dem französischen ›Zahn‹ nachempfundenen Grundrisses. Ihr müßt wissen, daß es sich hierbei um ein schlichtes, jedoch wirkungsvolles Schanzwerk aus Sandsäcken und Erdwällen handelt – vor den Ruinen von Sewastopol. Es bestehen bei mir keine Zweifel daran, daß meine bisherigen Ausführungen Euch schon hinlänglich überrascht haben – und ich hege die Hoffnung, daß Euer Herz von der Kunde meines Überlebens bis zum heutigen Tage berührt wird – und nichtsdestoweniger solltet Ihr Euch für noch Erstaunlicheres wappnen, lieber Vater, im Verlauf der Geschichte, die ich zu erzählen habe. Sicherlich habt Ihr in Russells Meldungen an die Zeitung *The Times* von der kürzlich erfolgten Erstürmung der Festung Sewastopol durch diesen Traveller und seine infernalische Anti-Eis-Granate gelesen. Sir, ich habe das alles mit eigenen Augen gesehen. Und, angesichts meiner ewigen Schande, betrachte ich mein Überleben als ein unverdientes Geschenk des Herrn, wo so viele gute Kameraden – Franzosen und Türken ebenso wie Engländer – neben mir gefallen sind.

Ich schulde Euch eine Erklärung dafür, was mir widerfahren ist, seit ich *Sylvan* an jenem dunklen Tage im vergangenen Jahr verließ, und wie es mich an diese entfernten Gestade verschlagen hat.

Wie Ihr wißt, hatte ich nur ein paar Schillinge in der Tasche. Ich verachtete mich selbst, Sir, und schämte mich; in dem Bestreben, meinen Fehler wieder gutzumachen, bestieg ich die Schwebebahn nach Liverpool und meldete mich dort beim 90. Regiment. Ich trat als einfacher Soldat ein; ich verfügte natürlich nicht über die Mittel, einen Offizierstitel zu erwerben, und überhaupt hatte ich beschlossen, in die Niederungen der Gesellschaft hinabzusteigen, mich unter die Niedrigsten der Niedrigen zu mischen, um mich so von meinen Sünden reinzuwaschen.

Eine Woche nach meiner Ankunft in Liverpool wurde ich nach Clatham abkommandiert und verbrachte dort einige Monate, um eine Ausbildung als Soldat des Empire zu absolvieren. Dann, entschlossen, mein Leben dem Willen des Herrn zu überantworten, meldete ich mich im Februar dieses Jahres freiwillig bei der 90. Leichten Infanterie, um hier, im Türkischen Krieg, eingesetzt zu werden.

Als ich auf meinen Transport wartete, in der Überzeugung, daß auf den entfernten Schlachtfeldern der Krim nur der Tod meiner harrte, war mein Verlangen, Euch zu schreiben, am heftigsten; aber mein Mut – der mich hier durch die grausamsten Gemetzel gerettet hat – schwand angesichts einer so trivialen Aufgabe, und so verließ ich England ohne ein Wort.

Nach fünfzehn Tagen erreichten wir Balaclava, und dann hatten wir noch einen mehrtägigen Marsch auf der Straße nach Norden zu den alliierten Stellungen um Sewastopol vor uns.

Ich bitte Euch um Geduld, wenn ich die Situation beschreibe, die ich dort vorfand; wenn auch Korrespondenten wie Russell die Heimat schon erschöpfend über den Feldzug unterrichtet haben, wird Euch vielleicht doch die Perspektive eines gemeinen Infanteristen des Heeres – denn ein solcher bin ich, und zwar mit Stolz – interessieren.

Sir, Ihr wißt, weshalb wir hier sind.

Unser Empire umspannt die ganze Welt. Und unser Dominion wird zusammengehalten durch Verbindungen, die unsere Lebensadern darstellen: Straßen, Eisenbahnen, Schwebebahnen und Seewege.

Zar Nikolaus hatte auf der Suche nach einem Mittelmeerhafen seinen neidischen Blick auf das zerfallende Ottomanische Reich geworfen. Also bedrohte er Konstantinopel selbst – und unsere Verbindungen nach Indien. Bald hatte der Zar den Türken zu Lande und zu Wasser geschlagen; und so erklärten wir ihm, die Franzosen an unserer Seite, den Krieg.

Wir traten unter dem Oberbefehl von Lord Raglan in den Krieg ein, der damals unter Wellington bei Waterloo gekämpft hatte. Vater, ich erblickte diesen großen Herrn höchstselbst, als er auf dem Wege zu einer Besprechung mit seinem französischen Kollegen Canrobert durch unser Lager ritt. Sir, der Anblick von Raglan an jenem Tage, wie er kerzengerade auf seinem Grauen saß, den leeren Ärmel in den Mantel geschoben hatte (die Franzosen hatten ihm damals den Arm weggeschossen) und uns aus aristokratischen, vor Sorge müden Falkenaugen musterte, der gleiche Blick, mit dem er seinerzeit Bonaparte selbst bezwang – ich kann Euch sagen, daß ich nicht der einzige war, der aus vollem Herzen jubelte und die Mütze in die Luft warf!

Aber schon seit dem Tage meiner Ankunft wurde hinter vorgehaltener Hand über Raglan geredet.

Raglan träumte noch von den ruhmreichen Tagen des Kampfes gegen den Korsen und bezeichnete die Russen anscheinend als ›Franzosen‹! Und natürlich gab es auch Kritik an Raglans Kompetenz als Feldherr. Schließlich lag unser erstes Gefecht mit den Russen bei Alma bereits zehn Monate zurück, bei dem wir es den Mannen des Zaren ordentlich gegeben hatten. Welch ein Schauspiel das nach übereinstimmender Meinung gewesen war; die Linien der Alliierten waren ein bunter Wald, der durch das Glitzern der Bajonette angestrahlt wurde, und die Ohren wurden von einem Tohuwabohu aus Lärm, Trommeln und Hörnern aller Art betäubt, alles vor dem Hintergrund des endlosen Summens einer marschierenden Armee. Ein Kamerad beschreibt eine Attacke einer Einheit der Grauen, deren hohe Bärenfellmützen den Feind weit überragten, während sie Rücken an Rücken kämpften und mit ihren Säbeln um sich schlugen …

Ich bedauere nur, daß ich den ganzen Spaß versäumt habe!

Doch nach dem Sieg bei Alma versäumte es Raglan, dem Feind nachzusetzen.

Vielleicht hätten wir die Russkis vor uns hertreiben, von der Halbinsel jagen und an Weihnachten schon wieder zuhause sein können! Aber es sollte nicht sein, und den Rest der Geschichte kennt Ihr ja selbst: Die großen Schlachten bei Balaclava und Inkerman, wobei vor Balaclava die noble Leichte Brigade unter dem Earl of Cardigan vollständig aufgerieben wurde. (Vater, ich sollte in diesem Zusammenhang vielleicht noch erwähnen, daß ich Anfang Mai die Gelegenheit hatte, jenes berühmte Nordtal hinaufzureiten, fast bis unter die russischen Geschütze, die das Ziel der Brigade gewesen waren. Der Boden war üppig mit Blumen bewachsen und leuchtete warm und golden im Licht der untergehenden Sonne; der Grund war mit Schrapnell und Granatsplittern übersät, und Blumen wuchsen zwischen den rostigen Fragmenten. Ich fand einen Pferdeschädel, an dem kein Fleisch mehr war und der einen von links nach rechts verlaufenden Durchschuß aufwies. Wir sahen keine Spur von menschlichen Überresten. Aber ich hörte, daß ein Kamerad einen Kieferknochen gefunden hatte – vollständig erhalten und ausgebleicht, mit einem perfekten, regelmäßigen Gebiß.)

Auf jeden Fall konnten die Russen sich halten und hatten sich – an Weihnachten – in der Festung Sewastopol verschanzt.

Nun, Vater, Sewastopol ist der bedeutendste Flottenstützpunkt der Russen in dieser Gegend. Wenn es uns gelang, diese Stadt einzunehmen, wäre die Bedrohung Konstantinopels hinfällig, und die mediterranen Ambitionen des Zaren hätten sich erledigt. Und so waren wir hier in großer Zahl aufmarschiert, mit unseren Schützengräben, Erdwällen und Minen; und – seit Weihnachten – belagerten wir die Stadt.

Diese Belagerung war – oder zumindest kam es mir so vor – eine Farce. Die Russen waren bestens mit Munition versorgt, und wir hatten keine Möglichkeit, eine Seeblockade zu verhängen – und so versorgten die Schiffe des Zaren die Stadt fast täglich mit allem Notwendigen!

Aber Raglan beschränkte sich darauf, die Russen in einen gemütlichen Stellungskrieg zu verwickeln. Und natürlich weigerte er sich standhaft, die Anti-Eis-Waffe auch nur ansatzweise in Betracht zu ziehen; ein Mann von seiner Ehre wollte mit derartigen Monstrositäten nichts zu schaffen haben.

Und in der Zwischenzeit warteten und warteten wir...

Ich kann einem zu gütigen Erlöser nur danken, daß ich Unwürdiger erst nach den schlimmsten Gemetzeln des Winters hier eintraf. Die Kameraden, die überlebt hatten, wußten alle eine Geschichte zu erzählen. Die Sommermonate waren noch angenehm gewesen, wißt Ihr, wo man gute Verpflegung hatte und sogar Zeit fand, Cricket zu spielen, improvisiert zwar, aber streng nach Reglement! Aber der Winter verwandelte die Straßen und Schützengräben in Schlamm. Es gab nur Zeltplanen – falls überhaupt –, und wenn die Männer etwas Schlaf finden wollten, mußten sie sich dazu in den knietiefen, gefrierenden Schlamm legen. Selbst die Offiziere lebten höchst unkommod; wie kolportiert wird, mußten sie in den Schützengräben ihre Säbel tragen, daß man sie überhaupt vom gemeinen Infanteristen unterscheiden konnte! Vater, das war in der Tat ein Soldatendasein ohne Lagerfeuerromantik.

Und natürlich war da auch die Dame Cholera, die sich von der Anlegestelle in Varna zu allen Stützpunkten der Halbinsel begab. Eine Choleraepidemie ist alles andere als spaßig, Sir, denn ein Mann kann sich in wenigen Stunden von einem gesunden Soldaten in einen ausgezehrten Schatten seiner selbst verwandeln, und am nächsten Tag ist er tot. Daß unter solchen Umständen die Disziplin und soldatische Haltung aufrechterhalten wurde, spricht nur für die Stärke dieser Burschen; und ich wage zu behaupten, daß der englische Soldat viel mehr leistet als der französische, ungeachtet der angeblich besseren Verpflegung unserer Alliierten.

Aber ich habe indessen meine eigene Theorie zur Verpflegungslage, Vater. Ich bin nämlich der Ansicht, daß die Franzosen besser hungern können als die Engländer! Nimm einem Engländer sein Roastbeef und Ale, und er wird murren, sich hinlegen und sterben. Aber der Franzmann... ein Hauptmann Maude, ein lebensfroher

Mensch (der später nach Hause geschickt wurde, weil eine Granate in seinem Pferd explodierte und sein Bein zerfetzte), berichtete uns von einer Begebenheit, als er bei einem Leutnant des französischen Heeres zum Abendessen eingeladen war. Als er sich dem Zelt des Kameraden näherte, wurde unser Maude von den Wohlgerüchen feiner Cuisine umschmeichelt, und im Zelt hatte man einen Tisch improvisiert, ein sauberes Tischtuch ausgebreitet, und dann wurde ein Drei-Gänge-Menü serviert! Und als Maude seinem Gastgeber deswegen ein Lob aussprach, erfuhr er, daß die Zutaten aller drei Gänge ausschließlich aus Bohnen und einigen einheimischen Kräutern bestanden hatten!

Noch Fragen?!

Aber ich will mich indessen auch nicht über die Bedingungen beklagen, unter denen die einfachen englischen Soldaten zum Zeitpunkt meiner Ankunft leben mußten. Ich fand einen Speiseplan in einer Hütte, die von einem türkischen Zug errichtet worden war. Es gibt jetzt täglich Salzfleisch und Kekse, in der Tat kärgliche Rationen im Vergleich zum heimischen Luxus, aber mehr als ausreichend, um existieren zu können. Und gepanschter Fusel ist uns auch nicht unbekannt, Vater. Bier ist schwer erhältlich und zudem teuer – dies gilt jedoch nicht für Schnaps. Es gibt da zum Beispiel ein Gift namens ›Raki‹, das von den einheimischen Bauern bezogen werden kann. Mehr als einmal habe ich Soldaten gesehen, darunter auch Offiziere, die betrunken von diesem Zeug durch die Gegend getaumelt sind. Ein derartiges Verhalten wird natürlich nicht gebilligt. In diesem Zusammenhang kann ich erzählen, was einem prächtigen Kameraden unserer Kompanie widerfahren ist, einem über sechs Fuß großen Burschen, der ein guter Soldat war, jedoch der Trunksucht verfallen. Das Antreten zur Bastonnade findet immer am frühen Morgen statt, vor dem ganzen Regiment; in diesem Fall lag die Temperatur unter null Grad, und es wehte eine stramme

Brise. Unser Soldat wurde an Händen und Füßen auf ein aus Bahrenstangen gefertigtes Dreieck gebunden und der Rücken freigelegt. Ein Trommler schwang die neunschwänzige Katze, während der Tambourmajor die Streiche zählte. Vater, der Bursche schluckte sechzig Hiebe ohne einen Laut, obwohl das Blut schon nach einem Dutzend Schlägen floß. Als es vorbei war, richtete er sich stramm auf und grüßte seinen Oberst. »Ein warmes Frühstück, das Ihr mir an diesem Morgen serviert habt, Euer Ehren«, meinte er; und dann wurde er ins Lazarett geschafft.

In aller Bescheidenheit, Vater, ich melde, daß seit dem Tage, als ich Euer Haus unter solch unglücklichen Umständen verließ, kein Ton der Klage über meine Lippen gekommen ist.

Nun – ich kann Euren Aufschrei schier hören! – werde ich Euch die wichtigsten Ereignisse der letzten Tage berichten; und dann, wenn Ihr geneigt seid, mir so weit zu folgen, werde ich mit einem Bericht über meine eigene Disposition enden.

Sewastopol ist ein Marinehafen an der Schwarzmeerküste. Ihr könnt Euch eine breite Bucht vorstellen, die von Westen, vom Meer, nach Osten verläuft; die Stadt schmiegt sich an die Südseite dieser Bucht. Und die Stadt wird durch einen schmalen Meeresarm in zwei Hälften geteilt, der sich von der Bucht aus etwa zwei Meilen nach Süden hinzieht.

Vater, die praktische Konsequenz dieser Sache ist die, daß es zweier separater Armeen bedarf, um die Stadt einzunehmen; eine Heeresgruppe, welche eine Seite angreift, könnte nämlich der Streitmacht, welche auf die andere Hälfte marschiert, keine Unterstützung zuteil werden lassen, eben wegen der Existenz dieses Meeresarmes. Und deshalb hatten wir und die Franzosen auf beiden Seiten des Meeresarmes Position bezogen – die Franzosen auf der linken, die Briten auf der rechten.

Die russischen Verteidigungsstellungen wirken – oder

wirkten – schwach, besetzten jedoch strategisch bedeutsame Positionen und waren schon aufgrund der Geländebedingungen stark befestigt. Ich habe z. B. bereits die eingegrabene Batterie namens Redan erwähnt, die aus siebzehn schweren Geschützen bestand.

Ich erinnere mich, wie wir uns eines Tages der Stadt auf vielleicht eine Meile näherten, um ihre Umgebung zu erkunden. Von einem Hügel aus konnte ich die stolzen russischen Kriegsschiffe sehen, die wie graue Gespenster in der Bucht ankerten, und die Einwohner von Sewastopol, die völlig gelassen durch die Straßen gingen, als ob die einhundertvierzigtausend Mann, die ihren Hafen belagerten, nur ein Traum wären. Aber weniger traumhaft waren die Festungen, die unsere Stellungen überschauten. Große schwarze Geschütze blinzelten mich durch die Luken an, und als ich mich zu deutlich zeigte, erschien ein Rauchwölkchen, und ich vernahm ein Zischen, als die Kugel über meinen Kopf hinwegflog; sie hatten sich nämlich sehr gut eingeschossen.

Ich habe bereits erwähnt, daß die Belagerung schon viele Monate andauerte, und nicht wenige Männer, deren Motivation durch diese Stagnation allmählich schwand, sagten hinter vorgehaltener Hand, daß Lord Raglan, der von glorreichen Zeiten träumte und noch der traditionellen Kriegsführung verhaftet war, nicht über die geistige Flexibilität verfügte, dieses Problem Sewastopol zu lösen.

Dann, Anfang Mai, erfuhren wir, daß solche Ansichten auch im Offizierskorps kursierten. Eine Gruppe Offiziere schloß sich uns an; die Herren kamen offensichtlich frisch aus England, denn ihre Epauletten glänzten hell. Sie wurden von General Sir James Simpson kommandiert, einem stämmigen Gentleman mit martialischem Blick. Sie wurden von einem Zivilisten begleitet: Einem komischen, ungefähr fünfzig Jahre alten Kauz, der über sechs Fuß groß und mit einer Nase gesegnet war, die an den Schnabel eines Habichts erinnerte; er hatte tiefschwarze Koteletten und trug einen Zylinderhut, der ihn zehn Fuß groß wirken ließ. (Die Legende berichtet, daß eines Tages eine verirrte Russki-Kugel – von der Art, die ständig wie winzige, tödliche Vögel über unsere Reihen hinwegsirrten – ein schönes Loch in dieser Kopfbedeckung hinterließ; und der Gentleman, die Ruhe selbst, nahm das Stück ab, begutachtete das Loch und tat kund, daß er gleich nach seiner Rückkehr nach England die Rechnung für die Ausbesserung bei der Botschaft des Zaren einreichen würde!) Dieser Bursche bahnte sich einen Weg durch den Schlamm, schaute in unsere Unterstände, musterte unsere Invaliden und anderen Siechen, und seine Betroffenheit und schlechte Stimmung waren für jedermann erkennbar.

Ich hoffe, daß Ihr anhand meiner Beschreibung den berühmten Sir Josiah Traveller identifizieren werdet, den Erschaffer all dieser technischen Wunder, welche die Industriellen von Manchester zuhause so berühmt gemacht haben. Aber soweit ich weiß, ist die Anti-Eis-Waffe noch nie zuvor auf einem Kriegsschauplatz eingesetzt worden.

Nun, Sir Josiah war auf die Halbinsel gekommen, um uns in ebendieser Angelegenheit zu beraten.

Ich habe den Gesprächen, die nach Travellers Ankunft stattfanden, natürlich nicht selbst beigewohnt, weswegen mein Bericht zwangsläufig auf Hörensagen beruht. General Simpson erwies sich als vehementer Befürworter des Einsatzes der neuen Traveller-Granaten, um die Stadt möglichst schnell einzunehmen. Aber Raglan verweigerte seine Zustimmmung. Würde denn der alte Herzog von Wellington solche teuflischen Gerätschaften eingesetzt haben, derselbe Herzog, der sogar untersagt hatte, Trunkenbolde auszupeitschen? (Ich kann mir zumindest vorstellen, daß Raglan so argumentiert hat.) Nein, Gentlemen, das hätte er nicht; und genausowenig würde Lord Fitzroy Raglan eine derartige Waffe gutheißen. Die im Laufe von Jahrhunderten perfektionierten traditionellen Methoden der Erstürmung einer Festung konnten einfach nicht versagen; und sie würden auch hier zum Erfolg führen.

Wie dem auch sei, Raglan setzte sich durch; und man begann mit der Planung eines Angriffs auf die Festung.

Nun, Vater, es bedarf lediglich eines flüchtigen Studiums der Taktik der Offensive, um zu erkennen, daß ein von uns durchgeführter Angriff auf eine Festung wie Sewastopol, wobei wir den Verteidigern zahlenmäßig kaum überlegen waren, nur Feldgeschütze zur Verfügung hatten und mit ungeschützten Flanken und ohne Rückzugsgebiete operieren mußten, durchaus eine Verzweiflungstat war. Nichtsdestoweniger ließen sich am 18. Juni, nach neun Monaten einer demotivierenden und nutzlosen Belagerung, die Alliierten Streitkräfte auf eine ebensolche Aktion ein.

Unser Beschuß hatte bereits zwei Wochen früher begonnen. Vater, die Granaten und Schrapnells flogen Tag und Nacht über unsere Köpfe hinweg, und die Russen beantworteten das Feuer. Ich war in diesen zwei Wochen nicht aus der Uniform gekommen, hatte immer das Gewehr an die Brust gedrückt und auch kaum geschlafen. Und als ob das Donnern der Geschütze unseren Seelenfrieden nicht schon genug gestört hätte, pflegten die Männer des Zaren uns mit Zweiunddreißigpfündern zu beharken, deren Schrapnell wie Cricket-Bälle durch unsere Stellungen fetzte, ohne Rücksicht auf die Uhrzeit, was kaum einen erholsamen Schlaf garantierte!

Schließlich, am Morgen des 18., hörten wir die Hörner und Trommeln, die uns sagten, daß der Angriff begonnen hatte. Wir stießen ein rauhes Gebrüll aus – bedenkt, daß ich mich jetzt zum erstenmal in einem realen Kampfeinsatz befand, Sir –, und ich schob meinen dummen Kopf aus dem Schützengraben, um das Gefecht besser beobachten zu können.

Durch Rauch und Dampf sah ich, wie die Franzosen

zuerst über den umgepflügten Boden vorgingen. Aber die Russen warteten bereits auf sie, und die Kameraden fielen wie mit der Sense gemäht; die Nachfolgenden traten auf die Gefallenen, und bald herrschte nur noch eine einzige Konfusion. Vater, ich befürchte, daß einige dieser tapferen Gallier in diesem ganzen Chaos im zu kurz liegenden Feuer der Alliierten umkamen.

Dann erhielten wir den Befehl zum Angriff. Wir Kombattanten stiegen aus den Gräben und gingen durch den aufgewühlten Schlamm vor, die Kehlen heiser vom Brüllen, mit vor uns glänzenden Bajonetten. Wir griffen die stärkste russische Redoute an, den Redan; unser Auftrag bestand darin, eine Sturmtruppe zu decken, die Leitern und Wollsäcke mitführte, mit denen die Steinmauern des Redan bezwungen werden sollten. Ich feuerte mein Gewehr ab, und für ein paar Sekunden strömte das Feuer der Schlacht durch meine Adern!

Leider machten die Russen das Spiel nicht mit. Die Mannen des Zaren blieben in ihren Stellungen und ließen einen Hagel aus Schrapnell und Gewehrfeuer auf uns herabregnen. Wie ich diese Minuten überlebte, werde ich wohl nie erfahren, Vater; denn überall um mich herum fielen bessere Männer als ich. Schließlich blieb ich mit einem Stiefel im weichen Schlamm eines Granattrichters stecken; ich robbte vorwärts und erreichte dann den Boden des Kraters. Nur wenige Zoll über mir verdunkelte ein Hagel aus russischem Schrapnell den Himmel, und so lag ich flach im Schlamm, wobei ich wußte, daß Aufstehen den sicheren Tod bedeuten würde.

Ich hoffe, Ihr legt es mir nicht als Feigheit aus, daß ich unten blieb, Vater; als ich in diesem Loch lag, den Gestank von Blut und Kordit in der Nase, nagte der Zorn an meiner Seele, und ich schwor mir, daß ich bei der nächsten Gelegenheit den Angriff fortführen und mein Leben teuer verkaufen würde.

Schließlich, während noch immer Kugeln um mich

herumschwirrten, kletterte ich aus dem Krater, ergriff mein Gewehr und stürmte los.

Ich wurde mit einem unglaublichen Anblick belohnt.

Sturmleitern lagen wie Zahnstocher auf der Ebene; und Männer – nein, blutige Fetzen von Männern – lagen dort verstreut, gespickt mit rauchenden Schrapnells und Granatsplittern. Nur eine Leiter, so sah ich, war wie durch ein Wunder gegen die dräuende Mauer der Festung gelehnt worden: Ihre Träger lagen verkrümmt auf einem lehmigen Haufen, dessen Basis überall von Armen und Beinen umgeben war. Und die russischen Geschütze starrten ungerührt aus jeder Öffnung der Redoute.

Es wurde zum Rückzug geblasen, und unter einem neuerlichen Schrapnellhagel unserer unfreiwilligen Gastgeber schleppten wir uns zu unseren Schützengräben zurück.

Und so endete mein erster Kampfeinsatz, Vater; und an jenem Abend legte ich mich aufgewühlt schlafen. Denn wie konnte ein derart absurdes, stümperhaftes Vorgehen den Tod so vieler guter Männer rechtfertigen?

Die nächste Woche wurde eine harte Zeit. Denn Stunde um Stunde erschienen grob zusammengezimmerte Karren zwischen unseren Zelten und Unterständen, und unsere armen verwundeten Kameraden wurden aufgeladen und über eine Rüttelpiste zum drei Meilen entfernten Lazarett an der Küste gebracht.

Ihre Schreie und das Weinen waren schrecklich anzuhören.

Und Tag und Nacht, als ob sie uns wegen unseres Versagens und unserer Frustration noch verhöhnen wollte, orgelte die russische Artillerie.

Nicht weniger beunruhigend waren die Anzeichen der Querelen, die wir unter unseren kommandierenden Offizieren registrierten. Die Lagebesprechungen fanden rund um die Uhr statt, und mehr als einmal sah ich, wie ein großer Gentleman aus Lord Raglans Zelt kam und hocherzürnt im Lager umherstiefelte, mit narbigen Wangen, die feuerrot waren vor Zorn, und weißen Handschuhen, die auf die an der Seite baumelnde Säbelscheide schlugen. Und mehrmals sahen wir den Ingenieur, Traveller, der über den Lagerplatz zu Raglans Zelt trottete und mysteriöse Pläne und andere Unterlagen bei sich hatte; und daher wußten wir, daß der Einsatz dieser seltsamen Substanz, des Anti-Eises, nun zumindest doch in Erwägung gezogen wurde.

Aber Lord Raglan selbst bekamen wir nicht zu Gesicht.

Ich stellte mir diesen Gentleman vor, Vater, sein Gesicht von Sorge und Krankheit gezeichnet und den Kopf voller Erinnerungen an Waterloo und den ›Iron Duke‹, im Auge eines Hurrikans aus Respektlosigkeit und Befragungen.

Schließlich, am 27. Juni, ließ unser Hauptmann uns antreten. Mit düsterem Gesichtsausdruck informierte er uns, daß Lord Fitzroy Raglan am Vortage, dem 26., gestorben sei; daß General Sir Simpson zu unserem neuen Oberkommandierenden ernannt worden sei; und daß wir uns in den nächsten vierundzwanzig Stunden auf einen neuen Angriff vorbereiten sollten. Diesem Angriff, so fügte der Hauptmann hinzu, würde »ein neuerliches Artillerie-Sperrfeuer von bisher nicht gekannter Intensität vorausgehen«.

Dann wandte er sich stocksteif von uns ab und sagte nichts mehr.

Wir wurden nie über die Ursache von Raglans Tod unterrichtet. Manche sagen, er sei an Enttäuschung gestorben, nach diesem letzten, gescheiterten Angriff auf die russischen Redouten; ich kann das jedoch nicht glauben. Denn noch vor einem Monat, als er unser Lager besuchte, Vater, schienen sich Sorge und Müdigkeit in dieses edle Gesicht eingegraben zu haben. Nun, Gott möge verhüten, daß Ihr jemals eines Opfers der Cholera ansichtig werdet, Sir – ich selbst habe schon zu viele gesehen –, aber wenn es Euch dennoch widerfährt, werdet Ihr, dessen bin ich sicher, die ausgezehrte, leidende Erscheinung dieser Unglücklichen bemerken; und deswegen besteht bei mir auch kein Zweifel an Raglans Todesursache.

Männer wie Raglan sterben nicht an gebrochenem Herzen, meine ich.

In dieser Nacht zogen wir uns in unsere schlammigen Unterstände zurück. Ich schlief nicht gut, Vater, aber nicht vor Furcht oder Aufregung und nicht einmal wegen des ständigen Brüllens der Artillerie; vielmehr muß ich gestehen, daß ich in eine Depression verfiel, angesichts des Todes so vieler guter Kameraden – und jetzt auch noch des Ablebens von Lord Raglan – bei einem so geringen Erfolg. In jener Nacht schien es mir, als ob die ganze englische Armee selbst im Sterben läge, dort in den Ebenen der Krim.

In der Morgendämmerung wurden wir geweckt. Die Hörner und Trommeln schwiegen, aber nichtsdestoweniger wurde uns befohlen, in Exerzierformation anzutreten und uns auf den Marsch vorzubereiten.

Und so trat ich an, mit in die Ärmel geschobenen Händen, um sie vor der Kälte der grauen Dämmerung zu schützen, und der Riemen meines Gewehres schabte an meinem unrasierten Hals. Das Sperrfeuer der hinter uns liegenden Artillerie ließ nicht nach; desgleichen galt für das Feuer der Redouten von Sewastopol, und eine klamme Furcht beschlich mich. Wenn die russischen Geschütze nämlich nicht zum Schweigen gebracht wurden, käme unser Angriff nur einem weiteren Himmelfahrtskommando gleich. Nochmals, Vater, ich bitte Euch, mich nicht für einen Feigling zu halten; aber ich hatte – und habe – nicht das Bestreben, mein Leben billig zu verkaufen, aber genau darauf schien es in jenem Moment hinauszulaufen.

Dann verstummten auf einmal die Geschütze hinter uns; und bald, wie als Antwort, schwiegen auch die Kanonen der Russen. Stille legte sich über unser Lager, und zusammen mit dem trüben Licht der Morgendämmerung wirkte die Szenerie so fremdartig, daß ich zitternd die Arme um mich schlang. Das einzige, was sich noch bewegte, war der Kleine Mond, der über uns aufging, eine blendende Leuchtboje, die erneut ihren halbstündigen Lauf über den Himmel antrat. Ich schaute mich um und suchte Trost in den Reihen der müden, unsicheren Gesichter um mich herum; aber da war kein Trost. Es war, als ob wir alle, Infanteristen, Offiziere und Pferde, uns auf einem weit entfernten, grauen Stern befunden hätten.

Ich hielt die Luft an.

Dann vernahm ich von den hinter mir liegenden alliierten Stellungen den Donner eines einzigen Feldgeschützes.

Später erhielt ich von einem befreundeten Artilleristen einen Bericht über die kurze Zeitspanne, welche diesem einen Schuß vorausgegangen war. Besagter Kanonier hatte gesehen, daß der Ingenieur Josiah Traveller sich einer bestimmten Stellung näherte, wobei er seinen Zylinder bis über beide Ohren ins Gesicht gezogen hatte. Der Bursche trug dicke Lederhandschuhe, die nach Aussage meines Reporters der ganzen Erscheinung einen reichlich komischen Effekt verliehen; und mit ausgestreckten Armen transportierte er einen großen Metallbehälter, der mit einer glitzernden Reifschicht überzogen war, als ob er so kalt wie der Tod wäre. Im Gefolge von Traveller kamen mit grimmigen Gesichtern sowie glänzenden Epauletten und Orden Sir James Simpson daselbst und einige seiner Stabsoffiziere. Der Ingenieur legte den Behälter vor der Geschützmündung auf den Boden, löste einige Verriegelungen und riß ihn auf. Wie mein Freund berichtete, war der Stauraum ziemlich klein; die Wandung des Behälters war nämlich einige Zoll stark, so daß sie seinen Spekulationen zufolge eine Substanz enthalten haben könnte, welche die Temperatur des Behälters unnatürlich niedrig hielt.

Der Behälter enthielt eine einzige Granate, die, anhand der Größe zu urteilen, vielleicht ein Zehnpfünder gewesen sein mochte. Dann nahm der Ingenieur diese Granate so sachte wie ein Kind heraus und ließ sie vorsichtig in die Mündung des Feldgeschützes gleiten. Daraufhin trat Traveller zurück.

Das Geschütz feuerte mit einem gedämpften Knall, der an ein Husten erinnerte. Sekunden später beschrieb diese wertvolle Granate eine gekrümmte Flugbahn über meinen Kopf hinweg und beförderte einige Unzen Anti-Eis nach Sewastopol.

Von meiner Position aus konnte ich die Stadt zwar nicht direkt sehen, aber dennoch schielte ich über die Köpfe meiner Kameraden, um den Flug der Granate zur beschädigten Festung zu verfolgen; ich schob sogar die Mütze zurück und beschirmte die Augen mit der Hand, um besser sehen zu können.

Ich habe mich seither etwas mit den Eigenschaften dieser merkwürdigen Substanz namens ›Anti-Eis‹ vertraut gemacht, Vater. Sie wird aus einem seltsamen Flöz im gefrorenen Ozean des Südpols gewonnen, und solange sie bei diesen frostigen Temperaturen aufbewahrt wird, ist sie völlig ungefährlich. Wenn sie jedoch erwärmt wird …

Nun, ich werde dir jetzt beschreiben, was ich sah.

Die Granate schlug kreischend ein.

Dann war es, als ob die Sonne die Erde berührt hätte.

Der Horizont vor Sewastopol explodierte in einem stummen Meer aus Licht. Es war ein Licht, das sich in die Haut fraß, so daß man direkt spüren konnte, wie sich die Haut abschälte. Ich taumelte zurück, wobei meine Schreie des Schreckens und Entsetzens mit denen meiner Kameraden verschmolzen. Ich nahm die Hand von der Stirn und starrte sie an; die versengte und mit Blasen bedeckte Hand sah aus wie ein grotesk verformtes Stück Wachs und schien überhaupt kein Teil meines Körpers mehr zu sein. Dann erreichte der Schmerz meinen trüben Kopf, und ich schrie gellend auf; dabei spürte ich, daß meine versengten Wangen aufsprangen und eine Flüssigkeit absonderten, und ich verstummte wieder. Aber, Vater, bald bemerkte ich, daß ich wieder einmal unverdientes Glück gehabt hatte; denn die Hand hatte die Augen vor der schlimmsten Blendwirkung des Lichts bewahrt, während um mich herum die Kameraden sich auf dem Boden krümmten und die Hände auf die verbrannten Augen drückten. Dann – nur wenige Sekunden nach diesem heftigen optischen Paukenschlag – folgte ein Wind wie der Atem Gottes. Ich wurde zurückgeschleudert und schob die versengte Hand in die Uniform, um sie zu schützen; ich preßte mich in einem Sturm aus Staub auf den Boden und schrie gegen den Wind an.

Die Hitze war erstaunlich.

Lange Minuten später legte sich dieser Orkan, und ich kam taumelnd auf die Füße. Männer, verbrannt und weinend – Waffen – die Überreste von Zelten – scheuende Pferde – alles war über das Gelände verstreut wie die Spielsachen eines übellaunigen Riesenbabys. Vater, in einem Umkreis von einer Viertelstunde war unser Lager viel schlimmer verwüstet, als es den Russen, der Dame Cholera oder den Generälen Januar und Februar bisher gelungen wäre.

Mittlerweile stieg über Sewastopol eine schwarze pilzförmige Wolke gen Himmel.

Ein Kamerad lag weinend neben mir, wobei seine Augen Höhlen mit einer trüben Flüssigkeit waren – sie erinnerten mich auf schreckliche Art an die Augen einer gedünsteten Forelle. Während der nächsten Minuten kniete ich neben ihm und hielt seine Hand, wobei ich ihm stumm den Trost spendete, den ich aufbringen konnte. Dann kam ein Offizier vorbei – seine Uniform war versengt und nicht mehr zu identifizieren, aber die

Reste eines Säbels baumelten noch an der Hüfte –, und ich rief ihn an. »Was haben sie uns nur angetan, Euer Ehren? Ist das eine teuflische neue Waffe der Kosaken?«

Er blieb stehen und schaute auf mich herab. Er war ein junger Mann, aber dieses infernalische Licht hatte Altersfalten in sein Gesicht gegraben; und er sagte: »Nein, Kamerad, nicht die Kosaken; das war eine unserer eigenen Waffen.«

Zunächst verstand ich ihn nicht, aber er zeigte auf die sich auflösende Wolke über Sewastopol, und allmählich begriff ich die verblüffende Wahrheit: Daß diese eine Granate des Ingenieurs beim Einschlag in Sewastopol eine derart gewaltige Explosion verursacht hatte, daß sogar wir – in einer Entfernung von drei Meilen – noch außer Gefecht gesetzt worden waren.

Offenkundig war die Sprengkraft des neuartigen Projektils drastisch unterschätzt worden; andernfalls hätten wir sicherlich in unseren Schützengräben und Unterständen Deckung gesucht.

Langsam bemerkte ich, daß die russischen Geschütze, ein konstantes Orchester seit meiner Ankunft auf der Halbinsel, verstummt waren. Hatten wir unser Hauptziel also erreicht? Mit diesem einen, einzigen, vernichtenden Schlag Sewastopol gelähmt?

Ein Anflug des Überschwanges, des Sieges, durchlief mich; aber die Schmerzen, die mich umgebende Zerstörung und dieser dräuende Hammer über Sewastopol versetzten mich schnell wieder in eine gedrückte Stimmung; und von denjenigen, die noch neben mir standen, vernahm ich kein einziges Wort der Freude.

Es war erst sieben Uhr dreißig.

Die Offiziere organisierten uns schnell. Diejenigen von uns, die noch halbwegs einsatzfähig waren – zu denen auch ich gehörte, Vater, nachdem meine Hand mit Salbe behandelt, bandagiert und in einen dicken Schutzhandschuh gesteckt worden war –, wurden zur Versorgung der anderen herangezogen. Wir bauten die

Zelte wieder auf und richteten das Lager so weit her, daß es wieder Ähnlichkeit mit einer britischen Militäreinrichtung aufwies.

Dann formierten sich die Reihen der Lazarettkarren.

Auf diese Art wurden wir bis Mittag evakuiert, als die Sonne schon hoch im Zenit stand. Ich saß im Schatten, wobei salziger Schweiß in die Wunden rann, aß Rindfleisch und nippte mit aufgesprungenen Lippen an Wasser.

Obwohl die pilzförmige Wolke sich jetzt aufgelöst hatte, schwiegen die russischen Geschütze in Sewastopol noch immer.

Gegen vierzehn Uhr erhielten wir den Befehl zum Sturmangriff. Aber, Vater, das sollte ein seltsamer Angriff werden: Ja, wir ergriffen unsere Gewehre und Munition; aber wir nahmen indessen auch Spaten, Hacken und andere Werkzeuge und luden alles an Decken, Verbandszeug, Medikamenten und Wasser auf die Wagen, was wir erübrigen konnten.

Und so nahmen wir die letzten drei Meilen nach Sewastopol in Angriff.

Ich schätzte, daß wir zwei Stunden brauchen würden. Nach zehn Monaten Artilleriebeschuß und Stellungskrieg hatte sich das Land in einen Ozean aus aufgewühltem, verkrustetem Schlamm verwandelt; ständig rutschte ich in Granattrichter, und binnen kurzem waren wir alle von modrig riechendem Brackwasser durchnäßt. Und überall stieß ich auf die Trümmer des Krieges: Granatsplitter, zurückgelassene Ausrüstung, zusammengeschossene Feldgeschütze … und ein paar Exemplare schauerlicher Natur, von deren Beschreibung ich, bei allem Respekt, Vater, Abstand nehmen möchte.

Doch schließlich erreichten wir Sewastopol; und ich stand einige Minuten auf einer Anhöhe, von der aus man die Stadt überblicken konnte.

Vater, Ihr werdet Euch an meine frühere Beschreibung der Stadt erinnern, die intakt hinter ihren Mauern gelegen und vor Waffen nur so gestarrt hatte. Nun, jetzt schien es so, als ob sie von einem riesigen Stiefel zertreten worden wäre – auf eine andere Art kann ich es nicht beschreiben. Ein vielleicht eine Viertelmeile durchmessender Krater bildete jetzt das Zentrum der Stadt, in der Nähe der Docks; und ich konnte sehen, daß die aufgerissene Erde noch dampfte, wobei die Felsen und die Schlacke rot glühten. Und um diesen Krater zog sich ein großer Kreis, in dem die Wohnhäuser und anderen Gebäude säuberlich abgetragen worden waren; man konnte noch ihre Grundrisse sehen, als ob man eine riesige Bauzeichnung betrachtete – obwohl sich hier und da noch ein verkohlter Kamin oder Mauerrest trotzig in der Senkrechten hielt. Jenseits dieser Zone schienen die Gebäude weitgehend intakt geblieben zu sein – Fenster und Dachziegeln waren indessen fast nicht mehr vorhanden. Und in einigen Vierteln der Stadt sahen wir große, anscheinend unkontrollierte Feuer wüten.

Die massiven Befestigungswälle der Stadt waren durch die Explosion nach außen gedrückt und in Schutt verwandelt worden; die Mündungen zertrümmerter Geschütze wiesen ungerichtet gen Himmel. Und die Redouten waren vernichtet; Russen in ihren sackartigen Uniformen lagen über dem Schrott ihrer Kanonen.

Hinter diesem infernalischen Szenario lag friedlich die blau glitzernde Bucht; jedoch trieben die Wracks einiger Schiffe mit gebrochenen Masten im Wasser.

Einige Minuten lang betrachteten wir mit offenem Mund den Schauplatz. »Kommt, Kameraden«, sagte der Hauptmann schließlich, »wir müssen unsere Pflicht tun.«

Erneut formierten wir uns. Es wurde ins Horn gestoßen und eine Trommel gerührt, wobei die Klänge indes völlig deplaziert wirkten, und wir marschierten über die Ruinen der Wälle.

So rückte schließlich, gegen vier Uhr nachmittags, die britische Armee in Sewastopol ein.

Zunächst hielten wir unsere Waffen schußbereit und gingen in guter militärischer Ordnung vor, mit Kundschaftern und Spähern; aber die einzigen Geräusche wurden durch knirschendes Glas und Steinbrocken unter unseren Füßen verursacht, und es war, als ob wir über die Oberfläche des Mondes wandern würden. Selbst in den Außenbezirken der Stadt waren die Gebäude allesamt verkohlt und geschwärzt, und ich dachte an diese fürchterliche Hitze, die vom Stadtzentrum ausgestrahlt hatte. Wir kamen an einem Haus vorbei, das so aussah, als ob es aufgeschlitzt worden wäre, so daß wir die Einrichtung seiner unglücklichen Bewohner sehen konnten. Die Straßen waren mit zerstörten Wagen aller Art übersät, wobei noch tote und verwundete Pferde in ihrem Geschirr gefangen waren.

Und die Menschen:

Vater, überall lagen sie, wie sie gefallen waren, Männer, Frauen und Kinder gleichermaßen, wobei ihre Körper verkrümmt und wie Puppen zu Boden geschleudert worden waren, ihre bäuerliche russische Kleidung war zerrissen, blutverschmiert und schwelte noch. Irgendwie wirkten die Posen dieser unglücklichen Körper nicht einmal mehr menschlich, und ich verspürte nur Übelkeit und ein Gefühl der Betäubung.

Dann stießen wir auf unseren ersten lebenden Russen.

Er schleppte sich durch einen Korridor, der nirgendwohin führte. Er war ein Soldat – ein Offizier, soviel ich erkennen konnte – und um mich herum hörte ich das Gemurmel der Kameraden und sah, wie sie die Arme ausstreckten. Aber dieser arme Kerl hatte seine Mütze verloren, trug keine Waffe, und er zog einen Fuß nach, so daß er nur gehen konnte, indem er sich auf einer Krücke abstützte, die er aus einem Stück Holz improvisiert hatte. Der Hauptmann befahl uns, die Waffen zu schultern. Der Kamerad begann, in seiner gutturalen Muttersprache zu stammeln, und allmählich eruierte der Hauptmann, daß es mehrere Leute waren, vielleicht ein Dutzend, die in den Trümmern eines Schulhauses eingeschlossen waren, einige hundert Yards entfernt.

Eine Gruppe Soldaten empfing Spaten und andere Ausrüstung und wurde dem Russen als Begleitung mitgegeben.

Und so ging es die nächsten Tage weiter. Vater, meines Wissens wurde in Sewastopol nach dem Einschlag der Anti-Eis-Granate kein Schuß im Zorn abgefeuert; vielmehr arbeiteten wir Seite an Seite mit den russischen Überlebenden – und den Franzosen und Türken – in den Trümmern dieser zerstörten Hafenstadt.

Ich erinnere mich an ein Mädchen, das auf dem Rücken lag und einen roten Schal um den Kopf gewickelt hatte. Sie richtete eine Hand gen Himmel, der sie so im Stich gelassen hatte, und ihre Finger brannten wie Kerzen. Ein Mann kam aus den Trümmern einer Segelmacher-Manufaktur, wobei er sich nur mit den Armen vorwärtsbewegte; er zog dabei eine rote, glitzernde Spur hinter sich her, wie eine gespenstische Schnecke …

Vater, ich habe beschlossen, Euch von diesen Dingen zu berichten; aber ich weiß, daß Ihr davon absehen werdet, Mutter oder den kleinen Ned durch eine Weitergabe dieser Schilderungen in Sorge zu versetzen.

Die meiste Arbeit verursachte die Beseitigung der Leichen; aber das konnte überhaupt nicht schnell genug erfolgen. Nach ein paar Tagen unter der heißen Sonne der Krim wurde der Gestank in der Stadt unerträglich; und wir bedeckten den Mund mit in ›Raki‹ getränkten Tüchern.

Der seltsamste Anblick bot sich mir nach ein paar Tagen, als ich zu einem Krater im Herzen der Stadt geschickt wurde. Wir mußten nasse Lappen um die Stiefel wickeln, denn selbst zu diesem Zeitpunkt waren die Steine noch so heiß, daß sie einem die Haut verbrannten. Hier stieß ich auf ein Mauerstück, das wie ein großer, unregelmäßiger Grabstein aus der umgepflügten

Erde ragte. Diese Wand war völlig geschwärzt – bis auf einen merkwürdig geformten Fleck dicht über dem Boden; und dieser Fleck, so erkannte ich nach einiger Zeit, war der Umriß einer alten Frau, die sich gebeugt die Straße entlang bewegte.

Vater, an der Wand zeichnete sich der Schatten ab, den diese arme Frau im Licht der Anti-Eis-Granate geworfen hatte. Von der Frau selbst war natürlich keine Spur mehr zu sehen; und genausowenig fanden wir andere Überlebende in diesem Teil der Stadt.

Mehr als einmal begegnete ich dem Ingenieur, Traveller, der mit dem Rest von uns zusammenarbeitete; und einmal sah ich, wie ihm Tränen über die verschmutzten Wangen liefen. Vielleicht, so mutmaßten wir, hatte nicht einmal er selbst die Vernichtungskraft seiner Erfindung vorausgesehen. Ich fragte mich, wie dieser Traveller wohl den Rest des Tages verbrachte; und welche anderen Wunder – oder Flüche – aus Anti-Eis er möglicherweise noch ausheckte.

Aber ich sprach ihn nicht an, und ich wüßte auch nicht, daß jemand anders es getan hätte.

Sonst gibt es nicht mehr viel zu berichten, Vater. Ich wurde von meiner Arbeit in Sewastopol freigestellt, nachdem neue Truppen und Ausrüstung aus Großbritannien und Frankreich eingetroffen waren; nun, nach neun oder zehn Tagen, erinnert die Stadt – obgleich zerstört – ein wenig an eine Szene aus der ›Göttlichen Komödie‹; und der Hafen ist bereits wieder geöffnet worden.

Die Monate der Belagerung sind natürlich vorbei, und der Krieg ist gewonnen. Aber nach der Besetzung der Stadt haben wir erfahren, daß die Russen schon vor dem Anti-Eis-Beschuß tägliche Verluste von tausend Menschen hatten, hervorgerufen durch unser Artilleriefeuer und die verschiedenen Entbehrungen, die sie erlitten. Ihre Stimmung war offensichtlich immer verzweifelter geworden, und – so sagte man mir – ihre Offiziere hatten bereits erwogen, alles auf eine Karte zu setzen und einen Ausbruch sowie einen Angriff zu wagen, der aller Voraussicht nach zu unseren Gunsten ausgegangen wäre und uns in diesem Krieg den Sieg beschert hätte.

Also, Vater – mußte das Anti-Eis denn wirklich eingesetzt werden? Hätten wir nicht auch siegen können, ohne der Bevölkerung der Stadt solches Leid zuzufügen?

Ich befürchte, daß nur Gott, Herr über mehr Welten als nur über diese, die Antwort auf solche Fragen kennt.

Was mich betrifft: Der Doktor hat mir gesagt, daß ich meine verbrannte Hand im Laufe der Zeit zumindest teilweise wieder gebrauchen könne, obwohl sie nie mehr einen schönen Anblick bieten wird, und Geige werde ich wohl auch nicht mehr spielen können! Apropos schöner Anblick – ich muß dies schon im Vorfeld unserer Begegnung und Versöhnung erwähnen, die hoffentlich eines Tages stattfinden wird – ich befürchte, daß mein Gesicht durch das Feuer des Anti-Eis Narben davongetragen hat, die mich zeit meines Lebens begleiten werden – abgesehen von dem markanten und unverkennbaren Schatten der Hand, mit der ich in dem Moment, als diese ungewöhnliche Granate auf Sewastopol fiel, die Augen geschützt hatte.

Vater, ich schließe nun diesen Brief. Bitte versichert Mutter und Ned meiner Liebe und Ergebenheit; wie ich schon sagte, hoffe ich, wenn Ihr es wünscht, Euch alle nach meiner Rückkehr nach England wiederzusehen; dann werde ich auch imstande sein, Euch für die Wiedergutmachung zu danken, die Ihr der jungen Dame habt zukommen lassen, die ich durch die Handlungen meiner Jugend so schimpflich in ihrer Ehre verletzt habe.

Möge Gott Euch segnen, Sir.
Ich verbleibe in Liebe
Euer ergebener Sohn
HEDLEY VICARS.

1

Auf der Neuen Großen Ausstellung

Es war anläßlich der Eröffnung der Neuen Großen Ausstellung, am 18. Juli 1870, als ich dem berühmten Ingenieur Josiah Traveller zum erstenmal persönlich begegnete, obwohl ich bereits mit den Erzählungen meines Bruders Hedley von der Barbarei aufgewachsen war, die Travellers Anti-Eis im Krimkrieg bewirkt hatte. Unser erstes Treffen war recht kurz und wurde durch mein Staunen über die Kristall-Kathedrale und ihr Inventar überlagert – ganz zu schweigen von der schönen Françoise Michelet –, und dennoch sollte die durch diese erste zufällige Begegnung initialisierte Kausalkette schrittweise in das erstaunliche Abenteuer führen, das mich über die Stratosphäre erheben und schließlich in die Tiefen einer von Menschenhand erschaffenen Hölle in Orléans führen würde.

In jenem klimaktischen Jahre 1870 diente ich als Junior-Attaché im Foreign Office. Mein Vater hatte unbeschadet meines oberflächlichen Charakters und meines noch bescheideneren Intellektes darauf bestanden, mir eine Position zu verschaffen, in der ich dem Land bedeutende Dienste erweisen konnte. Ich glaube, daß er sogar mit dem Gedanken gespielt hatte, mir einen Offiziersrang in einer der Teilstreitkräfte zu kaufen; aber, sensibilisiert wie er war durch Hedleys Erlebnisse auf der Krim, hatte er davon wieder Abstand genommen. Ich hatte schon immer eine gewisse Begabung für Sprachen, und Vater war der vagen Ansicht, daß mir dies bei Auslandsaufenthalten zugute kommen könnte. (Da irrte er sich natürlich; Englisch ist nämlich nach wie vor die Universalsprache der zivilisierten Welt.)

Und so wurde ich Diplomat.

Sie müssen also wissen, daß ich mich damals, im Alter von dreiundzwanzig Jahren, an der untersten Stufe der diplomatischen Laufbahn befand. Ich war fünf Fuß und zehn Zoll groß, von schlanker Statur, blond und glattrasiert – von akzeptablem Äußeren, wenn ich das so sagen darf, falls nicht gar bemerkenswert gutaussehend. Ich war noch Berufsanfänger, und trotzdem langweilte mich die Arbeit schon, die überwiegend darin bestand, in einem überfüllten Büro tief im Inneren von Whitehall am Schreibtisch zu sitzen und Akten zu verschieben. (Ich hatte eigentlich auf einen Posten in Manchester, der Hauptstadt, spekuliert, doch bald wurde mir klar, daß London ungeachtet seines abgewerteten nationalen Status noch immer der administrative Mittelpunkt des Empire war.) Wie hatte ich mich auf meine erste Abkommandierung nach Übersee gefreut! Während ich detachiert auf das Löschpapier starrte, flanierte ich im Geiste vor den juwelenbesetzten Palästen der Raj-Prinzen; ich stellte mich den wilden Indianern Kanadas mit keiner anderen Bewaffnung als Behördenstempeln und Heftklammern; und meine Teetasse war ein Schoner, mit dem ich im Kielwasser von Cook in die Arme von dunkelhäutigen Südseeschönheiten segelte.

Bei dieser Beanspruchung kam ich natürlich kaum zum Arbeiten; und der Blutdruck von Mr. Spiers, meinem Vorgesetzten, stieg bald gefährlich an.

Deshalb war ich mehr als erfreut, als mein Fremdsprachentalent mir eine Exkursion zur Eröffnung der Neuen Großen Ausstellung verschaffte.

Spiers beugte sich mit vom Gin aufgedunsenen Backen über meinen tintenbekleckssten Schreibtisch, wobei sich sein kläglicher kleiner Seehundsbart über dem Mund verzog. »Ihr werdet zur preußischen Abordnung abgestellt«, verkündete er. »Soweit ich weiß, wird der alte Bismarck ebenfalls erscheinen.«

Ich konnte eine neidische Aufwallung unter den Kollegen an ihren Schreibtischen spüren. Schulter an Schulter mit Prinz Otto von Schönhausen Bismarck, dem Eisernen Kanzler von Preußen – der vor weniger als vier Jahren den Armeen des alten Franz Joseph von Österreich in nicht einmal zwei Monaten eine verdammt gute Abreibung verpaßt hatte... Sagte Spiers: »Die Preußen werden mit der Schwebebahn zur belgischen Küste reisen und dann mit dem Schnellboot nach Dover. Ihr werdet zum Begrüßungskomitee gehören, das sie nach der Landung willkommen heißt.«

»Sir, warum denn einen solchen Umweg? Die Schwebebahn von Calais ist doch viel schneller ...«

Er musterte mich düster. »Vicars, jedesmal, wenn ich glaube, daß wir Euch doch unterschätzen, leistet Ihr Euch wieder einen Schnitzer. Natürlich wegen der Spannungen zwischen Preußen und Frankreich, Junge. Lest Ihr denn keine Zeitung? Sprecht um Gottes willen nicht mit Bismarck darüber, oder Ihr löst einen neuen verdammten Krieg aus ...«

Und so weiter.

Auf jeden Fall räumte ich frohgemut meinen Schreibtisch auf und reiste nach Dover ab. Die preußische Delegation fuhr von diesem Hafen mit der Schwebebahn nach London; die Eisenbahngesellschaft hatte einen Waggon bereitgestellt, der eigens mit dem Wappen des preußischen Königs Wilhelm verziert war, und Stander mit dem preußischen Adler flatterten an jeder Ecke des Waggons. Wir müssen ein prächtiges Bild abgegeben haben, als wir in der Schwebebahn mit fünfzig Meilen pro Stunde hundert Fuß über der hügeligen Landschaft von Kent dahinbrausten!

Die Delegation dinierte in der Kaiserlichen Botschaft am St. James Square, und eine große Sache war es obendrein. Das Dutzend Preußen in ihren Gala-Uniformen trug so viele Orden auf der Brust, daß die Oberkörper schier glänzten, und sie spreizten sich wie eine Schar alternder Pfauen. Ich war in meinem neuen Kummerbund der Jüngste unserer Abordnung, gänzlich undekoriert und mundfaul; als jedoch der Wein und andere Spirituosen ihre Wirkung entfalteten, schien sich auch mein Geist zu erweitern und die weiten, geschmückten Räume des Speisesaales Seiner Exzellenz auszufüllen. Ich spielte mit dem Silberbesteck und genoß das Aroma eines Branntweins, der schon in Napoleons Kindertagen eingekellert worden war, und meine Welt aus tintenbekleckstenSchreibtischen schien so weit entfernt wie der Mond. Jetzt, so phantasierte ich, wußte ich, warum ich in den diplomatischen Dienst eingetreten war.

Im weiteren Verlauf des Abends nahm Bismarck sich persönlich meiner an. Otto von Bismarck war ein rundlicher, recht großväterlicher Gentleman; und für ihn war ich »Herr Vicars, mein geehrter Gast«. Ich lächelte glasig und suchte nach Gesprächsstoff. Bismarck hatte einen gesunden Appetit, aber er trank nur faulig riechendes deutsches Bier aus einem großen, geschlossenen Faß; ich vermutete, daß er die schlimmsten Bestandteile dieses Gebräus durch seinen eindrucksvollen Bart filterte. Das Bier, flüsterte Bismarck mir in seinem holprigen Englisch zu, ließ ihn die Widrigkeiten des Lebens am Hofe König Wilhelms vergessen und nächtens einschlafen.

Am Morgen des achtzehnten standen wir früh auf. Der Kleine Mond stand noch immer am Morgenhimmel, eine Faust aus Licht, die sich stetig am Horizont entlangbewegte. Wir nahmen die Schwebebahn von Euston nach Manchester Piccadilly, und von dort aus fuhren wir in einem Hansom* zum Peel Park im Norden der Stadt. Gegen Mittag hatten wir uns der Prozession der Würdenträger angeschlossen, die sich den großen Porta-

* Historische Kutsche – *Anm. d. Übers.*

len der im Park errichteten Kristall-Kathedrale näherte. Selbst Bismarck, der Koloß Europas, verlor sich als Durchschnittsgesicht in der Menge; und ich war amüsiert – und beeindruckt –, als ich bemerkte, daß der runde Kiefer des Preußen bei der Annäherung an dieses neueste Symbol britischer Ingenieurskunst herunterklappte.

Wie der erste Kristallpalast – der im Hyde Park errichtet worden war, um die Große Ausstellung von 1851 zu beherbergen –, war die Kathedrale ein von Sir Joseph Paxton entworfenes Monument aus Eisen und Glas. Dem gotischen Kreuzstil nachempfunden, erhob sich ihre Fassade über uns, wobei sich die Julisonne grell in tausend Fensterscheiben spiegelte. Eine Schwebebahn schwang sich von Osten auf grazilen Pylonen heran und wurde durch ein vielleicht hundert Fuß über dem Boden befindliches Portal in das Gebäude geführt. Über dem Eingang der Kathedrale erhob sich ein fünfhundert Fuß hoher, pyramidenartiger Turm; seine entfernte Spitze, die von einer schneidig flatternden britischen Flagge gekrönt wurde, schien an der leichten Bewölkung zu kratzen.

Ich hörte kaum das stetige Murmeln, mit dem meine Kollegen der konsternierten preußischen Delegation Erklärungen gaben: »Mit über fünfzig Morgen Glas – doppelt soviel wie der Kristallpalast von 1851 – und mit hunderttausend Ausstellern (doppelt soviel wie 1867 in Paris) wird diese Messe wahrhaftig eine Ausstellung der industriellen Leistungen aller Nationen sein und eine angemessene Würdigung von Manchesters neuem Status darstellen: Manchester und der Norden Englands, Werkstatt und Hauptstadt Britanniens und des Empire ... die Veranstalter erwarten insgesamt zehn Millionen Besucher – hunderttausend allein an diesem Eröffnungstag ...«

Wir betraten das Gebäude. Ich stand nun in diesem riesigen, stillen Raum; das transparente Glasdach schien sich so weit oben zu befinden, daß sich Wolken unter ihm bilden konnten, und das eiserne Gerüst von Sir Josephs Konstruktion wirkte filigran und leicht, viel zu schwach, um eine derartige gläserne Last tragen zu können. Der generelle Eindruck entsprach dem eines großen Glashauses; tatsächlich war die Luft im Inneren des Gebäudes angenehm kühl, dank zwanzig großer Ventilatoren, die hoch oben in die Wände eingelassen waren und dem Vernehmen nach von Anti-Eis-Dampfturbinen angetrieben wurden.

Die akustische Kulisse aus erregten Stimmen, die das Gebäude durchdrang, schien sich auf die paar Fuß bis auf Kopfhöhe zu beschränken, als ob das riesige Volumen der Luft die Aktivitäten der Menschen zur Bedeutungslosigkeit reduzierte. Die Schwebebahn zog sich ohne erkennbare Abstützung durch diesen großen Raum und endete an einer kleinen Plattform, die in die Innenseite der Wandung integriert war; eine Rolltreppe beförderte die Passagiere von der Plattform zum Boden.

Ein hohes Podest war am anderen Ende des Gebäudes errichtet worden; auf ihm hatte sich bereits eine Gruppe herrschaftlich wirkender Gentlemen in Frack und Zylinder eingefunden – nicht zu vergessen ein voll besetztes Orchester und tausend Chorsänger. Könige, Kanzler und Präsidenten formierten sich ehrerbietig in Reihe vor diesem Podest. Ich führte meine preußische Delegation zu Plätzen, die mit roten, durch Messingständer geführten Seilen markiert waren. Ich verharrte geduldig an meinem Platz, wobei ich die in Handschuhen steckenden Hände vor mir gefaltet hatte; und als ich nach unten schaute, sah ich mit Erstaunen, daß der ganze Boden der Kathedrale mit einem dicken roten Teppich ausgelegt war.

»Das ist in der Tat eine kostspielige Veranstaltung.«

Konsterniert blickte ich nach links – und starrte in zwei eisblaue weibliche Augen, aus denen der Schalk sprach und die aus einem porzellanartigen Gesicht schauten.

Ich stammelte eine Antwort.

»Entschuldigen Sie«, meinte sie nachsichtig, »mir ist aufgefallen, daß Sie die Ausmaße des Teppichs bewundert haben. Ich war auch davon beeindruckt.« Sie lächelte mich an – und die Sonne schien aufzugehen. Meine neue Bekanntschaft war vielleicht fünfundzwanzig; sie trug ein elegantes Kleid aus hellblauem Samt mit leichter Turnüre, das ihre Augen perfekt zur Geltung brachte; ihr tiefschwarzes Haar war zu einem schlichten Knoten gebunden, wobei ihr indessen anmutig Locken in die Stirn fielen. Sie trug ein Halsband aus schwarzem Samt, und an diesem Hals, einer Skulptur aus alabasterfarbenem Fleisch, glitten meine Augen hinab zu einem verführerischen Dekolleté…

Und ich, selten dämlich, konnte den Blick nicht von ihr wenden. Ich registrierte vage einen jungen Mann hinter ihr, eine dunkle, schlanke Gestalt, die mich mißtrauisch beäugte. »Ich bitte um Verzeihung«, stammelte ich schließlich. »Mein Name ist Vicars; Ned Vicars.«

Sie reichte mir eine kleine, behandschuhte Hand; ich ergriff sie vorsichtig. »Ich bin Françoise Michelet.«

»Ah…« Sie sprach mit einem schwachen, aber dennoch wahrnehmbaren Akzent; ›Ausmaße‹ hatte wie ›Ausmasse‹ geklungen, mit der weichen Aussprache der südlichen Provinzen Galliens, vielleicht Marseille. »Ihr seid Französin, Mam'selle?«

»Ihr solltet eigentlich in Eurem Foreign Office sein«, entgegnete sie spröde.

»Ich bin«, antwortete ich wie ein Trottel – und lachte dann innerlich, als ich ihren Witz begriff. »Ich befinde mich hier im Dienst, befürchte ich.«

»Ich bin sicher, daß es unangenehmere Verpflichtungen gibt.«

»Und Ihr?«

»Nur zum Vergnügen«, sagte sie mit frivoler und etwas gelangweilter Stimme. »Dies ist einer der Höhepunkte der Saison; und bald werde ich nach Belgien eilen, um dem Stapellauf der *Prince Albert* beizuwohnen. Ihr Briten gebt wirklich gute Parties dieser Tage.«

»Und wenn alle Gäste so charmant sind wie Ihr, ist es der Mühe sicher wert.«

Sie hob die Augenbrauen angesichts dieses plumpen Kompliments. »Werdet Ihr auch dem Stapellauf der *Albert* beiwohnen, Mr. Vicars?«

Ich runzelte die Stirn. »Ich befürchte, daß mein Auftrag bei Herrn Bismarck mich bis nach dem Stapellauf beschäftigen wird. Aber«, setzte ich hastig nach, »vielleicht könnten wir ...«

Aber ich konnte die Konversation mit dieser interessanten Fremden nicht fortführen, denn zu den Klängen eines Chorals, die sich an den Glaswänden brachen, defilierte die königliche Prozession gravitätisch über eine kleine Treppe zu dem Podest hinauf. Seine Kaiserliche Majestät deroselbst war eine schmucke Gestalt in Schwarz, die inmitten der purpur- und silberfarbenen Uniformen fast unterging. Ein Stück hinter Edward ging Gladstone, der Premierminister, dessen grauer Anzug dröge wirkte angesichts dieses ganzen Lamettas.

Der Chor verstummte, und die letzten Echos prallten von den Fenstern ab wie Vögel. Dann trat der Erzbischof von Canterbury vor, in vollem Ornat, und rief uns mit sonorer Stimme zum Gebet.

Eine andachtsvolle Stille legte sich über die große Gemeinde.

Dann erhob sich Edward selbst. Ich stand an der Peripherie dieses riesigen Gebäudes, aber dennoch konnte ich sehen, wie er den Zwicker geraderückte und ein kleines Notizbuch ergriff. Er sprach leise, und trotzdem schien seine Stimme die große gläserne Halle auszufüllen.

Mit klaren und unprätentiösen Worten erinnerte er an die erste Ausstellung von 1851, die, wie die jetzige, den Anspruch erhoben hatte, »eine Synthese zwischen der

Kunst und den größten technischen Errungenschaften« darzustellen. Diese frühere Messe war von Edwards Vater, dem Prinzregenten Albert, inspiriert worden, der zwischenzeitlich an Typhus verstorben war; und Edward merkte an, wie stolz Albert gewesen wäre, am heutigen Tage unter ihnen weilen zu können.

Während der Rede des Königs überkam mich ein Gefühl der Detachiertheit. Staatsoberhäupter wie Bismarck und Grant standen respektvoll da, hier im Herzen des mächtigsten Empire, das die Welt je gesehen hatte: Ein Empire, dessen Schiffe die Meere beherrschten und dessen auf Anti-Eis basierende mechanische Wunder auf dem ganzen Globus zu finden waren.

Und dennoch wurde dieses mächtige Land nur von einem dürren, ziemlich nichtssagend aussehenden jungen Burschen repräsentiert, der leise von seinem dahingeschiedenen Vater sprach.

Seine Majestät schloß die Ansprache und zog sich zurück, und der Chor stimmte in das Halleluja ein.

Françoise beugte sich dicht zu mir herüber und murmelte durch die Musik: »Eine ziemlich schwache Vorstellung von eurem neuen König.«

»Wie bitte?«

»Die Geschichten von diesem jungen Edward, mit seiner Clique von wohlhabenden Freunden wie diesem Lipton, sind – wie heißt das Wort? Ein Sybarit? Ein solch seichter Hedonist harmoniert so gut mit der Sorte von Leuten, die heutzutage in eurem Land das Sagen haben – ich meine die Industriellen –, wie seine Mutter es nie konnte.«

»Victoria dankte nach dem Tode ihres Gatten ab«, erwiderte ich ein wenig steif, »und nach dem plötzlichen Rücktritt von Disraeli vor zwei Jahren. Und was Edward betrifft…«

Aber sie hatte ihre feuchten Lippen schon verführerisch – aber spöttisch – zu einem Schnütchen verzogen. »Oh, bin ich Euch etwa zu nahe getreten? – Nun, ich entschuldige mich. In einer Hinsicht hat Edward nämlich doch recht: Daß Albert stolz gewesen wäre, das zu sehen. Und noch stolzer beim Anblick des anstößigen Verhaltens eurer Parlamentarier.«

Ihr Parfum wallte durch meinen Kopf, und ich bemühte mich, die Artikulationsfähigkeit zu bewahren. »Wie meinen, Mam'selle?«

Sie fuhr mit dem Handschuh durch die Luft. »Françoise, bitte. Eure Parlamentarier hatten sich gegen Alberts erste Ausstellung ausgesprochen; und als sie dann den Erfolg sahen, überschlugen sie sich schier bei der Billigung weiterer solcher Veranstaltungen.« Sie schaute mich mokant an, und zwei kleine Falten erschienen über ihrer Stupsnase. »Der Zweck solcher Messen ist Euch doch bekannt, Mr. Vicars, nicht wahr?«

»Wie Seine Majestät bereits darlegte, eine Feier der ...«

Erneut wedelte sie mit dem Handschuh, diesmal etwas ungeduldiger. »Um den Handel anzukurbeln, Mr. Vicars. Eure Kristall-Kathedrale ist ein riesiges Schaufenster für eure wundervollen britischen Waren.«

Während mein dumpfes Hirn sich anstrengte, die Konversation fortzusetzen, berührte Françoises Begleiter sie am Arm. »Wir dürfen Euren neuen Freund nicht aufhalten, meine Liebe.« Er sprach mit starkem Akzent und musterte mich mit einem Fischblick. »Ich bin sicher, daß er Verpflichtungen hat.«

Wir stellten uns einander förmlich vor – er erwies sich als ein Frédéric Bourne, ein junger französischer Aristokrat ohne bestimmte Berufsausübung – und das Händeschütteln fiel noch steifer aus.

Françoise beobachtete das mit distanziertem Amusement.

Die Musik war verklungen; die Bediensteten entfernten die Seilabsperrungen, und die Reihen der Würdenträger lösten sich auf. Ich wandte mich noch einmal Françoise zu: »Es hat mich gefreut, Eure Bekanntschaft zu machen.«

»Ganz meinerseits«, sagte sie hastig auf französisch. »Ich bin nur froh, daß Ihr nicht zu dieser Delegation von deutschen Schweinen gehört.«

Diese Worte schockierten mich. »Mam'selle«, protestierte ich in ihrer Sprache, »Ihr vertretet aber deftige Ansichten.«

»Überrascht Euch das etwa?« In formvollendeter Manier hob sie eine Augenbraue. »Ihr seid Diplomat, Sir; dann versteht Ihr doch sicherlich auch die Bedeutung der Emser Depesche!«

Tatsächlich war dieses Dokument damals in Europa in aller Munde. Zwischen Frankreich und Preußen hatte sich ein Zwist entsponnen, weil König Wilhelm einen Verwandten, Prinz Leopold von Hohenzollern, als Kandidat für den spanischen Thron vorgeschlagen hatte (den zuvor die skandalös promiskuöse Königin Isabella innegehabt hatte). Frankreich hatte natürlich heftig protestiert; die persönliche Vorsprache des französischen Botschafters war bei Wilhelm jedoch auf taube Ohren gestoßen. Nun hatten die Preußen ihre Vorstellungen auf provozierende Art und Weise in der berühmten Emser Depesche veröffentlicht.

»Dieses Dokument«, sagte das Mädchen, »ist eine Beleidigung Frankreichs.«

Ich lächelte, nachsichtig, wie ich hoffte. »Meine liebe Mam'selle, derlei antike Probleme wie die spanische Thronfolge sind kaum noch von Belang in der modernen Welt.« Ich deutete auf die uns umgebenden Wunder. »Und das hier, Mam'selle, ist die moderne Welt!«

Sie runzelte die Stirn. »Ach ja? Ihr solltet mich nur nicht wie ein Dummchen behandeln, Sir. Selbst der naivsten Person müßte doch klar sein ...« – ich errötete –, »... daß die spanische Thronfolge in der Tat kaum Relevanz aufweist, aber unter diesem Vorwand will der verschlagene Bismarck Frankreich nur zum Krieg provozieren.«

Ich beugte mich zu ihr hinüber und vermittelte ihr

leise den Standpunkt des Britischen Diplomatischen Corps. »Ehrlich gesagt, Mam'selle, sind die Preußen Witzfiguren, trotz ihres bräsigen Auftretens.« Ich zählte die Punkte an den Fingern ab. »Zunächst einmal verfügt Frankreich über die stärkste Armee in Europa. Zum zweiten leben wir im Zeitalter der Rationalität. Es existiert ein Gleichgewicht der Kräfte, das auf dem Wiener Kongreß begründet wurde, der vor fünfzig Jahren, nach Bonapartes Sturz, tagte; und ...«

Sie brachte mich mit einer Handbewegung zum Verstummen. »Bismarck ist ein Opportunist. Er schert sich keinen Deut um Euer Gleichgewicht; seine Motivation speist sich aus seinen Ambitionen.«

Ich schüttelte den Kopf. »Aber was hätte er bei einem Krieg gegen Frankreich wohl zu gewinnen?«

»Das müßt Ihr ihn schon selbst fragen, Mr. Vicars. Was Frankreich betrifft, so wißt Ihr sicher, daß wir bereits mobil gemacht haben.«

Mein Kiefer klappte herunter wie ein Fischmaul. »Aber ...«

Aber der dunkle Bourne faßte sie erneut am Ärmel, und sie beendete unsere Unterhaltung galant. Ich verwünschte mich selbst. Wie hatte ich diese aussichtsreiche Konversation nur in die Untiefen der Hohenzollern-Thronfolge abgleiten lassen können! Was hatte ich mir eigentlich dabei gedacht?

Ich rief ihr nach: »Vielleicht sehe ich Euch noch später am Tag ...?«

Aber da war sie bereits in der auseinanderstrebenden Menge verschwunden.

Die Exponate waren auf dem Boden der Kathedrale ausgebreitet – sowie auf der an der Wand entlanglaufenden Galerie – und mit großen Tafeln versehen, die auf das Herkunftsland verwiesen. Diese Tafeln bestanden aus modernen Röhren, in den elektrisches Licht glühte. Bismarck und sein Gefolge schritten die Ausstellungsstücke mit Geduld und Interesse ab. Besondere Aufmerksamkeit widmeten sie dem Stand der Vereinigten Staaten von Amerika. Unter den Colt-Revolvern, Kisten mit Kautabak und anderen Erscheinungsformen des amerikanischen Nationalcharakters befand sich auch eine von der McCormick Company gestiftete Erntemaschine; ihr Schornstein und der Kessel hätten von der Größe her auch zu einem Schlachtschiff gepaßt, und die Preußen versammelten sich in einer ehrfurchtsvollen Gruppe unter sechs Fuß hohen Schnittmessern.

Nun trat ein Fremder, ein kleiner Mann mit einem runden, spöttischen Gesicht, dicht an mich heran. »Ein interessanter Kontrast, finden Sie nicht?«

»Wie bitte?«

»Hier, vor den Errungenschaften moderner angelsächsischer Ingenieurskunst, stehen die alternden Generäle der Alten Welt; und während ihre Armeen schon gegen Frankreich mobil machen, spekulieren sie ohne jeden Zweifel darüber, wie diese große amerikanische Pflugschar zu einem mechanischen Schwert umgeschmiedet werden könnte.«

Ich lachte. »Nachdem ich diese Preußen kennengelernt habe, muß ich Euch wohl rechtgeben, Sir.«

Ich schüttelte seine ausgestreckte Hand. »Mein Name ist George Holden«, stellte er sich vor. Er musterte mich und schaute mir mit einem offenen, klaren Blick in die Augen; ich schätzte ihn auf etwa vierzig, wobei sein rosiges, bäuerlich wirkendes Gesicht von einem schwarzen Haarschopf gekrönt wurde. Eine Albert-Uhrkette spannte sich über seinen Bauch.

Nun stellte ich mich vor.

»Ich freue mich, Eure Bekanntschaft zu machen«, sagte Holden. »Ich betrachte es als Glücksfall, mich in solcher Gesellschaft zu bewegen; ich bin nämlich nur ein Journalist des *Manchester Guardian* und soll über diese Festlichkeiten berichten.«

Die Preußen waren mittlerweile zum kanadischen

Stand weitergegangen. Bismarck ergriff ein Schweizer Messer von der Größe eines kleinen Buches, das, wie eine Tafel stolz verkündete, mit nicht weniger als fünfhundert Klingen ausgestattet war. Mit dem Ausdruck des Erstaunens im Gesicht klappte der Eiserne Kanzler eine dieser phänomenalen Klingen nach der anderen auf. »Seht Euch das an«, meinte Holden säuerlich. »Wie Lausejungs, nicht wahr?«

Im Grunde fand ich Bismarcks jungenhafte Freude ganz sympathisch; aber ich verschwieg das lieber.

Schließlich suchte die Gruppe den größten Stand auf – den britischen. Als wir auf ihn zugingen, beschleunigte sich mein Pulsschlag vor Aufregung; die Deutschen jedoch, die zweifellos darauf aus waren, irgend etwas zu beweisen, marschierten ziemlich schnell an den spektakulären Exponaten vorüber, wobei sie ihre ergrauenden Kommißköpfe aufrecht hielten. Es entging mir indessen nicht, daß mehr als nur ein wässeriges Auge unwillkürlich zur Seite abschweifte; und was mich betraf, so starrte ich diese Wunder intensiv an, im Bestreben, auch das kleinste Detail zu erfassen.

Die Exponate wurden von großen, glänzenden Maschinen dominiert, die mit ihren dräuenden Kolben und großen Schornsteinen wie eingesperrte Tiere in dieser Kathedrale wirkten. Es gab eine neue Schwebebahn-Lokomotive, deren Schornstein in den tropfenförmigen Rumpf integriert war. Die Lokomotive sah so leicht und grazil aus, daß man glaubte, sie könne fliegen, und sie stand auf nur einer Schiene, die für die Schwebebahn charakteristisch ist. Wie ich von Holden, meinem neuen Bekannten, erfuhr, hatte die neuartige Tropfenform die Aufgabe, die Luft leichter an der Hülle der Lokomotive vorbeistreichen zu lassen und der Schwebebahn damit höhere Geschwindigkeiten zu verleihen. »Aber«, so führte er aus, »im Grunde ist es die enorme Konzentration der vom Anti-Eis gelieferten Wärmeenergie – und dem daraus resultierenden hohen mechanischen Wirkungsgrad –, welche die Konstruktion solch kompakter Wunderwerke ermöglicht.«

Ein einzelner Wagen war an die Lokomotive angekoppelt (obwohl eine Aufschrift uns belehrte, daß bis zu fünfzig Waggons von diesem Modell gezogen werden konnten). Durch große Panoramascheiben erspähte ich komfortable Sitzbänke mit schweren Samtbezügen, und schimmerndes Messing sowie poliertes Leder ließen diese Bänke so einladend erscheinen wie die gediegenste Clublounge.

Ein anderes Gerät, das meine Aufmerksamkeit fand, war eine innovativ geformte Grabmaschine. Ein geschlossenes Chassis, nicht größer als eine Geschützlafette, trug vorne eine Scheibe aus gehärtetem Stahl. Diese Scheibe hatte einen Durchmesser von etwa zehn Fuß und war mit glänzenden Klingen und Schaufeln bestückt. »Dies hier wird die Förderung von Kohle und anderen Bodenschätzen revolutionieren«, sagte Holden. »Es handelt sich um eine weitere Erfindung, die ohne Anti-Eis überhaupt nicht denkbar gewesen wäre; ohne die durch das Anti-Eis ermöglichten kompakten, sauberen Kessel würde diese Maschine einen Kessel und Schornstein von der Größe einer Eisenbahn-Lokomotive benötigen und in der Enge einer Mine schon nach einer halben Stunde an ihren eigenen Abgasen ersticken.«

Wir gingen an Modellen von neuartigen Dampfpressen und Baumwollspinnereien vorbei. Meine jugendliche Phantasie wurde von einem Diorama des neuen King-Edward-Docks in Liverpool gefangengenommen, das in einem flachen Wasserbecken stand, welches den Mersey darstellte, mit Spielzeugsegelschiffen und Schleppern, die tatsächlich schwammen!

Nun legte die Gruppe eine Pause ein; und als ich an den steif wie Ladestöcke dastehenden Preußen vorbeiblickte, sah ich, wie Bismarck einem großen, hageren Mann von etwa siebzig Jahren vorgestellt wurde. Dieser

Gentleman trug einen ramponierten Zylinderhut, der vor dreißig oder vierzig Jahren einmal modern gewesen sein mochte, und das von stattlichen, graumelierten Koteletten gezierte Gesicht war eine runzlige Maske aus Narben und Brandmalen, in dessen Mittelpunkt eine aus Platin gefertigte künstliche Nase prangte.

Blaue Augen sahen funkelnd auf Bismarck hinab, und er hielt die Hand des Kanzlers, als wäre sie schon vor Monaten abgestorbenes Fleisch.

Erregt wandte ich mich an Holden. »Das ist... Das ist...«

Meine Aufregung belustigte ihn. »Sir Josiah Traveller, der große Konstrukteur und Erbe von Brunels Mantel, in Person.«

»Ich wußte nicht, daß Traveller auch erscheinen würde. Er soll doch als Eigenbrötler gelten.«

»Vielleicht hat ja die verlockende Präsenz von Präsidenten und Kanzlern dem großen Mann die Schüchternheit genommen.«

Ich musterte Holden kurz; obgleich sein abschätziger Tonfall so klang, als ob er der Welt überdrüssig wäre, sah ich, daß seine Augen mit einem Ausdruck des Hungers auf Traveller fixiert waren. »Selbstverständlich«, frozzelte ich ihn, »erzählt ihr Journalisten uns, daß Sir Josiah überschätzt werde. Es seien nur seine Exklusivrechte auf diese wundersame ›Anti-Eis‹-Substanz, die seinen Ruhm begründet haben.«

Holten schnaufte. »Ihr werdet keinen Journalisten finden, der einen solchen Unsinn ventiliert. Traveller ist ein Genie, mein Junge. Ja, mit Anti-Eis konnte er seine Visionen in die Realität umsetzen; aber diese Visionen hätten auch von niemandem sonst stammen können. Travellers Anti-Eis-Maschinen pflastern den Globus über und unter der Erde mit silbernen Pfaden. Josiah Traveller ist der Leonardo unserer Zeit...« Nachdenklich rieb er sein rundes Kinn. »Das soll natürlich nicht bedeuten, daß er ein Universalgenie sei. Finanzielle und wirtschaftliche Belange scheinen ihn zu überfordern, genauso wie es bei seinem berühmten Mentor, Brunel, der Fall war. Wißt Ihr denn, daß der Stapellauf des Landkreuzers, der *Prince Albert*, fraglich ist?«

Ich schüttelte den Kopf.

»Er ist praktisch fertiggestellt, aber Travellers Gesellschaft muß noch Kapital für die Deckung der Betriebskosten aufbringen. Dem Vernehmen nach sollen neue Aktien ausgegeben werden; und meines Wissens hat Traveller sich auch an das Kabinett gewandt.« Holden schniefte und zupfte an der Uhrkette. »Vielleicht erklärt das auch seine Präsenz hier. Werdet Ihr beim Stapellauf anwesend sein, Mr. Vicars?«

»Ich befürchte, das wird nicht möglich sein«, erwiderte ich düster. »So sehr ich es auch möchte ... aus verschiedenen Gründen«, sagte ich und dachte dabei an Françoise.

Holden sah mich zwar fragend an, ließ es aber dabei bewenden.

Ich studierte den Widerwillen in Travellers verwüstetem, dennoch edlem Gesicht und konnte mir denken, daß er so schnell wie möglich von hier verschwinden und wieder in seine Werkstatt und an die Zeichenbretter zurückkehren wollte. »Es ist schon ein Elend«, sagte ich zu Holden, »daß wir von unseren Ingenieuren erwarten, gleichzeitig auch Diplomaten zu sein.«

Holden grinste. »Vielleicht ist es dann nur gut, daß wir nicht von unseren Diplomaten verlangen, sich auch als Konstrukteure zu betätigen.«

Nun wandten sich die Preußen in ihrem Bestreben, möglichst unbeeindruckt zu wirken, gelangweilt einem anderen Exponat zu, einer Sammlung von Photographien. Traveller stand allein da, wobei sein hageres Gesicht ausdruckslos war; und ich ging spontan auf den Ingenieur zu. »Sir Josiah«, sagte ich – und verfiel dann in Konfusion, weil der Blick, der über diesen Platinzinken nach unten schwenkte, gleichermaßen verächtlich und fragend war. »Verzeihung, Sir«, fuhr ich fort und stellte mich vor.

Er nickte knapp. »So, Herr Diplomat«, bemerkte er, »und welche diplomatischen Perspektiven eröffnen sich nun bei diesen Spielsachen, die ich ausgestellt habe?« Seine Stimme klang wie das Grummeln einer riesigen Dampfmaschine, und ich fragte mich, ob die Unfälle, die ihn so gezeichnet hatten, den Hals und die Lunge auch so versengt hatten wie das Gesicht.

»Spielsachen, Sir?« Ich wies auf die eleganten Konturen der Schwebebahn-Lokomotive, die in das blaue Licht der Kathedrale getaucht war. »Hierbei handelt es sich doch um die Leistungen moderner rationaler Mechaniker, verbunden mit dem Potential von Anti-Eis ...«

Er beugte sich dicht zu mir herunter. »Spielzeug, mein Junge«, sagte er. »Spielzeug für Leute wie Eure Preußen. Solange sie sich nämlich damit befassen, wird es ihnen wahrscheinlich nicht in den Sinn kommen, mein Anti-Eis zu anderen, übleren Zwecken zu verwenden.«

Ich glaubte zu verstehen. »Ihr spielt auf die Krim an, Sir.«

»Das tue ich.« Er betrachtete mich mit einem Anflug von Neugier. »Die meisten Burschen Eures Alters wissen nämlich so wenig von diesem grausigen Feldzug wie von Cäsars gallischen Kriegen.«

»Ich schon.« Ich beschrieb ihm die Erlebnisse meines Bruders Hedley. Ich erzählte ihm, daß mein Bruder vernarbt, aber heil, nach England zurückgekehrt war, wieder in mein Elternhaus, *Sylvan*, gezogen war und heute den ruhigen Beruf eines Buchhalters ausübte. Er hatte schließlich die Dame geheiratet – eine ehemalige Küchenhilfe –, mit der er einst eine unschickliche Liaison gehabt hatte und sich deswegen veranlaßt sah, die Heimat zu verlassen und am Krimkrieg teilzunehmen. Hedley hatte mir erzählt, wie er Travellers Reaktionen auf den Einsatz von Anti-Eis beurteilt hatte. Traveller hörte aufmerksam zu. »Und so«, endete ich, »habt Ihr nach Sewastopol beschlossen, Anti-Eis nur noch für friedliche Projekte zu verwenden.«

Er nickte, und seine blauen Augen glichen Diamanten.

»Aber«, fuhr ich fort, »Sir Josiah, wir sind hier in England und nicht in Preußen. Ihr müßt sicher nicht befürchten, daß die britische Regierung einen erneuten Einsatz von Anti-Eis für einen solchen Zweck verlangen würde ...«

»Ich glaube«, unterbrach er mich, wobei sein Blick von mir abglitt, »daß Eure Preußen ihre Besichtigung abgeschlossen haben. Vielleicht solltet Ihr Euch ihnen wieder anschließen.«

In der Tat zogen Bismarck und sein Gefolge sich majestätisch von dem Arrangement mit den Photographien zurück. Ich suchte nach einem Schlußwort, um mich von Traveller zu verabschieden, und sprach: »Eine bemerkenswerte photographische Ausstellung.« Im Grunde war das Dargebotene jedoch ziemlich verwirrend; ich betrachtete eine Reihe gekrümmter, heller Flächen, die sich von einem schwarzen Hintergrund abhoben.

Erneut beugte Traveller sich zu mir hinunter. »In der Tat bemerkenswert. Wißt Ihr denn auch, was sie darstellen?«

Ich gestand meine Unwissenheit.

»Den Planeten Erde«, flüsterte Traveller, »aus einer Höhe von fünfhundert Meilen.«

Mein Mund klappte auf, und ich versuchte eine Frage zu formulieren; aber Traveller hatte sich bereits abgewandt, und ich konnte nur noch sehen, wie sein steifer Rücken in der Menge verschwand.

Die Preußen waren stolz vor den von ihrem Heimatland gestifteten Exponaten angetreten, und ein Photograph duckte sich unter seiner Kapuze aus schwarzem Samt. Bismarck winkte mir zu. »So, Herr Vicars«, sagte er, »seid Ihr denn nicht davon beeindruckt, was wir Deutschen der Welt zu geben haben?«

»Sir, Eure Ausstellungsstücke zeigen einen hohen Stand der Ingenieurskunst«, stammelte ich.

Er neigte den Kopf und seufzte gekünstelt. »Wir armen Deutschen verfügen nicht über euer Anti-Eis, mit dem ihr herumspielen könnt; und daher müssen wir das durch bessere Ingenieure, bessere Techniker und bessere Produktionsverfahren ausgleichen. Was, Herr Vicars?«

Ich errötete hilflos und suchte nach einer Antwort auf diesen Schmäh – aber dann berührte ein Adjutant Bismarcks Arm. Der Kanzler hörte aufmerksam zu. Schließlich straffte er seine Haltung, wobei sein Blick klar und hart war. »Sie müssen mich entschuldigen.« Er klatschte ein-, zweimal in die Hände, und die ordentliche Reihe der Preußen löste sich auf. Der Photograph streifte mit allen Anzeichen der Indignation die Kapuze ab.

Bald hatten die Preußen sich zu einer fast militärischen Formation gegliedert und marschierten mit einer intensiven Aura der Dringlichkeit auf den Ausgang zu. Mein momentaner Vorgesetzter, ein gewisser Roderick McAllister, eilte ihnen nach; ich faßte ihn am Arm. »McAllister, was geht hier vor?«

»Ich fürchte, daß die Party vorbei ist, Vicars. Die Preußen brechen ihren Besuch ab; ich muß gehen und ihre Abreise arrangieren …«

»Aber was ist mit mir? Was soll ich jetzt machen?«

Er rief über die Schulter. »Ihr habt dienstfrei! Nehmt Euch Urlaub …« Und dann war er auch schon verschwunden; die Preußen hatten sich eine Gasse durch die überraschte Menge der Würdenträger gebahnt; und der arme Roderick hechelte wie ein Pudel hinter ihnen her.

»Resolute Leute, nicht wahr?«

Ich kratzte mich am Kopf. »Welch ein Vorgang, Mr. Holden. Wißt ihr denn, was geschehen ist?«

Er schaute mich mit gelinder Überraschung an und strich sich über seinen pomadigen schwarzen Schopf. »Sie erzählen euch diplomatischen Fritzen wohl auch nicht alles, stimmt's? Die Neuigkeit ist auf der Ausstellung doch schon in aller Munde.«

»Welche Neuigkeit?«

»Frankreich hat Preußen den Krieg erklärt.«

»Oh, ich werde noch … Mit welcher Begründung?«

Er fingerte an seiner Uhrkette herum. »Es sollte mich nicht wundern, wenn dieses elende Telegramm der Grund dafür wäre. Natürlich wurde der Zeitpunkt nicht zufällig gewählt. Ich traue den verdammten Franzen durchaus zu, just zur Eröffnung unserer Ausstellung einen Krieg anzuzetteln; sie werden alles versuchen, um möglichst wenig Aufsehen zu erregen, nicht wahr?« Er musterte mich. »Dennoch stehen die Dinge schlecht, Mr. Vicars; es scheint, daß Ihr unerwartet Ferien bekommen habt. Ich glaube, daß man noch einen Platz für den Stapellauf der *Prince Albert* bekommen kann; ich werde selbst dorthin fahren, und wenn Ihr interessiert seid …«

Zuerst schüttelte ich detachiert den Kopf. »Ich glaube, ich sollte mich wieder bei meiner Dienststelle melden, Urlaub hin oder her …«

Doch dann erinnerte ich mich an Françoise.

Ich schlug Holden auf den Rücken. »Eigentlich, Mr. Holden, ist das eine ausgesprochen gute Idee. Darf ich Euch auf einen Tee einladen, während wir das weitere Vorgehen besprechen?«

Wir bahnten uns einen Weg durch die Ausstellungshalle, die von Diskussionen über den Krieg widerhallte.

2

Eine Kanalüberquerung

Der Stapellauf der *Prince Albert* sollte erst in drei Wochen erfolgen, und Holden und ich beschlossen daher, die Reise nach Ostende zu verschieben. Diese Zeit verbrachte ich untätig in und außerhalb meiner Unterkunft in Bayswater. Während wir die Cafés, Restaurants und Musikhallen unsicher machten, schien mir die Gesellschaft meiner Freunde auf einmal seicht und unwürdig; mehr als einmal saß ich in düsterer Stimmung bei Whisky und Soda in der Ecke einer Clublounge und beobachtete meine Kumpels, wie sie sich zu besoffenen Idioten machten – und ich überlegte, was die elegante Françoise wohl von einem solchen Benehmen halten würde.

Ich kehrte zur Ausstellung zurück, aber Françoise sah ich nicht wieder. Ebensowenig fand ich trotz gründlichen Suchens in den Gesellschaftskolumnen einen Hinweis auf sie.

Da war ich also schon nach unserer ersten kurzen Begegnung verliebt wie ein dummer Schuljunge …

Aber ich war damals dreiundzwanzig Jahre alt und bezweifele, daß ich mein jüngeres Ich jemals anders als mit leicht verlegener Sympathie betrachten werde.

Schließlich, am ersten August, verstaute ich ein paar Sachen in einer kleinen Reisetasche und brach zur Dover International Station auf. Nebel waberte noch über den Docks, als ich mit müden Augen aus dem Postzug von Waterloo Station stieg – aber da wartete bereits George Holden, rund und strahlend wie ein Honigkuchenpferd; er schüttelte mir die Hand und offerierte mir einen Begrüßungsschluck Brandy aus einem silbernen Flachmann. Zunächst lehnte ich ab; aber dann entfaltete die brennende Flüssigkeit ihren feurigen Zauber. Unser Zug glänzte auf der Hochbahn wie ein fliegender Fisch aus Holz und Messing, und als ich nach oben schaute, war es mir, als ob ich den Hauch des Abenteuers, der Spannung und – vielleicht – der Liebe verspürte…

…Aber der Zug hatte Verspätung.

Die Sonne zog am Himmel ihre Bahn, heiß und weiß. Holden und ich tranken eine Tasse Tee nach der anderen und knabberten kandierte Orangenschalen, und als mir der frühmorgendliche Brandy zu schaffen machte, spazierten wir auf dem Bahnhofsgelände umher.

Das Problem betraf einen der Pylonen, welche den Makadamkörper fixierten, der hundert Fuß über unseren Köpfen die Schwebebahn trug. Dieser Pylon wurde mit eingefettetem Seil abgesperrt, während Polizeibeamte jeden zugänglichen Zoll inspizierten. Diese unglücklichen Constables, die in ihren dicken Serge-Uniformjacken schwitzten, schauten ziemlich komisch aus, als sie zerbrechliche Leitern hinaufkletterten. Einer von ihnen stieß mit dem Kopf gegen einen Querträger, und sein Helm flog unter dem großen Beifall der anwesenden Öffentlichkeit auf den Makadam. Der Polizist rieb sich den Kopf, dem bereits die Haare ausgingen, und stieß einen lästerlichen Fluch aus.

Ein stämmiger, alternder Polizist war zur Bewachung der Absperrung abgestellt worden; sein rundes Gesicht war schweißnaß, und seine Stimme verriet den rauhen Akzent des ländlichen Kent. »Wir vermuten das Vorhandensein eines Sprengsatzes«, erklärte er in Beantwortung unserer Fragen.

»Meint Ihr damit eine Bombe?« fragte ich ungläubig. »Aber eine entsprechend starke Bombe würde die Bahnlinie doch zerstören. Dutzende – Hunderte könnten dabei umkommen!«

Der Polizist blickte ungerührt drein.

»Wer könnte wohl so etwas tun?«

»Ach.« Er schob den Helm zurück. »Die Welt ist voller Anarchisten, Sozialisten und anderer Wirrköpfe, Sir; nicht jeder ist so vernünftig wie Ihr und ich.«

Holden ergriff meinen Arm und lotste mich fort. »Vielleicht«, murmelte er, »hat Euer strohköpfiger Freund ja recht. Aber ich befürchte, daß auch noch genug andere für eine solche Grausamkeit in Frage kämen, von denen jeder einzelne so rational wie Ihr und ich wirken mag – oder sogar wie diese Witzfigur von Constable dort drüben.«

Ich lachte. »Aber wer?«

Holden zuckte die Achseln. »Die Schwebebahn ist ein schönes Werk, nicht wahr? Aber es gibt auch viele, die sie als eine Bedrohung betrachten. Seht, mein Freund, alles Neue ist eine Gefahr für die Alte Ordnung. Alles Neue verlangt auch eine neue Betrachtungsweise der Dinge, neue Denkweisen, und – in einigen Teilen unseres Kontinents – werden solche Revolutionen einfach keinen Erfolg haben.«

Ich rieb mir das Kinn und schaute nach oben; der glänzende Bogen der Schwebebahn schwang sich über den Kanal hinweg, ohne etwas von meiner Verwirrung zu wissen.

Es war nach neun Uhr abends, als wir schließlich die Rolltreppe bestiegen, die uns hoch in die Luft zu unserem Zug beförderte. Ich sah aus dem Fenster und überschaute den Hafen. Die Sonne stand jetzt dicht über dem Wasser und der Mond hing hoch am Himmel, ein perfekter Neumond; der Kleine Mond war ein kartoffelförmiger Schemen, der wie eine Wolke in den sich verdunkelnden Himmel stieg.

Oben an der Treppe stellten wir uns zur Überquerung einer kurzen Brücke an. Ich ließ den Blick am Zug entlangwandern, bis hin zur Lokomotive. Das große Gerät hockte wie ein Panther auf seiner einzigen Schiene, deren glänzende Verbindungsstreben dick mit Kondensat überzogen waren. Die Lokomotive hatte eine zylindrische Form, wie die älteren kohlebetriebenen Konstruktionen – ihr Schornstein war indessen nur angedeutet, ein eiserner Ring mit einer Höhe von kaum zwei Zoll. Mir war klar, daß diese Lokomotive keine dicken Rauchwolken ausstoßen würde; in der Tat war der Dunst, den ich sah, kein Rauch oder Dampf, sondern ein Kondensat, das sich auf dem großen Dewar-Behälter niederschlug, der sich im Mittelpunkt der Lokomotive befand und die paar wertvollen Unzen Anti-Eis auf arktische Temperaturen herunterkühlte.

Ein mit dem Zylinder vernietetes Messingschild trug die Nummer der Lokomotive und einen Namen: *Dover Flyer*. Ich lächelte über diese Bescheidenheit.

Ich überreichte die Reisetasche einem Träger, der sie über einen beängstigend schmalen Steg zu einem Gepäckwagen brachte, und dann folgte ich Holden in unseren Waggon. Er war mehr als komfortabel, mit breiten, gut gepolsterten und mit Leder bezogenen Sitzbänken, die im kräftigen Purpur der International Light Rail Company gehalten waren. Ein Steward, ein kleiner Bursche mit einem affenartigen Gesicht, das deplaziert aus dem sauberen weißen Anzug ragte, servierte uns Drinks – ich ließ mir einen Scotch mit Wasser kommen, Holden einen Brandy – und während wir auf den Rest der Passagiere warteten, ließen wir uns auf einer Sitzbank unter einem großen Panoramabild nieder, um zu rauchen und uns zu unterhalten.

Ich erzählte Holden, daß mir das kuriose Design unserer Lokomotive mißfiel und verglich es zu seinen Mißfallen mit den neuen tropfenförmigen Konstruktionen, die auf unserer Ausstellung gezeigt wurden. Vielleicht, so sinnierte ich, hatten die durch das Anti-Eis bedingten Fortschritte auch ihren Preis. Wir ließen uns hinreichend über diesen Punkt aus, und dann schweifte unser Gespräch in die Rolle und Folgen der Anti-Eis-

Technik im allgemeinen ab; und schließlich begann Holden, der mit zunehmender Entspannung immer gesprächiger wurde, mich in die erregende Geschichte der Entdeckung des Anti-Eises einzuweihen …

Laut Holden begann die Geschichte des Anti-Eises mit obskuren Legenden der australischen Aborigines. Nach Aussage dieser wilden Burschen fiel zu der Zeit, als der Kleine Mond zum erstenmal am europäischen Himmel erschien (um 1720), ›in Eis eingeschlossenes Feuer‹ vom australischen Himmel. Dieses Eis wies eine gelbliche und rötliche Tönung auf, und jeder, der das Eis mit den Händen umschloß, entfachte das dämonische Feuer und wurde von ihm verzehrt.

Der britische Forscher Ross befand sich auf der Durchreise in die Antarktis, und diese Legenden, die er in einer Kneipe aufgeschnappt hatte, weckten seine Neugier. Er beschloß, sie bis zu ihrem Ursprung zurückzuverfolgen.

Seine Suche führte ihn nach Cape Andare, einer antarktischen Halbinsel südlich des australischen Kontinents. Ross und seine Mannschaft verbrachten mehrere Tage mit der Erkundung der eisbedeckten Ebenen. Schließlich näherten sie sich einer Kette niedriger, gezackter Berge und stießen unerwartet in eine Ebene vor, die mit massiven Felsbrocken übersät war. Als seine Schlittenhunde sich im Slalom zwischen diesen zerklüfteten, eisbeschichteten Fragmenten hindurchschlängelten, überlegte Ross (wie er in seinem Tagebuch berichtete), daß die Szenerie den Eindruck eines explodierten Berges vermittelte, der nun zerbröselt auf dem Eis lag. Und merkwürdigerweise klaffte eine Lücke in der Bergkette; es schien, als ob ein Zahn in einem ansonsten gesunden Gebiß fehlte.

Als Ross sich dem Mittelpunkt dieser seltsamen Ebene näherte, bemerkte er, daß die Felsbrocken immer kleiner wurden, bis die Kufen seines Schlittens schließlich über kieselartige Steinchen knirschten. Die Beschaffenheit des Eises mutete hier ebenfalls sehr merkwürdig an; es wirkte glasiert, und wenn man die obersten paar Zoll entfernte, war es ganz klar; außerdem wies es Einschlüsse von Kieselsteinen und Felsbrocken auf, als ob es sich um Bernstein handelte.

»Ross hatte den Eindruck«, sagte Holden, »daß hier eine riesige Explosion stattgefunden hatte. Ein Berg war zertrümmert worden, wobei große Felsbrocken meilenweit durch die Luft gewirbelt worden waren; das Eis war schlagartig verdampft und in großen Wolken in die frostige Polarluft aufgestiegen. Dieser Dampf war dann schnell wieder gefroren und hatte die Trümmer überzogen.« Holden klopfte die Pfeife aus, wobei seine gnomenhaften Gesichtszüge die Spannung seiner Erzählung reflektierten.

Mit steigender Erregung setzte Ross seine Erkundungen fort, berichtete Holden.

Und schließlich stieß er auf das Zentrum der großen Explosion.

Eine Kuppel aus einer gelben Substanz, vielleicht zehn Fuß hoch, erhob sich aus dem Eis.

Anfangs hielt Ross sie für eine Art Gebäude, und er fragte sich, ob er vielleicht vor der Entdeckung bislang unbekannter antarktischer Ureinwohner stand. Aber er gelangte schnell zu dem Schluß, daß es sich hierbei nicht um eine menschliche Konstruktion handelte; ebensowenig war die Kuppel hohl. Das war ein seltsames neuartiges Eis. Ross drückte das Gesicht an die kalte Oberfläche, entfernte ein paar Zoll frischen Schnees und schaute in das rätselhafte Innere.

Schichten einer rötlichen Substanz hingen wie Schleier in der gelben Masse.

Die Mannschaft schlug im Windschatten der Eiskuppel ein Lager auf. Ross wußte, daß es am sichersten wäre, Proben dieses Eises auf sein Schiff – oder sogar nach England – zu bringen, um es dort einer gründlichen Analyse zu unterziehen. Aber die Faszination der Legenden der Aborigines wirkte noch nach.

Er war ein neugieriger Mann; schließlich war er ja ein Forscher.

Als die kurze antarktische Nacht vorüber war, ließ Ross also einen seiner Männer so viel von dem Zeug abkratzen, daß es einen Zinnbecher füllte; und dieser Becher wurde auf einem kleinen Ofen erwärmt.

Der Großteil von Ross' Truppe versammelte sich um das Feuer.

»Die resultierende Explosion«, referierte Holden nüchtern, »brachte drei Männer sofort um und verwundete den Rest schwer, tötete bzw. verschreckte die Hunde und warf die Schlitten um. Ross selbst büßte bei diesem Vorfall einen Arm und ein Auge ein, und er berichtet, daß dort, wo zuvor der Ofen gestanden hatte, ein ganze sechs Fuß breiter Krater in das Eis geschmolzen war.« Holden lächelte. »Sein Tagebucheintrag für diesen Tag wurde berühmt: ›Befinden uns durch dieses gelbe Eis in einer kritischen Lage. Der Ofen und Bens Becher sind unauffindbar.‹«

Ich fühlte, wie mir Tränen in die Augen stiegen angesichts des unprätentiösen Mutes, der aus diesen Worten sprach – so typisch britisch, dachte ich!

Ross und seine überlebenden Begleiter kehrten zu ihrem Schiff zurück und steuerten den nächsten Hafen der Zivilisation an.

»Als die Kunde von dieser Entdeckung England erreichte, entsandte die Royal Society eine weitere, mit den neuesten wissenschaftlichen Geräten ausgerüstete Expedition nach Cape Adare; und heute beherbergt dieses Kap eine veritable Stadt für Wissenschaftler und Ingenieure. Traveller selbst bezeichnet diesen gottverlassenen Ort als seine zweite Heimat. Und dort gibt es auch einen völlig neuen Berufszweig – die Cryosynthetiker –, fähige Herren, die unter dem Einsatz von großen Dewar-Behältern und ähnlichem nach Wegen suchen,

Anti-Eis vom Kap zu exportieren und bei ausreichend tiefen Temperaturen zu jedem Punkt des Globus zu befördern.«

Ein Pfeifsignal informierte uns, daß der Zug nun beladen und bereit zur Abfahrt war; und mit einem fast nicht wahrnehmbaren Rucken – so schwach, daß das Eis in meinem Whisky sich kaum bewegte – fuhr der Zug an. Die Strecke verlief entlang der Hafenanlagen und führte dann hinaus über den Ärmelkanal. Das erlöschende Sonnenlicht ließ das Wasser unter unserem Sitz wie ein Diamantenfeld glitzern, und ich spürte eine Aufwallung von Überschwang und Stolz.

Eine der Sensationen der Saison war die Ausstattung der Hauptstrecken mit Speisewagen nach amerikanischem Vorbild gewesen; und so setzte unser affengesichtiger Steward uns davon in Kenntnis, daß er in einer Viertelstunde das Dinner servieren – und die Gläser nachfüllen würde.

»Das bedeutet also, daß Anti-Eis weltweit nur an dieser einen Stelle, bei Cape Adare, gewonnen werden kann?« fragte ich Holden.

»Es ist doch logisch, daß nur in den Polarregionen eine solche Substanz überdauern konnte«, erwiderte Holden, »denn wenn das Zeug in wärmere Klimazonen verbracht wird, zerstört es sich umgehend selbst – und einen Großteil seiner Umgebung dazu. Die antarktischen Regionen sind von unseren Forschern durchkämmt worden – in diesem Zusammenhang ist es interessant zu wissen, daß die britische Flagge bis zum Jahre 1860 über dem Südpol wehte; denn wer weiß, wann man sich zur Durchführung einer solchen Expedition aufgerafft hätte, wenn da nicht die Motivation durch das Anti-Eis gewesen wäre? Aber auf weitere Vorkommen von Anti-Eis ist man nie gestoßen.«

»Demnach ist die von Ross im Eis gefundene Stelle die einzige?«

»Offensichtlich. Ihre Masse ist auf tausend Tonnen geschätzt worden; und soviel ich weiß, handelt es sich hierbei um die weltweit einzige Fundstelle. Es hat wirklich den Anschein, als ob die alten Legenden der Aborigines der Wahrheit entsprächen – daß das Anti-Eis vom Himmel fiel, über Australien hinwegraste und in Adare einschlug.«

Ich rieb mir das Kinn. »Wenn man die fundamentale Bedeutung dieser Substanz für Britanniens Rolle in der Welt betrachtet, dann scheint das aber reichlich wenig zu sein.«

Holden nickte. »Glücklicherweise ist Anti-Eis sehr ergiebig. So bräuchte man zum Beispiel nur ein paar Unzen pro Monat, um diesen Zug zu betreiben. Aber dennoch habt Ihr recht. Und wir ersinnen immer ausgefeiltere Einsatzmöglichkeiten für dieses Zeug.«

»Und das«, fuhr er fort, »wird auch von denen als Argument angeführt, die einen erneuten militärischen Einsatz von Anti-Eis ablehnen. Die Feinde Großbritanniens verfügen lediglich über eine einzige Abwehr gegen die Anti-Eis-Artillerie: – *Zeit*. Wenn wir unsere wertvollen Eisvorräte vergeudet haben, können sie wie die Wölfe über uns herfallen.«

Holden und ich leerten unsere Gläser und begaben uns in den Speisewagen. Während ich, innerlich durch den Whisky gewärmt, durch den Zug schritt, registrierte ich ein rhythmisches Rattern. Ich hatte fast den Eindruck, in einer gezogenen Straßenbahn zu sitzen. Ich schaute aus dem Fenster und sah, daß die das Meer überspannende Schiene an Pylonen fixiert war, und immer, wenn der Zug einen Pylon passierte, trat dieses kaum merkliche Rucken auf. Die Pylonen waren Konstruktionen aus Eisenverstrebungen, die unmittelbar aus der dunkler werdenden Oberfläche des Kanals zu wachsen schienen – aber wie ich wußte, waren die Pylonen auf großen Pontons befestigt, die unter der Wasseroberfläche verankert waren. Der Auftrieb dieser Pontons ließ sie an ihren Ankertrossen zerren und resultierte in einer

Plattform, die steif und robust den berüchtigten Strömungen im Kanal trotzte.

Mir war bekannt, daß alle drei Kanalbrücken auf diese Art konstruiert waren. Dies war durch die geringe Masse der Trasse selbst und die Tatsache bedingt, daß der Meeresboden unter dem Kanal keine massiven Fundamente aufnehmen konnte.

Wir nahmen im Speisewagen Platz, und bald genossen wir ein vertrautes, beruhigendes Ambiente: Das Klirren von Besteck auf Tellern, die mit dem Emblem der Eisenbahngesellschaft verziert waren, zivilisierte Konversation im Hintergrund, das volle Aroma guter britischer Küche und später den Wohlgeruch von Portwein, Brandy, Kaffee und guten Zigarren. Holden und ich sprachen nur wenig während des Essens; als wir das Mahl jedoch beendet hatten, schob ich den Stuhl zurück, streckte die Beine aus und hielt Holden mein Brandyglas entgegen. »Laßt uns auf das Anti-Eis trinken«, sagte ich mit vielleicht etwas schwerer Zunge, »und seine Schöpfung, die vielen Wunder dieser Zeit!«

»Darauf trinke ich«, erwiderte Holden lächelnd. Er lehnte sich zurück und hakte seine dicken Daumen in die Uhrkette ein. »Aber ich würde Euch nicht raten, den Trinkspruch zu bekräftigen, indem Ihr einen Würfel aus Anti-Eis in Euren nächsten Whisky fallen laßt. Ihr müßt nämlich wissen, daß Anti-Eis diese Bezeichnung seiner absoluten Unverträglichkeit mit jeder ›normalen‹ Substanz verdankt – in diesem Fall wäre das der Whisky und das Glas. Das Anti-Eis und eine äquivalente Masse Whisky und Glas würden einfach verschwinden – und durch einen enormen Betrag an Wärmeenergie ersetzt werden, die sich explosionsartig entfaltet. Dürfte Eurem Genuß ziemlich abträglich sein.«

»Dann kann also gewöhnlicher Whisky – oder irgend etwas anderes – in eine so zerstörerische Substanz wie, sagen wir, Dynamit verwandelt werden?«

Er lächelte nachsichtig und fuhr mit der Hand durch

seinen strubbeligen Schopf. »Noch viel explosiver, junger Freund. Aber wir wissen nicht, wie. James Maxwell hat die Hypothese aufgestellt, daß Anti-Eis vielleicht irgendeine chemische Reaktion mit normaler Materie eingeht, genauso wie Sauerstoff mit anderen Elementen reagiert, und dabei Energie in Form von Wärme und Licht freisetzt.« Er betrachtete mein Gesicht, das, wie ich befürchte, Verständnislosigkeit ausdrückte. »Ich beschreibe gerade den normalen Vorgang der Verbrennung«, sagte er sanft. »Feuer, Ned.«

»... Aha. Nun, dann ist das also die Antwort! Anti-Eis ist eine neue Variante des Sauerstoffs, und was wir hier haben, ist eine neue Art von Feuer.«

»Vielleicht. Aber Joule hat nach seinen Experimenten mit Thomson dargelegt, daß das Energiepotential von Anti-Eis-Reaktionen das aller bekannten chemischen Reaktionen um mehrere Größenordnungen übertrifft. Vielleicht haben wir es hier mit Kräften zu tun, die aus einer tieferen Struktur der Materie resultieren, unterhalb und jenseits der bekannten Kräfte, die an chemischen Reaktionen beteiligt sind. Ned, möglicherweise werden wir erst im nächsten Jahrhundert so tief in das Wesen der Materie vordringen können – mit starken Mikroskopen vielleicht –, um die dem Anti-Eis innewohnenden Geheimnisse aufzudecken.«

Ich bestellte mir noch einen Brandy. »Das ist ja alles sehr schön«, meinte ich, »aber was sagen diese berühmten Burschen, Maxwell und ...«

»Joule.«

»Ja, Joule; wie beurteilen sie denn das, was in meinen Augen das größte Rätsel ist – die Tatsache, daß man diese Substanz bei polaren Temperaturen absolut sicher transportieren kann und daß das Zeug nur explodiert, wenn es erwärmt wird – wie der arme alte Ross zu seinem Leidwesen feststellen mußte?«

»Ach so.« Holden klopfte seine Pfeife aus, stopfte sie aus einem ledernen Tabaksbeutel und zündete sie wieder an. »Gründliche – und gefährliche – Experimente in Adare haben gezeigt, daß die Substanz Anti-Eis eine sehr hohe magnetische Flußdichte aufweist. Dieser Fluß umschließt das Anti-Eis und schirmt es von normaler Materie ab. Wenn die Temperatur jedoch ansteigt, brechen die Magnetfelder zusammen – mit explosiven Konsequenzen.«

Ich runzelte die Stirn und versuchte das zu begreifen. »Und wodurch wird dieser Magnetismus verursacht? Durch winzige Elementarmagnete, die in diesem Zeug verstreut sind?«

Er schüttelte den Kopf. »Ganz so einfach ist es dann doch nicht …«

»Das habe ich schon befürchtet.«

Holden beschrieb, wie Michael Faraday anhand seiner Experimente gezeigt hatte, daß durch das Vorhandensein eines starken elektrischen Stroms ein Magnetfeld induziert werden kann. Anscheinend zirkulieren im Innern von Anti-Eis ständig starke elektrische Ströme und erzeugen somit den erforderlichen Magnetismus. »Aber es verbirgt sich kein winziger Dynamo in dem Zeug«, sagte Holden, »vielmehr hat es den Anschein, als ob die elektrischen Ströme einfach nur im Eis zirkulierten, wie ein Fluß in einem geschlossenen Kanalsystem; ohne Anfang und ohne Ende, und ohne eine Primärursache; es besteht hier quasi eine Analogie zu einer persischen Sage, wonach der Wurm Ouroubouros überlebt, indem er endlos seinen eigenen Schwanz auffrißt.«

»Wirklich, beim Jupiter? Aber schaut mal, Holden: Ein Fluß kann doch nicht ständig im Kreis fließen; er würde früher oder später zum Stillstand kommen, denn es kann keinen runden Kanal geben, der immer nur bergab fließt – oder?« ergänzte ich in plötzlichem Zweifel.

Er nickte zustimmend. »In der Tat nicht. Aber wenn Euer kreisförmiger Kanal mit einem speziellen Glas ausgekleidet wäre, das überhaupt keine Reibung aufweist, dann würde das Wasser unaufhörlich weiterfließen.«

Ich bemühte mich, das alles nachzuvollziehen. »Und wie soll dieser Kanal nun bei der Erklärung des elektrischen Phänomens helfen?«

»Faraday hat in Proben von Anti-Eis unsichtbare Pfade aufgespürt – und entlang dieser Pfade wird der Elektrizität kein Widerstand entgegengesetzt. Wie bei den Glaskanälen, die ich beschrieben habe, seht Ihr? Faraday hat dieses Phänomen als ›Supraleitung‹ bezeichnet. Und diese Leitungsfähigkeit verschwindet, wenn die Temperatur von Anti-Eis erhöht wird. Die elektrischen Ströme zirkulieren nicht mehr; und deshalb brechen auch die Magnetfelder zusammen.«

»Ich habe den Eindruck, daß man aus dieser Substanz auch einen wirtschaftlichen Nutzen ziehen könnte«, sinnierte ich. »Obwohl ich mir nicht auf Anhieb vorstellen kann, welchen …«

»Absolut!« Erneut lehnte Holden sich in seinem Sessel zurück, wobei sein Kopf von einer Rauchwolke umwabert wurde. »Stellt Euch vor, wir könnten unsere Kabel unter dem Atlantik durch Hochleistungs-Leiter ersetzen. Dann könnte der schwächste Strom, das schwächste Signal, den Ozean ohne den geringsten Verlust durchqueren! Und wenn die Kabel für die Stromübertragung auch aus diesem Material bestünden, könnte elektrische Energie an alle Kontinente geliefert werden, wobei die Entfernung dann überhaupt keine Rolle spielt!« Er klatschte mit der freien Hand auf den Tisch und ließ das übriggebliebene Besteck tanzen, und ein paar Köpfe wandten sich neugierig in unsere Richtung. »Ich sage Euch, Vicars, eine solche Übertragung würde die bisher durch das Anti-Eis bewirkten Wunder zu reinen Kinkerlitzchen degradieren. Sie würde die Welt verändern, Mann!«

Ich lachte und ließ mich von seinem Enthusiasmus anstecken. »Und ist die Gilde der Wissenschaftler denn zuversichtlich, solche Drähte und Kabel verlegen zu können?«

Er seufzte, als ob die Luft aus ihm herausgelassen würde. »Ich glaube, daß Josiah Traveller Prototypen konstruiert hat, die auf der Nutzung supraleitender Pfade in Blöcken von Anti-Eis bestehen. Aber es hat sich bisher als unmöglich erwiesen, die Komponente von Anti-Eis zu isolieren, die Träger der Supra-Leitung ist.«

Ich nickte verständnisinnig und erblickte in diesem ziemlich komischen, runden kleinen Gesicht die Seele eines Mannes, dessen Traum – von einem revolutionierten Europa – fast realisierbar schien, aber letztlich doch unerreichbar war.

Nun sah er mich aus dem Augenwinkel an und fixierte mein leeres Brandyglas. »Seid Ihr überhaupt in der Stimmung, von weiteren Vorteilen von Anti-Eis zu hören? Zum Beispiel von den hohen Temperaturen, die es erzeugt und die einen eindrucksvollen Carnot-Wirkungsgrad ermöglichen, der sich proportional zur Differenz der Arbeitstemperaturen zwischen ...«

Ich fuchtelte mit meinem Glas in der Luft herum. »Meine Güte, guter Mann, ich bin durchaus beeindruckt von Eurer Gelehrsamkeit, aber mehr noch von Eurer Intuition. Ihr habt recht! – Ich bin in der Tat nicht in der Stimmung, mich in diesen wissenschaftlichen Gefilden zu bewegen. Aber schaut mal dort!« Reichlich dramatisch schwenkte ich den Kopf zum Panoramafenster hinüber.

Es war bereits sehr spät, und – anhand der Reflexionen der rudimentären Glühstrümpfe der Waggons sah ich diese satte Lumineszenz am Sternenhimmel, in der vergleichsweise hellen Mittsommernacht. Und, wie ein vom Himmel gefallenes Floß aus Sternen, zogen die Lichter eines großen Schiffes unterhalb unseres metallenen Viaduktes vorbei. Wir reckten den Hals, als der Zug uns von dem Schiff entfernte; aus der Perspektive der zunehmenden Distanz waren die Lichter so deutlich zu erkennen, daß man die Konturen des Schiffes ausmachen konnte. Das ganze Bild wurde von blinkenden Warnlampen eingerahmt, die auf den Pylonen der Schwebebahn montiert waren. »Meine Güte«, sagte Holden, »welch ein wunderbarer Anblick.«

Ich mußte den Kopf von einer Seite zur anderen drehen, um das Schiff in ganzer Länge überblicken zu können. »Es muß ja eine halbe Meile lang sein! Sicherlich wird ein solcher Leviathan von Anti-Eis angetrieben.«

Holden lehnte sich im Sessel zurück und orderte noch einen Drink. »In der Tat. Bei diesem Monstrum kann es sich nur um die *Great Eastern* handeln.«

»Brunels berühmte Konstruktion?«

»Nein, nein; ich meine das Schiff, das vor etwa fünf Jahren von Josiah Traveller entworfen und nach dem großen Ingenieur benannt wurde.« Holden lächelte mir über sein nachgefülltes Glas hinweg zu. »Es ist schon eine Ironie, daß Traveller ähnliche finanzielle Probleme wie Brunel bei der Finanzierung seiner *Eastern* hatte. Aber Brunels Schiff war seinerzeit weder ›Fleisch noch Fisch‹: Ein Passagierdampfer, der nicht ästhetisch und umweltfreundlich genug war, um über den reinen Neuigkeitswert hinaus noch viel zu bieten. Traveller hingegen hatte von vornherein beschlossen, sein Schiff schwerpunktmäßig als Frachter zu konzipieren. Und so umrundet das aufgrund seiner Größe praktisch unsinkbare Schiff, das – dank der Cryosynthetiker – die verderblichsten Waren konservieren und transportieren kann, mit seiner Anti-Eis-Turbine die Welt und muß nicht einmal einen Hafen anlaufen, um Treibstoff zu bunkern!«

Ich erhob den Schwenker und sagte, vielleicht etwas lauter als eigentlich beabsichtigt: »Dann trinken wir auf Traveller und all seine Errungenschaften!«

Holden erhob nun auch das Glas – sein runder Körper mit den kurzen, ausgestreckten Armen erinnerte mich in diesem beschwipsten Augenblick an einen lebendigen

Ballon. »Josiah Traveller«, sinnierte Holden. »Ein vielschichtiger Charakter. Ein mindestens genau so guter Ingenieur wie Brunel, und doch kaum befähigter als jener, sich mit den komplexen Gegebenheiten der Welt zu arrangieren. Vielleicht ist er in dieser Hinsicht sogar noch unbegabter. Brunel ist wenigstens unter die Leute gegangen und hat mit anderen Kollegen zusammengearbeitet. Traveller hingegen tüftelt meines Wissens abgeschieden in seinen Labors in Farnham. Er arbeitet nicht mit Blaupausen oder am Reißbrett, sondern entwickelt Prototypen neuartiger Erfindungen, die dann von seinen Mitarbeitern zu funktionsfähigen Mechanismen weiterentwickelt werden.«

»Und dennoch verfügt er über die Vision.«

»Ja, darüber verfügt er.«

Ich beugte mich interessiert nach vorn. »Und stimmt es denn, Holden, daß Traveller auch schon durch die Lüfte geflogen ist? Diese in Manchester gezeigten Photographien ...«

Er winkte etwas zu lässig ab. »Wer weiß? Bei Traveller kann man nur schwer zwischen Legende und Wahrheit unterscheiden. Vielleicht ist seine lebhafte Phantasie – die sicher ein Quell der Kreativität ist – gleichzeitig auch sein Schwachpunkt. Betrachtet nur einmal dieses *Prince Albert*-Projekt. Braucht Europa denn wirklich einen solchen Landkreuzer? Ich befürchte nämlich, daß Eure konservativen Investoren sich genau diese Frage stellen und ihr Geld dann lieber in Baumwollspinnereien und Dreschmaschinen investieren; nicht besonders phantasiebegabt, diese Kleingeister, fürchte ich.«

Ich nippte am Brandy. »Nein, und ich vermute auch, daß solche Krähwinkel-Pfeffersäcke nicht die einzigen sind, die es gerne sähen, wenn das *Albert*-Projekt wegen Finanzierungsschwierigkeiten aufgegeben werden müßte.«

»Ah.« Holden nickte, wobei seine sich verengenden Augen ihm einen schlitzohrigen Ausdruck verliehen.

»Ganz recht. Nicht jedem Franzosen wird der Anblick eines solchen Leviathans zusagen, der die britische Flagge an die Tore von Paris trägt. Neid ist nämlich eine ziemlich gängige Gefühlsregung auf dem Kontinent.«

Ich lachte. »Ihr würdet sicher einen feinen Diplomaten abgeben, Sir!«

»Nun, betrachten wir die Dinge einmal aus deren Perspektive!« fuhr er engagiert fort. »Da sind die Franzosen unter Louis Napoleon, dem sogenannten Neffen Bonapartes, der ständig die alte blutige Zeit heraufbeschwört. Die Russen sind eine mittelalterliche Horde, die von der Zukunft träumt. Österreich ist kaum mehr als eine Operettenmonarchie – bedenkt nur, wie das Land im Siebenwöchigen Krieg gegen seinen deutschen Vetter in die Knie ging! Kein Wunder, daß sie alle neidisch auf Britannien blicken, Hort der Initiative und des Unternehmertums – Hort der Zukunft!«

»Vielleicht habt Ihr ja recht«, stimmte ich zu, mitgerissen von seinem Elan und geistreichen Witz. »Und was die Preußen betrifft, so können wir davon ausgehen, daß die Aufmerksamkeit von Herrn Bismarck ganz der Beschäftigung mit Frankreich gilt. Ha! Ich fürchte, er wird bald merken, daß er sich damit etwas übernommen hat.«

Holdens Blick wurde schärfer und nachdenklicher. »Welch ein Pulverfaß Europa doch ist ... Ned, kennt Ihr vielleicht die Pamphlete der Söhne der Gascogne? ›Und wieder gen Calais‹ ... ein bewegender Titel. Diese Söhne glauben, es sei die Pflicht der Briten, bei den verrückten Fremden Ordnung zu schaffen.«

»Sir«, sagte ich vorsichtig und etwas verwirrt von dem harschen Unterton, der in Holdens Humor durchbrach, »bedenkt, daß Britannien eine konstitutionelle Monarchie ist. Das macht den großen Unterschied zwischen uns und unseren europäischen Nachbarn aus; in Britannien ist die Regierung fest verwurzelt und befindet sich nicht in den Händen einer Person, sondern in einem Geflecht aus alten Institutionen und Konventionen.«

»Ganz recht«, bestätigte Holden mit einem Kopfnicken. »Und trotzdem befürworten Euer König, der gleichzeitig auch Kaiser ist – und seine Mutter – die Rückkehr der Bourbonen auf den französischen Thron! Was sagt Ihr dazu? Wie vereinbart sich denn das mit der Verfassung? He?«

Ich runzelte die Stirn und versuchte eine Antwort zu formulieren; dann suchte ich in meinem Glas nach Inspiration, nur um festzustellen, daß es schon wieder halb leer war; und als ich wieder in Holdens kämpferisches Gesicht schaute, hatte ich seine Frage bereits vergessen. »Ich glaube«, antwortete ich, »daß es an der Zeit ist, sich zurückzuziehen.«

»Zurückziehen!« Er klang schockiert. »Mein Junge, wendet Euren Blick einmal dorthin: Dort sind die Lichter von Ostende. Ihr vergeßt, daß Ihr im Zeitalter der Wunder lebt, Ned; wir sind angekommen! Kommt jetzt; ich glaube, wir sollten uns noch einen frischen Kaffee genehmigen, bevor wir landen und unsere aussichtslose Suche nach einer Droschke aufnehmen …«

Mit einem kaum hörbaren Zischen verringerte der Zug seine Geschwindigkeit.

3

Der Land-Kreuzer

Wir verbrachten einige Tage in Ostende. Dann reisten wir zu der landeinwärts liegenden Werft der *Prince Albert* weiter, die sich etwa elf Meilen südlich von Brüssel befand.

Unsere Schwebebahn zog sich von Norden nach Süden über die belgische Hauptstadt und verlief dabei parallel zur bodengestützten Eisenbahn. Wir schauten hinab auf das bewaldete Anwesen der Domaine Royale und brausten über das mit Türmchen besetzte Dach des Gare du Nord, des Hauptbahnhofs, hinweg. Im hellen Sonnenlicht schien Brüssel einem mittelalterlichen Gemälde entsprungen zu sein: Elegant, golden und prächtig, und voller Farben und Leben.

Schließlich glitten wir über den Parc du Bruxelles hinweg, eine handtuchgroße Fläche aus Grün und Weiß, die sich vom Stadtzentrum ausgehend in südlicher Richtung erstreckte.

Die Landschaft im Süden der Stadt war grün, unberührt und wirkte fast englisch – und in deren Mitte die Werft der *Prince Albert*, die sich bald über den Horizont schob, einen deplazierten Tupfer aus Steinen, rostigem Eisen und Öl darstellte.

Gegen sechs Uhr abends erreichten wir den Bahnhof am Landdock. Die in Samt gewandeten Körper einer Versammlung von Matronen befanden sich vor uns auf der nach unten führenden Rolltreppe, und Holden und ich sahen amüsiert zu, wie diese Damen sich einen Weg durch einen schlammigen und rostigen Abschnitt des Docks bahnten und ihre Rocksäume dabei durch ölige Pfützen wischten.

Der Stapellauf der *Albert* war für zwölf Uhr nachmittags des kommenden Tages angesetzt, und Holden und ich ließen uns von einer Droschke zu unserem Gasthaus bringen. Die Droschke hoppelte über kopfsteingepflasterte Straßen, und wir schauten uns erstaunt um. Eine richtige Stadt war provisorisch um die Werft errichtet worden – eine Stadt, die zwar aus Holz, Wellblech und Pappe zusammengeschustert worden war, aber dennoch eine Stadt. Die Wege waren mit Kneipen und Tavernen gesäumt, die trotz des frühen Abends schon einen gewaltigen Umsatz machten. Das in rauhen Mengen konsumierte Bier ähnelte eindeutig dem starken englischen Dunkelbier. Eine Jahrmarktatmosphäre lag über der Szenerie: Ständig rollten uns Akrobaten über den Weg, und wir sahen ein Kasperletheater, das bis auf den letzten Nagel vom East End hätte stammen können; und davor stand eine Gruppe von Kindern, die so gut angezogen waren, daß sie dem Adel anzugehören schienen. Es wurden solche neuen Attraktionen angepriesen wie das sechsbeinige Schaf und das menschliche Arithmometer; und überall roch es nach gerösteten Kastanien, kandierten Äpfeln und Pralinen, ertönte das Jaulen der Leierkästen und des Karussells sowie das dissonante Pfeifen der Blechflöten.

»Meine Güte, Holden«, sagte ich in freudiger Stimmung, »das hat ja fast gar keine Ähnlichkeit mit Belgien. Man könnte direkt meinen, sich auf der Isle of Dogs* zu befinden.«

Seine Äuglein blinzelten. »Hier spricht der kosmoplitische Diplomat. Und wonach würdet Ihr auf der Isle of Dogs denn suchen, junger Freund, he?« Ich befürchtete, daß ich rot wurde, aber er hob die pummelige Hand. »Nichts für ungut, Kamerad; ich war ja selbst einmal jung. Aber Ihr solltet nicht überrascht sein. Die *Prince*

---

* Zu Großbritannien gehörende Nordseeinsel – *Anm. d. Übers.*

Albert ist der erste Landkreuzer, der die Ebenen Nordeuropas befahren wird, aber er ist dennoch ein englisches Fahrzeug – entworfen von englischen Schiffsbauingenieuren, ausgerüstet von englischen Konstrukteuren und von englischen Schiffsbauern errichtet. Und so wurde eine Quadratmeile belgischen Bodens zu einer Exklave des Londoner East End. Dies ist eine englische Kolonie, Kamerad; vielleicht sogar ein Symbol unserer technischen Dominanz Europas.«

Nun näherten wir uns dem Zentrum dieser geschäftigen Gemeinde. Hier drängten sich die Tavernen und Gasthäuser um einen seltsamen Hügel. Dieser grasbewachsene Erdkegel war eindeutig künstlichen Ursprungs und etwa hundertfünfzig Fuß hoch. Auf dem Gipfel lag ein steinerner Löwe mit in die Ferne schweifendem Blick, dessen Pranke auf einer Erdkugel ruhte.

Erneut schwang ein leicht irritierender Unterton in Holdens Stimme mit. »Und hier ist der Butte du Lion, Ned; der Löwenhügel. Errichtet aus Erdreich, das die dankbaren Einheimischen in Körben und Säcken vom Schlachtfeld herbeigeschafft hatten, um unseren großen Sieg für alle Zeit zu verewigen.« Er schaute zu dem edlen Steintier auf, wobei seine Unterlippe zuckte.

Und auch ich musterte den Löwen mit etlicher Ehrfurcht und versuchte, mir jenen Junitag vor einem halben Jahrhundert vorzustellen, als Wellington ein paar Yards von diesem Ort entfernt den Korsen schließlich bezwungen hatte …

Denn dies war natürlich das Dorf Waterloo; und welchen geeigneteren Ort hätte es wohl für die Errichtung dieses neuen Symbols des britischen Triumphs geben können? (Auch wenn, so überlegte ich, die englische Armee an jenem Tag der kühnen Intervention der Preußen bedurft hatte, um die angreifenden Franzosen abzuschlagen. Ich unterließ es indessen, Holden darauf hinzuweisen.)

Nun beugte Holden sich nach vorn und deutete mit dem Pfeifenstiel. »Schaut dort …«

Dieses neue Monument, der Landkreuzer, zeichnete sich am westlichen Horizont dräuend gegen die Sonne ab. Er war eine Masse, die sich aus einem Meer von Behelfsunterkünften erhob, und er war rundum eingerüstet und mit Planen überzogen. Die Gerüste wurden durch elektrische Bogenlampen illuminiert; in ihrem Licht wuselten Arbeiter wie Ameisen herum.

Holdens Stimme klang belegt, als ob er den Tränen nahe wäre. »Welch ein Anblick, Ned. Was müssen wohl diese Kontinentaleuropäer dabei empfinden? Sie erinnern mich an die mittelalterlichen Bauern, die mit offenem Mund die himmelstürmenden Mauern der großen gotischen Kathedralen angafften.«

Ich wollte schon vorschlagen, daß, falls wir einen Belgier in dieser Kollektion von Cockneys finden sollten, diesen vielleicht um einen entsprechenden Kommentar bitten könnten – als plötzlich ein Geräusch am Himmel ertönte, ein derart lautes Dröhnen, daß es den Anschein hatte, Gottes Hand würde sich auf das Dach der Droschke legen. Unsere Pferde scheuten und wieherten und zerrten dabei an der Kutsche.

Ein Licht glitt langsam über uns hinweg, weiß und grell, und warf dabei messerscharfe Schatten auf die provisorische Stadt.

Die Menge verstummte. Das Licht überflog die Masse der *Prince Albert* und kam dahinter zum Stillstand, wobei es die untergehende Sonne verdeckte.

»Gütiger Gott, Holden«, keuchte ich. »Was war denn das?«

Er grinste. »Sir Josiah Traveller, Mitglied der Royal Society, an Bord seines Luftfahrzeuges, der *Phaeton*«, sagte er genüßlich.

Ich starrte auf das erlöschende Glühen.

Um uns herum lebte der Lärm der Stadt wieder auf, und unsere Droschke setzte sich erneut in Bewegung.

Unser Hotel wurde von einem gebürtigen Belgier geführt. Die Zimmer waren klein und schäbig möbliert, aber sauber, und das Essen war frugal, nahrhaft – auf englische Art zubereitet – und reichlich.

Wir gingen früh zu Bett, und um acht Uhr morgens am Tag des Stapellaufs machten wir uns im Sonntagsstaat zur *Prince* auf. Unser Hotel war vielleicht zwei Meilen vom Schiff entfernt, und ich wollte schon eine Droschke rufen; aber Holden war dagegen und führte aus, daß es ein schöner Morgen sei und ein Spaziergang uns nur gut tun könne.

Und so schlugen wir den Weg durch die öligen, abfallübersäten Straßen der Landwerft der *Prince Albert* ein. Die Bierabfüllung war bereits in vollem Gange, ungeachtet der frühen Stunde – oder vielleicht, so mutmaßte Holden, dauerte sie auch seit dem letzten Abend noch an. Es war wie eine große, spontane Party; wir sahen gutgekleidete Stadtmenschen, die Schillinge über den Tresen schoben, um verschmutzten Schiffszimmerleuten ein Bier zu kaufen, während Damen aller Klassen sich mit erstaunlicher Ungezwungenheit untereinander mischten. Während wir durch Straßen gingen, die von lachenden Gesichtern gesäumt waren, pulsierte mir das Blut durch die Adern, und meine Stimmung hob sich schnell.

Wir bogen um eine Ecke, und das Schiff wuchtete sich in mein Sehfeld.

Ich schnappte nach Luft. Holden verhielt den Schritt und hakte die Daumen hinter den Kummerbund. »Nun, das ist aber ein Anblick. Hättet Ihr Euch einem solchen Schauspiel denn wirklich in einer beengten Droschke nähern wollen, Ned?«

Der große Landkreuzer war von den ihn einengenden Planen und Gerüsten befreit worden, und nun lag er auf dem platten belgischen Land wie ein großes, plumpes Tier, das von Kränen und Rampen flankiert war.

Wir näherten uns von der Seite. Die Form des Schiffes

entsprach mit vorspringendem Bug und rundem Kiel der seiner hochseetüchtigen Verwandten, war aber kaum als stromlinienförmig zu bezeichnen, und die weiß angestrichenen Flanken wurden von Fenstern unterbrochen, glasüberdachten Decksaufgängen und Aussichtsgalerien. Drei Zwillingsschornsteine reckten sich in die Luft; sie waren hellrot und wurden von einem kupferfarbenen Band und einer schwarzen Kappe gekrönt. Menschen schwärmten in bunten Haufen um das Schiff und schauten ehrfürchtig zu den sechs großen Eisenrädern hoch, auf denen das Schiff ruhte.

Weiße Dampfwolken quollen bereits aus allen sechs Schornsteinen, doch das Schiff bewegte sich noch nicht. Beim Näherkommen konnte ich erkennen, daß das Schiff durch starke Taue gesichert war, die an im Boden eingegrabenen, übermannsgroßen schaufelartigen Vorrichtungen befestigt waren – Landanker, erklärte Holden, als Vorsichtsmaßnahme gegen den Hangabtrieb – und außerdem wurde die *Albert* noch wie weiland Gulliver durch verschiedene Aufgänge und Laderampen auf der Erde fixiert.

Auf dem Promenadendeck, welches die obere Sektion des Schiffes schmückte, waren Sonnenschirme und gläserne Lauben aneinandergereiht, und ich konnte eine Kapelle ausmachen; ein kleines Orchester, dessen Klänge durch die stille Luft drifteten.

Nun näherten wir uns einem der Räder; ich schaute zu einem Zentralverschluß hoch, der breiter war als ich; und die Speichen wurden durch faustgroße eiserne Schrauben fixiert. »Unglaublich, Holden«, schwärmte ich, »jedes dieser Räder muß ja die vierfache Höhe eines Menschen haben!«

»Ihr habt recht«, sagte er. »Das Schiff mißt vom Bug bis zum Heck über siebenhundert Fuß, mit einer größten Breite von achtzig Fuß und einer Höhe von sechzig Fuß vom Kiel bis zum Promenadendeck. In Größe und Wasserverdrängung – achtzehntausend Tonnen – konkurriert das Fahrzeug mit Brunels großen Ozeandampfern … Jedes einzelne Rad wiegt allein sechsunddreißig Tonnen!«

»Es ist ein Wunder, daß das Schiff nicht in die Erde einsinkt, wie ein überladener Karren auf einer morastigen Straße.«

»Ja. Aber wie Ihr seht, sind die Räder mit einer einfallsreichen Vorrichtung versehen worden, um das Gewicht des Fahrzeuges gleichmäßig zu verteilen.« Und wirklich sah ich, daß die Laufflächen aller Räder mit drei breiten Paddeln aus Eisen bestückt waren; wenn das Schiff sich bewegte, würde es ständig diese mobilen Straßenabschnitte in Fahrtrichtung verlegen.

Wir arbeiteten uns durch die das Schiff umstehende Menge. Die Räder und die steilhangartig über mir hängende Wandung vermittelten mir das Gefühl, als Insekt neben einem großen Karren zu schweben, und Holden fuhr fort, verschiedene konstruktive Wunder aufzuführen. Aber ich gestehe, daß ich weder richtig zuhörte noch Travellers Triumph mit der gebührenden Aufmerksamkeit studierte. Denn meine Augen suchten die Menge permanent nach einem Gesicht ab, einem einzigen Gesicht.

Schließlich sah ich sie.

»Françoise!« rief ich und winkte ihr über die Köpfe der mich umgebenden Leute zu.

Sie befand sich in einer kleinen Gruppe, die langsam eine Gangway hinaufging, welche in ein dunkles Unterdeck des Schiffes führte. Zu dieser Gruppe gehörten eine Reihe Stutzer und andere modisch gekleidete junge Herren. Nun wandte Françoise sich um und nickte mir, als sie mich erspähte, kurz zu.

Ich schob mich durch die parfümierte Menge.

Holden folgte konsterniert. »Wie schön muß doch die Jugend sein«, kommentierte er nicht unfreundlich.

Wir erreichten den Aufgang. »Mr. Vicars«, begrüßte Françoise mich. Sie hob eine von einem Spitzenhandschuh verhüllte Hand, um ein Lächeln zu verbergen, und ihre Mandelaugen verschwanden unter ihrem Sonnenschirm. »Ich hatte schon erwartet, daß wir uns wiedersehen.«

»Wirklich?« fragte ich atemlos und errötete.

»In der Tat«, kommentierte Holden trocken. »Welch eine unwahrscheinliche Koinzidenz es ist, daß Ihr beide – au!«

Ich hatte ihn getreten. Holden war auf seine Art ja ein amüsanter Kerl, aber es gibt eben Zeitpunkte und Orte…

Ihr Kleid war aus leichter blauer Seide und am Hals dezent ausgeschnitten; es betonte ihre Hüfte derart, daß ich glaubte, sie mit einer Hand umfassen zu können. Das durch den Sonnenschirm gefilterte morgendliche Sonnenlicht spielte in ihrem Haar.

Einige Sekunden lang stand ich nur da und gaffte wie ein Narr. Dann versetzte Holden mir seinerseits einen Tritt, und ich riß mich zusammen.

Nun trat einer der Gecken vor und verneigte sich mit lächerlich wirkender Eleganz. »Mr. Vicars, habe erneut die Ehre.« Der Bursche trug einen kurzen, hellroten Mantel über einer schwarzgelb karierten Weste mit schweren Messingknöpfen; seine hohen Stiefel waren hellgelb, und ein duftendes Blumensträußchen zierte das Revers. Das war natürlich alles ganz modisch, aber trotzdem verspürte ich eine stille Erleichterung, daß ich – zusammen mit Françoise – etwas dezenter kostümiert war. Aus der bunten Menge starrte mich ein dunkles Frettchengesicht an, und für einen Moment suchte ich nach dem Namen. »Ah. Monsieur Bourne. Welch ein Vergnügen.«

Er runzelte spöttisch die Stirn. »Oh, in der Tat.«

Françoise stellte mich ihren anderen Begleitern vor – stattlichen jungen Männern, deren Gesichter und Namen an mir vorbeiglitten, ohne daß ich sie mir einprägte.

Ich wandte mich ihr zu. Ich hatte mir einige feinsinnige Bonmots aus der aktuellen Literaturszene für sie zurechtgelegt – *Die Zwei Nationen*, Disraelis dystopische Zukunftsphantasie – aber dann wurde ich von Frédéric Bourne unterbrochen, der sagte: »Ich vermute, daß wir Euren preußischen Kollegen heute nicht begegnen werden, Mr. Vicars?«

Damit hatte ich nicht gerechnet; ich merkte, daß sich mein Mund öffnete und schloß. »Äh …«

Françoise musterte mich mit einem Anflug von Mißbilligung. »Ihr seid doch sicherlich über den Fortgang des Krieges informiert, Mr. Vicars?«

Holden kam mir zu Hilfe. »Als wir England verließen, waren die Nachrichten noch gut. Die Marschälle Bazaine und MacMahon schienen den Preußen einen guten Kampf zu liefern.«

»Ich fürchte, daß die Lage sich verschlechtert hat, Sir«, sagte Bourne. »Bazaine mußte sich aus Forbach-Spicheren zurückziehen und setzt sich nach Metz ab, während MacMahon auf Chalons-sur-Marne marschiert …«

»Ihr solltet den Ernst der Lage nicht verschleiern, Frédéric«, wies Françoise ihn scharf zurecht. Ich sah, wie der feine Haarflaum auf ihrem Nacken sich im Sonnenlicht bewegte. Sie wandte sich Holden zu. »MacMahon wurde bei Wörth geschlagen. Er hat zwanzigtausend Mann verloren.«

Holden stieß einen Pfiff aus. »Mam'selle, ich muß sagen, daß Eure Nachrichten mich schockieren. Ich hatte eigentlich angenommen, daß die kampferprobten französischen Armeen sich besser gegen die preußischen Haufen behaupten würden.«

Ein heftiges Stirnrunzeln erschien auf ihrem schönen Gesicht. »Ich kann mir nicht vorstellen, daß wir noch einmal den Fehler begehen, sie zu unterschätzen.«

Holden rieb sich das Kinn. »Ich vermute, daß die Kontroverse in Manchester nun immer heftiger werden wird.«

»Kontroverse?« fragte ich.

»Ob Britannien in diese Auseinandersetzung eingreifen sollte. Der Sache ein Ende bereiten – diesem mittelalterlichen Hickhack und aristokratischen Imponiergehabe.«

Françoise versteifte sich; ihre wohlgeformte Nase bebte. »Sir, Frankreich würde eine Intervention der Briten nicht billigen. Die Franzosen können und werden Frankreich allein verteidigen. Und dieser Krieg ist nicht verloren, solange auch nur ein Franzose noch ein Gewehr tragen kann.«

Ihre Worte, in einem ruhigen, fließenden Ton vorgetragen, waren hart – und, wie ich plötzlich durch meine romantische Brille erkannte, völlig untypisch für eine junge Schönheit ihrer Gesellschaftsschicht. Ich verspürte das unbehagliche Gefühl, daß ich noch viel lernen mußte über Mlle. Michelet, und meine Zuversicht schwand.

»Nun«, fragte ich, »wollt Ihr auch den Großen Salon aufsuchen, Mam'selle? Wie ich höre, fließt bereits der Champagner …«

»Gütiger Gott, nein.« Mit einem Spitzenhandschuh kaschierte sie ein gekünsteltes Gähnen. »Wenn ich verspiegelte Wände und Arabesken betrachten will, kann ich das auch in Paris tun. Wir werden uns unter der Führung des Schiffsingenieurs den Maschinen- und Kesselraum ansehen, Mr. Vicars.«

Holden lachte; offensichtlich hatte ihm der Vorgang Spaß gemacht.

»Das ist eine einmalige Gelegenheit«, erklärte Françoise mir kühl. »Möchtet Ihr uns nicht begleiten, Mr. Vicars? – Oder ist die Verlockung des Champagners zu stark für Euch?«

Bourne kicherte unangenehm.

Und so hatte ich keine Wahl. »Zum Kesselraum!« rief ich. Eine große, in die Schiffswandung gefräste Luke befand sich am oberen Ende des Aufgangs, und wir drangen – nicht ohne eine gewisse Ängstlichkeit, zumindest von meiner Seite – in die dunklen Tiefen des Schiffes ein.

Bei unserem Führer handelte es sich um einen gewissen Jack Dever, einen Ingenieur der James Watt Company, welche die Maschinen des Schiffes geliefert hatte. Dever war ein schmalgesichtiger, düster dreinblickender junger Mann, der in einen ölverschmierten Overall gekleidet war. Sein schütteres Haar war zurückgekämmt und klebte am Kopf, so daß ich mich beiläufig fragte, ob er wohl Maschinenöl als Pomade verwendet hatte.

Mit allen Anzeichen der Ungeduld und Gereiztheit führte Dever uns in Einerreihe über einen von einer Eisenwand begrenzten Korridor ins Innere des Schiffs.

Wir stiegen in eine riesige Kammer hinab, deren Wände aus blankem Eisen bestanden. Es handelte sich hierbei um den Maschinenraum, wie unser Führer widerwillig erklärte; er war einer von dreien – je ein Maschinenraum pro Fahrzeugachse –, und er füllte das Schiff auf ganzer Breite aus. Ein Paar doppelt mannshoher eiserner Träger verlief quer durch den Raum, und auf diesen Trägern waren Schwingungsmaschinen montiert – jetzt noch im Stillstand befindliche Kolbenkraftmaschinen, aus denen glänzendes Öl austrat. Die Kolben waren paarweise in umgekehrter V-Form angeordnet und wirkten dabei wie mechanische Ankläger vor Gericht, wobei jedes Paar eine große Metallspindel mit T-Profil aufnahm. Die Achse selbst verlief auf ganzer Länge durch diesen Maschinenraum und wurde dabei durch die Spindeln geführt. Unser permanent vor sich hinmurmelnder Führer erklärte uns, daß diese Schwingungsmaschinen über Transmissionsriemen mit dem Antrieb verbunden waren, wobei diese Verbindung auf Anordnung der Brücke (die über ein Sprachrohr erfolgte) getrennt werden konnte.

Ich schaute zu dieser mächtigen Metallwelle hoch und

stellte mir vor, daß direkt auf der anderen Seite der Wandung die Räder an der Achse geführt wurden. Angesichts dieser leblosen Giganten fühlte ich mich auf die Größe einer Maus reduziert. Ich versuchte mir diesen monströsen Raum vorzustellen, wenn die *Albert* im Einsatz war. Wie würden diese mächtigen Metallglieder wohl zerren und stampfen, während die Räder des Schiffes den Boden Europas umpflügten! Der Raum wäre ein Tollhaus aus gebrüllten Befehlen, ölverschmierten Leibern und rennenden Füßen.

Holden trat dicht an mich heran, wobei seine Augen eine gequälte Belustigung verrieten. »Dieser Meister Dever. Ein charmanter Kerl, was, Ned?«

Ich runzelte die Stirn. »Nun, vielleicht hätte der Mann ja auch etwas Wichtigeres zu tun, Holden. Das muß man ihm schon zugute halten.«

»Wirklich? Der Anlaß des heutigen Ereignisses besteht doch darin, Gelder für den Betrieb des Schiffes aufzutreiben. Man müßte uns also überaus zuvorkommend behandeln, selbst hier im stinkenden Bauch des Schiffes! Ich bin mir sicher, daß unser Mr. Dever mit seinen Absperrhähnen und Schotts vertraut ist, aber als Diplomat ist er eine völlige Niete. Machen denn unsere Begleiter den Eindruck, als ob sie gewillt wären, diesem Drömmel mildernde Umstände zu gewähren?«

Ich blickte auf die Franzosen, konnte mich Holdens düsterer Diagnose indessen nicht anschließen; die jungen Kontinentaleuropäer, die wie ein Blumenstrauß wirkten, den man mitten zwischen die großen Maschinen geworfen hatte, waren vom Anblick dieser Maschinen ganz hingerissen. Vielleicht transzendierte der vom Schiff ausgehende Reiz des Neuen Holdens zynische Berechnungen.

Ich versuchte, zur wohlriechenden Françoise aufzuschließen, aber das wäre mir wohl nur auf Kosten der Diskretion und des guten Tons gelungen. Nichtsdestoweniger stellte ich zu meinem Erstaunen fest, daß sie keinerlei Anzeichen von Unbehagen angesichts dieser stählernen Ungetüme zeigte. Vielmehr war ihr Gesicht sogar noch leicht gerötet, als ob sie sich in Hochstimmung befand; und sie traktierte unseren muffigen Führer mit einer Reihe erstaunlicher Fragen über Kurbelzapfen und pneumatische Pumpen.

Während ich dastand und dieses filigrane Profil bewunderte – und darob ganz den konkurrierenden Charme der schmierigen Maschinen um mich herum vergaß –, machte Holden sich an Françoise heran. »Ziemlich attraktiv, diese ganze brutale Kraft, Mam'selle.«

Sie drehte sich zu ihm um. »Das stimmt, Sir.«

»Stellt Euch nur vor, wie diese Kolben sich stampfend auf und ab bewegen«, suggerierte Holden mit öliger Stimme, »und die rotierende Achse wie ein schwitzender Körper glänzt …«

Ihre Augenbrauen hoben sich nur um wenige Millimeter, und dann wandte sie sich mit einem kaum merklichen Lächeln ab. Holden sah ihr nach, wobei ein berechnender Ausdruck auf seinem runden Gesicht lag.

Mir hatte sein reichlich obszöner Ton bei dieser Unterredung nicht gefallen, und als die Gruppe sich weiter durch die Maschinen-Galerie in Richtung Kesselraum bewegte, ergriff ich die Gelegenheit, ihn beiseite zu nehmen und ihm das zu sagen.

Er runzelte die Stirn und hakte die Daumen hinter den Kummerbund. »Ich entschuldige mich für jedwede Beleidigung, die ich Euch zugefügt habe, Ned«, tat er in ziemlich heuchlerischem Ton kund, »aber ich habe ein Ziel vor Augen.«

»Als da wäre?« erkundigte ich mich kühl.

»Überlegt doch mal, junger Freund«, murmelte Holden. »Ich weiß ja, daß Ihr für die reizende Miss Michelet schwärmt, aber Ihr müßt schon zugeben, daß sie eine merkwürdige Salonschönheit ist. Wieviele Mädchen ihres Alters würden wohl durch einen stinkenden Maschinenraum streifen? Und wieviele verfügen über solche Kenntnisse in Maschinenbau… ganz zu schweigen vom Verständnis der politischen und militärischen Lage? Da steckt mehr in unserer Mademoiselle Françoise, als sich dem Auge erschließt… und ich würde gern wissen, was das ist.«

Ich spürte, daß ich mich im Verlauf dieser Unterhaltung etwas von Holden distanzierte. Er hatte sich während dieser letzten paar Tage als amüsanter und informativer Begleiter erwiesen und seine Menschenkenntnis stand außer Frage; aber sein Zynismus, sein ständiges Stochern unter der Oberfläche von Ereignissen und Menschen – ganz zu schweigen von ziemlich seltsamen Anwandlungen eines extremen Patriotismus, der von Zeit zu Zeit bei ihm durchbrach – wirkten mehr als nur etwas irritierend auf mich.

Vielleicht hatte es ja auch mit seiner Profession als Journalist zu tun.

Ich erklärte ihm, daß ich nicht zu denen gehörte, die Frauen per se die Fähigkeit zum rationalen und sachlichen Denken absprachen; er lachte, entschuldigte sich höflich, und damit war die Sache erledigt.

Der Kesselraum war einer von dreien an Bord der *Prince Albert*; es gab einen Kesselraum pro Achse, und jeder verfügte über zwei Kessel.

Jeder Kessel war ein mehr als doppelt mannshoher eiserner Behälter und breiter als drei Menschen mit ausgebreiteten Armen; als wir uns dem nächsten Kessel näherten, sah ich, daß er mit Luken und Schalttafeln übersät war und daß ein zwei Fuß durchmessendes Rohr von seiner Oberfläche ausging und durch die Decke dieser Kammer stieß, gut dreißig Fuß über uns. Meterlange Kupfer- und Eisenröhren schlängelten sich wie Eingeweide um jeden Schornstein und verliefen unter der Decke und an den oberen Wandabschnitten des Kesselraumes; so hatte ich, wenn das Inventar des Maschinenraumes mich zuvor an die Gliedmaßen gigantischer Athleten erinnert hatte, nun den Eindruck, mich direkt in den Körpern dieser Riesen zu befinden.

Die Hitze an diesem Ort war beträchtlich; ich spürte, daß der Kragen durchweichte und hoffte nur, daß mein Erscheinungsbild sich nicht allzu schnell verschlechterte. Es wollte mir nicht in den Kopf gehen, wie jemand überhaupt für längere Zeit unter solchen Bedingungen arbeiten konnte. Von etwas verschüttetem Öl abgesehen gab es jedoch nicht den Schmutz und Dreck, den man normalerweise mit einem Kesselraum assoziiert; die runden Bäuche der Kessel glänzten in fast herbstlichen Farben, und die polierten Röhren reflektierten das Licht auf fast ästhetische Weise.

Dever kletterte auf einen ramponierten Holzstuhl und öffnete eine vielleicht acht Fuß über dem Boden liegende Inspektionsluke; einer nach dem anderen stellten wir uns auf den Stuhl und schauten ins Innere. Als ich an der Reihe war, erspähte ich ein Nest aus weiteren Messing-, Kupfer- und Eisenröhren. Diese Röhren leiteten hocherhitzten Dampf aus dem Kessel zu den Kolben. Wenn dieses Fahrzeug ein Ozeandampfer gewesen wäre, hätte man Meerwasser verwendet; aber die *Albert* mußte ihren eigenen Vorrat transportieren, in großen Tanks mit einem Fassungsvermögen von mehreren Millionen Gallonen. Ein Großteil des Wassers zirkulierte dabei durch das gediegene Schwimmbecken auf dem Promenadendeck!

Dever setzte uns genüßlich davon in Kenntnis, daß, sollten wir eine der Röhren berühren, das Fleisch mit etlicher Gewißheit daran haften bleiben und gebraten würde und sich von den Knochen löste wie ein Handschuh von den Fingern …

Ich ignorierte diesen hanebüchenen Unsinn und assistierte Françoise beim Erklimmen des Stuhles. Ich musterte ihre Begleiter – und sogar den armen Holden – so streng, als ob ich sie daran hindern wollte, einen Blick auf Mlle. Michelets Knöchel oder Waden zu werfen.

Als wir die Besichtigung der Röhren beendet hatten, wandte Françoise sich an Dever. »Das Anti-Eis«, insistierte sie, wobei tiefer Enthusiasmus in ihrer Stimme mitschwang. »Ihr müßt uns das Anti-Eis zeigen.«

Dever griff nach einem ungefähr in Kopfhöhe in den Kessel eingelassenen Wartungsluk, und – in einer für ihn untypischen Showeinlage – riß er es so weit auf, daß es gegen die eiserne Wand des Kessels knallte, und registrierte unsere Reaktionen mit einem ansatzweisen Grinsen.

Konsterniert traten wir geschlossen zurück. Denn inmitten der höllischen Hitze des Kesselraumes war die von Dever geöffnete Kammer mit dem Frost und Eis des Winters angefüllt!

Françoise redete leise in ihrer Muttersprache und neigte den schönen Kopf, um einen Blick in diesen Eisschrank zu erhaschen. Sie ließ zu, daß Dever seinen unverständlichen Unsinn in ihr zartes Ohr murmelte, und dann wandte sie sich dem Rest von uns zu. »Im Mittelpunkt dieses Kessels befindet sich ein Dewar-Behälter«, dozierte sie mit Elan. »Wie Ihr sicher wißt, enthält ein solcher Behälter ein zwischen zwei Glaswänden eingeschlossenes Vakuum und ist innen und außen versilbert, wodurch verhindert werden soll, daß aufgrund von Leitung, Konvektion oder Strahlung ein Wärmetransfer ins Innere des Behälters stattfindet. Und die im Behälter herrschende Temperatur wird durch Kühlwicklungen um die Außenwandung auf arktisches Niveau gesenkt.«

Holden beugte sich dicht zu mir herüber, wobei seine Knollennase rot in der Hitze glühte. »In der Tat eine ungewöhnliche Debütantin.«

Françoise erklärte nun anschaulich, wie Splitter des im Behälter deponierten Anti-Eis durch ein ausgefeiltes System aus Greifern und Kolben in eine kleine Vorkammer befördert wurden, dort ihre gewaltige Energie dosiert abgaben und so jede Minute Hunderte Gallonen Wasser in Wasserdampf umwandelten. »Ohne eine derart konzentrierte Energie«, schloß sie, »wäre es kaum möglich, Maschinen mit der Leistung zu betreiben, die für den Antrieb dieses Landkreuzers erforderlich sind.«

»Bravo!« rief ich und applaudierte. »Wie klar Eure Erläuterungen sind. Und nun«, ergänzte ich, ging an den Franzosen vorbei und näherte mich Françoise, »begreife ich auch, warum dieser Ort so bemerkenswert sauber ist. Denn wegen der Anti-Eis-Öfen werden keine Kohlebefeuerungsanlagen mehr benötigt, die ja solche Dreckschleudern sind.«

Ich war ziemlich stolz auf diese Deduktion.

Françoise musterte mich unter langen Wimpern. »Trefflich gesagt, Mr. Vicars.«

»Ned, bitte«, sagte ich glutrot.

Jetzt wandte sie sich ab, um ein Gespräch zwischen Holden und unserem Führer zu verfolgen. Holdens Finger zeichneten den Verlauf der sich um die Dampfrohre windenden Messingröhren nach und verhielt bei einem Absperrhahn direkt über dem Kessel. Dever nickte und sagte: »Diese Röhren dienen dazu, die Abwärme der Hauptrohre abzuführen«, und dann verfiel er in einen langen Monolog über Schreckensszenarien für den Fall, daß die Absperrhähne blockierten und die Röhren trockenfielen, und daß Traveller die Warnungen seiner Ingenieure bezüglich dieser Gefahr mißachtet hatte, nur um eine höhere Leistung aus den Maschinen herauszuholen ...

Und so weiter, in aller düsteren Ausführlichkeit. Die Franzosen gähnten hinter ihren manikürten Händen. Und ich ... ich hatte nur Augen für Françoise. Ich betrachtete ihren grazil geschwungenen Rücken, die lautlosen Bewegungen ihrer Hände auf dem zusammengefalteten Sonnenschirm und fragte mich verliebt – wenn auch etwas unwissenschaftlich –, ob im Dewar-Behälter ihres züchtigen Äußeren nicht vielleicht eine Flamme der Sehnsucht brannte, die ich entfachen konnte!

Schließlich fand unsere Exkursion zu meiner Erleichterung ein Ende, und wir wurden wieder an Deck der *Albert* geführt. Aber anstatt das Schiff zu verlassen, gingen wir über eine spektakuläre Freitreppe hinauf zu den Passagierdecks des Schiffes. Die Stufen des Aufgangs bestanden aus kaum einen Fuß breiten Eisenflächen – fein gegossen, wobei der Name der Gießerei von einem filigranen Muster eingefaßt war – und der Aufgang war fest mit der weiß gestrichenen Wandung verbunden. Die belgische Landschaft entfaltete sich vor meinen Augen, und ich konnte erkennen, daß die Festivitäten in den Bars und Tavernen der auf Spielzeuggröße geschrumpften Budenstadt noch andauerten; als ich nach unten blickte, sah ich münzgroße Gesichter, die staunend zu uns aufschauten. Aber ich verspürte kein Schwindelgefühl, denn dieser gefährliche Aufgang wurde von einer Glasröhre umschlossen, die selbst den Wind fernhielt, der so hoch über dem Boden mit Sicherheit stärker wehen mußte.

Am oberen Punkt der Freitreppe betraten wir erneut das Innere des Schiffes. Wir passierten eine schmale Arkade, einen hellen und luftigen Ort, der von schlanken eisernen Säulen gesäumt wurde und dessen Boden aus in Blei eingefaßten dicken Glasfliesen bestand. Und dann verließen wir die Arkade und betraten den Großen Salon der *Prince Albert*.

Diese großartige Halle erstreckte sich über die ganze Breite des Schiffes. Sie war angefüllt mit dem Stimmengewirr von über tausend Leuten, die alle modisch gekleidet waren und sich wie Pfauen spreizten. Etwas verlegen inspizierte ich mein Jacket; es war nach wie vor sauber, wenn auch durch die Hitze leicht zerknittert.

Ein Steward näherte sich uns mit einem Tablett. Holden rieb sich die Hände und organisierte uns beiden ein Glas. Er kippte das erste Glas in einem Zug hinunter und griff dann nach einem zweiten; ich hingegen ließ es gemächlicher angehen und genoß den kühlen, feinen Champagner. »Welch ein Genuß«, sagte Holden und unterdrückte hinter vorgehaltener Hand einen Rülpser. »Ich fühle mich wie Odysseus, der aus der Schmiede der Zyklopen entkommen ist.«

Ich hielt nach Françoise und ihrem Gefolge Ausschau; aber sie war bereits in der Menge untergetaucht. Ich spürte einen Stich im Herzen.

Holden schlug mir väterlich auf die Schulter. »Nehmt es nicht so schwer, Ned«, tröstete er mich. »Wir haben…« – er konsultierte seine Taschenuhr – »…noch knapp dreißig Minuten bis zum Stapellauf. Und kippen uns hier am edelsten Ort des Schiffes Gratis-Champagner hinter die Binde! Schaut Euch nur mal um. Nun, es gibt Leute, die sagen, dieser Salon im italienischen Stil sei ein Fehlgriff für ein Schiff – selbst für ein landgestütztes Schiff. Und wie ist Eure Meinung?«

Mit dem Glas in der Hand flanierten wir durch den Großen Salon. In der Tat verströmte der Ort italienisches Flair. Die Wände waren durch grüne Pilaster in Paneele aufgeteilt worden; und diese Paneele waren mit Arabesken verziert, welche die Geschichte des Schiffes darstellten sowie maritime Szenen und – ohne jeden Zusammenhang – spielende Kinder zeigten. Die Decke wurde von rot, blau und goldfarben gestrichenen Trägern abgestützt; die Flächen zwischen den Streben waren goldfarben und verliehen der Decke ein harmonisches und gefälliges Aussehen.

Zwei verspiegelte achteckige Pfeiler strebten vom Boden zur Decke des Salons hinauf.

Auch die Luftschächte an den Wänden des Salons waren verspiegelt. Portieren aus schwerer karmesinroter Seide hingen über den Türöffnungen, während mit Utrechter Samt bezogene Sofas, Büffets aus mit Schnitzereien verziertem Walnußholz und lederbespannte Tische auf einem kastanienbraunen Teppich verteilt waren. Kronleuchter erstrahlten in vollem Glanz, obwohl es noch nicht einmal Mittag war.

Holden beugte sich zu mir herüber. »Acetylen-Lampen. Ursprünglich waren elektrische Lampen vorgesehen, aber dafür reichte das Geld nicht mehr.«

»Ihr seid ein böser Zyniker, alter Mann«, sagte ich. »Der Effekt ist sehr augenfreundlich. Und was die Vorwürfe der Dekadenz betrifft, so würde ich einmal diese Träger dort oben betrachten; sie mögen wohl verziert sein, aber ihre Tragfähigkeit ist dennoch ersichtlich.«

Nachdem wir noch ein paar Gläschen Champagner genossen hatten, nahmen wir Kurs auf einen der achteckigen Pfeiler. Jetzt sah ich, daß seine Breitseiten verspiegelt waren, um sie nicht so wuchtig erscheinen zu lassen, während die Schmalseiten mit Arabesken verziert waren, die maritime Motive zeigten. »Und das hier«, sagte ich und wies mit dem Champagnerglas auf den Pfeiler, »ist zweifellos ein konstruktives Element des Schiffes, das kaschiert wurde durch die Phantasie des …«

»Mehr als bloß ein ›konstruktives Element‹, mein Gott«, knurrte da eine Stimme hinter mir. »Das sind die vom Kesselraum nach oben verlaufenden Schornsteine, Bursche! Seid Ihr denn noch nie zur See gefahren?«

Ich zuckte heftig zusammen und verschüttete dabei Champagner auf das Oberleder meiner Schuhe. Die Tröpfchen zischten traurig. Ich wandte mich um.

Eine eindrucksvolle Gestalt türmte sich vor mir auf; sie war über sechs Fuß groß, auch ohne den Zylinderhut, und in einen zerknitterten schwarzen Morgenmantel gewandet, der inmitten der modisch gekleideten Gäste völlig aus dem Rahmen fiel. Augen so blau wie Anti-Eis schauten über eine Nase aus Platin hinweg.

»Ach du lieber …«, stammelte ich. »Ich meine … äh … Sir Josiah. Ihr erinnert Euch doch sicher noch an meinen Begleiter, Mr. Holden …«

»Ich erinnere mich ja kaum noch an *Euch*, Bursche. Wie war doch gleich der Name? – Wickers? – aber wenigstens seid Ihr ein bekanntes Gesicht in diesem närrischen Haufen. Andererseits bezweifle ich, daß ich Euch angesprochen hätte, wenn mir Eure schwachsinnigen Kommentare zu dem Schiff schon früher zu Ohren gekommen wären ...«

»Nun, ich bin erfreut ...«

»Habt Ihr den Mann ...?« brüllte da der große Ingenieur los und ignorierte mich völlig. Aus dem Augenwinkel erblickte ich einen schlanken, gebückten Kerl von ungefähr sechzig Jahren, der mich aus Sir Josiahs Schatten nervös ansah und dessen silbriges Haar im Licht des Lüsters leuchtete. »Pocket, komm her«, befahl Traveller. Ich schüttelte die Hand des Mannes – sie erwies sich als trocken und erstaunlich kräftig.

»Nun, das ist ja eine schöne Sache«, grummelte Traveller und musterte ihn düster.

Holden sah auf die Uhr und sagte: »Nur noch zehn Minuten bis zum Stapellauf, Sir.«

»Kann diesen verdammten Haufen nicht ausstehen«, schnaubte Traveller.

»Wenn ich ihr Geld nicht bräuchte, würde ich sie alle über Bord werfen.« Er beäugte mich seltsam. »Und jetzt muß auch jede Minute das Orchester der verdammten Royal Marines einsetzen, wißt Ihr.«

»Wirklich?« stammelte ich. »Mögt ... mögt Ihr Musik, Sir?«

Er ignorierte das ebenfalls. »Komm mit, Pocket«, sagte er nur. »Ich schätze, daß wir unseren Auftritt für die Aktionäre gehabt haben.« Er drehte sich um und entfernte sich ein paar Schritte, wobei die fleckigen und zerknitterten Rockschöße hinter ihm herflappten. Dann schaute er sich um. »Nun?« fragte er mit dröhnender Stimme. »Wollt Ihr mich begleiten?«

»Äh ... wohin denn, Sir?«

»Zur *Phaeton* natürlich. Sie befindet sich auf dem Oberdeck. Viel bessere Sicht auf die Royal Marines von dort oben, falls Ihr Gefallen an so etwas findet. Und vielleicht möchtet Ihr auch einmal ihre Konstruktion betrachten.« Er fixierte Holden mit einem forschenden

Blick. »Und ich wage zu behaupten, daß ich dort einen stärkeren Stoff für Euren desolaten Kompagnon auftreiben kann; er sieht nämlich so aus, als ob er ihn nötig hätte.«

Ich trat den Rückzug an und wollte schon eine gestotterte Entschuldigung vorbringen, als Holden mir einen Tritt versetzte – und zwar einen recht heftigen – und zischte: »Um Gottes willen, nehmt sein Angebot an. Seid Ihr denn gar nicht neugierig? Travellers Luftschiff ist doch das Wunder dieser Epoche.«

»Aber Françoise …«

Holden knirschte mit den Zähnen. »Françoise wird auch noch da sein, wenn Ihr zurückkommt. Macht schon, Ned; wo bleibt nur Euer Mut?«

Und so absolvierten Holden und ich ein Spießrutenlaufen an neugierigen Blicken vorbei und eilten Traveller nach.

4

Phaeton

Mit den Champagnergläsern in der Hand begaben wir uns über eine Marmortreppe auf das Promenadendeck der *Prince Albert* und tauchten in gleißendes Sonnenlicht ein.

Am oberen Treppenabsatz drehte ich mich um und überflog die im Salon parlierende Menge. Ich erkannte Bourne, den jungen Franzosen, an seinem grotesken Stutzerkostüm – er schaute mit einem Blick zu uns hoch, den ich als verschlagen interpretierte –, aber es gelang mir nicht, Françoise auszumachen; und mit einem stechenden Gefühl des Bedauerns wandte ich mich um und folgte dem Ingenieur.

Trotz meiner Schwärmereien hatten Holdens Bemerkungen mich nachdenklich gestimmt. Was war es denn, das ich, abgesehen von ihrem bemerkenswert guten Aussehen und ihrer Figur, an Françoise so reizvoll fand? – Schließlich wußte ich ja so gut wie nichts von ihr. Mit ihrem außergewöhnlich umfangreichen Wissen, ganz zu schweigen von ihrer spitzen Zunge, konnte man sie kaum mit den ziemlich strohköpfigen jungen Damen vergleichen, denen den Hof zu machen mir bis dato vergönnt gewesen war.

Man stelle sich vor, Francis Ned Vicars fühlte sich zu einer Frau mit Verstand hingezogen!

Und dann war da noch diese mysteriöse Aura, auf die Holden so unverblümt rekurriert hatte. Warum nur sollte eine Frau, ungeachtet ihrer Intelligenz, überhaupt das Verlangen haben, sich mit den Feinheiten von Pleuelstangen und Dampfmänteln zu befassen? Und wo hatte sie dieses Wissen überhaupt erworben?

Ach, Françoise! Ich spazierte über das Promenadendeck und vergaß all die Wunder um mich herum. Vielleicht war es ja gerade dieses Mysteriöse, das mich an ihr so faszinierte: Die Aura des Unbestimmbaren, des Unergründlichen, des Ungezähmten.

Ich fragte mich, ob ich wirklich dabei war, mich in sie zu verlieben.

Bevor ich Françoise kennenlernte, hätte ich an Eides Statt geschworen, daß es Liebe auf den ersten Blick nicht geben könne. Wenn noch kein Gedankenaustausch stattgefunden hat, beruht die Anziehung nämlich auf rein körperlicher Basis.

Das war sicher richtig.

Und doch…

Und doch war ich dem verdammten Mädchen bereits durch halb Europa gefolgt!

Ich betrachtete mich nun einmal mit Françoises Augen: Ein ziemlich substanzloser und seichter junger Mann; einer von Tausenden, die die zivilisierten Kapitalen bevölkerten – obwohl ich mir durchaus selbst konzedierte, überdurchschnittlich charmant und attraktiv zu sein…

Holden ergriff meinen Arm und schüttelte ihn. »Mein Gott, Ned; verspürt Ihr denn überhaupt keine Neugierde? Betrachtet doch nur die Wunder, an denen Ihr vorbeigeht!«

Ich hob den Kopf, als ob ich aus einem Traum erwachte, und schaute mich um; und ich spürte, daß ein Lächeln auf meinem Gesicht erschien.

Denn das Promenadendeck der *Albert* war in der Tat ein wundervoller, wenn nicht gar magischer Ort.

Der größte Teil des Decks war als Rasen gestaltet, auf dem vereinzelte junge Bäume standen (Fichten mit flachen Wurzeln). Wir folgten einem zwischen den Bäumen verlaufenden Pfad, wobei Kieselsteine angenehm unter den Füßen knirschten. Es gab gestutzte Büsche und eine kleine Statue, aber generell herrschte der Eindruck einer Synthese vor, die den Naturzustand und die Kultivierung gefällig in sich vereinte – genauso wie in den besten englischen Gärten, dachte ich, welche die übermäßige Verspieltheit beispielsweise der französischen Anlagen vermeiden.

Hinter den Bäumen ragten die Schornsteine des Schiffes hoch in die Luft, und die kupferfarbenen Bänder leuchteten.

Da standen wir nun, sechzig Fuß über der belgischen Landschaft auf der Hülle dieses eisernen Kolosses, und doch war es, als ob wir durch einen ländlichen englischen Garten spazierten!

Schließlich erreichten wir eine große freie Fläche im Mittelpunkt des Schiffes. Zu unserer Linken befand sich eine kleine, geschmückte Kapelle; das Orchester bemühte sich redlich, die Polka zu verhunzen – obwohl es jetzt durch das lautere Scheppern der Royal Marines Band am Boden Konkurrenz bekam. Und vor uns lag eine glitzernde runde Wasserfläche. Hierbei handelte es sich um das gepriesene elegante Schwimmbad der *Albert*; in seinem Mittelpunkt thronte ein prächtiger Springbrunnen-Neptun, komplett mit Dreizack. Die sich im Becken spiegelnde Sonne blendete mich.

Auf der anderen Seite erspähte ich die lange, schwarzgewandete Gestalt von Traveller, der sich von uns entfernte; er hatte den Zylinder tief ins Gesicht gezogen, und der Mann namens Pocket klebte wie ein Schatten an seiner Seite.

Dann schaute ich an Traveller vorbei und erblickte zum erstenmal die *Phaeton*, sein fliegendes Schiff.

Mit meinen geblendeten Augen hatte ich den unglaublichen Eindruck, daß Traveller vor dem Hintergrund dieses wundervollen Fahrzeuges auf der Oberfläche eines beweglichen eisernen Meeres wandelte; und für einen flüchtigen Moment gewann er in meinen Augen die Aura eines Magiers.

In ihrer Gesamtheit hatte die *Phaeton* die Form einer

Mörsergranate, die auf ihrer Grundfläche stand – bzw. auf drei ziemlich fragil wirkenden Stelzen aus Schmiedeeisen, welche die Masse des Fahrzeuges etwa zehn Fuß über dem Deck schweben ließen. Aber dieses Geschoß wurde von einer vielleicht fünfzehn Fuß durchmessenden Kuppel aus Bleikristall gekrönt; und im unteren Hüllenabschnitt zeichnete sich etwas ab, das ich als Luken und Bullaugen interpretierte, die allesamt bündig in die Wandung eingepaßt waren. Eine Luke in der Nähe der Glaskuppel stand offen, und eine Strickleiter fiel über die Hülle des Fahrzeugs bis auf das Deck herab.

Die ganze Konstruktion hockte geduckt auf dem Deck der *Albert*, vielleicht fünfunddreißig Fuß hoch. Die Wandung glänzte im Sonnenlicht wie eine silberne Boje.

Eine kleine Gruppe von Schaulustigen wurde von einem an Messingrohren befestigten roten Seil auf Distanz gehalten. Ein einzelner Polizist patrouillierte innerhalb dieser kreisförmigen Absperrung; er hatte die Arme auf dem Rücken verschränkt und schien außerordentlich zu schwitzen in seiner schweren schwarzen Uniform.

Wir trafen Traveller und Pocket innerhalb der Barriere; Traveller lehnte ostentativ an einem der drei Beine der *Phaeton*, und nun konnte ich sehen, daß die Stelzen in Kufen ausliefen – die nicht wie bei einem Schlitten starr, sondern an Kardangelenken aufgehängt waren und die Flugmaschine zweifellos zur Landung auf unebenen Oberflächen befähigten – und das schmiedeeiserne Bein war mit filigranen Motiven verziert. Drei Düsen hingen wie klaffende Münder im Mittagsschatten des Fahrzeuges, und ich registrierte, daß die Decksoberfläche unterhalb der Düsen Brandspuren aufwies und sogar – an ein oder zwei Stellen – geschmolzen war.

»Habt Ihr Euren Spaziergang genossen?« fragte Traveller. »Ich dachte, Euer Freund wäre etwas durstiger, Wickers.« Er nahm uns die leeren Champagnergläser ab.

»Ihr werdet diese Limonadengläschen nicht mehr brauchen.« Er drehte sich um und schleuderte die zwei Gläser mit voller Kraft in die Luft. Funkelnd und rotierend flogen sie in einem schönen Bogen über Bord der *Albert*, und ich zuckte zusammen, als ein klirrendes Geräusch und wütende Rufe aus der am Boden versammelten Menge zu uns nach oben drangen.

Der Polizist verfolgte belustigt den Flug der Gläser.

Erneut wandte ich mich Traveller zu – nur um zu sehen, daß er verschwunden war! In etlicher Verwirrung überflog ich die verzierten Beine, die klaffenden Düsen – bis eine Stimme von oben ertönte. »Worauf wartet Ihr? Pocket – hilf ihnen.«

Mit schmalen Augen schaute ich nach oben in die Sonne, und da befand sich der Ingenieur bereits auf halber Höhe der Strickleiter, wobei er mit der Gewandtheit eines nur halb so alten Mannes kletterte.

Holden grinste mich an. »Ich glaube, daß wir uns auf einen interessanten Nachmittag freuen dürfen.« Mit einigem Zögern, aber dennoch recht behende, packte er die tänzelnde Strickleiter und wuchtete seinen kugeligen Körper in die Luft.

Travellers Lakai hielt die Strickleiter für Holden fest. Trotz des warmen Tages wirkte er käseweiß; ein schmieriger Schweißfilm stand auf seiner Stirn, und die knochigen Hände zitterten unablässig.

»Geht es dir gut, Pocket?«

Er neigte seinen kleinen, knochigen Kopf. »O ja, Sir; Ihr braucht Euch wegen mir keine Gedanken zu machen.« Er sprach den breiten Dialekt des East End, der gleichzeitig auch Ansätze von Travellers rauhem Manchester-Dialekt aufwies, ein Indiz für die langen Jahre im Dienste des Ingenieurs.

»Aber du siehst ziemlich elend aus.«

Er beugte sich zu mir herüber und flüsterte: »Es ist die Höhe, Sir. Ich vertrage sie nicht. Mir wird schon schwindlig, wenn ich nur einen Bürgersteig betrete.«

Ich schaute zu der schwankenden Strickleiter hoch. »Meine Güte«, keuchte ich. »Und du willst uns dort hinauf folgen?«

Er zuckte die Achseln und lächelte schwach. »Das macht mir nichts aus, Sir; dank Sir Josiah habe ich schon viel schrecklichere Dinge gesehen als eine alte Strickleiter.«

Die Luke an der Basis der Kuppel war eine kreisrunde, mit einem Gewinde versehene Öffnung, die zweifellos dazu diente, das Fahrzeug hermetisch abzudichten. Ich kletterte über zwei Stufen auf ein mit Teppichboden überzogenes Deck hinab und befand mich nun in der Kuppelspitze der *Phaeton*. Den Mittelpunkt dieses engen Glashauses bildete ein großer Holztisch, der in der Art einer Intarsie mit landkartenähnlichen Zeichnungen ausgelegt war. Hinten in der kreisförmigen Kammer befand sich ein breiter Sessel mit umklappbarer Lehne. Vor dem Sessel waren diverse Instrumente angeordnet und fest auf Messingsockeln verankert. Ich erkannte ein Teleskop und ein Astrolab, aber den Rest konnte ich nicht identifizieren.

Die verglaste Kuppel gewährte einen großartigen Ausblick über die flache belgische Landschaft. Das von den Scheiben in die Spektralfarben zerlegte Sonnenlicht erfüllte die Kammer mit einem diffusen Licht, und es roch angenehm nach poliertem Metall, Holz und Öl.

Durch ein mit einem Stellrad versehenes, in den Boden eingelassenes Schott betrachtete mich das mit einer Platinnase verzierte Gesicht Travellers. »Kommt hier lang, Wickers«, sagte er barsch.

Ich erwiderte höflich, daß ich noch etwas warten wollte. Ich lehnte mich gegen die Wandung neben der Öffnung und studierte die verschiedenen Instrumente. Nach einiger Zeit ruckte und zuckte die Strickleiter, und schließlich tauchte Pockets Gesicht, nun mit der Farbe ranziger Butter, über dem Metallrahmen auf.

Ich reichte ihm die Hand. Pocket ergriff sie dankbar

und zog sich in das gemütliche Innere der Flugmaschine. Einige Augenblicke stand er in gebückter Haltung und mit herabbaumelnden Armen da; dann straffte er sich, strich das Jacket glatt und präsentierte sich wieder wie ein Diener aus dem Bilderbuch.

Er zeigte auf die nach unten führende Luke. »Wenn Ihr vorangehen wollt, Sir«, sagte er ruhig.

Ich bedankte mich und setzte mich in Bewegung.

Die Transatmosphären-Flugmaschine *Phaeton* war in drei Sektionen gegliedert. Ganz oben war die Brücke; so bezeichnete Traveller die von der Glaskuppel überwölbte Kammer, durch die ich die Flugmaschine betreten hatte. Der unterste Bereich mit einer Höhe von etwa sieben Fuß war der Maschinenraum mit den Dewar-Behältern, die das Anti-Eis enthielten und für den Vortrieb der Maschine sorgten. Und in der Mitte zwischen Brücke und Maschinenraum befand sich die Raucherkabine, die das Volumen der Flugmaschine zum größten Teil ausfüllte.

Von der Brücke kletterte ich über eine kurze Holzleiter in diese Raucherkabine hinunter. Ich fand mich in einer zylindrischen Kammer wieder, die eine Höhe von vielleicht acht Fuß und einen Durchmesser von zwölf Fuß aufwies. Der Boden war mit Linoleum überzogen und mit orientalischen Teppichen ausgelegt – die, wie ich bemerkte, mit Haken und Ösen fixiert waren –, während die Wände und die Decke mit Patchwork-Schweinsleder verkleidet waren, das mit rautenförmig angeordneten Messingnieten befestigt war. Eine Galerie mit Drucken englischer Jagdszenen war mittels weiterer Messingnieten an der Wand befestigt. Lichtbahnen stachen durch mehrere kleine Bullaugen in die Kabine; diese Bullaugen waren in eine vielleicht einen Fuß starke Wandung eingelassen. Traveller und Holden standen da und warteten auf mich, hielten riesige Whiskygläser in der Hand und wirkten so entspannt, als ob sie sich im lauschigen Hinterzimmer eines Londoner

Clubs befänden. Traveller schien in Gedanken versunken zu sein, und sein Blick wanderte starr über die Ledertapeten. Sein Zylinderhut hing nun an einem Wandhaken; jetzt kräuselten sich bloß ein paar ergrauende Haarsträhnen auf seinem ansonsten kahlen Kopf. Aber dennoch war seine Erscheinung beeindruckend; die Form seines Kopfes war ebenmäßig und ausgeprägt, wobei eine außergewöhnlich hohe Stirn die aristokratischen Züge seines Gesichts unterstrich.

Holden grinste mich an, wobei sein rundes Gesicht und der ebenso rundliche Körper vor Zufriedenheit zu glühen schienen. »Ich kann Euch sagen, Vicars. Welch ein wundervoller Abstecher das ist. Was?«

Ich konnte ihm nur beipflichten.

Man hätte meinen können, daß in diesem Raucherkabinett eine ziemliche Enge herrschte. Aber es war recht hell und enthielt nur ein Möbelstück, einen kleinen Tisch aus Walnußholz, der im Mittelpunkt des Raumes am Boden verschraubt war; eine Glaskuppel war mit Kupfernieten auf dem Tisch befestigt, und unter dieser Kuppel befand sich ein detailliertes Schiffsmodell, das ich als Brunels Meisterstück der Dampftechnik, die *Great Eastern*, identifizierte. Der Modellbauer schien die Schaufelräder bis ins kleinste Detail in Holz und Zinn nachempfunden zu haben.

Und so wirkte die Kabine also recht groß und hell, selbst als Pocket die Deckenluke über sich geschlossen hatte. Ich erinnere mich, daß ich abwesend zusah, wie durch diesen simplen Vorgang ein Teil des Tageslichts ausgesperrt wurde. Wenn ich indessen vorher gewußt hätte, wie lange es dauern sollte, bis ich wieder frische Luft atmen konnte, würde ich den armen Pocket sicher zur Seite gestoßen und dieses Schott wieder aufgerissen haben …

Ich musterte die kahlen Wände der Kabine und fragte mich, woher Holdens Brandy wohl gekommen war. Vielleicht war Traveller am Ende doch ein Verschwörer.

Holden bemerkte, daß ich auf sein Glas schielte, und sagte gelöst: »Zerbrecht Euch nicht den Kopf, Vicars; wie Eure schöne Mademoiselle Michelet hat auch diese kompakte kleine Kammer mehr aufzuweisen, als sich einem auf den ersten Blick erschließt.«

Traveller wurde von diesen Worten aus seinen Träumereien gerissen. »Wer, zum Teufel, seid Ihr? – Ach, ja – Wickers. Nun, gib dem Mann etwas zu trinken, Pocket.«

Der geduldige Diener ging auf die Wand zu, drückte leicht auf einen etwa drei Fuß über dem Boden angebrachten Messingknopf – und zu meinem Erstaunen schwang ein zwei Quadratfuß großes Stück auf und gab den Blick auf eine gut sortierte Bar frei, die in die Hülle des Schiffes integriert war. Holden grinste, als er meine Reaktion wahrnahm. »Ist es nicht wundervoll? Das ganze Schiff gleicht einem wunderbaren Spielzeug, Wickers – äh, Vicars.«

Die Bar verfügte über eine eigene Beleuchtung in Gestalt einer kleinen Acetylenlampe. Nach meiner Einschätzung hatte Traveller es mit seinem Einfallsreichtum so arrangiert, daß diese kleine Leuchte beim Öffnen der Wand aktiviert wurde. Jetzt stellte ich fest, daß in regelmäßigen Abständen weitere Acetylenlampen an der Kabinenwand angebracht waren.

Pocket brachte ein kleines Tablett mit einem weiteren Glas zum Vorschein, das ordentlich mit Brandy gefüllt war.

Traveller nahm einen Schluck davon und behielt ihn ein paar Sekunden lang im Mund, bevor er ihn hinunterschluckte. »Ein richtiges Lebenselixier«, befand er schließlich.

Ich führte mein Glas zur Nase; das volle Aroma stieg mir zu Kopf, noch bevor ich die Zunge mit einigen Tropfen benetzte; und ich konnte mich der Stellungnahme unseres Gastgebers nur anschließen.

Pocket schloß den kleinen Bar-Wandschrank, und nun war die Wand wieder fugenlos glatt; dann verschmolz der kleine Diener auf eine so bemerkenswerte Weise mit dem Hintergrund, daß ich nach wenigen Augenblicken vergaß, daß er überhaupt anwesend war.

»Nun«, fragte Holden, »woher der Name *Phaeton?*«

»Kennt Ihr denn die Klassiker nicht, Mann?« Traveller schlug mit der Faust auf einen Knauf in der Wand, ein Teil klappte nach unten weg und bildete einen dick gepolsterten, mit Samt bezogenen Stuhl aus. Zwei kurze Beine schwangen sich vom Stuhl auf den Boden, und Traveller setzte sich, schlug die Beine übereinander und entspannte sich. Dann zog er ein Kästchen aus einer Tasche des Morgenmantels und entnahm ihm eine kleine, zerdrückt aussehende schwarze Zigarette. Nach kurzer Zeit waberten beißende blaue Rauchwolken durch die Kabine; der Rauch stieg spiralförmig in die Luft und wurde zweifellos durch verborgene Gitter von einem Pumpmechanismus abgesaugt.

»Türkisch, wenn ich mich nicht irre«, murmelte ich Holden zu. »Man könnte Sir Josiah fast um seine Platinnase beneiden.«

»Nun, Sir Wickers«, ließ Traveller sich in dröhnendem Ton vernehmen, »Eure Bildung mag der Eures Freundes zwar nicht überlegen sein, aber zumindest kann sie noch nicht so lange zurückliegen. Sagt uns, wer Phaeton war.«

Der unersetzliche Pocket schlich diskret durch die Kabine und brachte weitere verborgene Stühle zum Vorschein, und während er damit zugange war, durchforstete ich intensiv mein leeres Gedächtnis. »Phaeton? – Äh… War das der Typ, der zu nahe an die Sonne geflogen ist?«

Traveller schnaufte echauffiert, aber Holden sagte ruhig: »Ihr seid dicht dran, Ned. Phaeton, Sohn von Helios und Clymene, durfte für einen Tag den Sonnenwagen fahren. Aber dann hat Jupiter ihn leider mit einem Blitzstrahl gebannt.«

»Armer Kerl. Weshalb denn?«

»Weil«, sagte Traveller oberlehrerhaft, »er sonst den Planeten in Brand gesetzt hätte.« Er wandte sich Holden zu. »Da war Euch die Sage also doch bekannt, Sir. Hattet Ihr denn gehofft, mich der Unwissenheit überführen zu können?«

»Selbstverständlich nicht, Sir Josiah. Meine Frage bezog sich nur darauf, welche Relevanz dieser Mythos zu Eurem Schiff aufweist. Wäre es möglich«, hakte Holden nach, »daß auch dieses Schiff die Welt in Brand setzen könnte? Vielleicht durch seine Wechselwirkung mit irgendwelchen Phänomenen in der Stratosphäre ...«

»Völliger Blödsinn, Mann«, platzte es in offenkundiger Gereiztheit aus Traveller heraus. »Vielleicht seid Ihr ja auch ein Anhänger dieses französischen Narren Fourier, der glaubt, daß die Temperatur der über der Atmosphäre liegenden Schichten nie weniger als ein paar Grad unter dem Gefrierpunkt beträgt! – ungeachtet direkter Messungen, die das genaue Gegenteil besagen.«

Diese mysteriösen Worte versetzten mich in Erregung – welche direkten Messungen? –, aber der erzürnte Sir Josiah kam jetzt erst richtig in Fahrt. »Vielleicht glaubt Ihr ja auch, die Erde sei von einem Ring aus Feuer umgeben! Vielleicht glaubt Ihr ... oh, verdammt!« Er nahm einen kräftigen Schluck Brandy und ließ Pocket das Glas nachfüllen.

Holden hatte diesen Ausbruch des Ingenieurs gründlich studiert, genauso wie ein Angler das Zappeln einer Fliege beobachtet. »Also, Sir Josiah – Phaeton?«

»Die *Phaeton* wird mit Anti-Eis angetrieben«, sagte Traveller. »Versteht sich. Und der von mir gewählte Name nimmt auch auf Anti-Eis Bezug.«

»Dann impliziert Ihr wohl, daß Anti-Eis den Planeten verbrennen könne, Sir?« erkundigte ich mich ernst.

Er schaute mich an, und für einen Moment erhaschte ich unter der empörten Oberfläche erneut einen Blick auf den Mann, der mit mir die Erinnerungen an den Krimkrieg teilte. »Es kann alles tun, mein Junge«, sagte er vergleichsweise sanft. »Wenn es in die falschen Hände gerät.«

Ich runzelte die Stirn. »Meint Ihr damit Verbrecher, Sir Josiah?«

»Ich meine damit alle Politiker, Premierminister, Plutokraten und Prinzen!« Und mit diesen Worten winkte er Pocket herbei, um unsere Gläser aufzufüllen.

Ich beugte mich zu Holden hinüber. »Glaubt Ihr, daß er ein Republikaner ist?«

Holdens Gesicht verriet keine Gefühlsregung. »Eher noch extremer, vermute ich, Ned.«

Eine Uhr schlug. Ich hielt nach dem Zeitmesser Ausschau und kam schließlich zu dem Schluß, daß der Mechanismus in diesem detailliert modellierten Schiff auf dem Sockel verborgen sein müsse.

Holden überreichte Pocket das leere Glas. »Nun, Sir Josiah, ich habe zwölf Schläge gezählt; der Stapellauf steht unmittelbar bevor. Ich schlage vor, wir steigen zu Eurem Brückendeck hinauf und verfolgen das Spektakel!«

Traveller leerte knurrend das Brandyglas und erhob sich. Dann erklomm er die ersten paar Stufen der Leiter, die zum Deckenluk führte und drückte gegen den mit einem Handrad bestückten Deckel. Pocket ging an der Kabinenwand entlang und ließ die Sitze wieder einfahren. »Vielleicht bewegt die *Albert* sich schon, Holden«, sagte ich, »denn ich bin mir sicher, daß ich Vibrationen durch die Schuhsohlen spüre.«

Der untersetzte Holden stand mit auf dem Rücken verschränkten Armen da und sagte: »Vielleicht habt Ihr recht, Ned.« Er schaute unbehaglich auf Traveller, der noch immer gegen das geschlossene Schott drückte.

Traveller sagte: »Das ist aber verdammt merkwürdig. Pocket, hast du …«

Und da erbebte der Boden unter meinen Füßen und schleuderte mich wie eine Puppe herum. Ein Brüllen, das wie ein lauter Schrei klang, durchflutete die Kabine, und mir schien es, als ob dieser Lärm meinen Kopf zum Schwingen brächte; ein sonnenhelles Licht stach durch die kleinen Bullaugen.

Der Lärm ebbte ab. Ich setzte mich nach Luft schnappend auf und schaute mich um. Meine Kameraden waren gefallen, wo sie gestanden hatten. Der zähe Pocket war bereits wieder auf den Beinen; der korpulente Journalist schwitzte heftig und rieb sich mit allen Anzeichen der Betrübnis das Hinterteil. Ich machte mir indessen mehr Sorgen um Traveller, der einige Fuß über dem Boden auf der Leiter gestanden hatte. Jetzt lag der distinguierte Gentleman breitbeinig auf dem Rücken und starrte zur geschlossenen Luke hoch; gleichzeitig war der Zylinderhut vom Haken gefallen und direkt vor seinen Füßen gelandet.

Ich eilte zu ihm hin. »Seid Ihr in Ordnung?«

Traveller richtete seinen dürren Rumpf auf und sagte in ruppigem Ton: »Kümmert Euch nicht um mich, Junge; wir müssen diese verfluchte Luke öffnen…«

Ich legte die Hände auf seine Schultern und versuchte ihn zu beruhigen. »Sir, Ihr könntet verletzt sein…«

»Ned. Seht Euch das mal an.«

Ich wandte mich um und sah, daß Holden durch ein kleines Bullauge schaute. Pocket stand an seiner Seite, rang nervös die Hände und wußte offenbar nicht, wohin er sich wenden sollte.

Traveller nutzte die Tatsache, daß ich abgelenkt war, schob mich mit erstaunlicher Kraft beiseite, stand auf und schwang sich erneut auf die Leiter.

Ich stand ebenfalls auf – wobei ich feststellte, daß das Deck wieder auf diese seltsame Art vibrierte – und ging zu Holdens Aussichtspunkt hinüber.

Wo sich ehedem zwei Schornsteine über dem zentralen Kesselraum der *Albert* erhoben hatten, war jetzt nur noch einer; an der Position des anderen befand sich nur mehr ein maximal sechs Fuß hoher rauchender Stumpf, der wie ein verfaulter Zahn aussah, und überall lagen

Fragmente aus verbogenem Metall herum, wobei auf einigen kleinen Stücken noch der stolze bunte Anstrich zu sehen war.

Die Fichten des mobilen Waldes waren gefällt und versengt. Zwischen den zersplitterten Bäumen kroch etwas Rotes und Verstümmeltes dahin. Meine Kehle war wie zugeschnürt, und ich wandte mich ab.

»Großer Gott, Holden«, sagte ich und versuchte, in der rauchgeschwängerten Luft zu atmen, »ist der Kesselraum explodiert?«

»Sicher nicht«, erwiderte Holden, dessen schwarzes Haar wirr über den schwitzenden roten Augenbrauen hing. »In diesem Fall wäre die Zerstörung viel größer gewesen und hätte selbst die Decks aufgerissen.«

Die Vibrationen des Bodens verstärkten sich zu einem stetigen, rhythmischen Rütteln und intensivierten mein Gefühl der Übelkeit. Ich stützte mich an der lederbezogenen Wand ab. »Was ist denn nun geschehen?«

»Erinnert Ihr Euch an unsere Expedition in den Kesselraum, in deren Verlauf wir die Wärmetauscher-Röhren sahen, die sich um die Dampfrohre wickelten? Und da gab es auch noch einen Absperrhahn…«

»Ja. Jetzt erinnere ich mich wieder. Und dieser komische Kauz, Dever, wies noch in apokalyptischem Ton auf die Konsequenzen hin, die ein Schließen des Absperrhahnes haben würde.«

»Ich befürchte, daß genau diese Ereigniskette eingetreten ist«, sagte Holden mit ungewöhnlich harter Stimme.

»Pocket!« Traveller war immer noch mit dem klemmenden Schott beschäftigt. »In Gottes Namen, hilf mir!« Pocket kletterte zu ihm hinauf; dann standen sie dicht beieinander auf der Leiter und zerrten an dem Stellrad, das die Luke eigentlich öffnen sollte.

Ich beobachtete sie abwesend. »Holden, es sind sicher viele Leute verletzt worden.«

Er musterte mich einen Moment lang, wobei sich Besorgnis in seinem runden, pockennarbigen Gesicht widerspiegelte, und dann berührte er die Wand und ließ einen Sitz ausklappen. »Ned, setzt Euch.«

Ich ließ mich von ihm zum Sitz geleiten; angenehmerweise absorbierte die Polsterung diese merkwürdige Dauervibration. »Aber wie konnte sich ein solcher Unfall nur ereignen? Die Besatzung des Schiffes war doch sicher über diese elementaren Gefahren informiert.«

»Diese Katastrophe war kein Zufall, Ned.«

Ich runzelte die Stirn. »Was wollt Ihr damit sagen?«

»Daß der Absperrhahn vorsätzlich geschlossen wurde. Und als der Kapitän Druck in den Kesseln aufbaute und Fahrt aufnahm, exakt um zwölf Uhr, strömte Dampf in die trockengelaufene und hocherhitzte Röhre – mit den verheerenden Konsequenzen, die wir beobachtet haben.«

»Ned, ich glaube, daß ein Saboteur für diesen verwerflichen Vorgang verantwortlich ist.«

Ich schüttelte den Kopf; die schnelle Abfolge der Ereignisse erschien mir irreal und rief ein Gefühl der Betäubung hervor. Ich konnte Holdens Worte kaum erfassen. »Aber warum sollte hier ein Saboteur am Werk gewesen sein?«

»Wir müssen davon ausgehen, daß die Preußen dafür verantwortlich sind«, sagte Holden scharf und mit schmallippigem Mund. »Schließlich haben sie auch mit ihrer geschickt inszenierten Emser Depesche den Krieg mit Frankreich angezettelt. Vielleicht ist dieser Vorfall eine Emser Depesche für unseren König, was? Bei Gott; nun, wenn sie glauben, den Löwen am Schwanz packen zu können …«

Aber ich hörte kaum zu, denn ein bislang inaktiver Schaltkreis begann in meinem Kopf zu arbeiten. »Holden …«

»Keine Zeit! Keine Zeit!« Traveller sprang von der Leiter herab und klappte erneut die Sitze aus. »Setzt euch alle hin! Es befinden sich Sicherheitsgurte unter den Sitzen; Vicars, ich werde Euch helfen. Pocket, sorge dafür, daß dieser fette Bursche sich hinsetzt!«

Aber ich nahm Sir Josiahs unverständliches Verhalten – sogar die Verwendung meines richtigen Namens – nur wie durch einen Schleier wahr. »Holden, ich kann mich nicht mehr an die Konstruktion des Schiffes erinnern.« Ich stellte fest, daß ich gegen einen zunehmenden Lärm anschrie, der wie das Rauschen eines Wasserfalls irgendwo unter unseren Füßen klang. Traveller hing mit flatternden Rockschößen über mir, als er mir die patentierten Sicherheitsgurte um Hüfte und Brust legte. »Holden!« schrie ich. »Es sind doch Schornsteine durch den Großen Salon verlaufen, richtig?«

»Richtig, Junge.«

Nun setzten sich auch Traveller und Pocket; bald saßen wir vier angegurtet auf unseren Plätzen, und zwar so, daß wir die kleine Kabine in der Art eines Kompanten besetzten, wobei jeder von uns eine Himmelsrichtung markierte. Wir sahen uns besorgt an. »Und der explodierte Schornstein«, rief ich Holden zu, »war das einer von denen, die durch den Salon verliefen?

Er war einer von ihnen, nicht wahr?«

»Ned, es gibt nichts, was Ihr noch tun könntet.«

Jetzt vibrierte die gesamte *Phaeton*, aber alles, was ich sah, waren diese verspiegelten Röhren, die sich durch den überfüllten Salon zogen. Es mußte Hunderte von Toten gegeben haben.

Und ...

»Ich muß zu ihr.« Ich versuchte aufzustehen, sackte auf den Sitz zurück, als die Gurte sich strafften und fummelte an den Verschlüssen herum, die sich an der Hüfte und auf dem Oberkörper befanden.

»Vicars, ich bitte Euch!« Travellers Stimme war ein Brüllen, das sogar das übernatürliche Getöse unter unseren Füßen überlagerte. »Bleibt auf Eurem Sitz!«

Die Gurte lösten sich; ich erhob mich und packte die Leiter.

Erneut erzitterte der Boden unter mir; durch das nächste Bullauge erhaschte ich einen Blick auf das Inferno – ein heftiges Beben erschütterte das Promenadendeck, heißer Dampf quoll aus dem aufgerissenen Metall, und Leute flohen schreiend vor dem Dampf – und dann spürte ich ein kurzes Gefühl des Falls, eine gedämpfte, dumpfe Explosion unter dem Boden, und ich wurde wieder zur Seite geschleudert.

Ich prallte auf den Boden. Ich fühlte Blut im Gesicht und einen stetigen Druck, der mich schier durch den Teppich in das darunterliegende Metall pressen wollte.

Holdens Stimme schien aus großer Entfernung an mein Ohr zu dringen. »Möge Gott uns schützen«, schrie er. »Die *Phaeton* ist in der Luft!«

Mit großer Anstrengung blickte ich erneut aus dem Bullauge. Die Landschaft krümmte sich jetzt in sich selbst, eine umgestülpte blaue Schüssel; aber der Lärm, die Vibrationen, der Geschmack von Blut waren noch immer präsent …

Dunkelheit umfing mich.

5

Über der Atmosphäre

Es war, als ob ich im weichsten Federbett der Welt liegen würde. Ich schwebte in Stille und döste zufrieden wie ein kleines Kind.

»… Ned? Ned, könnt Ihr mich hören?«

Die Worte drangen in mein Bewußtsein. Zunächst wehrte ich mich gegen sie, aber die Stimme verstummte nicht, und schließlich glaubte ich, wie ein Korken an die Oberfläche des Bewußtseins aufzutauchen.

Ich schlug die Augen auf. Das runde Gesicht von Holden hing über mir und wies alle Anzeichen der Besorgnis auf; er hatte den Kummerbund verloren, und der Kragen und die Krawatte waren zerknittert und hatten sich am Hals um neunzig Grad verschoben; sein strubbeliges Haar schien auf seltsame Art das Gesicht zu umschweben, wie ein öliger, schwarzer Heiligenschein.

»Holden.« Ich hatte einen trockenen Hals und Blutgeschmack auf der Zunge.

»Seid Ihr in Ordnung? Könnt Ihr Euch aufsetzen?«

Ich blieb noch einen Augenblick lang liegen und wartete, bis ich wieder ein Gefühl für den Körper und die Gliedmaßen bekam. »Ich bin völlig steif, als ob ein paar Schläger mich in die Mangel genommen hätten; aber andererseits geht es mir erstaunlich gut.« Ich drehte den Kopf, wobei ich fast erwartete, auf einer Art Pritsche zu liegen, aber ich war nur auf einen Teppich – noch dazu auf einen blutverschmierten – gebettet. »Wie lange war ich bewußtlos?«

Holden packte mich an der Schulter und bugsierte mich in eine sitzende Position; ich hatte das Gefühl, haltlos auf dem Orientteppich zu pendeln, und mein

Magen schien sich umzustülpen, als ob ich fiele. Ich schüttelte die Benommenheit ab. »Nur ein paar Minuten«, sagte Holden , »aber – Ned, unsere Situation hat sich verändert. Ich glaube, Ihr solltet Euch auf einen Schock gefaßt machen.«

»Einen Schock?«

Ich schaute mich in der Flugmaschine um. Holden selbst hockte auf dem Teppich und klammerte sich am Rand fest, als ob sein Leben davon abhinge; der arme Pocket war noch auf seinen Sitz geschnallt und schaute so unglücklich drein wie ein gerupftes Huhn.

Und Traveller?

Sir Josiah stand vor einem Bullauge und hatte den Zylinder tief ins Gesicht gezogen. In der einen Hand hatte er ein kleines Notizbuch und einen Bleistift, und die andere hielt er mit ausgestreckten Fingern zwischen Gesicht und Fenster; blauweißes Licht strömte durch das Bullauge herein und zauberte Reflexe auf seine polierte Platinnase. (Wie ich sah, waren die anderen Fenster abgedunkelt, und die in der Kabine montierten Acetylenlampen waren eingeschaltet worden.)

Dann fragte ich mich, ob ich noch träumte.

Wie ich bereits sagte, stand Traveller am Bullauge, und diesen Eindruck hatte ich auf den ersten Blick auch wirklich gehabt; als ich ihn jedoch intensiver betrachtete, stellte ich fest, daß sich seine großen Schuhe etwa vier Zoll *über dem Linoleum* befanden. In der Tat ermöglichten es mir Travellers leicht angewinkelte Beine, den in die Sohlen gestanzten Namen des Herstellers zu lesen.

Solcherart schwebte Sir Josiah wie ein Illusionist in der Luft, offensichtlich ohne irgendeinen Halt.

Ich schaute zu Holdens Gesicht auf. Seine Hand lag auf meiner Schulter. »Bleibt ruhig, Ned; eins nach dem anderen…«

Eine Woge der Panik schlug über mir zusammen. »Holden, verliere ich etwa den Verstand?« Ich stützte mich mit den Händen auf dem Teppich ab, um die Beine anzuziehen und aufzustehen. Der Teppich entglitt meinen Fingern, und ich schwebte in die Luft, als ob ich an einem unsichtbaren Seil gezogen würde. Ich versuchte, mich am Teppich festzuhalten, zunächst mit den Händen, dann mit den Stiefelspitzen, aber ohne Erfolg; und bald verlor ich den Bodenkontakt, hing in der Luft und streckte wie ein Seestern Arme und Beine aus.

»Holden! Was geschieht mit mir?«

Holden saß nach wie vor auf dem Teppich und krallte die Finger hinein. »Ned, kommt da runter.«

»Das werde ich, wenn Ihr mir sagt, wie«, rief ich. Nun kollidierten Hals und Schultern leicht mit dem oberen Abschnitt der gekrümmten Wandung der Kammer. Ich griff mit beiden Händen hinter mich und suchte nach einem Halt, aber die Finger glitten bloß über die frustrierend glatte Ledertapete, und es gelang mir nur, mich so weit nach vorne zu schieben, daß ich kopfüber in der Luft hing. Jetzt schien es mir, als ob Holden auf absurde Art an der Decke klebte und Pocket in den Gurten seines Sitzes hing, während das Modell der *Great Eastern* wie ein nautischer Kronleuchter in der Vitrine baumelte.

Mir drehte sich der Magen um.

Eine kräftige Hand schoß vor und packte meinen Arm. »In Gottes Namen, Wickers, behaltet Euer Frühstück bei Euch; wir bekommen die verdammte Kabine sonst nie wieder sauber.«

Es war Traveller. Mit seinen von Sicherheitsgurten umwickelten knochigen Fußgelenken sah er wie ein befrackter Affe aus. Er drehte mich um hundertachtzig Grad, was mir Unbehagen verursachte, und schleuderte mich dann zu Boden. Ich landete in der Nähe eines Stuhls; mit Erleichterung packte ich ihn, zog mich hinab und gurtete mich an.

Traveller hatte während seines Einsatzes den Zylinder verloren. Er hing in der Luft und rotierte wie ein

Löwenzahnsamen; mit einem gereizten Grunzen schlug Traveller um sich, bis der Hut in seine Arme segelte, und dann stülpte er ihn sich wieder auf den Kopf.

Nachdem wieder ein gewisser Zustand der Normalität hergestellt worden war – abgesehen von der störenden Neigung meiner Beine, immer wieder in die Luft zu entschweben –, sagte ich mit einer angesichts der Umstände beachtlichen Ruhe zu Holden: »Ich hege keinen Zweifel, daß es für all das eine rationale Erklärung gibt.«

»Oh, in der Tat.« Er fuhr mit der Hand über sein schwarzes Haar und verlieh ihm eine vergleichsweise ordentliche Fasson. »Obwohl ich vermute, daß Euch diese Erklärung nicht gefallen wird.«

Traveller schwebte erneut vor einem blau illuminierten Bullauge (wie ich sah, handelte es sich hierbei um ein anderes Fenster, und daraus schloß ich, daß das blaue Licht am Schiff vorbeigewandert war). »Sir Josiah«, sagte ich laut, »da Ihr dafür verantwortlich seid, daß wir hier in dieser fliegenden Kalesche eingeschlossen sind, glaube ich, Ihr schuldet uns ein paar Erklärungen bezüglich unserer Situation.«

Traveller stand – oder vielmehr schwebte er – lässig in der Luft, wobei eine Hand auf dem Vorsprung des Bullauges ruhte. Er zog sein Kästchen aus einer Tasche, öffnete es, entnahm eine Zigarette, und dann zündete er – wobei er das Kästchen mitten in der Luft schweben ließ! – ein Streichholz an, woraufhin bald Schwaden beißenden Rauches durch die Luft waberten. Dann steckte Traveller das akrobatische Kästchen gnädigerweise wieder weg. »Woran es nur liegt, daß die jungen Männer manchmal so verdammt großspurig sind? Unsere Situation ist doch offensichtlich«, sagte er dezidiert.

Ich setzte schon zu einer geharnischten Erwiderung an, als Holden diplomatisch intervenierte. »Ihr müßt unsere unwissenschaftlichen Professionen berücksichtigen,

Sir; die Dinge erklären sich uns nämlich nicht immer von selbst, wie das vielleicht bei Euch der Fall ist.«

»Wäret Ihr«, sagte ich frostig, »zum Beispiel so gütig, uns eine Erklärung für dieses verdammte In-der-Luft-Schweben zu geben. Ist das vielleicht ein Phänomen, das mit dem Flug durch die Luft zu tun hat?«

Traveller rieb sich die Nasenwurzel, die sich noch im Originalzustand befand. »Gütiger Gott, was bringen sie euch heutzutage in der Schule nur bei? Sind denn die Forschungen von Sir Isaac Newton ein Buch mit sieben Siegeln für Euch?«

»Bitte beschreibt, wie der bedeutende Sir Isaac es anstellt, daß Ihr wie ein menschliches Staubkorn in der Luft schwebt«, verlangte ich starrköpfig.

»Ich habe die Motoren der *Phaeton* abgeschaltet«, sagte Traveller. »Vielleicht seid Ihr gewahr geworden, daß das Hintergrundgeräusch sich verändert hat.«

Ich war konsterniert; denn bis Sir Josiah mich darauf hingewiesen hatte, war mir die in der Kabine herrschende Stille überhaupt nicht aufgefallen.

Mein Herz machte einen Sprung. »Dann sind wir also wieder gelandet. Aber wo?« Ich schaute aus den verdunkelten Fenstern – und bemerkte, daß das seltsame blaue Licht sich erneut verschoben hatte, so daß es nun wiederum durch ein anderes Bullauge schien. »Es ist Nacht draußen. Sind wir etwa in eine Region der Dunkelheit gereist?« Meine Gedanken überschlugen sich; vielleicht waren wir in Nordamerika oder einem anderen entfernten Land – aber was, wenn es uns in einen undurchdringlichen Dschungel verschlagen hatte? »Aber sicherlich haben wir nichts zu befürchten«, setzte ich hastig nach. »Alles, was wir tun müssen, ist das Schiff zu verlassen und das nächste britische Konsulat aufzusuchen; in jeder größeren Stadt der Welt gibt es eine Vertretung, und man wird uns Schutz und Hilfe gewähren …«

»Ned.« Holden sah mich unverwandt an, obwohl ich

feststellte, daß seine noch immer im Teppich verkrallten plumpen Hände zitterten. »Ihr müßt still sein und versuchen, zu begreifen. Wir sind weiter von jedem Konsulat entfernt, als Ihr es Euch nur vorstellen könnt.«

Traveller sprach so langsam und einfach wie zu einem Kind: »Laßt uns Schritt für Schritt vorgehen. Die Motoren stehen still. Aber wir befinden uns nicht auf dem Boden. Das ist sicher offensichtlich, selbst für einen Diplomaten. Vielmehr befindet sich das Schiff – ohne den von den Motoren gelieferten Raketenschub – im freien Fall. Und wir fallen mit ihm; und deswegen schweben wir, wie eine Murmel in einer fallenden Schachtel zu schweben scheint.« Sir Josiah vertiefte sich in eine lange und komplizierte Erläuterung dieses Theorems, das auf dem Fehlen von Reaktionskräften zwischen meinem Rücken und dem Stuhl beruhte, auf dem ich saß …

Aber ich hatte das Prinzip verstanden. Wir fielen.

Ein Panikanfall überkam mich, und ich zerrte an den Gurten. »Dann sind wir dem Untergang geweiht, denn wir werden sicher in wenigen Augenblicken auf dem Boden zerschellen!«

Traveller stöhnte theatralisch auf und schlug sich auf den Schenkel. »Ned, Ihr habt es noch nicht begriffen«, sagte dann Holden. »Wir müssen nicht befürchten, abzustürzen.«

Ich kratzte mich am Kopf. »Dann muß ich gestehen, daß ich überhaupt nicht weiß, was los ist, Holden.«

»Im Augenblick des Stapellaufs der *Albert* – und der Sabotage – wurden die Motoren der *Phaeton* hochgefahren«, sagte Traveller. »Das Schiff erhob sich in die Luft – und stieg mit zunehmender Geschwindigkeit auf – und stieg immer weiter, bis es die Erde weit unter sich gelassen hatte.«

Ein Frösteln lief durch meinen Körper, und schlagartig fühlte ich mich schlapp und detachiert. »Dann befinden wir uns also in der oberen Atmosphäre?«

Traveller drückte seine Zigarette in dem im Nachbarsitz eingebauten Aschenbecher aus und streckte einen Arm zu mir aus. »Ned, ich glaube, Ihr solltet mit mir kommen. Glaubt Ihr, daß Ihr dazu imstande seid?«

Der Gedanke, mich wieder wie ein Trampolinspringer abzustoßen, beunruhigte mich zwar; dennoch löste ich den Verschluß und streifte die schwebenden Gurte ab. Ich richtete mich auf, so daß ich in der Luft driftete und stieß mich mit beiden Händen vom Sitz ab. Wie ein Baumstamm flog ich durch die Kabine und schloß schließlich zu Traveller auf, dessen starke Hand mich an das Bullauge heranzog.

»Danke, Sir.«

Sein verwüstetes Raubtierprofil wurde von dem blauen Licht konturiert. »Nun schaut einmal nach draußen…«

Ich schob das Gesicht dicht an das Bullauge. Eine Kugel hing an einem sternenübersäten Himmel, wie eine wundervolle blaue Laterne; ein Drittel davon lag im Schatten, und Lichter blinkten in dieser Dunkelheit. Auf der hellen Seite der Kugel konnte man durch eine aufgelockerte Wolkenschicht die vertrauten Konturen der Kontinente ausmachen. Ein kleiner, strahlender Lichtpunkt schob sich über den Horizont der Kugel und spiegelte sich in dem darunterliegenden Ozean.

Das war natürlich die Erde, und der winzige Satellit, der geduldig seinen neunzigminütigen Monat absolvierte, war der Kleine Mond.

Ich spürte Travellers Hand auf der Schulter. »Selbst das Empire wirkt winzig aus dieser Distanz, was, Ned?«

»Sind wir noch in der Atmosphäre?«

»Leider nicht. Hinter der Hülle der *Phaeton* liegt nur der leere Raum: Ohne Luft, ohne Licht – und einige Dutzend Grad kälter, als Monsieur Fouriers Hypothese unterstellte.«

»Und wir entfernen uns noch immer von der Welt?«

»Das tun wir.« Traveller brachte mit etlicher Geschicklichkeit sein Notizbuch zum Vorschein, wobei er nur die

Finger einer Hand benutzte, und überprüfte ein paar Berechnungen. »Ich habe auf der Grundlage bekannter Bezugspunkte auf der unter uns liegenden Erde eine Dreieckspeilung durchgeführt und somit unsere Geschwindigkeit bestimmt. Die Ergebnisse sind natürlich nur Näherungswerte, denn ich verfüge nicht über die erforderliche Ausrüstung …«

»Nichtsdestoweniger«, gab Holden das Stichwort.

»Nichtsdestoweniger habe ich ermittelt, daß wir uns mit einer Geschwindigkeit von etwa fünfhundert Meilen pro Stunde von der Erde entfernen. Und dies stimmt auch mit der Zeitdauer von wenigen Minuten überein, während der die Raketen feuerten und uns mit annähernd doppelter Erdbeschleunigung auf Meereshöhe von der Erde entfernten.«

Hinter mir hörte ich ein Schluchzen; ich wandte mich von der Abbildung der Erde ab. Der noch immer auf dem Sitz festgegurtete Pocket hatte das Gesicht in den Händen vergraben; die Schultern hoben und senkten sich, und das schüttere Haar fiel ihm über die Finger.

Ich erforschte meine eigenen Empfindungen. Wir befanden uns also im Weltraum. Und es stand auch fest, daß Traveller früher bereits auf diese Weise gereist war – und zwar nicht nur einmal, sondern schon viele Male. Meine Panikstimmung legte sich und wich einem kindlichen Staunen.

Das Bild der Erde verschob sich nach rechts, woraus ich schloß, daß das Schiff sich langsam drehen mußte. Aufgrund eines perspektivischen Effektes wirkte der Planet wie eine riesige, aus feinstem Porzellan modellierte Schale, aber es war eine Schale, die all die Städte und Menschen in sich barg, die jemals existiert hatten; und wer hätte angesichts einer derart bezaubernden Schönheit Trübsal blasen wollen?

Ich drehte mich zu Traveller um und sagte: »Ich weiß zwar nicht warum, Sir Josiah, aber ich bin jetzt ganz gelassen und werde noch ruhiger sein, wenn Ihr die Motoren der *Phaeton* wieder anwerft und uns zur Erde zurückbringt.«

Travellers Gesicht verriet eine Melange aus Konziliianz und nervöser Ungeduld. »Ned, ich habe die *Phaeton* überhaupt nicht gestartet.«

»Ihr wart das gar nicht? Wer dann …«

»Das Schiff wird von der Brücke aus gesteuert. Wißt Ihr denn nicht mehr, wie ich mich vergeblich bemüht habe, vor dem Start das Schott zur Brücke zu öffnen?«

Ich sah nun, daß das Schott in der Decke nach wie vor geschlossen war, obwohl es die Spuren von Travellers Ausbruchsversuchen aufwies.

»Wer sonst ist dafür verantwortlich?«

»Woher soll ich das denn wissen?« erwiderte Traveller.

»Aber wir können Mutmaßungen anstellen«, schlug Holden vom Boden aus vor, wobei ein Hauch von Zorn in seiner Furcht mitschwang. »Dieser Vorgang und die Zerstörung der *Prince Albert* stehen nämlich sicher in einem Zusammenhang.«

Furcht wallte in mir auf. »Wollt Ihr damit andeuten, daß wir uns in der Gewalt eines Saboteurs befinden?«

»Ich befürchte«, sagte Holden, »daß in diesem Augenblick ein Mitglied dieser preußischen Bande am Steuer dieses Schiffes steht.«

Jetzt brach der ganze Schrecken unserer Situation über mich herein. »Wir sind in dieser Kiste eingesperrt und entfernen uns immer weiter von der Erde, und zudem sind wir der Gnade eines verrückt gewordenen Preußen ausgeliefert … Dann müssen wir uns sofort Zugang zur Brücke verschaffen!«

Ich wollte mich schon in Richtung der Luke in Bewegung setzen, aber Traveller legte mir eine Hand auf den Arm und hielt mich zurück. »Ich habe das selber schon ein paarmal versucht, Ned. Und selbst wenn wir irgendwie Zugang zur Brücke erhielten, müßten wir vor einer erfolgreichen Rückkehr zur Erde noch viele Hindernisse überwinden.«

»Welche Hindernisse, Traveller?« hakte Holden nach.

Traveller lächelte. »Das werdet Ihr schon noch sehen. Und in der Zwischenzeit seid Ihr meine Gäste auf diesem Schiff. Was sagst du dazu, Pocket?«

Der derangierte Leibdiener hielt das Gesicht noch immer hinter den tränennassen Händen verborgen und konnte nur den Kopf schütteln.

Traveller zupfte am zerknitterten Aufschlag meines Jackets. »Bei Euch sehe ich zum Beispiel noch das verkrustete Blut der Verletzungen, die Ihr Euch beim Start zugezogen habt. Und was gäbe es da Besseres als ein heißes Bad, um die Schmerzen Eurer Quetschungen zu lindern, he? Und danach sollten wir vielleicht ein leichtes Mahl zu uns nehmen ...«

»Ein Bad? Ein leichtes Mahl?« Ich traute meinen Ohren kaum. »Sir Josiah, dies ist weder die Zeit noch der Ort. Und Pocket ist kaum in der Lage ...«

»Ganz im Gegenteil«, sagte Traveller gewichtig und fixierte mich mit einem wissenden Blick. »Es gibt nichts Besseres, was der gute Pocket tun könnte, als Euch ein heißes Bad einzulassen.« Ich erwiderte Sir Josiahs Blick und wandte mich dann ab, um Pocket zu beobachten; und trotz seiner erbarmungswürdigen Steifheit legte der Kammerdiener eine deutlich verbesserte Haltung an den Tag, als er diesen Aufgaben nachging.

Ich vermutete, daß Josiah Traveller möglicherweise mit einer größeren Menschenkenntnis gesegnet war, als er sich selbst bewußt war.

Wie ich bereits wußte, verbargen sich Wunder ohne Zahl hinter der lederüberzogenen Wand der Raucherkabine; aber dennoch hätte ich es nicht für möglich gehalten, daß ich hier ein so behagliches, heißes Vollbad nehmen könnte wie in jedem durchschnittlichen englischen Herrenclub.

Pocket zog einen Abschnitt des Orientteppichs zurück

und legte einige Bretter frei; diese falteten sich auf und bildeten eine ungefähr fünf Fuß hohe Abschirmung, hinter der ich ungestört meine verschmutzte Kleidung ablegen konnte. Der unter diesen Brettern befindliche Boden war mit einander überlappenden Gummimatten ausgelegt, und in den Boden waren Wasserhähne eingelassen. Pocket betätigte diese Hähne – wobei er den Körper seltsam verrenkte –, und unter dem Boden ertönte das Rauschen fließenden Wassers. Schließlich legten sich eine angenehme Wärme und ein paar Dampfschwaden über die Gummimatten und verliehen der Szenerie die Atmosphäre eines Badehauses.

Als das Wasser eingelassen war, schlüpfte ich auf Pockets Geheiß zwischen die Gummimatten. Ich tauchte bis zum Kopf in das Wasser ein, wobei seine Temperatur an der oberen Grenze dessen lag, was noch als wohltemperiert gelten konnte. Die Badewanne selbst – vom Gefühl her mußte sie die Form und Größe eines Sarges haben – befand sich unter dem Gummi, und die einander überlappenden Matten hielten das Wasser zurück, das andernfalls in die Kabine entschwebt wäre. Ich lag da und spürte, wie die Schmerzen aus meinem geschundenen Körper wichen. Und als der tapfere Pocket mir einen Brandy brachte – der sich in einem Fläschchen befand, das mit einem kleinen Gummimundstück verschlossen war, durch den man die Flüssigkeit saugte – und als der unglaubliche Duft kochenden Fleisches – und die Klänge von Klaviermusik! – über meinen Paravent drangen, schloß ich die Augen und konnte mir kaum vorstellen, daß ich mich in diesem Augenblick in einer kleinen Metallbüchse befand und mit fünfhundert Meilen pro Stunde durch das All wirbelte.

Ich stieg aus der Badewanne und ließ mich von Pocket abtrocknen. Danach zog ich mich wieder an, mit neuerlicher Unterstützung von Pocket. Meine Kleidung war, wenn auch nur oberflächlich, gereinigt und ausgebürstet worden und vermittelte mir wieder das Gefühl von Frische und Behaglichkeit.

»So, Pocket; und wie fühlst du dich nun?«

»Wieder besser, danke, Sir«, sagte er in offensichtlicher Verlegenheit.

»Wie beurteilst du denn die Situation? Hast du früher schon solche Abenteuer mit Sir Josiah erlebt?«

Pockets schmallippiger Mund verzog sich. »Wir haben schon einige Dinger erlebt, kann ich Euch sagen, Sir«, meinte er, »aber noch nichts wie das hier... Ich habe zwei Enkelkinder, Sir«, platzte es auf einmal aus ihm heraus.

Ich strich mein Jacket glatt. »Keine Sorge, alter Freund. Ich bin ganz sicher, daß Sir Josiah bald einen Weg findet, dich wieder mit deiner Familie zu vereinen.«

»Er ist ein höchst einfallsreicher Mann«, versicherte Pocket; und mit gewandten Bewegungen – er schien sich bereits an den Zustand der Schwerelosigkeit zu gewöhnen – faltete er den Paravent zusammen.

Ich berührte seine knochige Schulter. »Sag mal«, meinte ich. »Weiß Traveller denn von deiner – Behinderung?«

»Ich vermute, daß Ihr ihn nicht allzu gut kennt, Sir. Ich bezweifele stark, daß er so etwas überhaupt zur Kenntnis nimmt.«

Ich war schon gar nicht mehr sonderlich überrascht, als ich sah, daß Traveller ein kleines Piano aus der Kabinenwand ausgeklappt hatte; er schwebte vor ihm, wobei er einen Fuß hinter ein ausgeklapptes Bein gehakt hatte, und spielte die flotten Melodien, die ich schon früher gehört hatte. Holden lag noch immer auf dem Teppich; er betrachtete Traveller mit einem verstörten Gesichtsausdruck und fühlte sich von den vier unfreiwilligen Reisenden gegenwärtig am unbehaglichsten.

Er wandte sich mir zu und rang sich ein Lächeln ab. »Habt Ihr Eure Wunden also kuriert?«

»Zumindest gelindert; danke.« Ich nickte Traveller zu. »Welche Wunder hat der Mann denn noch in petto?«

Holden runzelte die Stirn. »Was mich verblüfft, ist weniger die Tatsache, daß er im Weltraum Piano spielt – in dieser Hinsicht kann mich überhaupt nichts mehr überraschen –, als vielmehr das, was er spielt.«

Ich hörte konzentrierter zu und identifizierte mit Erstaunen eine der leichten Musikhallen-Melodien, die damals populär waren.

Traveller registrierte unsere Aufmerksamkeit, und mit einem ungewöhnlichen Anflug von Unsicherheit brach er die Melodie mitten im Takt ab. »Ein nettes kleines Gerät«, kommentierte er. »Habe es bei der Ausstellung von '51 erworben. War eigentlich für den Einbau in einer Yacht vorgesehen, glaube ich.«

»Wirklich?« fragte Holden trocken.

Ein leiser Gong ertönte; ich drehte mich um und sah Pocket in formvollendeter Haltung in der Luft schweben, wobei er eine kleine Metallscheibe in der Hand hielt. »Das Abendessen ist aufgetragen, Gentlemen.«

»Großartig!« rief Traveller und ließ das Piano in die Wand einschnappen.

Und so nahm ich an einer der merkwürdigsten Mahlzeiten teil, die in der verworrenen Geschichte der Menschheit wohl jemals serviert worden waren.

Wir drei nahmen Platz. Ich legte die Gurte locker an, gerade so stramm, daß sie mich davon abhielten, in der Kabine umherzudriften. Pocket drapierte Servietten über unsere Beine und half uns, hölzerne Tabletts mit Ledergurten an den Knien zu befestigen. Das Essen selbst wurde in mit Fettpapier umwickelten Päckchen gereicht, die Pocket aus einer der allgegenwärtigen Öffnungen der Kabine holte. Hinter einer anderen Klappe verbarg sich ein kleiner eiserner Ofen, in dem Pocket die Päckchen deponierte. Das fertige Mahl war von einer erstaunlich hohen Qualität; wir begannen mit einer stark, aber delikat gewürzten Fischpastete, gefolgt von in

Scheiben geschnittenem geröstetem Lammfleisch, Kartoffeln und Erbsen in Bratensoße; als Dessert gab es einen mächtigen Sirup-Pudding. Wir tranken – aus diesen Fläschchen – einen guten französischen Wein zum Hauptgang und rundeten die Mahlzeit mit kleineren Portwein-Fläschchen und dicken, würzigen Zigarren ab.

Das Essen wurde mit Silberbesteck und auf Porzellan serviert, welches mit dem Emblem der Prince Albert Company verziert war; es zeigte einen auf einer Welle reitenden Neptun auf dem Promenadendeck der *Albert*.

Es war ein Mahl, das manch festlicher Tafel im guten, entfernten England zur Ehre gereicht hätte, wenn die Umstände auch etwas merkwürdig waren. Die einzigen Abstriche bei der Mahlzeit bestanden darin, sie irgendwie auf den Teller oder in die Schüssel zu bannen. Die Soße, die zum Braten gereicht wurde, war deshalb dickflüssiger, als ich eigentlich präferiert hätte, aber sie erfüllte ihren Zweck – von den paar Erbsen abgesehen, die mir von der Gabel sprangen und ihre Bahnen um mich zogen.

Doch nie zuvor war ich von einem Ober bedient worden, der wie ein Fisch durch die Luft schwamm.

Pocket durfte mit uns speisen, denn es gab keine separate Kombüse oder Küche.

Als Pocket die Reste eingefangen und abgetragen hatte, saßen wir in der Stille der Raucherkabine, nuckelten am Portwein und beobachteten, wie das irdische Licht durch die verräucherte Luft stach. »Ich muß Euch zu diesem Mahl gratulieren, Sir Josiah«, sagte Holden. »Ich meine damit sowohl die Qualität der Speisen als auch die Funktionalität der Küche.«

»Hydraulische Pressen, das ist das Geheimnis«, erläuterte Traveller selbstzufrieden und streckte die langen Beine in der Luft aus. »Das Essen wird in einem anständigen Restaurant in London zubereitet, welches ich von Zeit zu Zeit aufsuche – und dann wird es in einem heißen Ofen schnell dehydriert und zu diesen Päckchen komprimiert, die Ihr gesehen habt. Das Resultat ist ein kleines, kompaktes Bündel, dessen Haltbarkeit mehrere Wochen beträgt und das nur der Zufuhr von etwas Hitze und Wasser bedarf, um sich wieder in ein schmackhaftes Mahl zu verwandeln.«

»Bemerkenswert«, stellte ich fest. »Und ich gehe sicher recht in der Annahme, daß noch viele solcher Mahlzeiten in der Wandung dieses Schiffes verstaut sind?«

»O ja«, bestätigte Traveller. »Wir haben Vorräte für mehrere Wochen.«

Holden zündete sich wieder eine Zigarette an. (Ich bemerkte, wie merkwürdig sich eine Streichholzflamme unter diesen Bedingungen verhielt; sie ballte sich zu einer kleinen Aureole um das heiße Streichholz zusammen und erlosch sofort, falls man das Streichholz nicht vorsichtig und zügig durch die Luft bewegte, wenn der Sauerstoff an einer Stelle verbraucht war.) »Ich bin erleichtert«, sagte der Journalist, »daß wir zumindest nicht der Gefahr des Verhungerns ausgesetzt sind. Aber vielleicht wäre jetzt der geeignete Moment, einmal die Gesamtsituation zu diskutieren.«

Der Aspekt des Verhungerns war bis zu diesem Augenblick für meinen beschränkten Verstand überhaupt nicht relevant gewesen; aber natürlich hatte Holden recht. Schließlich waren wir in einer kalten, desolaten Leere gestrandet, wobei unser Überleben nur von den Beständen dieses zerbrechlichen Schiffes abhing. Ich bekam nun Schuldgefühle, weil ich die Mahlzeit derart genossen hatte; vielleicht hätten wir bereits eine Rationierung verhängen sollen.

»Sehr schön. Was das Wasser betrifft«, sagte Traveller, »verfügen wir über mehrere Gallonen.« Er stampfte mit einem knochigen Fuß auf den Boden. »Es befindet sich unter uns, in einigen kleinen Tanks. Ein einziger großer Tank wäre ungeeignet, müßt Ihr wissen, denn das Wasser würde während des Fluges gefährlich umherschwappen …«

»Mehrere Gallonen hören sich aber nicht nach sehr viel an«, sagte ich beunruhigt. »Zumal ich bereits ein Bad genommen habe.«

Traveller lächelte. »Ihr braucht Euch keine Sorgen zu machen, Wickers; das Badewasser wird durch ein System von Filtern und Röhren geleitet, so daß es mehrmals benutzt werden kann. Sogar nach vier oder fünf Filtrierungen ist es noch trinkbar.« Er lachte über den Ausdruck auf unseren Gesichtern. »Aber zu Eurer Erleichterung kann ich sagen, daß das Wasser für die Toilettenspülung – Pocket wird sie Euch nachher zeigen – direkt über die Hülle des Schiffes entsorgt wird.« Dann nahm sein Gesicht einen schmerzlichen und nachdenklichen Ausdruck an. »Nichtsdestoweniger haben wir ein Wasserproblem. Denn wir verwenden Wasser als Reaktionsmasse, und ich befürchte, daß unser preußischer Freund schon zuviel davon vergeudet hat.«

Ich wollte schon um nähere Erläuterungen zu dieser beunruhigenden, mysteriösen Reaktionsmasse bitten, aber Holden beugte sich schnell nach vorne. »Sir Josiah, was ist mit der Luft? Dies ist ein kleines Schiff. Wie sollen vier Menschen – oder fünf, den Preußen mitgezählt – hier länger als ein paar Stunden überleben können?«

Traveller wedelte lässig mit einer langfingrigen Hand. »Sir, Ihr braucht Euch keine Sorgen zu machen. Es ist nämlich – wenn ich das so sagen darf – ein weiteres geniales Filtersystem in Betrieb. Ein gesunder Mann verbraucht pro Stunde den Sauerstoffgehalt von fünfundzwanzig Gallonen Luft und ersetzt ihn durch Kohlensäure, die nicht eingeatmet werden kann. Es ist ständig eine Pumpe in Betrieb, welche die Luft in der Kabine – und auf der Brücke – durch Gitter absaugt. Die Luft wird dann bei mehreren hundert Grad über Raumtemperatur durch Kaliumchlorat geleitet; das Chlorat wird dabei in Kaliumchlorit umgewandelt und setzt reinen Sauerstoff frei, der die verbrauchte Luft regeneriert. Und dann erfolgt noch ein Zusatz von Ätznatron, das mit der Kohlensäure reagiert und sie neutralisiert.

Wir haben so viel von diesen Chemikalien an Bord, um mehrere Wochen überleben zu können.«

»Aha.« Holden nickte, offensichtlich beeindruckt.

»Was Wärme und Licht betrifft«, fuhr Traveller fort, »sorgen Acetylenbrenner für die Beleuchtung über unseren Köpfen und erwärmen auch die Luft, die durch in die Schiffswandung integrierte Röhren strömt. Da wir ständig in gleißendes Sonnenlicht getaucht sind, ist weniger die Kälte unser Problem als vielmehr die Gefahr, geröstet zu werden. Die langsame Rotation des Schiffes, die Ihr bemerkt habt, dient mithin dem Zweck, die intensive Sonneneinstrahlung gleichmäßig über die gesamte Hülle zu verteilen.«

»Dann ist also«, hoffte ich, »unser Überleben und die sichere Rückkehr zur Erde Eurer Ansicht nach nicht gefährdet?«

»Das habe ich nicht gesagt, Ned.« Travellers Zigarre war ausgegangen, und er zündete sich einen von seinen bevorzugten türkischen Glimmstengeln an. »Ich habe die *Phaeton* dazu konzipiert, Beobachtungen in der oberen Atmosphäre der Erde durchzuführen. Ich hatte sogar gehofft, sie eines Tages in eine Erdumlaufbahn zu bringen.« (Dieses für mich neue Konzept wurde mir später von Holden erläutert; es besagt, daß ein Körper unter dem Einfluß der Schwerkraft ständig einen Planeten umläuft, genauso wie der Kleine Mond um die Erde kreist.) »Aber«, fuhr Traveller fort, »die *Phaeton* ist nicht für einen Flug in den Weltraum ausgelegt.«

Er fuhr fort, die Prinzipien des wundersamen Antriebssystems des Schiffes zu erläutern. Anscheinend wurden Anti-Eis-Öfen benutzt, um Dampf auf monströse Temperaturen zu erhitzen. Aber anstatt die Expansion des heißen Gases auf einen Kolben wirken zu lassen (wie bei der Konstruktion des Antriebssystems des Landkreuzers), leiteten Röhren den Dampf zu den Düsen, mit denen aus eigener Anschauung die Basis des Schiffes bestückt war und wo er dann ausgestoßen wurde. Indem die *Phaeton* den hocherhitzten Dampf ausstieß, bewegte sie sich voran. Man konnte das mit einem Eisläufer vergleichen, der seinen Begleiter wegschubst; jener Begleiter rutscht auf dem Eis weg, aber der Läufer selbst wird durch den Impuls zurückgestoßen. Das ist das Prinzip der Rakete, und die zuvor von Traveller erwähnte ›Reaktionsmasse‹ war der durch die Düsen ausgestoßene Dampf.

Dieser Dampf trat mit einer Geschwindigkeit von vielen tausend Meilen pro Stunde aus den Düsen aus.

Doch um das Schiff mit doppelter Erdbeschleunigung fliegen zu lassen, verpufften jede Sekunde volle vier Pfund Wasser im Raum.

Holden nickte bedächtig. »Dann kann die Masse des Schiffes also nicht mehr als zwei oder drei Tonnen betragen.«

Traveller schien für einen Moment beeindruckt. »Die Masse des Schiffes war eindeutig der primäre Aspekt«, sagte er. »Und daher konstruierte ich die Hülle auch fast ausschließlich aus Aluminium. Es ist viel leichter als jede Eisen- oder Stahllegierung, dafür jedoch sündhaft teuer – ganze neun Sovereigns pro Pfund im Vergleich zu zwei oder drei Pennies für Gußeisen.«

»Meine Güte«, kommentierte Holden.

Ich deutete auf die verdunkelten Bullaugen. »Aber dort draußen gibt es keinen Ozean.«

»Nein. Wir haben nur den Inhalt unserer Tanks. Und obwohl ich es ohne Zutritt zur Brücke nicht genau sagen kann, liegt genau da unser Problem. Ich hege nämlich den starken Verdacht, daß unser preußischer Gast den Vorrat schon so weit erschöpft hat, daß wir das Schiff nicht mehr wenden und zur Erde zurückfliegen könnten – und selbst wenn wir dazu noch in der

Lage wären, hätten wir keine Reaktionsmasse für die Raketen mehr, so daß wir nicht kontrolliert landen könnten, sondern wie ein Meteor in der Landschaft einschlagen würden.«

Mich schauderte bei diesen Worten, und die Portweinflasche, die mir aus der Hand glitt, zersplitterte.

6

Alltagsleben zwischen den Welten

In unserer interplanetarischen Kapsel gab es weder Tag noch Nacht – bzw. den von der Erde gewohnten Wechsel zwischen Tag und Nacht, der durch die Rotation der *Phaeton* ersetzt worden war. Wer wollte, konnte indessen jede Viertelstunde einen Sonnenaufgang betrachten. Aber unser Tagesablauf wich im Grunde nicht von den Gepflogenheiten auf englischem Boden ab. Wir schliefen auf Pritschen, die aus der Kabinenwand ausgeklappt wurden. Mein Bett, in dem ich mich jede Nacht fest in Decken gewickelt festgurtete, war so kommod wie die weichste Matratze – wenn ich jedoch im Schlaf einen Arm freilegte, war es ein unangenehmes Gefühl, ihn beim Aufwachen vor mir schweben zu sehen, als ob er sich vom Körper gelöst hätte.

Jeden Morgen um halb acht erwachten wir vom leisen Ton eines Weckmechanismus, der in der *Great Eastern* verborgen war. Pocket zog dann die kleinen Rollos vor den Bullaugen hoch und ließ gleichzeitig die Strahlen von Sonnen- und irdischem Licht herein, und nacheinander schlüpften wir in die versteckte Badewanne.

Die Toilette war zwangsläufig von einer etwas primitiven Konstruktion und bestand aus einem Apparat, der aus der lederbezogenen Wand herausklappte und von einer leichten, aber luftdichten Wand abgeschirmt werden konnte, so daß Intimsphäre und Hygiene bis zu einem gewissen Grad gewährleistet waren. Wie Traveller uns versicherte, wurden die Rückstände direkt in den Weltraum entsorgt.

Es war sogar möglich, sich an Bord der *Phaeton* zu rasieren! Es wäre natürlich nicht sehr angenehm gewesen, wenn die abrasierten Barthaare im Schiff umhergedriftet wären, aber durch den reichlichen Gebrauch von Rasierseife konnte man bis auf ein paar Stoppel alles einfangen. Und alle herumschwebenden Abfälle und Staub wurden von dem unersetzlichen Pocket aufgesammelt. Dazu verwendete er einen Schlauch, der über einen Stutzen in der Wand an eine der Luftumwälzpumpen angeschlossen war. Jeden Tag wuselte Pocket mit seiner Vorrichtung durch das Schiff, suchte und saugte; anfangs fanden Holden und ich diesen Anblick komisch, aber im Laufe der Zeit lernten wir den Wert dieser Erfindung zu schätzen, denn ohne sie wäre unser fliegendes Gefängnis bald so schmutzig wie eine Hütte in den Slums von Kalkutta gewesen.

Traveller und Pocket hatten eine kleine Garderobe im Schiff; Traveller lieh Holden und mir Unterwäsche und Morgenmäntel, und der wunderbare Pocket schaffte es tatsächlich (unter Einsatz von Seife, Schwamm und Tuch), den gröbsten Schmutz aus der Kleidung zu beseitigen, die wir am Tage des Starts getragen hatten.

Und so fügte es sich dann, daß wir drei Gentlemen – etwas zerknittert vielleicht, aber dennoch mehr als gesellschaftsfähig – gegen halb neun auf unseren Sitzen Platz nahmen und uns von Pocket mit heißem Tee, Schinken und Buttertoast bewirten ließen.

Traveller konnte mit umfassenden Theorien über die Risiken des Lebens in der Schwerelosigkeit aufwarten, zu denen auch der Schwund ungenutzter Muskeln und Knochen zählte, und er prophezeite uns, daß wir nach der Rückkehr zur Erde so schwach wären, daß wir das Schiff ohne fremde Hilfe nicht verlassen könnten. Und so zogen wir die Morgenmäntel an und absolvierten ein intensives Trainingsprogramm, während Pocket das Frühstück zubereitete – in der Regel einen leichten, kalten Imbiß. Die Übungen umfaßten Schattenboxen, eine neuartige Form des Laufens, die darin bestand, wie eine Maus in ihrem Laufrad ständig an der Wand der Kabine entlangzulaufen, und gelegentlich etwas spielerisches Ringen.

Holden war übergewichtig, kurzatmig und überhaupt in keiner guten Verfassung; Pocket war ausgezehrt und ziemlich schwach; und Traveller – obwohl motiviert, energisch und gewandt – war siebzig Jahre alt und hatte leichtes Asthma, wobei die völlige Zerstörung seiner Nase und die bei einem schon länger zurückliegenden Anti-Eis-Unfall zugezogenen Nebenhöhlenschäden seiner Verfassung nicht gerade förderlich waren. Also absolvierte ich, der Jüngste und Gesündeste von uns, das Training allein.

Die Nachmittage verbrachten wir mit Spielen – die *Phaeton* hatte etliche Spiele wie zum Beispiel Schach und Dame vorrätig, die aufgrund ihrer Miniaturausführung leicht untergebracht werden konnten; und zuweilen ergingen wir uns auch in ein paar Partien Bridge, wobei wir Travellers patentierte magnetische Kartenspiele verwendeten. Holden war ein engagierter, aber ziemlich konservativer Spieler, während Sir Josiah sich als risikofreudig erwies, aber ziemlich schlecht spielte! Der arme Pocket, der als vierter Mann zwangsverpflichtet worden war, kannte gerade die Spielregeln; und nach den ersten paar Durchgängen losten wir drei diskret aus, wer das Pech hatte, mit dem armen Burschen zusammenzuspielen.

Das gegen sieben servierte Abendessen war die üppigste Mahlzeit des Tages; üblicherweise wurde Wein dazu gereicht und mit einem oder zwei Fläschchen Portwein sowie einer Zigarre abgerundet. Um diese Uhrzeit ließ Pocket die Rollos herunter, wodurch er den unirdischen Himmel jenseits der Hülle ausblendete und uns die Illusion eines gemütlichen Schlupfwinkels bot. Es war recht angenehm, locker an die Klappstühle gegurtet in stiller Runde zu sitzen und zuzuschauen, wie der

Zigarrenrauch spiralförmig den verborgenen Luftfiltern zustrebte.

Die Abende endeten in der Regel damit, daß Traveller auf dem fragilen Piano ein paar Hymnen spielte, oder, was wahrscheinlicher war, einige der verruchten Varieté-Nummern, von denen er anscheinend ein enzyklopädisches Repertoire besaß. Während der Portwein seine Wirkung in uns entfaltete, schwebten wir in allen Positionen um den Ingenieur herum, dessen Rockschöße beim Spielen in der Luft flatterten und der Lieder grölte, die unseren Müttern die Schamesröte ins Gesicht getrieben hätten!

Und so setzte unser Schiff in den nächsten Tagen den Flug fort, eine winzige Blase aus Wärme, Luft und englischer Zivilisation, die in einem Fluß himmlischer Dunkelheit dahintrieb.

Als sich das durch den permanenten Zustand der Schwerelosigkeit verursachte Schwindelgefühl erst einmal gelegt hatte – und im Falle des armen Holden eine ernste körperliche Krankheit, die an *mal de mer* erinnerte –, fanden wir das Gefühl des ständigen Schwebens höchst angenehm. Das neue Gefühl des Fliegens, die unglaubliche Genialität von Travellers wunderbaren Geräten und die schiere Einzigartigkeit unserer Situation ließen unsere Zwangslage zuerst faszinierend und dann sogar erfreulich erscheinen.

Aber die negativen Aspekte unserer Lage befanden sich immer dicht unter der Oberfläche meiner Gedanken, und – im Laufe der Zeit – artikulierten sich die uns drohenden Gefahren und die Ungewißheit immer deutlicher in meinem Verstand, wie der Wind den Sand über einer versunkenen Ruine fortbläst.

Meine Träume kreisten um Françoise.

Ich verbrachte Stunden damit, mir die Liebe vorzustellen, die eines Tages zwischen uns blühen könnte –, und meine Träume waren so intensiv, daß ich manchmal das Gefühl verspürte, sie wäre wirklich bei mir, die Erleichterung, nicht mehr allein zu sein, die wahrer Liebe entspringt. Und mehr noch als das: Als ich weiter meditierte, verwandelte sich das schöne und entfernte Gesicht von Françoise in meiner Vorstellung in ein Symbol der menschlichen Welt, der ich entrissen worden war.

Jeden Morgen schaute ich begierig zu, wie Pocket die Rollos hochzog und hoffte gegen jede Wahrscheinlichkeit, daß unsere Situation sich während der Nacht irgendwie verändert hätte, daß unser unsichtbarer Pilot auf Gegenkurs gegangen wäre (obwohl Traveller ungeduldig erklärte, daß wir kaum noch Schlaf finden könnten, wenn die Motoren wieder aktiviert würden). Aber jeden Morgen wurde ich enttäuscht; jeden Morgen schrumpfte die Erde etwas mehr und demonstrierte uns, daß wir uns in jeder Minute Hunderte von Meilen von unserem Heimatplaneten entfernten.

So saßen wir vier Fremden, die so plötzlich in dieses fliegende Gefängnis geworfen worden waren, die Tage aus. Wir kamen gut miteinander aus – paßten sogar aufeinander auf. Holden und Traveller ertrugen ihr Los mit stoischer Gelassenheit und Tapferkeit, die nur von Travellers ungeduldigem Wunsch unterbrochen wurde, zu seinen diversen Konstruktionsprojekten auf der Erde zurückzukehren. (Ich hingegen hatte keine Probleme, meine Arbeit und Spiers bösartiges kleines Gesicht zu vergessen.) Und Pocket – obwohl er der Schwindelanfälligste von uns allen war – wirkte so glücklich bei seinem Tagewerk, als ob er sich auf festem Boden befände.

Doch als die Zeit in Monotonie verstrich, wucherten Langeweile, Reizbarkeit und klaustrophobische Anwandlungen wie Unkraut in mir; und als ich am Morgen des fünften Tages auf dem Stuhl saß, Pockets aus Schinken und Toast bestehendes Frühstück vor Augen, und hörte, wie Traveller und Holden die Risiken der Börse diskutierten, zerbrach etwas in mir.

Ich erhob mich vom Stuhl und schubste das Frühstückstablett weg. »Ich kann das nicht mehr mit anhören!« Ich schwebte in der Luft wie ein Racheengel, wobei dieser Effekt indessen von herumdriftenden Toastkrümeln konterkariert wurde.

Traveller schaute hoch; seine Platinnase wurde von einem Klecks Marmelade verziert. »Mein Gott, Wickers. Wahrt die Contenance, Sir.«

Ich spürte, wie Zorn in meiner zitternden Stimme mitschwang. »Sir Josiah, zum hundertsten und letzten Mal: Mein Name ist Vicars, Edward Vicars; und was die Contenance betrifft, so habe ich mich dieser in den letzten Tagen wohl hinreichend befleißigt.«

»Das bringt doch nichts, Ned«, sagte Holden düster.

Ich wandte mich ihm zu. »Holden, wir sind hier in dieser lächerlichen Lederkiste gefangen, die immer tiefer in den unbekannten Weltraum vordringt! Und Ihr sitzt da und erörtert hypothetische Aktienbewegungen...«

Traveller biß in seinen Toast. »Welche Alternative hättet Ihr denn anzubieten?«

Ich schlug mit der Faust auf die Handfläche. »Daß wir diese vorgetäuschte Normalität ablegen; daß wir uns zusammensetzen und besprechen, wie wir das Schiff von diesem derangierten Hunnen zurückerobern können, der die Brücke besetzt hält.«

»Ned...«, sagte Holden.

Aber Traveller nickte. »Wir werden jeden Punkt behandeln, den Ihr erwähnt habt«, sagte er raspelnd. »Aber, Sir, gestattet Ihr, daß ich zunächst mein Frühstück in Ruhe beende?«

»Frühstück?« ereiferte ich mich. »Wie könnt Ihr Toast in einer Situation mümmeln, für die es in der Menschheitsgeschichte keine Parallele gibt – in der sogar unser Leben auf dem Spiel steht...«

Ich setzte diese Tiraden noch eine Weile fort, aber der alte Gentleman reagierte überhaupt nicht darauf; und ich war gezwungen, wutschnaubend aufzuhören und zu warten, bis das Frühstück beendet und abgetragen war.

Völlig ungerührt wischte Traveller sich die Finger an einer Serviette ab.

»Nun, Ned, ich habe Verständnis für Eure Gefühle und bewundere sogar Eure Entschlossenheit, die, obschon auf Ignoranz und Heißblütigkeit gegründet, dennoch Elemente des Mutes enthält. Allerdings seid Ihr nicht so dumm, wie Ihr wirkt, Ned, und Ihr wißt sehr gut, daß das Schott zwischen dieser Kabine und der Brücke von oben verriegelt ist. Und wir verfügen nicht über das Werkzeug, mit dem wir uns gewaltsam Zugang verschaffen könnten.«

Ich knirschte mit den Zähnen. »Und Eure Schlußfolgerung?«

»Es gibt nichts, was wir zur Verbesserung unserer Situation tun könnten – obwohl wir vieles unternehmen könnten, was die Lage noch verschlimmert.«

Holden war blaß geworden, hatte die dicken Hände jedoch gefaßt aufeinandergelegt. »Was empfehlt Ihr uns also?«

»Wir müssen akzeptieren, daß wir nichts tun können. Wir können nur hoffen, daß unser teutonischer Pilot in der Lage ist, den Kurs dieses Schiffes zu ändern – wenn er überhaupt weiß, wie das geht. Dann können wir nur beten, daß das Schiff uns sicher zu unserer Heimatwelt zurückbringt.«

Ich sprang vom Stuhl auf und prallte an der lederbezogenen Decke ab. »Hoffen? Beten? Ihr ratet uns zur Untätigkeit, Sir Josiah. Werdet Ihr auch dann noch darauf beharren, wenn der Marmeladenvorrat zur Neige geht?«

Traveller lachte bellend.

»Ich bin jedenfalls nicht bereit, kampflos zu sterben«, sagte ich.

Holden straffte sich auf seinem Stuhl und sah mich grimmig an. »Ich hoffe, Ihr werdet dem Tod gefaßt ins Auge sehen, wie ein Engländer das tun sollte, Ned.«

Daraufhin wallte unter meinem Zorn eine Woge der

Scham auf, aber dessenungeachtet machte ich weiter: »Holden, es ist absolut keine englische Tugend, sich einfach hinzulegen und zu sterben.«

Traveller legte die Hände in den Schoß. »Gentlemen, ein Gespräch kann sicher nicht schaden. Vorausgesetzt«, wandte er sich ernst an mich, »wir führen diese Konversation auf eine zivilisierte Weise.«

Ich gurtete mich wieder auf meinem Stuhl fest; aber die Finger trommelten während der sich anschließenden Diskussion unablässig auf die Armlehnen.

»Also«, sagte Traveller, »worüber möchtet Ihr denn sprechen, Ned?«

»Das ist doch offensichtlich. Wir müssen einen Weg finden, diese Luke zur Brücke zu öffnen.«

»Und ich habe bereits erklärt, daß ein solches Vorgehen unmöglich ist. Was schlagt Ihr sonst noch vor?«

Konsterniert und wütend sah ich Holden an, der ruhig sagte: »Sir Josiah, ich fürchte, ohne den Vorteil Eurer profunden Kenntnis der *Phaeton* und ihrer Konstruktion wird der junge Ned nicht viel zur Lösung des Problems beitragen können. Vielleicht könnten wir einen Einblick in die Konstruktion des Schiffes erhalten und hoffen, daß sich dann eine Idee ergibt. Wie dick ist zum Beispiel diese Wand?«

Traveller runzelte die Stirn. »Die Wände? Vielleicht meint Ihr gar, irgendein Held könnte zwischen die Innen- und Außenwandung schlüpfen, wie ein Wiesel zur Brücke hinaufhuschen und unseren deutschen Freund überwältigen? Nun, der Abstand zwischen den Hüllen beträgt nur neun Zoll – etwas zu eng selbst für unseren jungen Freund, ganz zu schweigen für einen Dickbauch, wie Ihr es seid – und überhaupt befinden sich dort die Rohre für Heizung, Wasser und Luft sowie Federn, welche die innere Hülle vor Stößen schützen – Ihr müßt wissen, daß die innere Kammer kardanisch aufgehängt ist – sowie die Betten, Stühle und anderen Einrichtungsgegenstände, von denen Ihr so ausgiebigen

Gebrauch macht. Und außerdem endet die Doppelwandung an der Basis der Brücke; die Brücke und die Raucherkabine sind nämlich getrennte, luftdichte Abteilungen.

Um es kurz zu machen: Der einzige Zugang zur Brücke – außer dem blockierten Schott über uns – erfolgt durch eine in die äußere Glaswandung der Brücke eingelassene Luke. Und die könnte natürlich nur von jemandem geöffnet werden, der sich außerhalb des Schiffes befindet.«

Holden schüttelte den Kopf. »Es ist mir unbegreiflich, wie Ihr ein Schiff konstruieren konntet, bei dem der Zugang zur Steuerung so leicht blockiert werden kann!«

Sir Josiah lächelte. »In meiner jugendlichen Naivität habe ich überhaupt nicht mit Sabotage gerechnet. Ich habe nie die Situation in Betracht gezogen, in der wir uns jetzt befinden.«

Travellers Verwendung des Wortes ›luftdicht‹ hatte mich auf einen Gedanken gebracht. »Sir, wo befindet sich die Luftversorgung für die Brücke?«

»Die Brücke und die Raucherkabine werden beide über dasselbe System von Luftröhren versorgt, das von Pumpen und Filtersätzen im Maschinenraum unter uns ausgeht und sich dann in der Hülle verzweigt.«

Ich nickte. »Zum Maschinenraum haben wir ja Zutritt.«

»Ned, worauf wollt Ihr hinaus?« fragte Holden.

»Angenommen, wir blockieren die Rohre, welche die Brücke mit Luft versorgen. Dann würde unser Hunnenfreund sicherlich binnen weniger Stunden an seinem eigenen Gestank ersticken.«

Traveller nickte gemessen. »Eine elegante Lösung. Aber wenn eine solche Vorgehensweise auch eine schöne Rache wäre, würde sie unsere Lage nur noch verschlechtern. Wir hätten nämlich nach wie vor keinen Zugang zur Brücke, aber statt eines deutschen Piloten einen toten Piloten!«

Die ruhige, herablassende Art, in der der Ingenieur meinen Vorschlag auseinandernahm, alles vorgetragen im monotonen, nasalen Manchester-Tonfall, brachte mich auf die Palme. »Dann laßt uns fortfahren«, sagte ich und versuchte, meine Stimme zu stabilisieren. »Die Luftpumpen befinden sich im Maschinenraum. Was gibt es da noch?«

»Ihr könnt selbst nachschauen«, meinte Traveller. »Pocket, würdest du die Wartungsluken öffnen?«

Mit einem knappen Nicken stieß der geduldige Diener sich vom Stuhl ab und schwebte zum Boden hinab. Dort zog er am Orientteppich und am Linoleum, welches das Schott bedeckte; die Teppiche waren mit Haken und Ösen fixiert, die sich schnell lösen ließen, aber der arme Mann hatte seine liebe Not, die losen Teppiche in der Schwerelosigkeit zusammenzurollen. Pocket wies alle unsere Hilfsangebote kategorisch zurück und bat uns nur von Zeit zu Zeit, die Füße zu heben.

Ich hatte noch keinen Menschen gesehen, der seinen Platz so gut kannte und ihn mit solcher Perfektion ausfüllte.

Schließlich waren die Teppiche zusammengerollt und in einem Spalt am oberen Abschluß der Kabinenwand verstaut. Das solcherart enthüllte Schott glänzte wie Aluminium, aber es war nicht massiv; vielmehr war das etwa fünfzehn Fuß durchmessende Schott kaum mehr als ein Gitter, in das große Löcher gestanzt worden waren, und diese Löcher wurden von paßgenauen rechteckigen Platten bedeckt, die mit Flügelmuttern fixiert waren. Ein Abschnitt des Schotts war mit einander überlappenden Gummimatten bedeckt; wie ich mich erinnerte, befand sich hier die verborgene Badewanne, die wir täglich benutzten.

Nun stemmte Traveller die Füße gegen die geriffelte Aluminiumoberfläche und löste die Flügelmuttern, mit denen eine der Platten befestigt war. Er ordnete die Muttern ordentlich in einer Reihe an – in der Schwerelosigkeit – und steckte sie dann in eine Westentasche. »Ihr braucht keinen Luftverlust zu befürchten«, sagte er. »Dieses Schott ist nicht luftdicht, und in den unteren Abteilungen herrscht derselbe Druck wie in dieser Kabine.«

Holden und ich schauten in das Loch hinunter. Die Kammer war vielleicht sieben Fuß tief, und unmittelbar unter dem Loch befand sich eine etwa vier Fuß durchmessende Kugel, die auf einem stabilen Gerüst ruhte; diese Kugel war mit Silber beschichtet, so daß wir sowie die über und neben uns hängenden Acetylenlampen von ihrer Oberfläche reflektiert wurden. Das, so erklärte uns Traveller, war einer der drei Dewar-Behälter der *Phaeton*, die das Anti-Eis enthielten. Ich musterte den Behälter mit einem Anflug von Ehrfurcht und berührte seine silberne Hülle. Aber ich spürte nur eine glatte, angenehm warme Oberfläche; es gab weder einen Hinweis auf die Vakuumschicht, die hinter der äußeren Hülle der Kugel lag, noch auf die Handvoll Urgewalt, die sich in ihrem Mittelpunkt befand.

Traveller zeigte uns ein ausgeklügeltes Gestänge, das nach seinen Worten durch die Hülle zu in der Brücke installierten Hebeln verlief. Die Stangen penetrierten den Dewar-Behälter, sagte Traveller, und bildeten somit die Basis des Systems, mit dem – unter der Regie der Brücke – dosierte Mengen Anti-Eis aus dem zentralen Tiefkühlfach des Dewar-Behälters entnommen werden konnten. Dann schmolz das Eis und setzte so seine Energie frei.

Traveller erläuterte uns, wie die Energie des Anti-Eises dazu verwendet wurde, Wasser in einer Batterie von Boilern zu erhitzen. Hierbei handelte es sich um Metallkästen, die von wasserführenden Röhren umschlungen wurden. Aus den Boilern trat hocherhitzter Dampf aus und strömte dann durch Kanäle zurück, die durch die Anti-Eis-Dewars selbst verliefen.

Um nun den Wirkungsgrad seiner Maschinen zu erhöhen, nutzte Traveller auf geniale Weise diese andere wunderbare Eigenschaft von Anti-Eis, die Supraleitung.

Die Anti-Eis-Brocken wurden permanent von starken elektrischen Strömen durchflossen. Diese Ströme erzeugten ihrerseits starke Magnetfelder, welche den hocherhitzten Dampf noch beschleunigten, bevor er aus den drei unterhalb der Dewar-Behälter positionierten Düsen des Schiffes ausgestoßen wurde. Aufgrund dieser ausgeklügelten Anordnung war es laut Traveller möglich, die Austrittsgeschwindigkeit des Dampfes außerordentlich zu steigern, ohne daß er noch mit den Röhren und Platten des Schiffes in Kontakt kam, die sonst sicher geschmolzen wären. Diese hohe Geschwindigkeit ermöglichte eine Konstruktion, die vergleichsweise wenig ›Reaktionsmasse‹ benötigte.

Traveller hob eine weitere Platte an, und wir stießen auf ein Wirrwarr von Röhren, flachen Tanks von der Größe eines Bücherregals, Messingkugeln und verschiedenen anderen Bauteilen. Die Tanks enthielten das Wasser, welches so viele der Schiffssysteme speiste, erklärte Traveller. Acetylengas und Luft waren unter hohem Druck in den kugelförmigen Behältern gespeichert. Pumpen förderten ständig Flüssigkeiten und Gase durch die Hülle und ins Innere des Schiffes, genauso wie menschliche Organe den Fluß lebenswichtiger Säfte durch den Körper aufrechterhalten; und die Pumpen bezogen ihre Energie ausschließlich aus der von den Anti-Eis-Brennern erzeugten Abwärme. Es gab auch noch ein leistungsstarkes Hypokaustum*, das auch als Warmwasserbereiter für das Bad diente.

Ich starrte düster auf die Eingeweide des Schiffes. Die Maschinerie war eindeutig nicht so gediegen wie beispielsweise der Kesselraum der *Prince Albert*; die Metall-

---

* Schon bei den Römern der Antike gebräuchliche Fußbodenheizung – *Anm. d. Übers.*

flächen waren nur grob bearbeitet und unsauber geschweißt, was mir – zu meinem Unbehagen – demonstrierte, daß die *Phaeton* letztlich nicht mehr darstellte als einen Prototyp.

Und was noch bedrückender war, ich sah keine Möglichkeit, unsere verfahrene Situation zu ändern, es sei denn durch die Zerstörung der Systeme, von denen unser aller Leben abhing.

»Sir Josiah«, sagte ich, »der Zweck dieser beweglichen Platten muß wohl darin bestehen, Zugang zu der Ausrüstung hier zu gewähren, um während des Fluges eventuell anfallende Reparaturen auszuführen.«

»Korrekt.«

»Wo habt Ihr denn Eure Werkzeuge?«

Zum erstenmal wirkte der über dem geöffneten Schott schwebende Ingenieur etwas zerknirscht. »Meine Werkzeuge befinden sich weder in diesem Maschinenraum noch in der Kabine, wo sie vielleicht sein sollten. Sie sind auf der Brücke.«

Frustriert schlug ich mir an die Stirn. »Dann haben wir also einen gut sortierten Werkzeugsatz an Bord, mit dem wir uns Zutritt zur Brücke verschaffen könnten – aber er ist unerreichbar bei diesem verrückten Hunnen hinter der oberen Luke!«

Holden schwebte mit verschränkten Armen durch die Luft, sein Doppelkinn ruhte auf der Brust, und die Beine hatte er von sich gestreckt. »Sir Josiah, Ihr habt uns das Anti-Eis-Antriebssystem und den Wasservorrat gezeigt. Was befindet sich noch in diesem Maschinenraum?«

Traveller klatschte in die Hände. »Pocket?« Während der Kammerdiener sich anschickte, die Flügelmuttern zu lösen, welche die Abdeckung einer weiteren Nebenkammer fixierten, sagte Traveller: »Was ich Euch jetzt zeigen werde, ist eines meiner Experimente, das noch zur Serienreife gebracht werden muß. Wie Ihr seht, habe ich dafür gesorgt, daß man im Falle einer Panne während des Fluges Zutritt zum Maschinenraum hat.

Aber ich habe auch für den Fall vorgesorgt, daß das Äußere des Schiffes durch ein widriges Ereignis beschädigt wird.«

Das kam mir reichlich mysteriös vor. »Aber wir reisen doch durch den leeren Raum, Sir – ein Vakuum, falls Eure Theorien richtig sind. Wie könnte man dann einen solchen Schaden beheben?«

Traveller runzelte die Stirn, und sein Gesicht mit der dort zentrierten Platinnase verwandelte sich in eine einschüchternde, grimmige Maske. »Der Weltraum ist alles andere als leer, Ned; denn ständig wird seine Dunkelheit von Meteoren erhellt.«

»Meteore?«

»Fragmente aus Fels oder Staub, Ned«, meldete sich Holden, »sie fliegen mit mehreren hundert Meilen pro Stunde, und wenn sie in die Erdatmosphäre eindringen, verglühen sie, wobei sie das Euch bekannte Phänomen der Sternschnuppe erzeugen. Die neuesten Theorien besagen, daß jede Woche mehrere Tonnen dieses interplanetarischen Staubes – sowohl von Meteoren als auch von ihren größeren Verwandten, den Meteoriten, deren Einschläge so heftig sein können, daß sie Krater hinterlassen – auf die Erde fallen!«

Traveller verschränkte die Hände hinter dem Kopf und lehnte sich lässig in der Luft zurück. »Diese Materie ist faszinierend. In Bruchstücken von Meteoriten wurden Spuren von Kohlenstoff entdeckt; und Kohlenstoff verdankt seine Existenz natürlich nur den Aktivitäten lebender Organismen, woraus hervorgeht, daß es auch an anderen Orten als auf der Erde Leben geben muß. Die Franzosen haben zum Beispiel …«

»Sir Josiah, bitte! Können wir wieder zum Thema kommen? Die wissenschaftliche Bedeutung dieser Meteore ist ohne Zweifel enorm, aber ich lege keinen übermäßigen Wert auf diese Leuchtkörper, denn sie erscheinen mir etwas zu gefährlich!«

Die Aluminiumhülle wirkte plötzlich so dünn wie

eine Zeltplane, und ich stellte mir vor, wie Hunderte von Felstrümmern mit der Geschwindigkeit einer Gewehrkugel heranrasten. Reuig überlegte ich, daß der Herr vielleicht entschieden hatte, es gäbe noch zuwenig, worüber ich mir Sorgen machen müsse.

Travellers weitere Worte beruhigten mich indessen bis zu einem gewissen Grad. »Man sollte sich jedoch keine unnötigen Gedanken machen«, sagte er, »denn das All ist groß, und die Wahrscheinlichkeit einer solchen Kollision ist verschwindend gering. Aber ich hatte trotzdem den Eindruck, Vorsichtsmaßnahmen für einen solchen Eventualfall treffen zu müssen – oder für andere Desaster, von denen das Äußere des Schiffes betroffen werden könnte.«

Der nun freigelegte Sektor des Maschinenraums enthielt einen auf dem Boden der Kammer liegenden Aluminiumbehälter; er hatte in etwa die Größe und das Aussehen eines Sarges und wurde von einem Deckel verschlossen, auf dem ein Stellrad montiert war. Traveller erklärte, daß dieser ›Luftschrank‹ luftdicht wäre und daß sich an seiner Rückseite eine weitere Klappe befand, die aus dem Schiff hinausführte – in den Weltraum! Diese zweite Tür konnte von einem in der Kiste liegenden Mann mittels eines zweiten Rades geöffnet werden. »Die Luft in der Kiste verpufft natürlich ins All«, sagte Traveller mit Verve, »aber – solange die obere Luke geschlossen ist – wird der Besatzung der Kabine nichts geschehen. So kann man nach draußen gelangen, ohne durch die luftdichte Wandung brechen zu müssen.«

Holden runzelte die Stirn, als er diese Vorrichtung studierte. »Höchst genial«, sagte er leise, »abgesehen vom Schicksal des armen Kerls in diesem Sarg, der doch sicher wenige Minuten nach dem Öffnen dieser zweiten Tür an Luftmangel stirbt.«

»Ganz und gar nicht«, dementierte Traveller, »in diesem Schrank befindet sich nämlich ein Spezialanzug. Dieser Anzug ist absolut dicht und wird über einen

Schlauch vom Schiff mit Luft versorgt. So könnte ein Mensch mehrere Minuten ohne Beschwerden im Weltraum leben und arbeiten.«

Ich konnte mir das nur schwer vorstellen, aber – nach einer mehrminütigen Befragung – hatte ich das Prinzip dieser Vorrichtung begriffen.

Und mein Schicksal lag klar vor mir, so deutlich wie eine auf einer Karte verzeichnete Straße.

Eine gewisse Gelassenheit bemächtigte sich meiner, und ich fragte ruhig: »Traveller, wie lang ist dieser Luftschlauch?«

»Ausgerollt über vierzig Fuß. Mir ging es darum, daß der mutige Ingenieur jede Sektion des Schiffes erreichen kann.«

Ich nickte. »Insbesondere«, stellte ich fest, »könnte er zur Kuppel über der Brücke gelangen und somit an die Luke, durch die man von außen die Brücke betreten kann.«

Holdens Gesicht nahm den Ausdruck des Staunens und der Hoffnung an. »Aha. Und der Mann im Anzug könnte sich dadurch auch Zugang zur Brücke selbst verschaffen.«

Travellers Augen funkelten. »Junger Mann, wollt Ihr damit sagen, daß ein solches Abenteuer tatsächlich unternommen werden sollte?«

Ich hob gelassen die Schultern. »Es scheint mir eine, wenn auch geringe, Überlebenschance zu bieten; wohingegen das bloße Herumhängen und Nichtstun nur einen langsamen und unangenehmen Tod verspricht.«

»Aber dies ist nur ein experimentelles System!« Er fuchtelte mit den Armen wie ein groteskes Insekt. »Ich habe diesen Anzug selbst nur für wenige Sekunden getragen, und noch dazu auf der Erde; ich muß noch die mit der Aerodynamik und dem Wärmeverlust verbundenen Probleme lösen...«

»Was macht das schon?« fragte ich. »Dann ist das eben der ultimate Test, Sir Josiah, der Härtetest. Sicherlich werden die bei einem solchen Einsatz gewonnenen Erkenntnisse von unschätzbarem Wert für die künftige Konstruktion neuer und besserer Anzüge sein.«

Das weckte den Wissenschaftler in dem alten Burschen, und für einen Moment erkannte ich die blanke Neugier in seinen Augen, aber er sagte: »Mein junger Freund, ich würde einen solchen Ausflug nicht lange genug überleben, um solche Erkenntnisse in die Praxis umzusetzen. Nun laßt uns diese Kammer wieder verschließen und …«

»Ich bin mir auch sicher, daß Ihr einen solchen Ausflug nicht überleben würdet, Sir«, sagte ich unverblümt. »Denn Ihr befindet Euch schon im fortgeschrittenen Alter und seid – verzeiht – ein Asthmatiker.« Ich musterte den Rest der Schiffsbesatzung. »Holden ist viel zu beleibt, um sich in diesen Anzug zu quetschen – und, ich bitte um Vergebung, er wäre auch körperlich kaum dazu imstande, einen derart anstrengenden Ausflug zu unternehmen. Und Pocket …« Die Augen des Dieners ruhten bittend auf mir; aber ich sagte nur sanft: »Selbstverständlich können wir von unserem treuen Freund nicht verlangen, in einen solchen Einsatz zu gehen. Gentlemen, die Sache ist klar.«

»Ned, Ihr werdet doch nicht …«

»Vicars, ich untersage es Euch strikt. Das ist doch Selbstmord!«

Ich ließ ihre Worte, die ich ohnehin kaum vernahm, an meinen Ohren abprallen, denn mich beschäftigten jetzt ganz andere Gedanken. Ich blickte an den Schiffskameraden vorbei auf die Hülle des Schiffes – und dann, als ob die Wandung auf einmal aus Glas bestünde, schien ich in die Leere selbst zu schauen; ein Ort unendlicher Kälte, ein Vakuum, durchzogen von dahinrasenden Felskugeln …

Und ein Ort, den ich, wie ich jetzt wußte, bald aufsuchen mußte.

7

Allein

Ich wollte mich schon kopfüber in mein Abenteuer stürzen, denn es war noch früh am Morgen; doch Traveller wies mich darauf hin, daß ein Verlassen des Schiffes ohne ausreichende Vorbereitungen meine ohnehin schon geringen Chancen gleich auf Null reduzieren würde.

So fügte es sich also, daß Traveller eine Vorlaufzeit von zwei Tagen festsetzte, bevor ich den sargähnlichen Luftschrank betreten sollte. Obwohl ich befürchtete, diese Verzögerung könnte sich vielleicht negativ auf meinen schwankenden Mut und die labile geistige Verfassung auswirken, erteilte ich meine Zustimmung.

Traveller schickte sich an, meine körperliche Kondition zu verbessern. »Ihr betretet ein unerforschtes Reich, und wir können unmöglich wissen, welche Auswirkungen der Weltraum auf Euren Körper haben wird, ungeachtet des Schutzanzuges, in dem Ihr steckt«, sagte er. Also setzte er mich auf eine leichte Diät, die schwerpunktmäßig aus Brot und Suppe bestand. Traveller bestand darauf – und setzte es auch durch –, daß ich langsam kaute, um die Gefahr auszuschließen, daß ich Luft schluckte. Zunächst protestierte ich gegen diese Vorgehensweise, aber Traveller legte dar, daß ein mit Luft gefüllter Magen mit einem Ballon vergleichbar wäre; und im luftleeren Vakuum des Weltraumes gäbe es keine Atmosphäre, um der ungehinderten Expansion eines solchen Ballons einen Luftwiderstand entgegenzusetzen …

Er verdeutlichte diese Analogie mit brutaler Offenheit; und ich mampfte mein Brot mit erneutem Enthusiasmus.

Mir wurden Lebertran und andere Eisenpräparate verabreicht, die meine Kräfte stärken sollten, und aus einer kleinen Bordapotheke, die Traveller eingerichtet hatte, bekam ich Sennakapseln und Feigensirup, um den Körper zu entschlacken. Während ich unter den von diesen Medikamenten verursachten Qualen litt, fragte ich mich, ob ich mich nicht vielleicht in einer Art Fegefeuer befand, einem Vorraum zu der luftleeren Hölle, die jenseits der Hülle auf mich wartete.

Schließlich mixte mir Traveller eine Bromsalzlösung in den Tee. Das erstaunte mich, obwohl ich schon gehört hatte, daß Infanteristen im Felde ein solcher Trank verabreicht wurde. Dann nahm Traveller mich zur Seite und erklärte mir, daß der Zweck des Bromsalzes darin bestünde, wie er sich ausdrückte, gewisse Impulse zu dämpfen, die bei jungen Männern meines Alters und Temperamentes üblich wären und die böse Konsequenzen für einen Körper haben könnten, der in einem Schutzanzug eingeschlossen war. Das verwirrte mich; denn obwohl ich in diesen düsteren Tagen oft an Françoise dachte, artikulierten meine Gedanken sich eher in stummen Gebeten für ihre Sicherheit und unser eventuelles Wiedersehen, anstatt sich in pikanteren Spekulationen zu verlieren. Und überhaupt konnte ich mir kaum vorstellen, daß mich im Augenblick größter Gefahr ausgerechnet solche Gedanken beschäftigen würden!

Dennoch nahm ich die Sache mit Travellers Bromid locker.

Der erste Abend kam mich schwer an, denn Traveller untersagte mir dezidiert, Alkohol zum Abendessen zu genießen; und als ich in der verdunkelten Kabine auf meiner Pritsche lag, pochte mein Herz, und an Schlaf war überhaupt nicht zu denken. Nachdem ich vielleicht eine Stunde lang so dagelegen hatte, stand ich auf und beschwerte mich bei Traveller. Unter erheblichem Protestgegrummel erhob er sich – der Bommel an seiner

Schlafmütze driftete hinter ihm her, als er durch die Luft schwebte – und schenkte mir einen starken Schlummertrunk ein. Nachdem ich den hinuntergekippt hatte, fiel ich in einen traumlosen Schlaf; und am nächsten Abend verabreichte Traveller mir noch einmal die gleiche Dosis.

So begab es sich, daß ich am 15. August 1870 irgendwo jenseits der irdischen Atmosphäre erwachte, mit entschlacktem, gesäubertem und entspanntem Körper und bereit, mich allein in die endlose Leere hinter der Hülle der *Phaeton* zu wagen.

Traveller ordnete an, daß ich mich bis auf die Unterhose entkleidete, und dann gab er mir ein schmieriges, ranzig riechendes Öl, mit dem ich den ganzen Körper vom Hals abwärts einreiben sollte. »Das ist ein Extrakt aus Walfett«, sagte er. »Es dient drei Zwecken: Erstens der Pflege der Haut; zweitens verhindert es die Auskühlung des Körpers; und der dritte und wichtigste Zweck besteht darin, eine Isolierschicht zwischen Eure Haut und das Material des Schutzanzuges zu legen.«

Holden schien das nicht ganz zu begreifen. »Dann befindet sich also keine Luftschicht zwischen dem Schutzanzug und Neds Körper?«

»Eine solche Schicht würde sich unter dem Druck der in ihr enthaltenen Luft wie ein Ballon aufblähen«, erläuterte Traveller. »Sie würde komprimieren und den Raumreisenden zur Bewegungsunfähigkeit verurteilen, als ob er in einer maßgeschreinerten Kiste eingesperrt wäre.« Er streckte Arme und Beine in der Luft aus und zuckte unkoordiniert mit den Fingern, um uns eine derart mißliche Lage zu veranschaulichen.

Es lag außerhalb meines Vorstellungsvermögens, daß Luft – unsichtbar, ohne Masse – eine solche Kraft ausüben könnte.

Als ich mich eingeschmiert hatte, öffnete Pocket den Luftschrank und holte Travellers patentierten Raumanzug hervor. Der Anzug bestand aus einem Innen- und einem Außenteil; das Innenteil – einteilige Unterwäsche, Handschuhe und stulpenartige Strümpfe – bestand aus Gummi. Traveller wies mich an, jegliche zwischen dem Gummi und meiner Haut befindliche Luftblase zu zerdrücken. Zum Glück entsprach meine Statur zumindest in etwa der von Traveller, für den der Anzug angefertigt worden war, und das Innenteil paßte auch ganz passabel und zwickte nur am Ellenbogen und in der Kniebeuge.

Dann wurde ein robuster Gurt aus Gummi und Leder um meinen Oberkörper gewickelt. Dieses korsettähnliche Ding spannte unangenehm, aber wie Traveller erklärte, würde dieser Gurt meine Brustmuskulatur bei der Atmung unterstützen, die ja ohne äußeren Luftdruck erfolgen mußte.

Jetzt schlüpfte ich in das Außenteil, bei dem es sich um eine einteilige Kombination mit Fausthandschuhen und Überschuhen handelte. Wie Traveller erläuterte, wurde aus dem Grund Leder verwendet, weil das Gummi mit der Zeit austrocknete und im Vakuum spröde wurde. Das augenscheinlichste Merkmal der Kombination war indes, daß sie versilbert war; durch eine spezielle Behandlung war sie mit einer Silberbeschichtung überzogen worden, so daß sie aus Quecksilberfäden gewoben zu sein schien. Nach Travellers Worten sollte das vor der direkten Sonneneinstrahlung schützen, und ich verstand allmählich die paradoxen Bedingungen, mit denen sich der Weltraum-Ingenieur auseinandersetzen mußte: Direktes Sonnenlicht ist ohne die Schutzschicht der Atmosphäre schädlich und muß neutralisiert werden, aber gleichzeitig entweicht Wärme von jedem schattigen Ort, weil es keine Luftschicht gibt, die sie zurückhielte.

Das Außenteil wurde vorne geöffnet, und ich stieg ungelenk hinein. Der Anzug wurde am Hals von einem Kupferkragen abgeschlossen, der gerade so breit war, daß mein Kopf hindurchpaßte. Dieser Kragen schloß auch mit dem Innenteil ab und bildete eine Dichtung; die Luft wurde aus dem Raum zwischen Innen- und Außenteil verdrängt, wobei letzteres durch Verschlüsse und Gurte verstärkt wurde.

Ich hob die im silbrigen Handschuh steckende Hand. »Ich fühle mich komisch. Eingeschmiert und in dieses Kleidungsstück mit seinen leichten Handschuhen und Stiefeln gezwängt komme ich mir vor wie ein Riesenbaby!«

Traveller grunzte ungeduldig. »Wickers, diese Ausrüstung ist auch nicht zum Flanieren konzipiert. Was wollt Ihr denn zum Beispiel mit schweren Soldatenstiefeln, wo Eure Füße doch gar keine Belastung auszuhalten haben? Wenn Ihr nun genug herumgenörgelt habt, laßt uns den Helm aufsetzen.«

Der Abschluß des Schutzanzuges bestand aus einem kugelförmigen Kupferhelm; runde Fenster aus starkem optischem Glas waren in das Metall integriert, und zwei zusammengebundene Schläuche waren an der Oberseite des Helmes angeschlossen. Wie Traveller erklärte, führten diese Schläuche zu einer Pumpe, die sich im Innern des Luftschrankes befand. Traveller schwebte vor mir, hielt diesen einschüchternden Käfig in den Händen und sprach: »Nun, Ned, wenn Ihr erst einmal in diesem Anzug steckt, wird die Kommunikation zwischen uns schwierig werden.« Er schlug mir auf die Schulter und sagte: »Gott sei mit Euch, mein Junge. Ihr hattet natürlich recht; es ist keine Tugend, kampflos in den Tod zu gehen.«

Ich mußte zunächst einmal schlucken, bevor ich etwas sagen konnte. »Danke, Sir.«

Pocket beugte sich zu mir herüber. »Ich werde ebenfalls für Euch beten, Mr. Vicars.«

»Ned.« Holdens Gesicht war düster, und in seinen tief eingesunkenen Augen schienen sich bereits die Tränen zu sammeln. »Ich wünschte, ich wäre zwanzig Jahre jünger und könnte Euren Platz einnehmen.«

»Das weiß ich, George.« Während ich in meinem bizarren Aufzug in der Luft schwebte, bedrückte mich am meisten der unverwandte Blick meiner drei Kameraden. Im Bemühen, einen gleichmütigen Gesichtsausdruck zu bewahren, sagte ich: »Ich sehe keinen Grund für eine weitere Verzögerung, Sir Josiah. Den Helm bitte.«

Vorsichtig hoben Pocket und Traveller die Kugel über meinen Kopf, wobei sie nur leicht die Ohren streiften. Der Rand senkte sich auf den um den Hals verlaufenden Kupferkragen, und die beiden Gentlemen drehten den Helm herum. Die Echos des leise knirschenden Gewindes erfüllten den Helm, und der Geruch von poliertem Kupfer, Gummi und Harz vermengte sich mit dem irrealen Gestank von Walfett zu einem üblen Brodem. Die vier Fenster des Helms drehten sich um mich, und Ausschnitte der Kabine glitten an mir vorbei, als ob ich mich im Zentrum einer bizarren Laterna magica befände.

Schließlich war der Helm geschlossen, und eines der Fenster war jetzt direkt vor meinem Gesicht plaziert. Ich war in Stille eingeschlossen, die nur von einem stetigen Zischen über mir unterbrochen wurde – das beruhigende Indiz für die Dichtheit der Schläuche, die Luft durch den Helm zirkulieren ließen, mich mit frischem Sauerstoff versorgten und die von mir ausgestoßene Kohlensäure absaugten.

Traveller dräute vor meinem Sichtfenster, wobei sein Gesicht gleichermaßen Besorgnis und Neugier ausdrückte. Seine Stimme drang nur als gedämpftes Flüstern zu mir durch. »Seid Ihr in Ordnung? Funktioniert die Luftzufuhr?«

Meine Atmung war flach, was jedoch wohl nicht nur auf die Luftzufuhr, sondern auch auf meine Nervosität zurückzuführen war. Auf jeden Fall schien ich imstande zu sein – in Anbetracht der vom Korsett eingeschnürten Brust –, beschwerdefrei tief Luft zu holen. Der einzige

Nachteil der über den Schlauch zugeführten Luft war ein leicht metallischer Beigeschmack. Und so gab ich Traveller schließlich das ›Daumen hoch‹-Zeichen und machte ihm gestikulierend klar, daß ich endlich den Luftschrank betreten und die Sache in Angriff nehmen wollte.

Nun nahmen Traveller und Pocket mich an den Armen und geleiteten mich zu der Öffnung im Bodenschott und von dort aus in den Luftschrank. Sie plazierten mich mit dem Gesicht nach unten direkt über dem Stellrad, mit dem ich die Hülle öffnen konnte, und verschlossen die Luke hinter mir. Als das Licht der Kabine ausgesperrt war und ich nur mit der Gesellschaft meines eigenen Atems in der kupfernen Dunkelheit lag, begann mein Herz so stark zu hämmern, als ob es zerspringen wollte.

Ich griff in der Dunkelheit nach dem vor der Brust befindlichen Rad, packte es mit den behandschuhten Händen und zerrte daran.

Zunächst mahlte nur Metall auf Metall – und dann, mit einer plötzlichen, erschreckenden Explosion, flog das Schott in den Angeln zurück und wurde meinen Händen entrissen. Das Geräusch verebbte mit einem leisen Seufzer, und ein Luftzug packte mich von hinten und riß mich nach vorne; ich griff nach dem Schottrahmen, aber meine behandschuhten Finger rutschten nur über das Metall, und dann taumelte ich hilflos aus der *Phaeton* und stürzte in den leeren Raum hinaus!

Plötzlich war nichts mehr über, neben und unter mir; und dann verlor ich für kurze Zeit die Kontrolle über meine Reaktionen. Ich schrie um Hilfe – was im Vakuum des Raumes, das den Schall nicht leitete, natürlich ungehört verhallte – und ich schabte wie ein Tier am Anzug und den Luftschläuchen.

Diese erste Reaktion ging indessen vorüber, und durch die Kraft des Willens versetzte ich mich wieder in einen halbwegs rationalen Zustand zurück.

Ich schloß die Augen und versuchte die Atmung zu stabilisieren, wobei ich befürchtete, die Luftzufuhr zu überlasten. Schließlich befand ich mich nur noch in einem Schwebezustand, ein Gefühl, mit dem ich nach so vielen Tagen bestens vertraut war, und ich beruhigte mich mit der Illusion, hinter der Aluminiumhülle der *Phaeton* in Sicherheit zu sein.

Vorsichtig beugte ich die Ellenbogen und Knie. Wegen der eingeschlossenen Luft waren die Gelenke des Anzugs deutlich steifer als im Innern des Schiffes, und in den Fingern und Zehen kribbelte es, was auf Durchblutungsstörungen hindeutete. Insgesamt hatten sich Travellers ausgefeilte Sicherheitsvorkehrungen jedoch als erfolgreich erwiesen.

Mit frischem Mut öffnete ich die Augen – und stellte fest, daß ich aufgrund beschlagener Helmfenster praktisch blind war. Hinter diesem Dunst machte ich je einen verschwommenen weißen und blauen Fleck aus, bei denen es sich um die Sonne und die Erde handeln mußte; und ich gelangte zu dem Schluß, daß ich mehrere Yards vom Schiff entfernt im Vakuum treiben mußte. Ich hob die behandschuhten Hände und wischte über das Helmglas, aber das Kondensat befand sich natürlich im Innern des Helms. Und wie ich abrupt realisierte, verfügte ich über keinerlei Möglichkeit, diesen Beschlag zu entfernen; mein eigenes Gesicht war so unerreichbar für mich wie die Mondberge!

Diese Erkenntnis verursachte mir natürlich einen anhaltenden Juckreiz in Nase, Ohren und Augen; entschlossen verdrängte ich das. Aber meine Blindheit war ein ernsteres Problem, und ich verspürte Konfusion. Nach kurzer Zeit hatte ich jedoch den Eindruck, daß der Beschlag verschwand, und ich fragte mich, ob die zirkulierende Luft die Scheiben freiblies. Ich beschloß, noch ein paar Minuten zu warten und während dieser Zeit so flach wie möglich zu atmen, um zu sehen, ob die Sicht besser wurde.

Schließlich war der Beschlag so weit von den Scheiben verschwunden, daß ich hindurchsehen konnte, aber ganz klar wurde die Sicht nie. Infolgedessen gelangte ich zu der Überzeugung, daß dieses Problem des Beschlagens, das selbst der geniale Traveller übersehen hatte, ein größeres Hindernis bei der zukünftigen Kolonisierung des Weltraums darstellen würde. Aber die gleichmäßige Atmung, die ich für einige Minuten aufrechterhalten hatte, wirkte sich indessen beruhigend auf mich aus.

Als die Scheibe nun halbwegs freie Sicht bot, schaute ich mich furchtsam an meinem neuen Standort um.

Ich trieb in einem Himmel, der völlig schwarz war; nicht einmal Sterne leuchteten, denn die Sonne – eine zu meiner Linken hängende Kugel, die zu grell war, als daß ich sie direkt hätte anschauen können – blendete alle anderen Objekte aus. Es gab natürlich keine Wolken, und aufgrund der fehlenden Atmosphäre nicht einmal den schwachen azurblauen Stich einer dunklen irdischen Nacht.

Vor mir hing kalt und öde der Mond, dessen Meere und Berge in scharfen Grautönen konturiert waren. Ich wandte mich der Erde zu, einer wundervollen Skulptur in Blau und Weiß; der Kleine Mond war ein Lichtfleck, der tief über das sonnenbeschienene Antlitz des Globus kroch. Die Umrisse der Kontinente waren klar zu erkennen – wie ich sah, war es jetzt Mittag in Nordamerika –, und es hatte den Anschein, als ob der Planet eine große Sonnenuhr wäre, die zu meiner Unterhaltung aufgehängt worden war.

Aus meiner erstaunlichen Höhe konnte ich kaum glauben, daß in diesem Augenblick, als die Sonne über Europa aufging, die Armeen Frankreichs und Preußens sich erneut anschickten, übereinander herzufallen. Wie absurd ein solcher Schrecken, ein solcher Schmutz aus dieser erhabenen Höhe anmuteten! Vielleicht, so überlegte ich mit einem Anflug überheblichen Stolzes, hatte ich bereits die Perspektive der Götter erlangt; vielleicht würden Krieg, Neid und Habgier aus unseren Herzen verbannt werden, wenn alle Menschen erst einmal die Gelegenheit gehabt hatten, die Welt aus diesem Blickwinkel zu betrachten.

Ich dachte an Françoise und betete im stillen, daß sie und die Millionen anderer, die in dieser Schüssel aus Licht gefangen waren, den heutigen Tag wohlbehalten überstünden.

Vor mir, einen Teil des Mondes verdeckend, hing die *Phaeton* selbst. Das Schiff war etwa dreißig Fuß von mir entfernt und schien auf der Seite zu liegen; ihre drei kurzen Beine standen nutzlos von der Basis ab, und in dieser Basis sah ich das offene Schott, durch das ich gekommen war. Das Schiff vermittelte den Eindruck eines absurden, zerbrechlichen Spielzeugs, wobei sich die Schatten der Beine und anderer Anbauteile so markant wie Bleistifte über die Hülle zogen; und plötzlich überkam mich ein Schock der Irrealität, als ich mich daran erinnerte, wie ich das Schiff zum letztenmal von außen gesehen hatte, als es noch stolz auf der *Prince Albert* im weichen belgischen Sonnenlicht stand.

Der Zwillingsschlauch, der mich mit dem Luftschrank verband, schlängelte sich durch das All; und ich vermutete, daß die Schläuche sich bei meinem Sturz gestrafft und mich dann wieder ein paar Yards zurückgerissen hatten.

Ich griff über den Kopf nach dem dort befestigten Schlauch, und unter Zuhilfenahme beider behandschuhter Hände hangelte ich mich nun langsam an den Schläuchen zum Schiff zurück. Aufgrund dieser Anstrengung verstärkte sich die Atmung, und das Helmfenster beschlug erneut; aber trotzdem konnte ich das Schiff noch sehen und machte weiter. Schließlich erreichte ich die Luke des Luftschranks; ich klammerte mich fest an ein Bein des Schiffes und wartete ein paar Minuten, bis die Helmscheibe wieder klar war.

Ich dachte daran, daß Holden, Pocket und Traveller es keine zehn Fuß über mir so warm und gemütlich wie in einem Wohnzimmer hatten.

Ich kletterte am Bein empor und erreichte den unteren Abschnitt der Schiffswandung. Wie Traveller mich instruiert hatte, befanden sich auf der gekrümmten Aluminiumhaut des Schiffes viele kleine Griffe, die für Mechaniker und Techniker gedacht waren. Diese Griffe und andere Auswüchse erleichterten mir den Weg über die Hülle der *Phaeton* zur Brücke ungemein. Ich bewegte mich langsam voran und achtete darauf, daß die Luftschläuche nicht geknickt wurden. Bei diesem Unterfangen lösten sich Silberflocken von meinem Lederanzug, so daß ich von einer Wolke funkelnder Teilchen eingehüllt wurde.

Nach wenigen Minuten hing ich wie ein silbriges Insekt im Bereich direkt unterhalb der Kuppel, unter der sich die Brücke befand. Ein paar Fuß über mir war das Luk mit dem Handrad, durch das ich in das Schiff eindringen würde.

Nun hatte ich die mit Holden und Traveller besprochene Ereigniskette abgearbeitet, und, wie wir ziemlich düster gefolgert hatten, gab es für mich jetzt nur eine Möglichkeit. Die erhabene Stimmung, in der ich mich noch vor wenigen Minuten befunden hatte, verflog nun. Ich schloß die Augen und lauschte dem in den Ohren rauschenden Blut. Ich hatte noch nie zuvor einen Menschen getötet; genausowenig hatte ich eine solche Tat jemals ernsthaft in Erwägung gezogen. Aber, so suggerierte ich mir, der Mann auf dieser Brücke war überhaupt kein zivilisierter Mensch; er war ein Tier, das versucht hatte, vier Menschen zu ermorden, und der zudem aller Wahrscheinlichkeit nach auch an der Verschwörung zur Zerstörung der *Prince Albert* beteiligt gewesen war.

Er hatte selbst keine Gnade gekannt und verdiente folglich auch keine.

Also schob ich mich mit erneuter Entschlossenheit über den Rand der verglasten Kuppel.

Ich stützte mich mit den Füßen auf den in der Wandung integrierten Halterungen ab und betätigte das Stellrad, welches die Luke öffnen würde. Dabei zählte einzig und allein die Geschwindigkeit. Der Besatzer der Brücke war natürlich auch kein versierterer Raumfahrer als wir und würde die tödlichen Implikationen dieser grotesk vermummten Gestalt, die da vor seinem Fenster erschien, vielleicht überhaupt nicht erfassen. Das hatten wir zumindest unterstellt.

Während ich mit dem Luk beschäftigt war, überflog ich das Innere der Brücke. Zwischen den mit komplizierten Instrumenten bestückten Konsolen driftete ein Bursche auf mich zu und sah mich eher neugierig als ängstlich an. Er trug eine hellrote Jacke. Er traf keine Anstalten, mich aufzuhalten – aber wie ich mit schwindender Zuversicht feststellte, verfügte er über einen Vorteil, den wir hätten vorhersehen müssen.

In seiner Hand lag eine Pistole, die direkt auf meine Brust zielte.

Ich erwog, die Mission abzubrechen und den Rückzug anzutreten – aber welchen Vorteil würde mir das verschaffen? Wenn ich jemals auf diesem Wege in die Brücke eindringen sollte, bot sich wohl jetzt die beste Gelegenheit dazu. Wenn er nämlich auf mich schießen sollte, würde er sicherlich ein oder mehrere Löcher in die Glaskuppel schießen, wodurch sein Luftvorrat entwich und er uns beide umbrachte!

Aber würde unser Saboteur das überhaupt begreifen?

Und dann stellte ich mir wieder die Frage, wie es unabhängig vom geistigen Zustand unseres Piloten um meinen eigenen bestellt war. Jetzt, da ich diesen ›monströsen Hunnen‹ als ein reales menschliches Wesen mit eigener Existenz und eigener Biographie begriff, konnte ich ihn überhaupt noch auf diese Art umbringen?

All das ging mir in wenigen Sekunden fieberhaft

durch den Kopf. Schlagartig entschied ich mich, lieber einem sauberen Herzschuß zu erliegen als einen langsamen Tod durch Ersticken zu erleiden; und wenn ich den Saboteur umbrachte, nun, dann war das nicht mehr, als er auch mir, Françoise, Traveller und Tausenden anderen beim Stapellauf der *Prince Albert* zugedacht hatte!

Also drehte ich mit neuem Elan am Rad.

Der Saboteur wich von der Kuppel zurück, und die Faust, in welcher er die Pistole hielt, zitterte.

Auf einmal öffnete sich die Luke. Sie schwang auf, wobei sie meinen Helm knapp verfehlte, und ein Luftzug zerrte an mir. Ich hielt mich mit beiden Händen am Rad fest, wurde zur Seite geworfen und gegen die gläserne Kuppel der Brücke geschleudert. Papier und andere Gegenstände hüllten mich in eine Wolke ein, und ich sah Eiskristalle in dieser Brise glitzern.

Der Saboteur wurde von dem Vorgang völlig überrascht.

Er wirbelte durch die Luft auf die Luke zu; als er durch die Öffnung taumelte, entfiel die Pistole seinen starren Fingern und verschwand in der Dunkelheit, und der Saboteur klammerte sich mit den Fingerspitzen an die Kante der Luke und hing dort am Abgrund der Unendlichkeit! Ein gelber Stiefel rutschte von seinem baumelnden Bein und entschwand im Weltall; langes braunes Haar flatterte, und er wandte mir sein gequältes Gesicht zu, wobei die heraushängende Zunge blau angelaufen und die Augen mit Frost überzogen waren.

Doch trotz dieser grotesken Situation und ungeachtet der äußersten Gefahr dieses Augenblicks erkannte ich den Mann, und ein neuer Schock ergriff von mir Besitz; es war Frédéric Bourne, der Begleiter von Françoise!

Die letzten Spuren der Luft waren nun ausgeströmt; Bournes Kopf fiel zurück, und seine Finger lockerten den Griff um den Lukenrand. Ohne weiter darüber nachzudenken, packte ich ihn am Handgelenk. Dann zog ich mich unter dem unbeholfenen Einsatz meiner freien Hand auf die Brücke. Die Luftschläuche und der unglückliche Bourne schleiften hinter mir her, wobei letzterer hart gegen den Rahmen schlug. Als ich mich dann auf der Brücke befand, schob ich Bourne tiefer ins Schiff hinein und zog ein paar Fuß Schlauch nach.

Ich packte das Schott und knallte es zu, wobei ich die Luftschläuche einklemmte, und kurbelte heftig am Rad.

Als der Schlauch blockiert war, erstarb das beruhigende Zischen der zirkulierenden Luft, das bisher mein ständiger Begleiter gewesen war. Travellers Berechnungen zufolge mußte der Luftvorrat im Helm und im mehrere Fuß langen Rest des Schlauches noch so lange ausreichen, bis ich das Schott zu meinen Kameraden in der Raucherkabine geöffnet hatte. Aber diese Kalkulationen schienen indes unerheblich zu sein, während ich mich in einem Anzug abmühte, der mir so eng und schwer wie eine Ritterrüstung wurde, und mein Helm sich in eine undurchdringliche Nebelkammer verwandelte.

Ich zog mich auf den Boden hinab und tastete ihn blind ab, wobei ich in der vagen Hoffnung durch den Dunst starrte, das Luk zu erspähen. Nun verspürte ich auf einmal heftige Schmerzen in Kopf und Brust, und ich stellte mir vor, daß die von den Lungen ausgestoßene Kohlensäure das Gesicht wie ein Gift überzog …

Meine auf dem Boden schabenden Füße kollidierten mit einem auf einem gewölbten Schott montierten Rad. Ich ergriff es mit beiden Händen, stieß ein von Herzen kommendes Dankgebet aus und riß mit aller mir noch verbliebenen Kraft an dem Stellrad … aber es rührte sich nicht. Ich tastete es ab und stellte fest, daß die Speichen des Rades mit einem Brecheisen blockiert worden waren, so daß man es nicht mehr bewegen konnte.

Die Beseitigung des Brecheisens war eine Sache von Sekunden, und dann ließ das Rad sich leicht drehen.

Es wurde dunkler im Helm, und ich fragte mich, ob mir die Sinne schwanden; der Schmerz in der Lunge schien nun in alle Bereiche von Hals und Brust auszustrahlen, und meine Arme vermittelten den Eindruck, als ob jegliche Kraft aus ihnen gewichen wäre.

Nun drehte sich das Rad ohne mein Zutun in den Händen; mit einem letzten Rest von Rationalität begriff ich, daß Holden und Traveller auf ihrer Seite der Luke auch an der Arbeit sein mußten. Ich ließ das Rad los und glitt in Dunkelheit ab.

Der Schmerz verflüchtigte sich, und die Dunkelheit wich einer sanften Helligkeit, einem blauweißen irdischen Licht.

Ich stürzte in dieses Licht hinein.

Als ich die Augen wieder aufschlug, erwartete ich, mich noch in diesem höllischen Kupfergefängnis zu befinden. Aber mein Kopf war frei; ich war von der Einrichtung der Raucherkabine umgeben. Holdens rundes Gesicht schwebte mit allen Anzeichen der Besorgnis über mir. »Ned? Ned, könnt Ihr mich hören?«

Ich versuchte zu sprechen, aber meine Kehle war so heiser, als ob sie ausgeputzt worden wäre, und ich konnte bloß flüstern: »Holden? Hatte ich doch noch Erfolg?«

Seine Lippen waren zusammengepreßt, und er nickte langsam. »In der Tat hattet Ihr Erfolg, Junge. Obwohl ich befürchte, daß wir noch nicht ganz aus dem Schneider sind.«

Er reichte mir ein Fläschchen Brandy; die Flüssigkeit strömte brennend durch meine rauhe Kehle. Ich hob den Kopf. Holden drückte mich zurück und sagte, ich solle mich noch nicht bewegen; aber ich sah, daß ich vom Helm abgesehen noch immer den Schutzanzug trug und mit einer Decke locker auf meine Pritsche gebunden war. »Bourne?« keuchte ich. »Hat er überlebt?«

»Er hat in er Tat überlebt, dank Eurer Großmut«, entgegnete Holden. »Obwohl ich den Franzen aus dem Schiff werfen würde, wenn es nach mir ginge …«

»Wo ist er?«

»Auf der Pritsche gegenüber; Pocket kümmert sich

um ihn. Er war vielleicht für eine Minute ohne Sauerstoff – aber Traveller glaubt, daß er keine bleibenden Schäden zurückbehalten wird. Schade.«

Ich ließ den Kopf wieder auf das Kissen sinken. Der Sturm der jüngsten Ereignisse flaute noch immer durch meine Überraschung bezüglich der Identität des Saboteurs ab.

»Und Traveller?« fragte ich. »Wo ist er?«

»Auf der Brücke.« Er lächelte. »Ned, während Pocket und ich euch beide versorgten – Euch den Helm abnahmen und so weiter –, begab sich unser Gastgeber unverzüglich zu den Instrumenten auf der Brücke, wie ein Kind, das verlorene Spielsachen wiedergefunden hat!«

Ich brachte die Kraft auf, zu lachen. »Ja, das ist typisch Traveller. Holden, Ihr sagtet, wir seien noch nicht außer Gefahr; hat Traveller bereits einen Hinweis von seinen Instrumenten bekommen?«

Holden nickte und kaute an den Fingernägeln. »Es scheint, daß unser französischer Freund tatsächlich schon zu viel Wasser verbraucht hat, als daß wir zur Erde zurückkehren könnten. Aber das ist noch nicht das Schlimmste, Ned.«

Ich mußte wohl noch im Banne meiner jüngsten Erlebnisse stehen, denn ich nahm diese Neuigkeiten ungerührt zur Kenntnis und fragte: »Aber was könnte denn noch schlimmer sein als ein solches Todesurteil?«

»Traveller hat sich verändert. Es hat den Anschein, daß Euer Vorbild an Entschlossenheit und Tatkraft ihn zutiefst beeindruckt hat; er ist nach eigenem Bekunden nun entschlossen, uns wieder zur Erde zurückzubringen. Aber, Ned …« – Holdens Augen weiteten sich vor Angst –, »… um uns zu retten, will Traveller uns auf die Oberfläche des Mondes bringen und dort nach Wasser suchen!«

Ich schloß die Augen und fragte mich, ob ich mich nicht doch in einem durch eine Kohlensäurevergiftung verursachten Traum befände.

8

Eine Debatte

Die nächsten Tage verbrachte ich im Tran. Mein Weltraumspaziergang hatte mich völlig ausgelaugt. Und das fremdartige Ambiente der *Phaeton* – die Schwerelosigkeit, der nur durch Pockets und Holdens Routineverrichtungen markierte Rhythmus von Tag und Nacht (Traveller hatte sich auf der Brücke verschanzt und erschien gar nicht mehr in der Raucherkabine), die rauchgeschwängerte, stickige Luft, die in mir den Wunsch weckte, ein Fenster aufzureißen – die Kombination all dieser Faktoren ließ mich in einem traumähnlichen Zustand dahindämmern. Vielleicht hatte das Fehlen der natürlichen irdischen Bedingungen etwas mit meiner derangierten geistigen Verfassung zu tun; möglicherweise ist unser Körper doch mehr durch den Tag-Nacht-Rhythmus unserer Heimatwelt konditioniert, als wir ahnen.

Dennoch wurde ich mehrmals von einem brüllenden Geräusch gestört, einem sanften Druck, der mich fester auf die Pritsche drückte. Dann fragte ich mich jedesmal vage, ob ich nicht nur durch den Raum, sondern auch durch die Zeit gereist und nun wieder irgendwie zu diesem alptraumhaften Moment zurückgekehrt wäre, in dem die *Phaeton* in den Weltraum startete. Doch diese Störungen waren nach wenigen Sekunden vorbei, und dann fiel ich wieder in diesen unnatürlichen Schlummer. Später erfuhr ich, daß meine Assoziationen dieser Vorgänge mit dem Start so unbegründet gar nicht gewesen waren, denn das von mir wahrgenommene Geräusch war tatsächlich von den Hauptraketen des Schiffes verursacht worden. Der im Pilotensessel sitzende Traveller aktivierte die Motoren, so daß wir durch das All jagten; erneut – wenn auch nur für kurze Zeit – waren wir wieder die Herren unseres Schicksals.

Aber diesmal entfernten wir uns nicht einfach nur von der Erde; diesmal brachte Traveller uns zu einem weitaus fremdartigeren Ziel …

Pocket wusch mich vorsichtig, flößte mir Suppe und heißen Tee ein und führte noch diverse andere Verrichtungen aus. Ansonsten versuchten die anderen nicht, mich aufzuwecken, im Glauben, daß es besser wäre, der Natur ihren Lauf zu lassen. Und ich verspürte auch gar nicht das Bedürfnis, so schnell aus diesem Halbschlaf zu erwachen; denn was würde ich dann vorfinden? – nur dieselbe schauerliche Palette an düsteren Alternativen, die mich zu meinem verzweifelten Ausflug ins Vakuum getrieben hatten.

Aber schließlich legte sich mein seltsames Schlafbedürfnis, und ich wurde, unwillig wie ein plärrendes Neugeborenes, in eine feindliche Welt gestoßen.

Ich stellte fest, daß ich locker in einem Kokon aus Decken festgeschnallt war, und weil ich mich aus eigener Kraft nicht befreien konnte, rief ich mit schwacher Stimme nach Pocket.

Der Kammerdiener hob mich so leicht von der Pritsche, als ob ich ein Kind wäre … obwohl das von Sir Isaac Newton aufgestellte mysteriöse Gesetz der Anziehung und Abstoßung ihn in Gegenrichtung durch die Luft beförderte. Er kleidete mich in einen von Travellers Morgenmänteln, gab mir zu essen und rasierte mich sogar.

Das Gesicht, das mich im Spiegel anschaute, war eingefallen, mit roten und dunkel geränderten Augen. Wie ich befürchtete, war ich kaum mehr als der junge Mann zu identifizieren, welcher noch vor wenigen Tagen so frohen Mutes dem Stapellauf der *Prince Albert* beigewohnt hatte. »Meine Güte, Pocket, in diesem Zustand würde ich la belle Françoise wohl kaum vom Hocker reißen.«

Der gute Mann legte mir eine Hand auf die Schulter. »Grämt Euch nicht mit solchen Überlegungen, Sir. Wenn ich Euch erst wieder aufgepäppelt habe, werdet Ihr so blendend aussehen wie immer.«

Seine fröhliche, angenehme Stimme mit ihrem Grundton echter Wärme war enorm tröstlich. »Danke für deine Bemühungen, Pocket.«

»Ich habe zu danken, Mr. Vicars.«

Jetzt schob sich George Holden von der Brücke ins Bild; mit einer gewissen federleichten Trägheit schob er seinen Dickbauch durch die berüchtigte Luke – die jetzt offenstand – und schwebte durch die Luft. »Mein lieber Ned«, sagte er. »Wie geht es Euch?«

»Ganz gut«, antwortete ich, wobei mich sein Überschwang in ziemliche Verlegenheit brachte.

»Ihr habt uns allen das Leben gerettet, dank Eures außergewöhnlichen Mutes – ich hätte diesen Spaziergang in der Dunkelheit nie über mich gebracht! Allein schon beim Gedanken, den Kopf in diesen Kupferkäfig zu stecken, läuft es mir kalt den Rücken hinunter …«

Ich erzitterte. »Erinnert mich nur nicht daran. Außerdem habe ich uns auch gar nicht gerettet; wir sind noch immer im Weltall gestrandet und erhoffen uns Rettung von Travellers exzentrischen Plänen, nicht wahr?«

»Vielleicht, aber zumindest können wir solche Pläne jetzt in die Praxis umsetzen; ohne Euren Mut wären wir nämlich noch immer eingesperrt und würden hilflos in die Dunkelheit stürzen, wobei unser Leben von den Launen eines französischen Gauners abhinge. Ihr habt so lange bewußtlos dagelegen, daß wir schon befürchteten, die Kohlensäure im Raumanzug hätte Euch den Rest gegeben, mein Junge; und ich hätte dem Franzen eigenhändig den Hals umdrehen können, mit diesen Händen, die seit dreißig Jahren keine tödlichere Waffe als einen Bleistift geführt haben.«

Ich runzelte die Stirn, etwas konsterniert durch diesen Wutausbruch. »Holden, wie lange habe ich geschlafen? Welches Datum haben wir heute?«

»Nach Auskunft von Travellers Instrumenten ist heute der zweiundzwanzigste August. Ihr habt also eine ganze Woche lang geschlafen.«

»Ich… Mein Gott.« Im noch anhaltenden Zustand der Betäubung versuchte ich vergeblich die Strecke zu ermitteln, die ich in dieser Zeit von der Erde zurückgelegt hatte, aber aufgrund der Unfähigkeit, in meinem trüben Zustand zu sagen, ob der Tag nun vierundzwanzig oder sechzig Stunden hatte, gab ich dieses Vorhaben auf. »Und der Saboteur, Holden; der Kerl namens Bourne. Was ist mit ihm? Hat er das Bewußtsein wiedererlangt?«

Holden schnaufte. »Ja. Wollte, es hätte ihn erwischt. Statt dessen hat er sich jedoch schneller von der durch den Sauerstoffmangel verursachten Bewußtlosigkeit erholt als ihr.« Er drehte sich um und deutete auf die an der gegenüberliegenden Wand ausgeklappte Pritsche, wo ich ein formloses Bündel ziemlich schmutziger Decken ausmachen konnte. »Da liegt diese Ratte«, sagte Holden bitter, »und überlebt in einem Schiff, das er sonst für uns alle in einen Aluminiumsarg verwandelt hätte.«

Holden leistete mir noch eine Weile Gesellschaft, aber dann übermannte mich erneut die Müdigkeit; ich entschuldigte mich bei dem Journalisten, legte mich mit Pockets Unterstützung auf die Pritsche und schloß für ein paar Stunden die Augen.

Als ich erwachte, war die Raucherkabine verlassen, mit Ausnahme von Pocket, mir selbst – und dem amorphen Bündel auf der anderen Pritsche. Ich bat Pocket um etwas Tee; als ich mich erfrischt hatte, erhob ich mich von der Liege. Nachdem ich so viel Zeit im Bett verbracht hatte, fürchtete ich schon, die

Beine würden unter mir einknicken, und wenn wir uns auf der Erde befunden hätten, wäre das vielleicht auch der Fall gewesen; hier in der angenehmen Schwerelosigkeit des Weltraumes fühlte ich mich jedoch so kräftig wie immer, und ich flog zuversichtlich durch die Kabine.

Ich schwebte über Bourne. Der Franzose hatte den Blick auf die Wand gerichtet – wie ich sah, waren seine Augen geöffnet –, und als sich mein Schatten über ihn legte, wandte er sich um und schaute zu mir hoch. Er hatte kaum noch Ähnlichkeit mit Françoise Michelets affektiertem, arrogantem Begleiter, als der er vor wenigen Tagen noch aufgetreten war. Sein ohnehin schon schmales Gesicht wirkte jetzt wie ein Totenkopf – die Wangenknochen stachen scharf hervor – und auf dem Kinn kräuselte sich ein struppiger Bart. Die Überreste seines Designeranzuges – das rote Jacket und die karierte Weste – waren nun fleckig und zerknittert, wobei die schrillen Farbtöne das traurige Bild des Burschen nur noch verstärkten.

Wir sahen uns einige Sekunden lang an. »Ich vermute, daß Ihr nun das beenden wollt, was Ihr begonnen habt, Monsieur Vicars«, sagte er schließlich.

»Was meint Ihr damit?«

»Daß Ihr vorhabt, mich zu töten.« Er konstatierte das ohne jede Emotion, als ob er über das Wetter gesprochen hätte, und sah mich weiterhin unverwandt an.

Ich runzelte die Stirn und sondierte meine Gefühle. Hier, so erinnerte ich mich, lag der Mann, der Travellers Prototyp entführt hatte; der mich und meine drei Gefährten eingesperrt und in den interplanetarischen Raum geschleudert hatte, was sehr wahrscheinlich unseren Tod zur Folge gehabt hätte; der unmittelbar für den Tod vieler unschuldiger Zuschauer beim Start der *Phaeton* verantwortlich war; und der ohne Zweifel auch an der Verschwörung zur Sabotage der *Prince Albert* beteiligt gewesen war und dadurch das Leben von vielleicht noch einmal mehreren hundert Menschen auf dem Gewissen hatte – darunter möglicherweise auch das von Françoise Michelet, des Mädchens, an das ich mein törichtes Herz verloren hatte. »Ich hätte allen Grund, Euch zu töten«, sagte ich leise. »Ich habe allen Grund, Euch zu hassen.«

Er schaute mich furchtlos an. »Und werdet Ihr es tun?«

Ich befragte mein Herz und betrachtete Bournes hageres, leidendes Gesicht. »Ich weiß nicht«, sagte ich offen. »Ich muß noch darüber nachdenken.«

Er nickte. »Nun«, meinte er spröde, »ich glaube, daß Euer Kamerad Eure Mildtätigkeit nicht teilt.«

»Wer? Traveller?«

»Der Ingenieur? Nein. Der andere; der Dicke.«

»Holden? Er hat Euch bedroht?«

Bourne lachte und drehte den Kopf wieder zur Wand; als er erneut zu sprechen begann, klang die Stimme dumpf. »Seit der Ingenieur ihm untersagt hatte, mich in meinem geschwächten Zustand zu erdrosseln, ist Monsieur Holden entschlossen, mich verhungern zu lassen; oder vielleicht will er mich auch wie ein Blatt im Herbst vertrocknen lassen.«

»Was soll das bedeuten?« Ich wandte mich zu dem Kammerdiener um, der die ganze Zeit ein Auge auf uns gehabt hatte. »Pocket. Ist das wahr?«

Pocket nickte und faßte sich an seine schmale Nase. »Er war schon halbverhungert nach den vielen Tagen auf der Brücke ohne Essen und Wasser, Sir. Aber ich lasse niemanden verhungern; ich füttere ihn mit Resten, wenn niemand hinsieht.«

Ich verspürte eine große Erleichterung, daß Holdens Grausamkeit konterkariert worden war. »Gut gemacht, Pocket; du hast richtig gehandelt. Was hat Sir Josiah denn dazu gesagt?«

Pocket hob die Schultern. »Als er Mr. Holden besänftigt hatte, an dem Tag, als Ihr Eure große Tat vollbrachtet – nun, Sir, Ihr kennt ja Sir Josiah. Ich glaube, er hat diesen Franzmann schon ganz vergessen; er ist ja seitdem kaum noch hier unten gewesen.«

Ich lächelte. »Das kann ich mir gut vorstellen.«

»Ich habe nicht um die Mildtätigkeit eines Dieners gebeten«, sagte Bourne kalt.

»Du empfängst auch gar keine Mildtätigkeit, Bursche«, sagte Pocket. »Aber wenn du glaubst, ich verbringe meine letzten Tage in einer Blechbüchse zusammen mit der Leiche eines Franzmannes, dann bist du schief gewickelt.« Er sprach mit strenger Stimme, jedoch eher in der Art eines Vaters, der sein Kind zurechtweist; und ich erkannte, daß der Charakter dieses Mannes frei von jeder Bösartigkeit war.

Erneut wandte ich mich dem Franzosen zu. »Warum, Bourne?«

Er drehte den Kopf, wobei sich das Gesicht durch diese Bewegung verzerrte. »Warum was?«

»Warum habt Ihr dieses Schiff entführt und so viel Schaden und Leid verursacht?«

Ohne eine Antwort wandte er den Kopf ab.

Mit einer Kraft, die mich selbst überraschte, packte ich ihn an der Schulter und riß ihn herum. »Ich glaube, Ihr schuldet mir eine Antwort«, zischte ich.

»Es gibt nichts zu sagen. Ihr Briten würdet es ja doch nicht verstehen.«

Ich preßte die Lippen zusammen und unterdrückte meinen Zorn. »Sagt es mir trotzdem.«

»Wegen der Trikolore«, sagte er heftig. »Die Trikolore!«

Er entwand sich meinem Griff und weigerte sich trotz heftigen Drängens, noch etwas zu sagen.

Zu meinem Entsetzen bemerkte ich, daß Bourne mit Ledergurten und Stücken des Luftschlauches gefesselt war; auf mein Drängen – und unter dem Vorbehalt, daß er seine Pritsche nicht verließ – wurde er am nächsten

Tag befreit; er setzte sich zaghaft auf und rieb sich die blau angelaufenen Handgelenke und Knöchel.

Ich fühlte mich nun wieder kräftiger und kletterte mit Holden durch das Deckenluk.

Als ich mir vor einigen Tagen Zutritt zur Brücke erzwungen hatte, waren meine Eindrücke nur verschwommen und bruchstückhaft gewesen, als ob ich einen Alptraum erlebt hätte. Nun sah ich indessen, daß der Kommandostand ein Ort der mechanischen Wunder war. Geräte surrten und klickten unaufhörlich, so daß der Eindruck aufkam, man befände sich in einem veritablen künstlichen Gehirn, das Handlungen an Bord des Schiffes ausführte; und über den ganzen Platz wölbte sich die gläserne Kuppel der *Phaeton*. Diese Kuppel ließ nun die silberne Lichtflut des Mondes durch, der groß – unglaublich groß – über dem Schiff hing.

»Ah, Wickers!« Dröhnend erklang die Stimme irgendwo über mir; ich drehte mich um und machte im Schatten des grellen Mondlichts die Silhouette eines Thrones aus, der an der Wandung der Kammer montiert war. Der dick gepolsterte, mit Damast bezogene und mit Samtbordüren verzierte Sessel hing über der Brücke wie der Thron eines Cäsaren. Traveller lehnte sich in diesem Thron zurück; er hatte die Füße hochgelegt, locker einen Hüftgurt angelegt und hätte jetzt nur noch einer Sklavin bedurft, die ihm Trauben in den Mund steckte, um das Bild eines lasziven Potentaten zu vervollständigen. »Ein etwas bequemerer Zugang zur Brücke als beim letztenmal, was?«

»In der Tat.«

Ich stieß mich vom Deck ab und schwebte in die gläserne Kuppel empor, ergriff eine weiß gestrichene Verstrebung und machte es mir dort bequem. Holden hielt sich in der Nähe des Decks auf, inmitten der Ansammlung von Instrumenten. Von meinem neuen Ausguck sah ich, daß Travellers Sitz auf beiden Seiten von je einem Hebel flankiert wurde, die durch Bolzen mit der angrenzenden Wand verbunden waren; auf den Hebeln saß ein kleinerer Stahlgriff, den der Pilot zusammendrücken konnte. Später erfuhr ich dann, daß über die kleineren Griffe der Raketenschub der *Phaeton* geregelt wurde, während die Hebel ihrerseits zur Vektorierung der Düsen und solcherart zur Steuerung des Schiffes durch das All dienten.

Ohne Zweifel hatte der elende Bourne an einem heißen Augustnachmittag auf eben diesem Sitz gesessen und mit vor Schrecken schweißnasser Stirn versucht, das Schiff von der Erde zu entführen.

Über mir erschien Travellers Kopf als lange, schwarze Röhre, die in einem abgewinkelten Fernrohr auslief. Ich sah, daß diese Vorrichtung durch abgedichtete Öffnungen in der Hülle geschoben werden konnte und dem Piloten somit ein breites Sichtfeld eröffnete. Daher verfügte Traveller dank dieses Periskopes und der verglasten Kuppel über einen Panoramablick auf das Universum jenseits der Hülle dieses Schiffes – und auf die metallene Landschaft, die von den Instrumentenkonsolen geprägt wurde. Im Mittelpunkt dieser Anordnung von Instrumenten befand sich ein tischähnliches Objekt, an das ich mich noch von meinem früheren Besuch erinnerte, eine hölzerne Scheibe mit einem Durchmesser von fünf Fuß, in deren Mitte eine runde Karte eingelegt war. Dieser Tisch wurde von kleineren Instrumenten gesäumt, deren runde Skalen von einem schwachen, stetigen Licht unterlegt waren; diese Beleuchtung wirkte wie kleine gelbe Lichtinseln in einem Meer der durch den Mondschatten verursachten Dunkelheit. Wie ich nun erkannte, konnten diese Skalen vom Thron aus (als solchen betrachtete ich den Sitz nämlich) abgelesen werden; ihr Zweck bestand eindeutig darin, es dem Piloten zu ermöglichen, von seinem Platz aus den Flugzustand der *Phaeton* zu kontrollieren – aber der Effekt entsprach eher einer Prozession mechanischer Pilger, die ein ewiges Licht in der Hand hielten und andächtig zu ihrem Herrn aufblickten.

Ich lobte Traveller wegen der bewundernswerten Klarheit dieser Konstruktion, gestand jedoch, daß ich viele Details nicht begriff.

Zu meinem Mißfallen lieferte ich Traveller damit das Stichwort für eine Vorlesung.

»Wo soll ich nur anfangen... wo soll ich nur anfangen... Ihr erkennt doch sicher die Ruhmkorff-Geräte.«

»... Wie bitte?«

»Die elektrischen Spulen, welche für die Beleuchtung der Instrumente sorgen.« Diese Spulen, so erklärte Traveller, lieferten ein gleichmäßigeres und sichereres Licht als die Acetylenlampen und ließen die Skalen der Instrumente nicht verrußen. Dann begab er sich an die Erklärung jedes einzelnen Instruments und nannte den Hersteller, die Funktion, Leistungsgrenzen und in einigen Fällen sogar den Preis, wobei er sich so in liebevollen Details verlor, wie es andere Leute tun, wenn sie von ihren Kindern erzählen. Der unten in den Tiefen der Instrumentenkonsolen schwebende Holden spürte sofort meine Verwirrung und stieg in das Spiel ein; er zeigte mit dem Eifer des Mitwissers einer Verschwörung auf jedes von Traveller benannte Instrument, und ich mußte die Faust in den Mund stecken, um nicht laut loszulachen.

Traveller setzte seinen Vortrag natürlich ungerührt fort.

Es gab Chronometer, Manometer und Eigel-Thermometer mit Dezimalteilung. Dann gab es eine Konsole mit dreidimensional angeordneten Kompanten, deren Skalen sich in jedem Winkel überdeckten. Traveller seufzte enttäuscht über dieses Arrangement. »Ich wollte eigentlich den magnetischen Fluß als Navigationshilfe im Weltraum nutzen«, sagte er, »aber zu meiner Enttäuschung muß ich feststellen, daß dieser Effekt in einer Höhe von mehr als ein paar zehntel Meilen über der Erde nicht mehr nachweisbar ist.«

»Verdammt unkommod!« befand Holden trocken.

»Statt dessen nehmt Ihr einen Sextanten zu Hilfe«, sagte ich und wies auf ein großes, komplexes Messinginstrument, das aus einem auf einem Zahnrad montierten Rohr bestand. »Sicherlich«, fuhr ich fort, »kannten schon die alten Karthager ein solches Instrument... hätten sich aber nie vorstellen können, daß es einmal unter solchen Umständen eingesetzt wird.«

»Raumfahrende Karthager«, sinnierte Traveller. »Eine schöne Idee für einen Roman... Aber natürlich könnte man eine solche Geschichte nie so überzeugend konzipieren, um sie dem modernen Publikum plausibel zu machen. Sie wäre sogar noch kontroverser als Disraelis bekannte Erzählung...« Ich bemerkte, daß Holden seine Clownsnummer unterbrach und angesichts dieser spinnerten Idee interessiert hochschaute. »Ihr habt ganz recht, Wickers«, fuhr Traveller fort, »in der Raumfahrt gelten exakt die gleichen Prinzipien der Navigation nach den Sternen wie bei der irdischen Seefahrt. Die Praxis ist jedoch etwas komplizierter, weil die Positionsbestimmung eines Schiffes im Weltraum über drei Koordinaten erfolgen muß.« Nun erklärte Traveller ein elaboriertes System – unter Zuhilfenahme von Graphiken, Tabellen und Diagrammen –, welches er zur Ortsbestimmung eines Schiffes ersonnen hatte, das wie eine Fliege durch das All hüpfte. Die hierzu erforderlichen mathematischen Berechnungen wurden mit einem mechanischen Gerät ausgeführt, das Traveller als Arithmometer bezeichnete. Hierbei handelte es sich um einen Kasten, der mit Messingstäben, Zahnrädern und Skalen angefüllt war; er verfügte über zwei große Zylinder mit fixierten Zahlenringen, und Traveller ließ Holden vorführen, wie man durch das Drehen verschiedener Räder und Griffe das Arithmometer dazu veranlassen konnte, die Vorgänge der Addition, Subtraktion, Multiplikation und Division zu simulieren.

Weil Traveller sich noch nie zuvor mehr als ein paar hundert Meilen von der Erdoberfläche entfernt hatte –

so daß die geographischen Merkmale der Heimatwelt immer sichtbar waren –, war er auch noch nie auf seine selbst konzipierten Navigationssysteme angewiesen. Ich vermutete, daß er die Herausforderung ziemlich genoß. »Im übrigen«, sagte er, »sind die Sterne gar nicht unsere primäre Navigationshilfe.«

»Sondern?« erkundigte ich mich höflich.

Anstelle einer Antwort löste er den Hüftgurt, stieß sich vom Thron ab und landete kopfüber auf den Fingerspitzen auf dem runden Tisch im Mittelpunkt der Brücke, wobei seine Koteletten leicht erzitterten. »Hier!« rief er. »Diese Mechanik ist mein ganzer Stolz.«

Ich schwebte zu ihm hinunter und inspizierte die Oberfläche des Tisches etwas gründlicher. Wie ich früher bereits festgestellt hatte, war eine Karte in die Tischplatte eingelegt; nun aber sah ich, daß diese Karte die Erde aus der Perspektive einer hoch über dem Nordpol stehenden Rakete abbildete, wobei die Arktis den Mittelpunkt der Landkarte darstellte und die Äquatorialzonen von Afrika und Südamerika verwaschen an der Peripherie erschienen. Traveller zeigte uns, wie man durch das Betätigen eines Hebels die Scheibe wenden konnte und einen vergleichbaren Blick auf die antarktischen Regionen erhielt. Die Karte war nicht unbedingt ein Kunstwerk und in naturalistischen Farben angefertigt – Blau für die Ozeane und Braun und Grün für das Land. Wie Traveller stolz erklärte, basierte die Farbgebung auf eigenen Planetenbeobachtungen, die er von seinem Raumschiff *Phaeton* aus durchgeführt hatte.

Holden fragte, weshalb keine Ländergrenzen eingezeichnet waren.

»Welchen Wert hätte denn eine Darstellung politischer Allianzen für den Raumfahrer? Sir, werft einen Blick aus dem Fenster und betrachtet die Erde – falls Ihr sie im schwachen Mondlicht überhaupt finden könnt. Aus dieser Höhe tritt sogar unser glorreiches Empire hinter das Blau der weiten Ozeane zurück.«

Damit war Holden jedoch nicht einverstanden. »Sir Josiah, da muß ich Euch widersprechen. Ein Dominion wie das Seiner Majestät ist ein bleibendes Monument.«

Die ersten Worte von Travellers Erwiderung waren direkt den derben Liedern in den Musikhallen entlehnt. Dann meinte er: »Mein Gott, Mann; schaut doch mal aus dem Fenster! Von hier aus sind die Reisen des Marco Polo nicht bedeutender als ein Fliegenschiß auf Glas; die Reiche von Cäsar, Khublai Khan – und, zum Teufel, das Empire des verdammten Edward – wären in ihrer Gesamtheit noch unbedeutender als ein Lunker in einer Fensterscheibe!

Holden, aus unserer Perspektive werden die Errungenschaften großer Männer auf ihren wahren Status reduziert: Kinkerlitzchen und Unfug; und die pompösen Phantasien unserer irren und inkompetenten Führer werden als das entlarvt, was sie eigentlich sind.«

Holden richtete sich zu seiner vollen Größe auf und zog den tonnenförmigen Bauch ein; weil er aber wie wir in der Luft über dem Navigationstisch schwebte und relativ zu uns auf dem Kopf stand, fiel die Wirkung weniger beeindruckend aus, als er vielleicht gehofft hatte. »Sir Josiah, ich schlage vor, daß Ihr unserem französischen Saboteur einmal erklärt, wie irrelevant Politik in unserem Himmelsgefängnis ist. Wie Ihr wißt, war es nämlich die Politik, die uns hierher verschlagen hat.«

Traveller zuckte die Achseln. »Womit wieder einmal bewiesen wäre, daß es nichts Beschränkteres gibt als die menschliche Vorstellungskraft.«

»Und, Sir«, zischte Holden, »Ihr seid anscheinend ein genauso verdammter Anarchist wie Bourne.«

Ich suchte schon die ganze Zeit nach einer Möglichkeit, diese Auseinandersetzung zu beenden, und nun fühlte ich mich veranlaßt zu sagen: »Nur mit der Ruhe, Holden; ich glaube, Ihr solltet das zurücknehmen.«

Aber Traveller legte eine Hand auf meinen Arm und

hielt mich dadurch zurück. »Holden, habt Ihr denn jemals von den Ansichten solcher anarchistischer Koryphäen wie Proudhon gelesen?«

Holden schnaufte. »Ich habe von den Aktionen eines Bakunin gelesen; das hat mir schon gereicht.«

Traveller lachte, wobei sein Gesicht von den über ihm im Navigationstisch integrierten elektrischen Lampen angestrahlt wurde. »Wenn Ihr einmal über Eure Nasenspitze hinausgeblickt hättet, Sir, wüßtet Ihr nämlich, daß Euer Anarchist durchaus ein positives Menschenbild aufweist. Die Würde des freien Menschen …«

»Quatsch«, kommentierte Holden barsch.

Traveller wandte sich mir zu. »Ned, der Anarchist ist eben kein Anhänger von Gesetzlosigkeit oder verbrecherischem Verhalten. Vielmehr vertritt er die Ansicht, daß die Menschen fähig seien, in Harmonie miteinander zu leben, ohne irgendwelchen Einschränkungen durch Gesetze unterworfen zu sein! – daß alle Menschen im Grunde anständig seien und nicht mehr darauf erpicht, sich gegenseitig umzubringen, als zum Beispiel der Durchschnittsengländer danach trachtet, seine Frau, sein Kind und seinen Hund zu töten. Und in ihrem Naturzustand haben die Menschen als Anarchisten in Eden gelebt, frei von Gesetzen und Zwängen!«

Holden murmelte etwas von Blasphemie, aber ich dachte über diese erstaunlichen Paradigmen nach. »Aber wie sollten wir uns ohne Gesetze gesellschaftlich organisieren? Wie sollten wir unsere großen Industriekonzerne führen? Wie würden wir die gesellschaftliche Arbeitsteilung vornehmen? Würde denn der Arme nicht dem Reichen sein Schloß neiden und ohne die Abschreckung durch das Gesetz sofort dort einbrechen und das Inventar fortschleppen?«

»Aller Wahrscheinlichkeit nach würden solche Differenzen gar nicht erst entstehen«, sagte Traveller, »und wenn das doch der Fall wäre, würden sie auf zivilisierte

Art beigelegt werden. Jeder Mensch würde seinen Platz kennen und ihn ohne Kommentar oder Beschwerde zum Wohle der Gesamtheit ausfüllen.«

»Ein frommer Wunsch«, meinte der jetzt bereits rot angelaufene Holden bissig; und ich sah mich nun doch veranlaßt, ihm beizupflichten.

»Und«, fuhr ich fort, »wenn wir früher in einem natürlichen Zustand der Gesetzlosigkeit gelebt hatten, wie Tiere ...«

»Nicht wie Tiere, Ned«, korrigierte Traveller mich. »Als freie Menschen.«

»Aber wenn dem wirklich so war, warum haben wir dann heute Gesetze?«

Traveller lächelte, und das Licht der alten Mondmeere wurde von seiner Platinnase reflektiert. »Vielleicht solltet Ihr Philosoph werden, Ned. Das sind nämlich genau die Fragen, mit denen sich aufrechte Männer schon seit vielen Jahren befassen. Wir haben Gesetze, weil es gewisse Individuen gibt – dazu möchte ich alle Politiker und Fürsten zählen –, die Gesetze benötigen, um ihre Mitmenschen zu unterdrücken und ihre eigenen selbstsüchtigen Ziele zu verfolgen.«

Ich ließ diese bemerkenswerten Ausführungen auf mich wirken. Das England, das ich kannte, war ein rationales, christliches Land, eine Gesellschaft, die nach industriellen Prinzipien organisiert und von ihrer Stärke und Legitimität überzeugt war – eine Überzeugung, die überwiegend durch die Industrien genährt wurde, zu deren Aufbau Travellers Anti-Eis-Erfindungen so signifikant beigetragen hatten.

Doch hier war ein Mann im Herzen all dieser technischen Errungenschaften, der mit den Ideen eines russischen Idealisten sympathisierte! Ich fragte mich, übrigens nicht zum ersten Mal, ob es vielleicht die Intensität der Erfahrungen – auf der Krim und anderswo – gewesen war, die Traveller zu solchen Ansichten hatte gelangen lassen. Und ich fragte mich, wie solche Erlebnisse wohl die Gesinnung eines Menschen wie George Holden verändert hätten…

Mittlerweile hatte Holden dichter zu uns aufgeschlossen. Sein Zorn spiegelte sich in seinem knallroten runden Gesicht und äußerte sich auch dadurch, daß die Knöpfe seiner Weste fast unter dem Druck des geblähten Bauches absprangen. »Ihr bewegt Euch hart an der Grenze zum Verrat, Sir.«

Erneut drängte ich ihn zu einer Entschuldigung; erneut gebot Traveller mir Einhalt. »Ich will Eure Äußerungen vergessen, Holden«, sagte er ruhig.

Holdens Hängebacken zitterten. »Und habt Ihr auch die Bomben vergessen, die Eure Anarchistenfreunde geworfen haben? Nur die Schranke des Gesetzes steht zwischen den Freiheiten, derer sich ein britischer Gentleman erfreut, und den Aktionen eines Bourne, der für eine Flagge, einen Fetzen bunten Tuches, tötet!«

»Vielleicht«, meinte Traveller – und dann schrie er Holden an: »Aber genau das würdet Ihr auch tun, Sir, aus einem solchen Anlaß morden! – Denn Ihr wart es doch, den man unter Einsatz körperlicher Gewalt davon abhalten mußte, den armen Burschen direkt aus dem Luftschrank zu werfen…«

»Ist alles in Ordnung, meine Herren?«

Die kühle, vernünftige Stimme von Pocket, der sich mit Kopf und Schultern durch die offene Luke geschoben hatte, ließ uns innehalten. Plötzlich schämten wir uns; Traveller und Holden waren wie zwei Zinnsoldaten in einer Kiste aufmarschiert, wobei sich die Füße des einen in Kopfhöhe des anderen befanden und sie sich lautstarke Beschimpfungen an die Zehenspitzen warfen; ich hing derweil in einem schiefen Winkel zwischen ihnen und versuchte ohne Erfolg, die Lage zu klären.

Wir lösten uns voneinander, strichen die Westen glatt und hüstelten verlegen. Traveller versicherte Pocket, daß alles in Ordnung wäre und ließ durchblicken, daß etwas Tee unsere zerstrittene Gemeinschaft vielleicht wieder einen könnte. Pocket verkündete ungerührt, daß er das umgehend in Angriff nehmen würde und zog den Kopf durch die Luke zurück. Holden war noch immer puterrot vor Zorn, aber er war sichtlich bemüht, sich unter Kontrolle zu bekommen; Traveller hingegen war ganz gelassen. »Nun, Gentlemen«, sagte er, »da haben wir unserem gallischen Freund dort unten ja einen schönen Eindruck britischer Wesensart vermittelt. Vielleicht sollten wir uns künftig auf weniger kontroverse Themen beschränken?«

»Ich halte das für eine sehr gute Idee, Sir«, stimmte ich begeistert zu.

»Nun, Ned«, sagte Traveller und wandte sich wieder seinem Navigationsinstrument zu, »wo waren wir stehengeblieben?«

Erneut studierte ich die Weltkarte. »Ihr sagtet, das sei ein Navigationstisch.«

»Exakt.«

Jetzt drückte ich die Nase gegen die Tischplatte. Ich sah, daß der Tisch um die zentrale Karte mit einer Reihe kleiner Löcher perforiert war, so daß die Oberfläche wie ein grobes hölzernes Sieb wirkte. Eine Linie aus winzigen bunten Metallfähnchen ragte aus einigen Löchern; die Spur, die sie markierten, ging von der Erdoberfläche aus und beschrieb eine elegante Kurve. Die Bedeutung dieses Arrangements war nicht schwer zu eruieren; es war eine zweidimensionale Darstellung unserer Flugbahn durch das All. »Aber wie habt Ihr das nur zustandegebracht?« fragte ich Traveller. »Anhand Eurer Karten und Diagramme?«

Traveller lächelte. »Geduldet Euch ein paar Minuten.«

Wir schwebten über dem Tisch – einschließlich Holden, der zwar noch schwer atmete, dessen Teint sich jedoch schnell normalisierte – und wurden schließlich mit dem Anblick einer neuen Flagge belohnt, die unvermittelt aus einem Loch schoß. Wie ich sah, drehte sich gleichzeitig auch der Kartentisch, langsamer als der

Stundenzeiger einer Uhr. »Der Tisch aktualisiert sich also automatisch«, folgerte ich. »Die Karte dreht sich mit der Erde – einmal am Tag, wie ich vermute –, und die Fähnchen vermehren sich mit unserem Vorstoß ins All.«

»Korrekt«, bestätigte Traveller mit Verve.

»Aber wie funktioniert das?«

»Das Modell – die sich drehende Erde – wird von einem Uhrwerksmechanismus angetrieben. Das ganze Modell ist eine Präzisionsanfertigung von Boisonnas junior, Uhrmacher in Genf. Aber das Geheimnis des Gerätes zur Verfolgung der Flugbahn ist ein Arrangement von Gyroskopen, die im Tisch verborgen sind.«

Die übliche Verblüffung überkam mich. »Gyroskope?«

Traveller seufzte. »Kleine Kreisel, Ned. Rotierende Objekte behalten ihre Position im Raum bei, wie Ihr vielleicht wißt – aus diesem Grunde haben die Raketen auch den Zweck, die *Phaeton* in Rotation zu versetzen – und daher ist der Tisch in der Lage, die Kursänderungen des Schiffes zu ›spüren‹. Damit und mit auf Sprungfedern gelagerten Vorrichtungen zur Beschleunigungsmessung kann man jederzeit die Position des Schiffes bestimmen, ohne sich nach den Sternen richten zu müssen; man könnte sogar die Kuppel dieser Brücke verdunkeln und dennoch mit einer Abweichung von nur wenigen Meilen navigieren, dank meiner einfallsreichen Konstruktion.«

Mit dem Zeigefinger berührte Holden den Tisch dicht bei der Oberfläche des Erdmodells; ich sah, daß er auf die Abbildung von England zeigte und dabei auf eine dicke schwarze Linie deutete, die sich vom Nordpol über London und dann mehrere tausend Meilen über die Grenze der Welt hinaus erstreckte. »Und das hier?«

»Das ist natürlich der Meridian von Greenwich«, erklärte Traveller ungeduldig.

Holden nickte zwar ruhig, warf mir aber dennoch einen Blick zu; und wir beide dachten über die unbewußte Symbolik nach, derer sich dieser erstaunliche, anarchistische Gentleman befleißigte: Denn dieses Symbol stand weltweit für britische Rationalität und Wissenschaft und erhob sich nun über die Oberfläche der Erde und griff nach den Sternen.

Ich verfolgte die Linie der Positionsmarkierungen, die sich bereits deprimierend weit von der Erde entfernt hatte; wie ich sah, würden wir bald sogar den Rand des Navigationstisches überschreiten. Ich machte Traveller darauf aufmerksam. »Ich muß gestehen, daß ich mir nicht vorgestellt hatte, so weit mit diesem unerprobten Schiff zu fliegen«, sagte er. »Aber selbst in diesem Fall wird der Tisch dennoch nicht nutzlos werden.« Mit diesen Worten steckte er den Kopf unter den Tisch und durchstöberte einen dort eingebauten Schrank; als er wieder auftauchte, hielt er ein paar zirka vier Fuß breite Papierrollen in der Hand, die er aufrollte und auf dem Tisch ausbreitete. Zum Vorschein kam eine aus vier Einzelblättern bestehende Karte, die das Signet von Beer und Mordler trug. »Anhand dieser schönen Mappa Selenographica«, verkündete Traveller, »mit der ich Teleskopbeobachtungen jenseits der Atmosphäre anstelle, werde ich eine Analogie zu den polzentrierten Weltkarten des Tisches anfertigen. Eine kleine Justierung der Mechanik, und der Tisch wird uns auch beim Anflug auf unseren Zielpunkt gute Dienste leisten …«

Traveller strahlte ob dieser erneuten Präsentation seines Erfindungsreichtums, wobei seine Augen auf die Karte fixiert waren. Holden und ich wechselten indessen Blicke der Verzweiflung und schauten dann stumm auf die Karte hinab. In diesem Moment schienen die Sorgen und Nöte der Erde in der Tat sehr weit entfernt; denn diese ›Mappa‹ zeigte die leblosen Meere und luftlosen Berge der Welt, auf die wir anscheinend unaufhaltsam zusteuerten: Es war eine Karte des Mondes.

9

Im Schatten des Mondes

Bei einer Reisegeschwindigkeit von mehreren hundert Meilen pro Stunde benötigte die *Phaeton* zwanzig Tage für den Flug von der Erde zum Mond.

Am achtzehnten Tag ging ich zu Traveller auf die Brücke. Der Mond stand frontal vor dem Schiff, so daß er direkt über der Glaskuppel der Brücke hing. Wir hatten uns der Schwesterwelt bereits so weit genähert, daß sie fast schon nicht mehr in ihrer Gesamtheit überblickt werden konnte, und je weiter wir uns ihr näherten, desto flacher und detaillierter schien die Landschaft des Mondes über uns zu werden. Aber es war eine fremdartige, invertierte Landschaft. Mondberge mit rasiermesserscharfen Graten hingen wie Stalaktiten oder irreale Kronleuchter über mir, die Sonnenlicht gespenstisch ins Innere der Kuppel projizierten. Meine an irdische Verhältnisse gewöhnte Perspektive weigerte sich zu akzeptieren, daß ich kopfüber über dem Mond hing; es war, als ob diese Berge, diese Mondmeere in Gestalt von Staubschüsseln, diese mit Kratern übersäten und von weißen Lichtstrahlen erhellten Ebenen mir auf den Kopf fallen würden.

Ich schaute zum Navigationstisch hinunter, den Traveller nun von Erd- auf Mondansicht umgerüstet hatte. Der mit Fähnchen abgesteckte Pfad der unglücklichen *Phaeton* hatte zunächst am Satelliten der Erde vorbeigeführt; nun schwenkte er elegant zum Mond ein, so daß das Schiff, wenn alles störungsfrei ablief, in eine Umlaufbahn um den Mond gehen würde. Zuerst hatte ich angenommen, daß diese Kursänderung durch das Feuern unserer Raketen verursacht worden wäre, aber Traveller sagte, die Raketen hätten nur einen leichten Schub in die erforderliche Richtung bewirkt; weitab vom Schwerefeld der Erde wurden wir nun von der Gravitation der lunaren Felsen selbst angezogen.

»Also, Ned«, rief Traveller, und als ich mich umdrehte, sah ich ihn auf seinem Thron sitzen, in eine Aura der Entschlossenheit und Tatkraft gehüllt. »Welch ein Abenteuer unserer harrt!«

»Sir Josiah, ich verstehe, daß die Schwerkraft uns in diesen Orbit um den Mond zieht. Aber wird die Schwerkraft uns denn nicht auch direkt zur Oberfläche hinunterziehen?«

»Nein, Ned; wenn wir die Raketen nicht wieder zünden, werden wir auf einer hyperbelförmigen Flugbahn an der verborgenen Rückseite des Mondes vorbeifliegen und dann ins All geschleudert.«

»Dann werden wir eben weggeschleudert, wenn es nur in Richtung unserer Heimatwelt ist! Sir, der Mond ist wirklich großartig, aber er war sicher nie dafür vorgesehen, daß Menschen auf ihm leben. Ist es wirklich erforderlich, daß wir auf seine Oberfläche hinabsteigen?«

Traveller seufzte, und zu meinem Unbehagen griff er sich ins Gesicht und nahm die Platinnase ab; mit einem Daumen rieb er den Rand der solcherart exponierten dunklen Höhlung, dann setzte er die Nase wieder auf. »Ned, jedesmal, wenn ich einen Funken Intelligenz in Eurem Schädel aufblitzen sehe, enttäuscht Ihr mich wieder mit einer idiotischen Bemerkung. Ich habe es Euch doch schon mindestens zweimal erklärt.«

»Dann bitte ich um Entschuldigung, Sir, denn ich habe es immer noch nicht verstanden.«

»Ist die Massenträgheit denn ein so schwieriges Theorem?

Mein Gott … Na gut, Ned. Damit die *Phaeton* überhaupt so weit kommen konnte, hat unser Monsieur Bourne unseren Vorrat an Reaktionsmasse – Wasser –

stark erschöpft. Selbst wenn wir die Flugbahn wieder in Richtung Erde ausrichten könnten, würden wir beim unkontrollierten Sturz durch die Atmosphäre sicher geröstet werden, und unsere Überreste würden bis zur Unkenntlichkeit am Boden zerschellen. Also brauchen wir mehr Wasser.«

»Eine wahrhaft erfreuliche Aussicht. Aber wenn es schon unmöglich ist, auf der Erde zu landen, wie können wir dann hoffen, sicher auf dem Mond niederzugehen?«

Traveller schaute zum Mond hoch, und ich stellte mir vor, wie er seine Ungeduld bezwang. »Weil der Zug der Schwerkraft nur ein Sechstel des irdischen Wertes beträgt. Und so können unsere erschöpften Raketen uns sicher aus dem Orbit hinausbringen und eine weiche Landung auf den Ebenen des Mondes ermöglichen, lange bevor unsere Wasservorräte zu Ende gehen.«

Ich wandte das Gesicht zum Mond empor; ich ließ die Augen von seinem blassen Licht überfluten und äußerte meine schlimmste Befürchtung. »Sir Josiah, stellen wir uns der Wahrheit. Der Mond ist ein öder, luftloser Planet; die Wahrscheinlichkeit, daß wir dort unten Wasser finden, ob gefroren oder flüssig, ist nicht größer als die, daß wir einen Cockney-Bengel heiße Maronen verkaufen sehen.«

Traveller lachte prustend, wobei seine Nase ein unangenehmes metallisches Klingeln hören ließ. »Vergebt mir, Professor Lord Ned; ich wußte nicht, daß Ihr ein solcher Experte für lunare und planetarische Theorien seid.«

»Das bin ich wohl nicht, Sir«, dementierte ich würdevoll, »aber ich bin auch kein Dummkopf; und ich bin in der Lage, Zeitung zu lesen.«

»Sehr schön. Aber ich kann Euren Vorbehalten gegen meinen Plan drei Argumente entgegenhalten: Erstens haben wir keine Alternative! Es existiert kein anderer uns zugänglicher Ort, an dem wir auch nur die Aussicht auf Wasser oder eine andere geeignete Flüssigkeit hätten. Also der Mond oder überhaupt nichts, Ned.

Zweitens sind sich die Gelehrten hinsichtlich der Beschaffenheit der Mondoberfläche gar nicht so einig, wie Ihr vielleicht glauben mögt.«

»Aber auf jeden Fall gilt der Mond gemäß der herrschenden Lehrmeinung als öde, trocken, leblos und ohne Atmosphäre.«

»Pah!« schnaubte Traveller. »Und auf welchen Beobachtungen basieren denn diese Theorien? Für jedes Beispiel einer durch den Mond verursachten Totalfinsternis eines Sterns – wobei durch das Fehlen einer Trübung oder Refraktion der ›Beweis‹ erbracht wird, daß es dort keine Luft gibt –, kann ich ein Beispiel für das direkte Gegenteil anführen. Vor gerade einmal zwanzig Jahren hat der Franzose Laussedat während einer Sonnenfinsternis eine Refraktion der Sonnenscheibe festgestellt.« Der lässig im Sessel hängende Traveller streckte die Arme aus, als ob er die über ihm stehende Mondgöttin umarmen wollte. »Ich akzeptiere, daß unsere Augen uns sagen, der Mond könne keine so dichte Atmosphäre wie die Erde haben; wenn das der Fall wäre, würden seine Berge und Täler nämlich unter einer wirbelnden Decke aus Wolken und Dunst verborgen liegen. Und die geringere Gravitation, so vorteilhaft sie in anderer Hinsicht für uns auch ist, kann überhaupt keine dichte Atmosphäre binden. Aber es ist sicher nicht völlig ausgeschlossen, daß wir in den tieferen Tälern Lufttaschen finden oder daß sogar die gesamte Oberfläche von einer dünnen Atmosphäre bedeckt wird.

Außerdem müßt Ihr berücksichtigen, daß wir nur eine Seite des Mondes betrachten. Der Satellit umkreist die Erde nämlich mit einer verschämt abgewandten Seite. Selbst von diesem Beobachtungspunkt aus haben wir die verborgene Hälfte noch nicht gesehen, Ned! Wer weiß, was wir da vielleicht finden?«

»Krater und Berge und Staubmeere.«

»Mr. Wickers, Euer Verstand gleicht einer verschrumpelten Pflaume, vertrocknet und hart. Was, wenn die Theorien von Hansen sich bestätigen sollten? He?« Wie ich erfuhr, war Hansen ein dänischer Astronom, der postuliert hatte, daß der Mond durch die Schwerkraft der Erde zu einem Ellipsoiden gedehnt und die Erde mit dem abgewandten dickeren Ende umkreisen würde. Außerdem soll sich über dieser schwereren Hemisphäre eine dichte Atmosphäre gebildet haben, die sich dem Blick neugieriger Astronomen indes gewitzt entzog.

»Nun, Sir Josiah«, kommentierte ich, »das muß man erst mal abwarten.«

Er schnaufte wieder. »Gesprochen wie ein zaghafter Wissenschaftler, Junge. Ihr müßt lernen, wie ein Ingenieur zu denken! Für einen Wissenschaftler ist nichts bewiesen, solange es nicht von vorne bis hinten demonstriert worden ist, vor den Augen eines Dutzend seiner in mausgraue Anzüge gekleideten Kollegen. Mich hingegen interessiert es nicht, ob eine Theorie richtig oder falsch ist; ich frage mich vielmehr, was ich damit anfangen kann.«

»Sir Josiah, Ihr wolltet meine Bedenken mit drei Argumenten widerlegen. Wo ist das dritte?«

Nun verrenkte er sich in seinem Sessel und reckte den Hals; sein deformiertes Gesicht, dessen eine Hälfte vom Mondlicht als Silhouette abgebildet wurde, verriet lebhafte Erregung. »Ach, Ned, das dritte Argument ist schlicht das: Ob wir nun leben oder sterben, welch ein Spaß wird es sein, einen Spaziergang zwischen den Bergen des Mondes zu machen!«

Ich schaute zu der lebensfeindlichen Welt hoch, die sich langsam über mir drehte, und wünschte, ich könnte die jugendliche Begeisterung aufbringen, Travellers Enthusiasmus für das Exotische und Spektakuläre zu teilen; aber in diesem Moment hätte ich all meine erstaunlichen Erfahrungen dafür gegeben, wieder sicher in der gemütlichen Bar eines Clubs in Manchester zu sitzen.

Nach der Aufregung um die Rückeroberung der Brücke war wieder die alte Routine eingekehrt – mit der Ausnahme, daß der arme Bourne nun als stummes und mürrisches Gespenst auf einem Stuhl in der Kabine saß –, und die restlichen Stunden unserer Reise vergingen wie im Fluge.

Und schließlich erwachte ich wie immer mit dem angenehmen Duft von Pockets Toast und Tee in der Nase und wußte sofort, daß dies der zwanzigste Tag unseres Fluges war – der Tag, an dem Sir Josiah Traveller das Schiff entweder auf der Oberfläche des Mondes landen oder uns alle in den Tod schicken würde!

Traveller hatte uns gesagt, daß wir gegen acht Uhr morgens landen würden; und so weckte Pocket uns schon um fünf, etwas früher als üblich. Wir wuschen uns schnell und genossen ein kräftiges Frühstück. Traveller bestand darauf, obwohl ich kaum einen Bissen hinunterbekam. Ich fütterte Bourne und gestattete ihm eine Katzenwäsche. Pocket kletterte durch die Luke, um Traveller das letzte Frühstück auf seinem Posten auf der Brücke zu bringen.

Nachdem wir das Mahl beendet und die Reste hastig beseitigt hatten, bereiteten wir uns auf die Landung vor. Traveller hatte uns erklärt, daß um sieben Uhr zehn ein starker Schub der Raketen einsetzen würde, der uns auf eine Flugbahn bringen sollte, die uns unweigerlich zur Mondoberfläche führen mußte.

Ich überzeugte mich, daß Bourne die Sicherheitsgurte richtig angelegt hatte. Auch waren die Hände und Füße des Franzosen mit Ledergurten zusammengebunden; bleich und offensichtlich verängstigt wandte er den Blick mit einem Anflug von Trotz ab. Ich stieß mich von ihm ab, erreichte meinen Platz und schnallte mich an – und dann, mit einem Fluch, schwebte ich erneut durch die Kabine und lockerte mit vor Zorn steifen Fingern die Fesseln um Bournes Handgelenke. Bourne half mir nicht dabei.

»Ned! Was, in Gottes Namen, tut Ihr da?« rief der bereits auf seinem Sitz festgegurtete Holden wütend. »Wollt Ihr ausgerechnet in einem solchen Augenblick dieses Tier auf uns loslassen?«

Ich wandte mich zu ihm um und spürte, wie mein Gesicht sich mit Zornesröte überzog. »Er ist kein Tier, George. Er ist ein Mensch, unser aller Bruder. Wir werden heute vielleicht in den Tod gehen. Was auch immer er verbrochen hat, Bourne verdient es, seinem Schicksal mit Würde entgegenzutreten.«

Holden wollte den Protest fortsetzen, aber da rief der fest auf seinem Platz angegurtete Pocket: »Bitte vertagt Eure Debatte, Sirs, denn ich fürchte, daß die Raketen gleich gezündet werden, und der junge Gentleman wird sich verletzen, wenn er nicht sofort an seinen Platz geht.«

Ein Blick auf die Uhr, welche Traveller in die *Great Eastern* eingebaut hatte – das Schiff stand nach all unseren Abenteuern noch immer stolz in der Vitrine im Mittelpunkt der Kabine –, sagte mir, daß es bereits acht Minuten nach sieben war. So beeilte ich mich, zu meinem Stuhl zurückzukommen und gurtete mich an. Wir saßen lange Sekunden da; ich vermied den Augenkontakt mit den anderen, weil ich befürchtete, daß sich in ihren Augen nur meine Angst widerspiegeln würde …

Dann sprachen erneut die großen Motoren.

Ich wurde tief in den Sitz gepreßt und stellte mir vor, wie unser wertvolles Wasser als gefrierender Dampf in den Raum geblasen wurde. Die Raketen feuerten vielleicht für zwei Minuten – und dann, so plötzlich wie sie erwacht waren, verstummten sie auch wieder. Eine bedrückende Stille senkte sich über die Kabine, und wir starrten einander besorgt an.

Auf der Brücke war alles still.

»Holden, was ist geschehen?« zischte ich. »Glaubt Ihr, daß es funktioniert hat? Nehmen wir Kurs auf den Mond?«

Holden biß sich auf die Lippe, und sein rundes Gesicht war vor Angst gerötet und schweißnaß. »Die Raketen haben jedenfalls wie vorgesehen gefeuert«, resümierte er. »Aber was den Rest betrifft, sehe ich mich nicht zu einem Urteil imstande. Wie schon so oft bei diesem schrecklichen Abenteuer können wir nichts anderes tun als abwarten.«

Die Minuten verstrichen ereignislos, und meine Angst wurde von Langeweile und Gereiztheit verdrängt. »Ich sage Euch, Holden, ich weiß, daß Traveller ein großer Mann ist – und daß man bei solchen Burschen mit exzentrischen Anwandlungen rechnen muß –, aber dennoch ist es nachgerade unmenschlich, uns hier unten in einer solchen Spannung sitzen zu lassen.«

Holden wandte sich an den Diener. »Pocket? Meinst du, wir sollten einmal nachsehen, ob Sir Josiah in Ordnung ist?«

Pocket schüttelte den schmalen Kopf, und ich sah Schweißperlen auf seinen Nackenhaaren. Der Kammerdiener, der aufgrund der Umstände von seinen üblichen Verrichtungen abgehalten wurde, wirkte von uns allen am nervösesten. »Sir Josiah will bei seiner Arbeit nicht gestört werden, Sir.«

Ich ließ die Faust auf die Handfläche klatschen. »Aber die Lage kann jetzt kaum als normal bezeichnet werden, verdammt.«

»Ich glaube, wir lassen Traveller am besten seine Arbeit tun, Ned, und versuchen uns in Geduld zu üben.«

»Vielleicht habt Ihr recht.« Ich schaute mich in der Kabine um und versuchte, mich von meinen eigenen Gedanken abzulenken. Dabei blieb mein Blick an der traurigen Gestalt von Bourne hängen; der Franzose saß mit auf die Brust gesenktem Kopf da, ein realer Gefangener in diesem Gefängnis. »Ich muß nochmals betonen, Holden«, sagte ich, »es ist verdammt herzlos von Euch, daß Ihr diesem armen Kerl noch immer nicht die Fesseln abnehmen wollt. Welchen Schaden sollte er denn jetzt noch anrichten können?«

Holden sah Bourne haßerfüllt an. »Er ist ein Anarchist, Ned; und daher kann man ihm nicht trauen.«

Nun schaute Bourne trotzig auf. »Ich bin kein Anarchist. Ich bin Franzose«, sagte er. Er sprach Englisch mit starkem französischem Akzent.

Ich studierte seine hageren, stolzen Gesichtszüge. »Ihr habt mir erzählt, daß Ihr die *Phaeton* wegen der Trikolore gekapert hättet. Wie ist das zu verstehen?«

Er musterte mich mit einem herablassenden Blick. »Daß Ihr überhaupt eine solche Frage stellt, Engländer, ist schon Antwort genug.«

Ich wurde ärgerlich, weil mein angesichts der Umstände wirklich freundlicher Vorstoß so abgeschmettert wurde. »Was, zum Teufel, soll das heißen? Schaut...«

»Ihr werdet Euch mit dem da nicht auf zivilisierte Art unterhalten können, Ned«, sagte Holden müde. »Die Trikolore – die Fahne ihrer Revolution, in welcher der Pöbel seine rechtmäßigen Herrscher ermordete und sich dann selbst zerfleischte; die Trikolore – die der korsische Emporkömmling über ganz Europa wehen ließ; die Trikolore – Symbol des Blutes, Chaos und Mordens...«

»Ja, aber was hat das nun mit der *Phaeton* zu tun?«

»Denkt einmal nach, Ned; versucht, die letzten Dekaden aus der Sicht Eures Franzen zu betrachten. Sein berühmter Kaiser wird von Wellington besiegt und ins Exil gekarrt. Der Wiener Kongreß, der das Gleichgewicht der Kräfte in Europa für alle Zeit gesichert hat, was wir als noble Errungenschaft betrachten, findet sein Mißfallen; denn er kann nun nicht mehr auf die Zerstrittenheit seiner Feinde bauen, um sein Credo der Gesetzlosigkeit und des Aufstandes in Europa zu verbreiten...«

Bourne lachte leise. »Ich möchte darauf hinweisen, daß wir jetzt von einem Kaiser regiert werden und nicht von einem Robespierre.«

»Ja«, sagte Holden mit Abscheu, »von Louis Napoleon, der sich selbst als illegitimen Sohn Bonapartes bezeichnet ...«

»Neffen«, korrigierte Bourne. »Aber hätte euer König durch eine Restauration der alten Monarchie – unbeschadet der Legitimität von Louis' Thronfolge – nicht ohnehin wieder einen Kaiser eingesetzt, oder?« Er lachte erneut.

Holden ignorierte das. »Ned, Euer Franzose hat für dieses Jahrhundert seine habgierigen und gesetzlosen Ambitionen aufgeben müssen. Er mußte mit ansehen, wie der Einfluß Britanniens auf dem Kontinent – und in der ganzen Welt – ständig zunahm und sowohl durch unsere solide Verfassung als auch durch die Stärke unserer Industrie gestützt wurde. Und diese Ressentiments sind noch gewachsen.«

Bourne lachte wieder leise.

»Wollt Ihr das vielleicht bestreiten?« fragte Holden barsch.

Bourne hörte auf zu lachen. »Ich bestreite nicht eure Hegemonie in Europa«, sagte er. »Aber sie beruht einzig und allein auf einer Tatsache: Anti-Eis und eurem Monopol auf diese Substanz. Daher verlegt ihr eure Anti-Eis-Schienen durch unsere Felder und errichtet Bahnhöfe mit englischen Namen, von denen aus englische Waren vertrieben werden.

Und schlimmer – am schlimmsten von allem – ist eure unterschwellige Drohung, Anti-Eis als ultimate Waffe im Krieg einzusetzen. Wo bleibt da Euer Gleichgewicht der Kräfte, Mr. Holden?«

»Es bestehen keine derartigen Intentionen«, dementierte Holden steif.

»Aber ihr habt solche Terrorwaffen bereits eingesetzt«, wußte Bourne, »nämlich auf der Krim gegen die Russen. Wir wissen, wozu ihr fähig seid. Ihr Briten redet und handelt so, als ob Anti-Eis eine übernatürliche Manifestation eurer rassischen Überlegenheit sei. Das ist es nicht; euer Besitz dieser Materie ist nicht mehr als ein historischer Zufall, und dennoch benutzt ihr diese zeitweilige Überlegenheit, dem Rest der Menschheit eure Lebensweise, euer politisches System und sogar eure Mentalität aufzuzwingen.«

Nun war es Holden, der lachte, aber ich saß stumm da und ließ mir Bournes Worte durch den Kopf gehen. Ich konzediere durchaus, daß ich noch vor einem Monat instinktiv Holdens Partei in einer solchen Debatte ergriffen hätte, aber nun, da ich die kühlen, präzisen Worte dieses Franzmannes vernahm – nein, dieses Mannes, eines gleichaltrigen Mannes –, stellte ich fest, daß meine Gewißheiten doch fragiler waren, als ich gedacht hatte. »Aber«, fragte ich Bourne, »was, wenn Ihr recht hättet? Ist die britische Lebensart denn so schlecht? Holden hat den Wiener Kongreß genannt; die britischen Diplomaten haben sich um einen gerechten Frieden bemüht ...«

»Ich bin Franzose, kein Brite«, meinte er. »Wir wollen unsere eigenen Wege gehen und nicht den euren folgen. Die Preußen und die anderen deutschen Stämme auch; wenn die Geschichte befindet, daß eine geteilte Nation sich vereinigen soll, wer ist dann Britannien, daß es sich dem entgegenstellen dürfte? Und selbst ... selbst wenn unsere Nationen gegeneinander in den Krieg ziehen wollen, dann steht es euch nicht zu, ein Veto einzulegen.« Sein Gesicht war blaß, der Blick jedoch klar und fest.

»Dann war die Entführung der *Phaeton* – vielleicht sogar unter dem Einsatz Eures Lebens ...«

»... eine Aktion mit dem Ziel, noch ein paar Pfund mehr von dem verdammten Anti-Eis zu vergeuden. Das skrupellose Verbrecher-Genie Traveller zu beseitigen. Es hat sich bereits herumgesprochen, daß eure Bestände an dieser Substanz zur Neige gehen. Es gibt keinen edleren Lebenszweck für einen Franzosen, als diesen Vorgang noch zu beschleunigen.«

Trotz der Explizitheit dieser Aussage wurde ich unwillkürlich an Travellers Bemerkungen erinnert, wonach der Sinn der Erschaffung solch großer Werke wie der *Albert* darin bestand, die Politiker und Generäle von der militärischen Nutzung des Anti-Eis abzulenken! Sollte Bournes Analyse wirklich so sehr von der des großen Engländers abweichen?

Ich runzelte die Stirn. »Holden hält Euch für einen Saboteur.«

Er schüttelte den Kopf und lächelte dünn. »Nein. Ich bin ein Franktireur.«

»Ein was?«

»Ein Freischütz. Ein neuer Typ eines Soldaten; ein Soldat in Zivil, der mit allen zu Gebote stehenden Mitteln für die Befreiung seines Heimatlandes kämpft.«

»Wirklich verdammt edel«, sagte Holden mit Abscheu und Verachtung. »Und wenn die Anti-Eis-Bestände verbraucht sind – vergeudet durch Aktionen wie diese –, was dann? Werdet ihr euch erheben und uns im Schlaf ermorden?«

Bournes Lächeln verstärkte sich. »Ihr habt ja solche Angst, Engländer, nicht wahr? Ihr fürchtet sogar Euren eigenen Pöbel, der sich von dem unseren vielleicht noch mitreißen läßt. Und ihr begreift so wenig.

Wie ich hörte, hat Sir Josiah sich selbst als Anarchist bezeichnet.« Er spie aus. »Und im selben Atemzug hat er dargelegt, daß jedermann seinen ›Platz‹ kennen müsse. Traveller und seinesgleichen kennen nicht die wirkliche Bedeutung der Worte ›freie Menschen‹. Waren es denn nicht die Industrialisten, die im Jahre 1849 die Reformen der Arbeitswelt rückgängig machten, die Shaftesbury wenige Jahre zuvor eingeführt hatte?«

Ich schaute Holden verständnislos an, doch der winkte nur ab. »Er meint einige absurde Gesetze, Ned, die schon lange wieder abgeschafft und vergessen sind. Shaftesbury hatte zum Beispiel den Zehn-Stunden-Arbeitstag eingeführt. Schutzvorschriften für Frauen in den Bergwerken. Solches Zeug.«

Ich war verwirrt. »Aber die Industrie konnte unter derartigen Restriktionen doch überhaupt nicht funktionieren. Oder?«

»Natürlich nicht! Und deshalb wurden diese ›Reformen‹ auch wieder abgeschafft.«

»Aber um welchen Preis für Eure britische Seele«, sagte Bourne. »Nicht wahr? Vicars, ist Euch ein englischer Schriftsteller namens Dickens bekannt?«

»Wer?«

Wieder gab Holden ungeduldig eine Erklärung ab. In den vierziger Jahren des neunzehnten Jahrhunderts hatte Charles Dickens einige literarische Versatzstücke herausgebracht und damit eine flüchtige Popularität erlangt. Holden seufzte leise. »Erinnerst du dich noch an Little Nell, Pocket?«

Das faltige Gesicht des Kammerdieners verzog sich zu einem Lächeln. »Ach ja, Sir. Alle haben damals die Serie verfolgt, nicht wahr? Und als Nell starb, hatte fast das ganze Land Tränen in den Augen, kann ich Euch sagen.«

»Dickens. Ich habe noch nie von dem Mann gehört«, räumte ich ein. »Was geschah dann mit ihm?«

»Um 1850 verfaßte er eine neue Serie«, berichtete Holden. »*David Copperfield*. Auch ein deprimierendes, sentimentales Werk. Es fiel beim Publikum in Bausch und Bogen durch, weil es überhaupt nicht das Lebensgefühl jener Zeit vermittelte. Ned, in jenem Jahr 1850 wurde die erste Schwebebahn zwischen Liverpool und Manchester in Betrieb genommen! Die Menschen sahen voller Erwartung in die Zukunft – die Parole hieß Fortschritt, Unternehmergeist, Geldverdienen. Und da wollten sie nicht diesen düsteren Kram über die Nöte der Arbeitslosen lesen.«

»Daher hat Dickens England auch für immer verlassen«, sagte Bourne. »Er lebte und arbeitete in Amerika, wo sein soziales Engagement schon lange gewürdigt wird; bis zu seinem kürzlich erfolgten Ableben hat er eine Reihe von Reformen vorangetrieben.«

»Was wollt Ihr damit sagen?« fragte ich ungerührt.

»Daß die Herzen von euch Briten durch einen inneren Widerspruch gespalten sind – der gleiche Widerspruch, der einen so guten Mann wie Dickens aus dem Lande getrieben und euch kälter und ärmer gemacht hat. Der Widerspruch, der Traveller die Illusion vermittelt, seine Anarchie könne auf einer Masse schuftender, rechtloser Proletarier gedeihen. Ein Widerspruch, der euch letzten Endes spalten wird – und ein Widerspruch, der euch schon jetzt dazu veranlaßt, euch in die inneren Angelegenheiten anderer Nationen einzumischen. Befürchtet ihr denn nicht, daß in Frankreich Nationalismus aufwallen, sich in Europa ausbreiten und dadurch euer Gleichgewicht der Kräfte für immer zerstören wird – und erschrecken eure Mütter die Kinder noch immer mit Geschichten vom ›Boney‹, der sie holen wird, wenn sie sich schlecht benehmen?«

Ich mußte lachen – denn meine eigene Mutter hatte genau das getan –, aber der erregte Bourne fuhr nun in einem härteren Tonfall fort: »Ned, es gibt einen Kreis moderner Engländer, die sich Söhne der Gascogne nennen. Seid Ihr mit ihren Theorien vertraut?«

»Ich habe von ihnen gehört«, erwiderte ich steif.

»In mancherlei Hinsicht stellen die Söhne die Essenz eures Nationalcharakters dar; denn im ständigen Bewußtsein der Vergangenheit lebt ihr gleichzeitig in ständiger Furcht vor ihr – und sinnt ständig auf Rache. Nach der Eroberung durch die Normannen wurden in Abständen von etwa zwanzig Meilen Befestigungen in England und Wales errichtet, die allein dem Zweck dienten, die unterworfenen Engländer gefügig zu halten. Aus diesen Befestigungen sind nun eure großen Schlösser hervorgegangen – Windsor, der London Tower. Und der Norden Englands wurde sogar völlig verwüstet.«

Ich runzelte die Stirn. »Aber das war doch schon vor acht Jahrhunderten. Wen interessieren denn heute noch solche Dinge?«

Bourne lachte. »Für die Söhne war es gerade erst gestern. Die Gezeiten der Geschichte, mit ihrem ganzen Treibgut aus alten Siegen und Niederlagen, haben ihre Ängste nur noch verstärkt. Sie hängen der Gascogne nach, die vom Jahre 1066 bis zum sechzehnten Jahrhundert englischer Besitz war, als Mary Tudor dann den letzten Rest – Calais – verlor.

Vicars, die Söhne planen die Endlösung des alten ›Problems‹ mit Frankreich. Erneut werden Schiffe den Kanal überqueren; erneut wird eine Eroberung stattfinden – und erneut werden in Abständen von wenigen Meilen die schrecklichen Forts errichtet werden. Aber diesmal werden mit Anti-Eis-Granaten bestückte Geschütze von den Türmen dräuen; und diesmal werden es die französischen Landstriche sein, die untergepflügt werden.«

»Aber das ist ja grauenhaft«, sagte ich perplex.

»Fragt Holden«, entgegnete Bourne scharf. »Nicht wahr, Sir? Wollt Ihr die Existenz einer solchen Bewegung vielleicht leugnen? Und bestreitet Ihr Eure Sympathie für diese Bestrebungen?«

Holden öffnete den Mund zu einer Antwort – aber er konnte das Vorhaben nicht mehr ausführen; denn in diesem Augenblick drang ein grausiger Schrei durch die offene Luke über unseren Köpfen.

Wir schauten uns schreckerfüllt an; denn dieser Schrei war von Traveller ausgestoßen worden, unserem einzigen Piloten bei dieser Mondfahrt, und es hatte nach einem Todesschrei geklungen!

Hilflos auf dem Sitz festgegurtet, schaute ich nach oben auf die offene Luke zur Brücke. Ein Strahl Mondlicht stach durch die Öffnung und illuminierte die verräucherte Kabine. Irgendwie mißfiel mir diese neue Entwicklung der Ereignisse; wenn ich nur, so überlegte ich, in dieser gemütlichen Kabine hätte sitzen und über Politik diskutieren können, bis alles vorbei war… auf die eine oder andere Art.

Es hatte jedoch den Anschein, daß ich mich den Dingen nun stellen müßte.

Ich schaute auf Holden. »Was sollen wir Ihrer Meinung nach tun, George?«

Holden kaute an den Fingernägeln. »Ich habe keine Ahnung.«

»Aber er muß da oben in irgendwelchen Schwierigkeiten stecken. Warum hätte er sonst wohl so geschrien? – Aber würde er dann nicht um Hilfe rufen?«

»Das ist nicht Sir Josiahs Art, Sir«, sagte da Pocket. »Er ist keiner von denen, die eine Schwäche eingestehen.«

Holden schnaufte. »Nun, in einer Situation wie dieser ist das aber eine verdammt unverantwortliche Attitüde.«

»Sofern er«, keuchte ich, »nicht völlig handlungsunfähig ist. Vielleicht liegt er bewußtlos dort oben – oder sogar tot! In diesem Fall hätte die *Phaeton* keinen Piloten...«

Nur den zusammengesackten Bourne schien diese gespenstische Mutmaßung nicht zu beeindrucken.

»Ned, wir müssen jetzt einen kühlen Kopf bewahren«, sagte Holden mit vor Anspannung belegter Stimme.

»Ich glaube, daß einer von uns dort hinaufgehen sollte«, riet ich.

»Davon würde ich abraten, Sir«, meinte Pocket. »Sir Josiah hätte etwas dagegen, wenn ...«

»Zum Teufel mit seinen Vorlieben und Abneigungen. Ich rede davon, unser aller Leben zu retten, Mann!«

»Ned, überlegt doch einmal«, sagte Holden nervös. »Was, wenn Traveller die Raketen zündet, während Ihr Euch noch zwischen den Decks befindet? Ihr könntet gegen das Schott schlagen, verletzt oder gar getötet werden. Nein, ich glaube, wir sollten sitzen bleiben und abwarten.«

Ich schüttelte den Kopf. Wenn Holden den Mut verloren hatte – gut, er genoß meine Sympathie, und daher äußerte ich mich auch nicht weiter dazu. Statt dessen löste ich meine Gurte und stieß mich vom Stuhl ab. »Gentlemen«, sagte ich, »ich werde nach oben gehen. Wenn mit Traveller alles in Ordnung ist, werde ich mir im schlimmsten Falle ein paar deftige Beschimpfungen anhören dürfen. Und wenn ihm etwas zugestoßen sein sollte – nun, vielleicht werde ich ihm helfen können.

Ich glaube, ihr solltet angeschnallt auf euren Plätzen bleiben.«

Und mit diesen Worten, wobei ich ihre hilflosen Blicke im Rücken spürte, stieg ich in die Luft empor und zog mich durch die Luke auf die Brücke.

Die zerklüftete Oberfläche des Mondes hing über der *Phaeton*. Das Schiff hatte seine Rotation nun eingestellt, und die Sonne befand sich irgendwo zu unserer Linken, so daß die Mondlandschaft lange und konturierte Schatten warf, wie Tintenspritzer auf einer leuchtend weißen Oberfläche. Die zerklüfteten Gipfel der Mondberge sowie die Kraterränder glitten von rechts nach links an den Fenstern der Brücke vorbei und zeigten, daß wir uns bereits in einem engen Orbit um diese Welt befanden und Kurs auf ihre Nachtseite nahmen.

Fasziniert schaute ich nach draußen. Ich wußte, daß kein Mensch auf Erden, nicht einmal mit dem stärksten Teleskop, die Schwesterwelt jemals zuvor in solch verwirrender Detailfülle betrachtet hatte.

Ich beobachtete interessiert, wie die großen Krater, die aus dieser Perspektive eher wie runde, von einem Wall umgebene Befestigungen aussahen, einen Zentralgipfel zu beheimaten schienen, während die kleineren Krater mit ihren glatten Wänden in konzentrischen Kreisen um diesen Gipfel gruppiert waren. Außerdem sah ich, daß manche Krater ineinander übergingen, so daß es den Anschein hatte, als ob in einer wilden, weit zurückliegenden Vergangenheit des Sonnensystems ein Hagel von Meteoren oder anderen Objekten auf dem Mond niedergegangen wäre, und das nicht nur einmal, sondern immer wieder. Und die Schärfe der Ränder der kleineren Krater war ein Indiz für ihre Jugend, das implizierte, daß dieses Bombardement noch bis zum heutigen Tage andauerte.

Nun schob sich ein neues Merkmal ins Sichtfeld, eine Bergkette, die täuschende Ähnlichkeit mit einer Kraterwand hatte – abgesehen davon, daß diese Wand in dieser Welt aus Kreisen eine Gerade bildete, die sich von oben nach unten über das Fenster zog. Das Gelände jenseits der Wand schien merkwürdigerweise keine Krater aufzuweisen, obwohl der Boden dort stark zerklüftet war. Ich stieß mich vom Deck ab und schwebte zum Scheitelpunkt der Brückenkuppel empor. Als ich die Oberfläche des Mondes betrachtete und in die Nachtseite hineinspähte, konnte ich kein Ende dieser kraterlosen Region erkennen. Der Begrenzungswall verschwand nun hinter dem Schiff, und überrascht stellte ich fest, daß dieser Wall überhaupt nicht gerade war: Er krümmte sich in einem riesigen konkaven Bogen um die Trümmerlandschaft, und plötzlich erkannte ich, daß wir über die Ebene eines gewaltigen Kraters hinwegflogen, der so riesig war, daß selbst die Krümmung des Planeten hinter die Krümmung seiner Wand zurücktrat!

Nun wußte ich, daß wir die von der Erde abgewandte Seite des Mondes erreicht hatten, denn dieser monströse Krater mußte den größten Teil der Hemisphäre bedecken und die der Erde zugewandten Kraterebenen wie Kopernikus und Ptolemäus bei weitem übertreffen.

Bald war der Grenzwall des gigantischen Kraters hinter dem Horizont des Planeten verschwunden, aber die entgegengesetzte Wand war noch immer nicht zu sehen, und staunend blickte ich auf eine Hunderte Quadratmeilen große, öde Fläche – öde selbst nach lunaren Maßstäben.

Da ertönte ein leises Stöhnen hinter mir.

Ich drehte mich in der Luft, wobei mir plötzlich wieder der Zweck meiner Mission einfiel. Der arme Traveller hing angegurtet in seinem Thron-Sessel und hatte die großen Hände vor das Gesicht geschlagen; sein Zylinderhut driftete neben ihm in der Luft, und Strähnen weißen Haares befanden sich im Orbit um den Kopf. Er hatte ein dickes, am rechten Bein festgebundenes Notizbuch aufgeschlagen; darin hatte er meines Wissens in den letzten Tagen mit akribischer Genauigkeit Tagebuch geführt – über die diversen Manöver und Raketenzündungen –, wobei diese Aufzeichnungen uns sicher zur Oberfläche bringen sollten.

Ich schlug einen eleganten Salto, stieß mich mit den Füßen am Fenster ab und positionierte mich vorsichtig an Travellers Seite auf dem Deck. Ich ergriff seinen Arm und schüttelte ihn heftig. »Sir Josiah, was betrübt Euch denn?«

Er nahm die Hände vom Gesicht. Sein Gesichtsausdruck war eine Mischung aus Zorn und Verzweiflung, und seine Augen hoben sich als blaue Nadelspitzen im Mondschatten ab. »Ned, wir sind erledigt. Erledigt! Wir sind so weit gekommen, haben so viel durchgemacht, nur um der Dummheit dieses großspurigen dänischen Idioten zum Opfer zu fallen!«

»Welchen Dänen meint Ihr denn?« erkundigte ich mich vorsichtig.

»Hansen natürlich, und seine absurde Frühstücksei-Theorie betreffs der Gestalt des Mondes. Schaut es Euch an!« Er schüttelte die Faust gegen die Trümmerlandschaft, die dräuend über uns hing. »Es ist jetzt klar wie Kloßbrühe, daß der Mond doch eine perfekte Kugel ist, daß seine Masse gleichmäßig verteilt sein muß und daß die Rückseite dieser kläglichen Welt genauso luftleer ist wie die Vorderseite!«

Ich schaute zu der lunaren Ödwelt hoch. Tief im Schatten der Fragmente der Trümmerlandschaft funkelte und glitzerte es, was auf das mögliche Vorhandensein von Granit oder Quarz hindeutete. Ich kam zu dem

Schluß, daß Travellers plötzliche Niedergeschlagenheit nicht von Angst oder Verzweiflung herrührte, sondern vom Gefühl, verraten worden zu sein – vom Mond selbst, vom Schöpfer, der die Stirn gehabt hatte, eine Welt zu erschaffen, die für Travellers Zwecke so ungeeignet war und sogar von Hansen, diesem armen Kerl, der von allen dreien sicher noch am unschuldigsten war!

Traveller lehnte sich in seinem Sessel zurück und starrte vor sich hinmurmelnd zum Mond empor.

Ich war verwirrt. Selbst wenn die Landung auf dem Mond ein nutzloses Unterfangen war, so überlegte ich, hatten wir doch keine andere Wahl, als sie durchzuführen; und nur Traveller konnte unseren Flug zu einem sicheren Abschluß bringen. Aber es war auch klar, daß Traveller sich jetzt in sich selbst zurückgezogen hatte und in diesem Moment schwerlich in der Lage war, das Schiff zu steuern.

Ich mußte etwas unternehmen, oder wir würden alle umkommen.

Zögernd streckte ich die Hand aus und berührte seinen Arm. »Sir Josiah, noch vor kurzem habt Ihr mich der Phantasielosigkeit geziehen. Nun kann ich nicht umhin, Euch die gleiche Schwäche zu attestieren. Ihr wart es doch, der erkärt hatte, daß wir uns, ob Erfolg oder Scheitern, Leben oder Tod, auf ein höllisches Vergnügen freuen dürften!«

Sein Gesicht lag im Kernschatten des Mondes, und zum erstenmal, seitdem ich ihm begegnet war, ließ er sein wirkliches Alter erkennen. »Ich hatte mich auf Hansens versponnene Theorien verlassen, Ned«, sagte er leise. »Jetzt, wo sich meine Hoffnungen zerschlagen haben, Wasser zu finden, finde ich die Aussicht auf einen sicheren Tod nicht mehr sonderlich spaßig.«

Er klang alt, gebrechlich, ängstlich und überraschend verwundbar; ich hatte nun das Privileg, hinter der Maske den echten Menschen zu sehen. Aber in diesem

Moment brauchte ich den alten Traveller, den wilden, den exzessiv zuversichtlichen, den arroganten Traveller!

Ich zeigte auf eine Stelle über meinem Kopf. »Sir, zumindest habt Ihr sicher noch nicht das Staunen verlernt! Schaut auf die Kraterlandschaft über uns. Wir haben die mächtigste Formation auf dem Mond entdeckt – ein würdiges Denkmal für Eure Leistungen – und, falls unsere Geschichte jemals an zukünftige Generationen weitergegeben wird, wird man dieses Denkmal sicher nach dem großen Josiah Traveller benennen!«

Er wirkte ansatzweise interessiert ob dieser Ausführungen und richtete seine schnabelförmige Platinnase auf die silberne Landschaft. »Traveller-Krater. Vielleicht. Zweifellos wird man meinen Namen durch eine lateinische Version entstellen.«

»Und«, fügte ich hinzu, »denkt nur an den Einschlag, der solch eine monströse Narbe verursacht haben muß. Es wird sicher nicht viel gefehlt haben, und der Mond wäre auseinandergebrochen.«

Er rieb sich das Kinn und musterte den riesigen Krater mit kritischem Blick. »Und doch ist es kaum möglich, sich einen Meteoriteneinschlag solchen Ausmaßes vorzustellen … Nein, Ned; ich vermute, daß die Erklärung für diesen immensen Krater noch exotischer ist.«

»Was meint Ihr damit?«

»Anti-Eis! Ned, wenn diese bemerkenswerte Substanz auf der Erde entdeckt wurde, warum sollte sie dann nicht auch auf anderen Planeten und Satelliten vorkommen?

Ich denke da an ein in das Sonnensystem eindringendes kometenähnliches Objekt, vielleicht von den Sternen, das überwiegend oder zur Gänze aus Anti-Eis besteht. Als es mit der Hitze der Sonne in Berührung kommt, explodieren wahrscheinlich kleine Eistaschen, und das Objekt taumelt durch das Weltall und so.

Schließlich nähert es sich flammend und glühend der

Erde – nur um zu sehen, daß ihm die ruhende Masse des geduldigen Begleiters der Erde im Weg steht.

Die Detonation ist gigantisch – wie Ihr bereits sagtet, hätte sie den Mond fast in zwei Teile gesprengt. Kraterwände rollen wie Meereswellen über die gequälte Oberfläche. Und man muß sich vorstellen, daß Millionen Tonnen pulverisierten Mondgesteins und Staub ins Weltall geschleudert wurden – wobei noch Fragmente des ursprünglichen Anti-Eis-Kometen darin enthalten waren. Und so haben einige Bruchstücke vielleicht sogar die Oberfläche der Erde erreicht.«

Ich sah zu dieser desolaten Kraterlandschaft hoch, und mich schauderte, als ich mir vorstellte, wie die Landkarte Europas durch dieses Bild ersetzt wurde. »Dann müssen wir dem Mond ja dafür danken, daß der Komet nie die Erde erreicht hat, Sir Josiah.«

»In der Tat.«

»Und glaubt Ihr, daß der arme Professor Hansen vielleicht doch recht gehabt haben könnte? Hätte es eine luftbedeckte Region auf dem Mond geben können – vielleicht belebt, nun jedoch durch die Anti-Eis-Explosion vernichtet?«

Etwas wehmütig schüttelte er den Kopf. »Nein, Junge; ich befürchte, daß der gute Däne sich auf ganzer Linie geirrt hat. Die Geometrie des Mondes unterstützt seine Eierform-Theorie nämlich nicht. Unsere Chancen, hier das für uns lebensnotwendige Wasser zu finden, bleiben verschwindend gering.«

Verzweifelt richtete ich den Blick auf die sich verdunkelnde Landschaft, über die wir kopfüber dahinflogen. So hatte meine diplomatische Kompetenz also ausgereicht, Traveller wieder aufzurichten – aber nicht so weit, daß er auch nur einen Finger zur Rettung unseres Lebens rühren würde.

Und dann sah ich erneut helle, gläserne Funken inmitten der zertrümmerten Mondberge, die wie hundert Sterne von Bethlehem blinkten. Ich stieß einen Schrei aus und deutete auf die Stelle. »Traveller! Bevor Ihr völlig in Verzweiflung versinkt, schaut nach oben. Was seht Ihr da leuchten, im Licht der untergehenden Sonne?«

Erneut rieb er sich das Kinn, aber dennoch sah er konzentriert hin. »Da ist sicher nichts, Junge«, sagte er sanft. »Quarz oder Feldspat vielleicht ...«

»Aber es könnte Wasser sein! Gefrorene Tümpel, in denen sich das Sonnenlicht spiegelt!«

Er wandte sich mir fast liebevoll zu, und ich vermutete bereits, daß er mir einen längeren Vortrag über die Ursache meiner jüngsten Fehleinschätzung halten wollte – und dann, als ob die Sonne wieder hinter einer Wolkenbank aufgetaucht wäre, hellte sich sein Gesicht vor Entschlossenheit auf. »Bei Gott, Ned, Ihr könntet recht haben. Wer weiß? Und wir werden es mit Sicherheit nie erfahren, wenn wir uns hilflos auf diese zertrümmerte Oberfläche fallen lassen. Genug davon! Wir müssen eine Welt erobern.« Und er fischte seinen Zylinder aus der Luft und schraubte ihn sich auf den Kopf.

Ich befand mich nun in Hochstimmung. »Werdet Ihr den Plan weiterverfolgen, den Ihr in Eurem Büchlein aufgeschrieben habt?«

Er schaute auf das noch immer an seinem Bein befestigte Notizbuch hinab. »Ach das. Ich befürchte, daß ich schon zu weit von diesem Konzept abgewichen bin.« Er riß das Buch vom Bein ab und warf es mit Effet in den Schatten der Brücke. »Es ist schon zu spät, um noch Berechnungen durchzuführen. Wir müssen die *Phaeton* jetzt auf die Art steuern, für die sie eigentlich ausgelegt war – mit den Händen, dem Verstand, den Augen. Haltet Euch fest, Ned!«

Und er riß die Hebel zurück; die Anti-Eis-Motoren brüllten auf, und ich wurde auf das Deck geschleudert.

Die nächsten Minuten nahm ich nur auf alptraumhafte Weise verschwommen wahr. Traveller ließ die Raketen dröhnen, und mit Gesicht und Brust wurde ich auf das Brückendeck – eine Reihe unregelmäßiger nietenbestückter Platten – gepreßt. Ich konnte nichts anderes tun, als mich an dem festzuhalten, was ich gerade in die Finger bekam – wie die eisernen Beine, auf denen Travellers Sessel ruhte – und darüber nachzusinnen, daß es typisch für Traveller war, das Wohlergehen derjenigen, für deren Leben er die Verantwortung trug, völlig außer acht zu lassen. Auf die paar Sekunden, die ich benötigt hätte, wieder meinen Platz in der Kabine aufzusuchen, wäre es jetzt wohl auch nicht mehr angekommen.

Nach einigen Minuten schien sich die Anmutung des Mondlichtes zu verändern. Der Schatten meines Kopfes verschob sich und dehnte sich über das Deck; und schließlich stürzte ich in eine Dunkelheit, die nur noch durch das trübe Glühen der Ruhmkorff-Spulen unterbrochen wurde. Ich vermutete, daß das Schiff sich gedreht hatte, so daß der Bug nun vom Mond wegwies.

Dann überkam mich eine große Erleichterung! – die Motoren wurden heruntergefahren. Obwohl die Raketen verhalten weiterfeuerten, schien es mir, als ob eine drückende Last von meinen Schultern genommen worden wäre. Vorsichtig hob ich den Kopf vom Boden, stützte mich auf Händen und Knien ab und kam dann auf die Füße – um überrascht festzustellen, daß ich stand!

»Sir Josiah! Wir schweben nicht mehr ...«

Er hing in seinem Sessel und betätigte spielerisch die Steuerhebel. »Oh, hallo, Ned; ich hatte ganz vergessen, daß Ihr noch hier seid. Nein, wir befinden uns nicht mehr im freien Fall. Ich hatte entschieden, die Flucht nach vorn anzutreten. So nahm ich direkt Kurs auf die Mondoberfläche, von der wir höchstens noch ein paar tausend Meilen entfernt sind ...«

»Ich bin ganz schön auf die Platten gedrückt worden.«

Er schaute mich ziemlich erstaunt an. »Wirklich? Aber der Schub war doch kaum stärker als die terrestrische Schwerkraft.« Sein Gesichtsausdruck wurde härter. »Ihr seid durch die Schwerelosigkeit geschwächt worden«, diagnostizierte er. »Ich hatte Euch darauf hingewiesen, Eure Gymnastik zu machen, wie ich es getan habe; es ist ein Wunder, daß Eure spröde gewordenen Knochen nicht zerbröselt sind.«

Ich wollte schon eine Antwort formulieren, welche die Gründe für mein Abweichen von dieser Routine dargelegt hätte – nämlich die paar Tage, die ich nach meinem angeblich heroischen Weltraumausflug als Invalide verbracht hatte –, aber ich verkniff mir das. »Und dann habt Ihr das Schiff gewendet«, resümierte ich statt dessen.

»Ja; jetzt stürzen wir mit der Unterseite voran auf den Mond zu«, bestätigte er freudig. »Der Schub, den Ihr verspürt, entspricht in etwa der Schwerebeschleunigung, der wir auf der Oberfläche des Mondes unterliegen und die Berechnungen zufolge ein Sechstel der irdischen beträgt. Ich habe unsere Geschwindigkeit auf ein ungefährliches Niveau reduziert und lasse nun die Raketen feuern, um das Tempo konstant zu halten.« Er beäugte mich forschend. »Ich unterstelle, daß Ihr die Dynamik unserer Situation versteht? – daß die Übereinstimmung der lunaren Gravitation und des Raketenschubs kein Zufall ist?«

»Vielleicht könnten wir uns der Theorie später widmen«, erwiderte ich trocken. Ich erhob mich auf die Zehenspitzen und hüpfte auf dem Deck auf und nieder; in meinem geschwächten Zustand wirkte sogar diese reduzierte Schwerkraft signifikant, aber ich konnte trotzdem leicht in die Höhe springen. »So würde man sich also bei einem Spaziergang auf dem Mond fühlen?«

»Richtig.« Jetzt legte er den Kopf in den Nacken und spähte durch sein Periskop. »Ich muß nun unseren Landeplatz bestimmen. Wir werden im Sonnenuntergang in den Mondbergen landen.«

Ich klammerte mich an den Sessel, drehte mich um und schaute durch das Fenster. Der der Sonne abgewandte Himmel über uns war völlig finster; und während wir zur versteckten Seite des Mondes abstiegen, entzog sich nun auch die Erde unserem Blick. Um uns herum streckten hagere Felsfinger, die von dieser alten Explosion übriggeblieben waren, ihre gezackten Kanten nach uns aus, und die Schatten wirkten wie Seen aus vergossenem Blut.

»Warum landen wir denn nicht in der Tagzone?« fragte ich. »Diese Schatten müssen die Suche nach einem sicheren Landeplatz doch praktisch unmöglich machen.«

»Aber die *Phaeton* ist nicht für ausgedehnte Manöver auf der Mondoberfläche konzipiert worden, Ned!« entgegnete Traveller mit verhaltener Ungeduld. »Bedenkt, daß das Schiff im Raum kontinuierlich rotieren muß, damit es nicht auf einer Seite durch die Sonneneinstrahlung überhitzt wird. Hier wäre eine solche Rotation nicht möglich – obwohl das Sonnenlicht genauso intensiv ist wie im Weltall. Ich hoffe, daß unser Aufenthalt hier, sofern der Herr uns die Landung überstehen läßt, sich auf ein paar Stunden beschränkt; doch selbst diese Zeitspanne in der gnadenlosen Glut der Sonne würde schon ausreichen, um unser fragiles Schiff schnell verglühen zu lassen. Und in der Mondnacht würden wir zu Eis gefrieren. Nein; unsere einzige Hoffnung besteht darin, daß ich uns mit einem Teil der Hülle im Schatten und mit dem Rest im Sonnenlicht plaziere, so daß wir ein Gleichgewicht zwischen Feuer und Eis herstellen.«

Wir sanken auf die Mondlandschaft hinab. Zertrümmerte Berge erhoben sich um uns herum, und von den Raketendüsen aufgewirbelte Staubwölkchen stoben unter uns dahin.

Allmählich glaubte ich, daß ich diesen Vorgang vielleicht doch überleben könne.

Das Geräusch der Raketen, das bisher ein stetiges, tiefes Röhren gewesen war, erstarb nun mit einem spotzenden Husten. In wilder Hoffnung wandte ich mich um. Waren wir gelandet? Dann starrte ich auf die Füße, denn zu meinem Entsetzen hoben sie wieder vom Deck ab. »Traveller!« schrie ich. »Ich schwebe wieder!«

»Wir haben keinen Treibstoff mehr, Ned«, sagte er ruhig. »Wir befinden uns im freien Fall auf die Mondoberfläche. Ich habe mein Bestes getan; jetzt können wir nur noch beten.«

Die Mondlandschaft raste auf uns zu und drehte sich.

Tausend Fragen rasten durch mein Hirn. Wie weit waren wir noch von der Oberfläche entfernt, als die Motoren ausgesetzt hatten? Und wie schnell würden wir beim Sturz durch die geringe Schwerkraft des Mondes beschleunigen? Welches Aufschlagsmoment konnte die *Phaeton* absorbieren, bevor sie wie ein Ei aufplatzte und uns alle, warm und weich und hilflos, auf die grausamen Mondfelsen schleuderte?

Metall mahlte auf Felsen.

Ich wurde erneut auf das Deck geschleudert. Ich hörte das Splittern von Glas, das Reißen von Tuch und Leder. Das Deck neigte sich in einem verrückten Winkel, und ich rutschte ein paar Fuß auf ihm entlang, bis ich schließlich gegen eine Instrumentenkonsole prallte. Dann nahm das Deck wieder eine horizontale Position ein. Ich drückte das Gesicht auf den genieteten Boden und wartete auf den Moment, in dem die Hülle aufplatzte und die Luft für immer aus meiner Lunge gesogen wurde ...

Aber der Lärm unseres Aufpralls ebbte ab; das Schiff senkte sich noch etwas tiefer in die Felsenwiege, die es für sich gegraben hatte. Eine tiefe Stille legte sich über das Gefährt. Aber es gab keinen Luftzug, kein weiteres Reißen von Metall; ich war noch am Leben und atmete so unbeschwert, wie ich es immer schon getan hatte.

Ich kam langsam auf die Füße, wobei ich die geringe Gravitation des Mondes berücksichtigte. Traveller stand auf seinem Sessel, wobei sich die gelösten Gurte um die Füße geschlungen hatten; mit in die Seiten gestemmten Armen und salopp aufgesetztem Zylinder schaute er nach draußen auf seine neue Umwelt.

Ich kletterte zu ihm hinauf, ohne mich dabei übermäßig anzustrengen; wie ich sah, war sein Rock am Rücken aufgerissen, und Blut tröpfelte stetig aus einer Schnittwunde an der Schläfe über die Wange.

Wir waren inmitten einer Felsenstadt gelandet. Schatten flohen vor einer Sonne, die sich teilweise hinter einem entfernten Gipfel verbarg. Der Platz war luftleer, öde, absolut lebensfeindlich für Menschen – und dennoch hatten wir ihn erobert.

»Gütiger Gott, Traveller, Ihr habt uns auf dem Mond gelandet. Ich könnte Euer Talent als Pilot und Euren Genius als Ingenieur loben – aber sicherlich ist es Eure schiere Nervenstärke, Eure kühne Vision, die alles andere überstrahlt.«

Er grunzte abschätzig. »Schöne Reden sind etwas für Beerdigungen, Ned. Ihr und ich sind quicklebendig, und wir müssen eine Arbeit erledigen.« Er zeigte auf die Sonne. »Noch sechs bis acht Stunden, würde ich sagen, und die Sonne wird ganz hinter diesem Turm verschwunden sein und für ganze vierzehn Tage nicht wieder zum Vorschein kommen; und wir werden langsam, aber sicher zu Eis erstarren. Wir brauchen Wasser, Ned; und je früher wir rausgehen und es besorgen, desto schneller kann Pocket uns eine schöne Kanne Tee aufsetzen, und dann können wir zu Mutter Erde zurückfliegen!«

Trotz der schwachen Gravitation hatte ich das Gefühl zu fallen, so schwach war jedes einzelne meiner

Gelenke geworden. Denn wieder einmal hatte Traveller auf eine Art vorausgedacht, zu der ich nicht fähig war. Selbst wenn das wertvolle Wasser gleich eimerweise direkt hinter diesen Felsen lag, würde nämlich einer von uns das Schiff verlassen und es herbringen müssen. Und wie ich wußte, konnte es sich dabei nur um mich handeln!

10

Ein Engländer auf dem Mond

Traveller rollte eine Strickleiter aus, und wir schlossen uns wieder unseren Freunden in der Raucherkabine an. Dort stießen wir auf eine Atmosphäre der Euphorie, welche noch durch die beachtliche Schräglage des Decks verstärkt wurde, die dem ganzen Prozedere einen Hauch von Exotik verlieh. Traveller und sein Kammerdiener schickten sich an, den Zugang zu den unteren Sektionen des Schiffes zu öffnen. Bourne starrte teilnahmslos aus dem Fenster auf die lunare Trümmerlandschaft. Holden flog in der Kabine umher, wobei er ständig von den Wänden abprallte; mit Jubelrufen stieß er sich fünf oder sechs Fuß hoch in die Luft ab, bevor er wieder auf das Deck niederschwebte, so leicht wie ein rundes Blatt im Herbst. Ich konnte nicht umhin, wegen seines geröteten Gesichtes zu lächeln. »Meiner Treu, Ned, diese lunaren Bedingungen sind einmalig; ich fühle mich wieder wie ein Kind«, sagte er.

Holden wollte sich über die Brandyvorräte hermachen und unsere erfolgreiche Eroberung des Mondes begießen, aber Traveller lehnte das ab. »Wir haben jetzt keine Zeit für Frivolitäten«, rügte er den Journalisten. »Dies ist kein Picknick; uns bleiben nur ein paar Stunden, den Kampf um unser Überleben zu gewinnen.« Er schaute mich auf eine Art an, die man als besorgt hätte interpretieren können – obwohl er vielleicht auch an eine kleine, aber lebenswichtige Komponente einer Maschine gedacht haben mochte. »Ned, Euer Wohlbefinden ist jetzt das Wichtigste. Möchtet Ihr vielleicht ein wenig Tee oder einen Imbiß, um Euch für Euer Abenteuer zu rüsten? – und ich empfehle dringend, daß Ihr, wie damals auch, den Körper entschlackt, bevor Ihr das Schiff verlaßt. Pocket!«

Und so fügte es sich, daß ich von meinen Kameraden umgeben auf einem bequemen Stuhl saß, in Gurken- und Tomatensandwiches biß und eine Mischung der besten indischen Teesorten schlürfte – während sich um mich herum die Ödnis des Mondes bis zum Horizont erstreckte!

Obwohl ich es versuchte, war mir die von Traveller ans Herz gelegte Entschlackung des Körpers nicht möglich.

Dann, nur zu bald, stieg ich erneut in die stinkende Enge von Travellers ledernem Raumanzug. Der Schlauch, der den Anzug mit Luft versorgte – und den ich im Verlaufe meines riskanten Eindringens in die Brücke beschädigt hatte, war von Pocket geflickt worden. Traveller und die anderen stellten Ausrüstungsgegenstände zusammen. Ich erhielt ein Seil, das ich um den Oberkörper knotete, eine kleine elektrische Lampe, die man aus einem weniger wichtigen Instrument der Brücke ausgebaut hatte und einen Eispickel, der aus Travellers Ersatzteilbestand gefertigt worden war. Traveller improvisierte einen Behälter aus Linoleum, das zuvor als Bodenbelag gedient hatte. Diese Tasche verfügte über die beachtliche Breite von vier Fuß und war doppelwandig, wobei Traveller den Zwischenraum mit Füllmaterial ausstopfte. In diesem Behälter sollte ich Wassereis über die Mondoberfläche transportieren, und der Zweck des Füllmaterials bestand nach Sir Josiahs Worten darin, die wertvolle Substanz zumindest etwas vor der Sonneneinstrahlung zu schützen.

Ich befestigte den Eispickel und die Lampe an der Hüfte, damit ich die in Handschuhen steckenden Hände für den Abstieg auf die Oberfläche frei hatte. Den Beutel fixierte ich wie einen Rucksack mit zwei Gurten auf dem Rücken.

Holden war nun der Ansicht, die Bedeutung dieses

Momentes – die ersten Schritte eines Menschen auf der Oberfläche einer anderen Welt – wäre so signifikant, daß ich etwas Zeit für eine wie auch immer geartete Zeremonie erübrigen sollte.

»Kommt überhaupt nicht in Frage«, lehnte Traveller barsch ab. »Wir haben keine Zeit für einen solchen Unsinn. Ned wird rausgehen, um unser Leben zu retten, und sich dabei einem großen Risiko aussetzen; da wird er doch keinen Handstand machen und für den König den Kasper spielen.«

»Sir Josiah«, echauffierte sich Holden, »ungeachtet der widrigen Umstände unserer Reise ist es uns doch gelungen, an einem Ort zu landen, den noch kein Forscher zuvor erreicht hat. Und daher haben wir die Pflicht, diesen Mondkontinent für das Empire in Besitz zu nehmen. Ich möchte Euch nur daran erinnern, daß der junge Ned ein Repräsentant der Regierung Seiner Majestät ist. Vielleicht würde das Hissen der britischen Flagge über dem Staub des Mondes …«

Bourne stieß eine kurzes, bellendes Gelächter aus. »Typisch für euch Briten. Wie obszön, einen solchen Ort mit eurer häßlichen Flagge zu entweihen.«

Holden richtete sich auf und streckte ihm seinen Schmerbauch entgegen. »Sir Josiah, die Vorbehalte des Franzen allein zeigen schon, daß ein solches Vorgehen eminent angemessen wäre.«

Traveller hatte die Dichtungen des Anzuges überprüft. Nun richtete er sich auf und stemmte die Hände in die Hüften, wodurch er mich und Pocket mit der ganzen Arbeit allein ließ. »Holden, solch ein hanebüchener Unfug ist mir noch nie untergekommen. Ich habe zwei Einwände. Erstens würde es wegen des Vakuums auf der Mondoberfläche keinen Wind geben, in dem Eure Fahne flattern könnte. Sie würde bis in alle Ewigkeit schlapp und hilflos dahängen; wäre das vielleicht ein angemessenes Symbol des Empire? Natürlich könnten wir sie auch mit einer Art Krücke stützen – einer

Metallstange vielleicht ...« Er lachte. »Wer, wenn nicht ein überkandideltes Arschloch, könnte wohl auf eine derartige Idee kommen? Wie dem auch sei, mein zweiter Einwand ist noch schlüssiger: Es verhält sich nämlich so, daß ich gar keine Fahne auf diesem Schiff mitführe; weder den Union Jack, noch die Trikolore oder die Flagge einer anderen Nation. Also, Mr. Holden, sofern Ihr keine flinke Näherin seid, werden Eure Ambitionen wohl unerfüllt bleiben.«

»Und«, so ließ Bourne sich vernehmen, »um so mehr wird die Würde gewahrt.«

Aber Holden wollte sich dieser Betrachtungsweise nicht anschließen; und bald entbrannte eine Dreiecks-Debatte zwischen Holden, Bourne und Traveller. In der Zwischenzeit hatte ich meine Ausrüstung vervollständigt, den Helm unter den Arm geklemmt und wartete nun zusammen mit Pocket auf den Beginn meines Abenteuers.

Nach einigen Minuten verlor ich die Geduld. Ich hob den kugelförmigen Helm mit beiden Händen an und ließ ihn mit wuchtigem Schwung auf die Glasvitrine krachen, unter der sich Travellers Modell der *Great Eastern* befand. Die Debatte wurde schlagartig beendet, und Pocket machte sich mit Schaufel und Besen an die Arbeit, um die Glasscherben zu beseitigen. Mit der behandschuhten Hand griff ich in die zerstörte Vitrine und holte das Schiffsmodell heraus; es war vielleicht drei Fuß lang, und ich handhabte es sehr vorsichtig, um eine Beschädigung des detaillierten Modells zu vermeiden. »Sir Josiah, Ihr werdet mir meine impulsive und destruktive Handlungsweise verzeihen. Gentlemen, weil ich es bin, der diese schützende Hülle verlassen wird, darf ich auch entscheiden, wie die zeremonielle Geste ausfällt.

Ich werde dieses Modell von Brunels großem Schiff mitnehmen und es an einem angemessenen Ort aufstellen. Dies wird nicht lange dauern und uns allen gerecht werden. Holden, die *Eastern* ist eine der größten Ingenieursleistungen des Empire und symbolisiert mithin die große Zivilisation, welche diesen Gipfel erreicht hat. Sir Josiah, Ihr werdet sicherlich gutheißen, daß auf diesem entlegenen Plateau dem Konstrukteur ein Denkmal gesetzt wird, der Euch zum großen Teil bei der Arbeit inspiriert und geprägt hat. Und, Bourne: Ich hoffe, Ihr werdet Euch mir bei der Würdigung dieses Modells als Symbol des grenzenlosen menschlichen Einfallsreichtums und Wagemutes anschließen, der uns sogar zu diesem erstaunlichen Land geführt hat.

Und falls wir dieses Abenteuer nicht überleben sollten«, fuhr ich fort, wobei ich mich über meine Eloquenz wunderte, »dann mag eine zukünftige Generation von Menschen dieses Artefakt finden und über diejenigen staunen, die es hierhergebracht haben.«

Für einen Moment herrschte Schweigen. »Trefflich gesprochen, Ned«, meinte dann Holden. »Ihr habt uns den Kopf zurechtgerückt.«

»Können wir jetzt weitermachen?«

Traveller zeigte mit einer schwungvollen Geste auf den Luftschrank. »Es ist alles vorbereitet, Ned.«

Ich nickte. »Aber etwas möchte ich vorher noch wissen …«

Und wieder senkte sich der Helm über meinen Kopf und schloß mich in einem tristen Miniaturuniversum ein, das vom Geruch nach Kupfer, dem schalen Geschmack umgewälzter Luft und dem Geräusch meines unregelmäßigen Atems dominiert wurde. Ich kletterte in den sargähnlichen Luftschrank. Nach einem letzten Händedruck meiner Kameraden – wobei ihre winzigen Hände schier in den großen Handschuhen verschwanden – wurde das schwere Schott verriegelt und schloß mich von der behaglichen Wärme der Kabine aus. Ich zögerte ein paar Augenblicke lang und drückte das Modell der *Eastern* an den Lederanzug;

dann nahm ich meinen ganzen Mut zusammen, packte das unter mir in der Schleuse angebrachte Rad und drehte es resolut.

Nach drei oder vier Umdrehungen begann die Luft auszuströmen, und ich hörte, wie die Atmosphäre mit einem letzten Seufzer in das Vakuum der Mondlandschaft entwich. Die Gelenke versteiften sich, als der Anzug sich bis an die Grenzen seiner Flexibilität aufblähte.

Dann schwang das Schott schließlich ganz auf, und ich schaute auf einen Quadratyard Mondboden hinab.

Dieser Boden, etwa zehn Fuß unter mir, wirkte ziemlich eben und war dennoch mit scharfkantigem Geröll übersät, das lange Schatten im Sonnenlicht warf; und diese Schatten waren pechschwarz. Diese grausame Schärfe und die durch das Fehlen einer Atmosphäre bedingte völlige Stille führten mir sofort meine unirdische Situation vor Augen, und ich verbrachte einige Minuten mit der bloßen Inspektion dieses Bodenausschnittes, während mir das Blut in den Ohren rauschte.

Schließlich fand ich die Kraft, weiterzumachen. Ich zog eine Strickleiter aus dem Luftschrank und rollte sie aus. Dann schwang ich die Beine aus der Luke und begab mich an den Abstieg, wobei ich nach ein paar Sprossen anhielt, um die *Great Eastern* aus dem Schiff zu holen. Als ich den Kopf aus der Schleuse zog, wurde der Helm mit blendendem Sonnenlicht geflutet, das die Augen überforderte; im folgenden achtete ich darauf, nicht direkt in das grelle Licht der Sonne zu schauen, die gefährlich dicht über dem Horizont stand.

Auf der letzten Sprosse über dem Boden legte ich eine Pause ein und ließ einen Fuß über der Mondoberfläche schweben. Stolz und das Gefühl, etwas Außerordentliches geleistet zu haben, ergriffen von mir Besitz. Daß ich es gewesen sein sollte, dem die Ehre zuteil wurde, als erster Mensch über die Oberfläche einer anderen Welt zu spazieren! Ich ließ die seltsame Kausalkette Revue passieren, die mich zu diesem Ort geführt hatte, und fragte mich kurz, wie die Dinge wohl stehen würden, wenn dieses größte Ereignis überhaupt, die Entdeckung das Anti-Eis, nicht eingetreten wäre. Hätten die Menschen trotzdem zum Mond fliegen können? Sicher hätte man eine Möglichkeit gefunden, eine bislang undenkbare Rakete zu entwickeln; obwohl es wohl noch viele Jahre gedauert hätte – vielleicht bis in das zwanzigste Jahrhundert hinein –, bevor ein so weiter Flug hätte erfolgreich durchgeführt werden können. Wie in allen industriellen und technologischen Bereichen, wäre Großbritannien auch in dieser Parallelhistorie führend gewesen, und so hätte ein anderer Brite – vielleicht besser gerüstet als ich – auf dem Fuß einer anderen Leiter gestanden.

Für einen Moment schwelgte ich im Stolz und wünschte, daß die liebreizende Françoise die Augen von den Schlachtfeldern Frankreichs wenden und durch das All sehen könnte, um meiner in diesem Augenblick himmlischen Ruhmes ansichtig zu werden. Aber dieser Gedanke hielt indessen keine Sekunde vor der Betrachtung der außergewöhnlichen historischen Bedeutung meiner Situation stand. Den Fuß auf den Boden einer anderen Welt zu setzen war sicherlich die signifikanteste Leistung in der Geschichte der Menschheit seit dem Bau der Arche Noah – oder, wenn man Sir Charles Darwin Glauben schenken will, seit unsere Affenvorfahren davon abließen, sich mit Bananen zu bewerfen und von den Bäumen hinabstiegen, um auf zwei Beinen durch die Savannen zu streifen. Also sprach ich, während ich den Lederschuh in den festen, kieselartigen Boden drückte, folgendes, von keiner anderen Menschenseele vernommenes Gebet: »Herr, wie weiland Noah setze ich den Fuß auf einen neuen Kontinent, den Du uns in Deiner Güte geschenkt hast, und indes ich ihn in Besitz nehme, ruhen auf mir die Hoffnungen der ganzen Menschheit.«

Ich stand frei auf dem Boden des Mondes, nur durch den Luftschlauch mit der *Phaeton* verbunden. Ich spürte die scharfen Kanten des porösen Gerölls durch die Schuhe; es war wie ein Spaziergang auf dem Kies eines Strandes. Vorsichtig setzte ich einen Fuß vor den anderen, denn ich befürchtete, den Anzug oder den Luftschlauch zu beschädigen.

Ich drückte das Schiffsmodell an die Brust und marschierte in der lunaren Stille etwa dreißig Fuß – die Gesamtlänge des Schlauches betrug nur vierzig Fuß – einen Abhang hinunter, wobei der Eispickel und die Ruhmkorff-Lampe gegen die Beine schlugen, und schaute mich dann um.

Die Landschaft war eine Einöde aus zertrümmerten und pulverisierten Felsen; sie variierten von faustgroßen Steintrümmern bis zu Felsbrocken, die weitaus größer waren als das Schiff. Das Trümmerfeld erstreckte sich bis zu einem Horizont, der wegen des geringen Radius des Mondes erstaunlich nah wirkte – ein Phänomen, das die Illusion weckte, ich würde den Kamm eines breiten Hügels überqueren.

Die Wände des Traveller-Kraters konnte ich natürlich nicht sehen, da sie in allen Himmelsrichtungen viele tausend Meilen entfernt waren.

Der geröllübersäte Boden war nicht eben. Er war mit vielen Hügeln bzw. Kuppen bedeckt; dabei handelte es sich um niedrige, runde Erhebungen von überraschend einheitlicher Gestalt, obwohl ihre Größe stark variierte. Die kleinste Kuppe war kaum höher als ich, und die größte erhob sich vielleicht fünfzig Fuß über die Landschaft und hatte einen Basisdurchmesser von einer guten Achtelmeile. Ich vermutete, daß diese Konfigurationen aufgrund vulkanischer Aktivitäten zustandegekommen waren. Ich stellte mir vor, in der kräfteweckenden, niedrigen Mondgravitation mit der Eleganz einer Bergziege von Gipfel zu Gipfel zu springen. Aber natürlich wurde das durch den Luftschlauch zunichte gemacht, und überhaupt mußte ich auf die Unversehrtheit des Schutzanzuges achten.

Nun wandte ich mich um und überprüfte die Lage der *Phaeton*. Ich war nur etwa zehn Yards vom Schiff entfernt, und die Flugmaschine türmte sich über mir auf; der Gesamteindruck war erstaunlich gut, und die matt glänzende Aluminiumhaut wurde von einer dünnen Schicht Mondstaub überzogen. Das Glas der Brückenkuppel wies zwar versengte Stellen auf, funkelte jedoch im Licht der untergehenden Sonne und zauberte Reflexe auf die geröllübersäte Mondlandschaft. Wie ich nun erkannte, hatte Traveller uns auf dem Kamm eines der niedrigen Hügel heruntergebracht – seine Kuppe erhob sich vielleicht zehn Fuß über das Niveau der Ebene –, und im stillen pries ich seine Fähigkeit, denn diese Position war mit Gewißheit sicherer und stabiler als in einem der engen ›Täler‹, die sich zwischen den Hügeln dahinzogen. Dennoch befand sich das Schiff in einer beträchtlichen Schräglage, denn eine seiner drei Stützen ruhte auf einem größeren Felsen und hatte sich leicht deformiert; das Bein stützte das Schiff zwar noch ab, aber mit einer Abweichung von vielleicht zwanzig Grad zur Vertikalen.

Wie es von ihm beabsichtigt gewesen war, hatte Traveller die Landung so bewerkstelligt, daß der obere Teil des Schiffes von der Sonne beschienen wurde. Aus den Kabinenfenstern in der im Schatten liegenden unteren Hälfte der Hülle legte sich ein warmes Gaslicht auf die leblosen Felsen; und hinter den Bullaugen konnte ich die Gesichter von Bourne und Holden ausmachen. Ich sehnte mich danach, wieder in diese behagliche Kabine zu gelangen, mit den Wohlgerüchen von Pockets Küche und dem Aroma von Travellers türkischen Zigaretten; gleichzeitig war ich aber auch stolz darauf, daß wir dieses Stück England zu diesem schrecklichen Ort geflogen hatten. Sogar von meinem gegenwärtigen Standort aus konnte ich sehen, daß Holden noch immer seine ordentlich um den Klappenkragen gebundene Krawatte trug!

Als ich das stolz an diesem lebensfeindlichen Ort verharrende Schiff betrachtete, merkte ich auf einmal, daß mein Helm und der obere Teil des Schutzanzuges sich unangenehm aufheizten. Ich rief mir ins Gedächtnis, daß ich nur sehr wenig Zeit für die Ausführung des Auftrages hatte, bevor meine Position hier draußen auf der Oberfläche unhaltbar wurde. Also hob ich die *Great Eastern* mit beiden Händen über den Kopf, und dann – wie ich sah, beklatschte Holden diese Geste – deponierte ich sie hinter einem Felsen, wo sie vor der Druckwelle der Raketen der *Phaeton* geschützt war. Ich legte eine Pause ein und betrachtete das Schiff erwartungsvoll; belohnt wurde ich mit dem Anblick von Holden, der eine Kamera an das Bullauge hielt. Damit war meinem letzten Anliegen vor dem Verlassen des Schiffes entsprochen worden; durch diesen Lapsus der Unbescheidenheit hatte ich sichergestellt, daß mein Abstecher auf den Mond für alle Zeiten dokumentiert war.

Als ich wie eine groteske Statue posierte und die für die Platte erforderliche Belichtungszeit von einer Sekunde abwartete, spürte ich im Boden unter mir ein seltsames Zittern, wie ein leichtes Erdbeben. Aber ich verharrte in meiner Position, und das Beben verschwand.

Nachdem ich die *Eastern* deponiert hatte, eilte ich keuchend in den Schatten der *Phaeton*, in der festen Entschlossenheit, meine Mission fortzusetzen.

Ich aktivierte die Ruhmkorff-Spule und hielt sie in die Höhe. Blasses elektrisches Licht legte sich über einen großen Abschnitt der lunaren Trümmerlandschaft: Es konnte natürlich nicht mit dem Licht der Sonne konkurrieren, aber zumindest enthüllte es die Natur dessen, was sich im Schatten der Hügel und größeren Felsen verbarg. Ich suchte nach den glitzernden Reflexen, die Traveller und ich aus dem All ausgemacht hatten – und, vielleicht fünf Fuß jenseits der Basis des Hügels, auf dem die *Phaeton* ruhte, ortete ich einen zehn Fuß breiten Abschnitt, der so flach wie ein Mühlstein war und das Licht der Spule reflektierte.

Ich bewegte mich so schnell wie möglich das flache Gefälle des Hügels hinunter und erreichte mit fast gestrafftem Luftschlauch das glitzernde Becken.

Ich wurde bitter enttäuscht. Der Handschuh, mit dem ich die spiegelnde Oberfläche untersuchte, durchbrach sie und traf auf unebenen Boden; ich brachte Fragmente der von mir zertrümmerten Oberfläche zum Vorschein und hielt sie vor das Gesicht. Das war kein Eis; vielmehr handelte es sich hierbei um ein Bruchstück einer glasartigen Substanz – bräunlich und matt, aber nichtsdestoweniger eindeutig Glas. Ich hatte gehört, daß gewöhnlicher Sand auch ohne menschliche Einwirkung durch hohe Temperaturen und Druck zu Glas werden konnte, und ohne Zweifel war das auch die Erklärung für dieses Phänomen. Vielleicht war diese natürliche Glasscheibe durch denselben Einschlag entstanden, der auch den Traveller-Krater aufgeworfen hatte. Ich war mir sicher, daß diese Substanz den Vertretern der Wissenschaft ein faszinierendes Rätsel aufgegeben hätte – nicht zuletzt wohl deswegen, weil es ein Beleg für die Kommonalität der Mineralien auf der Erde und dem Mond war – aber das half mir jetzt wenig! Waren die glitzernden Gletscher, die Traveller und ich aus dem Orbit erspäht hatten, nur Schimären, die aus diesem gläsernen Schutt bestanden?

In einer Aufwallung des Zorns und der Enttäuschung stieß ich einen Schrei aus und schleuderte die Glasscheibe weg; sie beschrieb eine viele hundert Yard lange Flugbahn, wobei ihre Rotation von keiner Atmosphäre behindert wurde, und sie glitzerte trügerisch im Licht der tiefstehenden Sonne. Und erneut erzitterte der Boden, als ob er mir sein Bedauern aussprechen wollte; das Beben war diesmal heftig, und Felsbrocken rollten auf dem Grund herum, wie Sandkörner auf einem Trommelfell.

Die Landschaft erzitterte, und ich ging in die Hocke; ich verharrte in dieser Stellung, von der Angst gepeinigt, ein Felsbrocken könnte mich zerschmettern oder den Luftschlauch blockieren …

Und schließlich hörte das Beben auf, aber es fand fast übergangslos eine Fortsetzung im Pochen meines Herzens, denn in der von einem großen Felsen freigegebenen Vertiefung erblickte ich das untrügliche Funkeln von Eis.

Ich hastete zu der glitzernden Stelle, aber als das Sonnenlicht sie erfaßte, verdampfte das Eis schlagartig und verpuffte mir zwischen den Fingern.

Das tat meinem Hochgefühl indessen keinen Abbruch, denn mein Weg war jetzt vorgezeichnet. Was sich auch immer an Wasser auf dem Mond befand, mußte mit Sicherheit in den tiefsten Höhlen oder unter Felsen verborgen sein – auf jeden Fall unerreichbar für das Sonnenlicht. Mehrere große Felsbrocken befanden sich in meinem durch den Luftschlauch definierten Aktionsradius. Ich eilte zu einem der größten – einem würfelförmiger Klotz mit einer Kantenlänge von etwa vier Fuß – und befaßte mich einige Augenblicke mit der Überlegung, wie ich, ein einzelner Mann, ein solches Monster anheben sollte. Ich erwog bereits, zur *Phaeton* zurückzukehren, in der Hoffnung, eine Art Hebel zu improvisieren; dann fiel mir jedoch wieder ein, daß ich mich ja auf der Oberfläche des Mondes befand, dessen Gravitation mit einem Sechstel des irdischen Wertes meine Kräfte entsprechend vervielfachte. Also bückte ich mich und schob die Finger unter die Kante des Felsens. Ich zerrte an ihm und erwartete, daß er wie ein leerer Karton wegfliegen würde; aber obwohl der Felsen sich in der Tat bewegte, geschah das nur langsam und bedächtig – und nachdem ich mich derart angestrengt hatte, daß das Helmfenster stark beschlug –, so daß ich keinem Irrtum mehr hinsichtlich seiner substantiellen Masse unterliegen konnte.

Solcherart lernte ich anhand einer praktischen Vorführung den Unterschied zwischen Masse, die durch die Schwerkraft eines Planeten bestimmt wird, und Trägheit, für die das eben nicht zutrifft.

Man stelle sich meine Enttäuschung vor, als ich den Felsen schließlich zur Seite rollte und nicht das geringste Anzeichen von Eis vorfand. Da stand ich nun, wobei die Lunge sich mit der vom Schlauch gelieferten dünnen Luft abplagte, und starrte ungläubig auf den Boden.

Mir blieb nun nichts anderes übrig, als die gleiche Prozedur beim nächsten Felsen zu wiederholen; und als ich das tat, wurde ich zu meiner großen Freude mit dem Anblick eines massiven Eisreservoirs belohnt, das etwa fünf Fuß breit und mehrere Zoll tief war. Ich beschirmte die Substanz mit meinem Schatten und verstaute das Eis in der Kühltasche, wobei ich die Handschuhe als Schaufel benutzte, und erzielte somit eine Ausbeute von einigen Pfund lunaren Wassers.

Bei der monotonen Arbeit an diesem lunaren Nachmittag verlor ich bald jegliches Zeitgefühl. Ich räumte Fels nach Fels beiseite, wobei ich vielleicht unter der Hälfte auf substantielle Wasserreservoirs stieß. Mehrmals füllte ich die Tasche und lief zur *Phaeton* zurück, wo ich bald einen kleinen Hügel aus Eisbrocken im Schatten des Schiffes errichtete. Alle paar Minuten rumorte der Boden unheilverkündend; aber mit der Zeit ignorierte ich diese kleinen Beben. Immer wenn die Tasche mehr als halbvoll war, wurde sie mir zwar nicht zu schwer, verwandelte sich aber durch die Massenträgheit, die sie gegen meinen Rücken schlagen ließ, in ein lästiges Ärgernis.

Dann erfolgte ein heftiger Stoß.

Es war, als ob ein Riese auf die Oberfläche des Mondes eingeschlagen hätte. Ich wurde zu Boden geschleudert. Immerhin war ich noch so geistesgegenwärtig, das Helmfenster mit den Handschuhen zu schützen; andernfalls wäre das Glas sicher zerbrochen. Lange Sekunden lag ich da und wagte kaum aufzuschauen, wobei ich jeden Moment damit rechnete, in eine Bodenspalte gerissen oder von einem herabstürzenden Felsen zerschmettert zu werden. Und dabei lief das Mondbeben in totaler und gespenstischer Stille ab!

Als nur noch starke Nachbeben durch den Fels unter mir liefen, stand ich vorsichtig auf. Der Luftschlauch und die Tasche mit dem Eis waren unversehrt; aber das Helmfenster war stark beschlagen – so sehr, daß ich kaum hindurchsehen konnte –, und die Ruhmkorff-Spule war zerbrochen und somit nutzlos geworden. Ich ließ sie liegen, damit sich ein zukünftiger Raumfahrer den Kopf darüber zerbrechen konnte. Ich wußte nicht, wieviel Zeit verstrichen war – ich hatte nämlich nicht daran gedacht, eine Uhr über dem Schutzanzug zu tragen! – und nun stand ich ein paar Fuß von der Basis des niedrigen Hügels, auf dem die *Phaeton* gelandet war, entfernt und schaute mich um.

Die Landschaft schien sich verändert zu haben: Die Hügelkette und ihr Schattenwurf sahen nicht mehr so aus, wie ich es in Erinnerung hatte. Zweifellos, so suggerierte ich mir, war das nur eine durch den Sonnenuntergang verursachte Illusion; denn auch auf der Erde können sich die Merkmale der Landschaft im Licht der sinkenden Sonne verändern.

Ich war desorientiert und zögerte noch ein paar Augenblicke, wobei ich versuchte, die Vorteile von ein paar weiteren Pfund Eis in meiner halbvollen Tasche gegen die unbekannten Gefahren dieses fremdartigen Ortes abzuwägen – bis mir die Entscheidung schließlich abgenommen wurde.

Eine weitere Erschütterung jagte durch die Landschaft. Ich ließ den Eispickel fallen und zog mich taumelnd vom Landehügel der *Phaeton* zurück. Nach ein paar Schritten straffte sich der Luftschlauch, und der Kopf wurde mir in den Nacken gerissen. Ich konnte mich mit rudernden Armen aufrecht halten und drehte mich zur *Phaeton* um – wobei ich mit einem höchst erstaunlichen Bild belohnt wurde.

Um den Hügel herum erhoben sich Felszylinder aus dem Boden. Es waren vielleicht zwölf, die in identischen Abständen einen Kreis um die Hügelkuppe bildeten und einen Durchmesser von etwa einem Yard hatten; sie stiegen in einer fließenden Bewegung auf, mit einer Geschwindigkeit von mehreren Fuß pro Sekunde. Der Boden erbebte von neuem, und ich versuchte, auf den Beinen zu bleiben, wobei ich überlegte, welcher Kräfte es bedurfte, solche Massen derart schnell zu heben. Bald war der Hügel – und die *Phaeton* – völlig von diesen Säulen eingeschlossen. Mit zunehmender Höhe der Pfeiler verlangsamte sich ihr Wachstum, bis sie es schließlich bei einer Höhe von hundert Fuß ganz einstellten. Ich hatte es nur der Gnade Gottes zu verdanken, daß die Luftschläuche durch den Wuchs dieser mineralischen Flora nicht beschädigt oder ganz aufgerissen worden waren.

Der Boden erzitterte, als ob in der Ferne Explosionen stattfänden, und ich begab mich nun an eine Inspektion der übrigen Landschaft. Wie Felsblumen sprossen Säulen um alle Hügel, welche diese Trümmerlandschaft bedeckten; als ich den beschlagenen Helm nach hinten neigte, konnte ich sehen, daß manche von ihnen in Höhen aufragten, welche die bescheidenen hundert Fuß der die *Phaeton* umzingelnden Säulen weit übertrafen: Die höchste, die vielleicht eine halbe Meile entfernt war, mußte sich volle tausend Fuß in den Himmel recken. Die Säulen waren so glatt, als ob sie von einem begnadeten Steinmetz bearbeitet worden wären, aber ihre mineralischen Bestandteile blieben ein Geheimnis.

Dieser wuchernde Wuchs auf der ganzen Ebene, der in gespenstischer Stille ablief, gemahnte mich zwingend an werdendes Leben; vielleicht handelte es sich bei den Säulen um Analogien zu Pflanzen, die in Wüstenregionen vorkommen und beim kleinsten Regentröpfchen in die Höhe schießen. Aber dennoch fragte ich mich, welche Lebensform das wohl war, die solche monströsen Statuen gebar, und noch dazu mit einer derartigen Schnelligkeit.

Schließlich erreichten die Säulen ihre Gipfelhöhe; und die Stille der nun von parallelen Schatten überzogenen Ebene wurde nur durch einen feinen Regen aus Staub und Kieselsteinen unterbrochen.

Ich verharrte kurze Zeit an meiner Position, wobei das Blut in den Schläfen pulsierte, und ich fragte mich, ob ich es wagen könne, zur *Phaeton* zurückzukehren.

Dann, während ich noch zögerte, wurde die nächste Phase eingeleitet.

Der größte Hügel mit seiner Höhe von fünfzig Fuß war der erste. Kleine Felsen und Felsplatten explodierten am Fuße des Hügels. Die Kuppe schüttelte sich, und Erschütterungen jagten durch den felsigen Grund unter meinen Füßen; und mir kam es so vor, als ob ein riesiges Tier danach strebte, aus seinem unterirdischen Gefängnis auszubrechen.

Dann realisierte ich mit einem erneuten Schock, daß dieser Eindruck absolut zutreffend war; denn der gesamte Hügel erhob sich nun von der Mondoberfläche und fuhr auf seinem Bündel aus Säulen himmelwärts. Ich stand völlig perplex da und konnte kaum der Wahrnehmung meiner Sinne glauben. Nun löste sich der ›Hügel‹ vom Boden, und ich sah, daß sein kuppelförmiges Profil auf der Unterseite ein komplementäres Gegenstück aufwies, so daß das ganze Gebilde die Form einer Steinlinse annahm. Die Unterseite der Linse war indessen vernarbt und rissig. Faustgroße Felsbrocken splitterten vom scharfen Rand der Linse ab, die an den Stützpfeilern entlangschabte.

Mit zunehmender Höhe beschleunigte die Linse und erreichte dabei eine Geschwindigkeit, die angesichts ihrer Masse von vielen tausend Tonnen schier unglaublich war. Bald stand sie weit über mir und stieg noch immer in dem Kreis aus tausend Fuß hohen Säulen aufwärts.

Aber das war erst der Anfang: Bald stiegen überall in der Ebene die Hügel auf und verwandelten sich in Linsen, und jetzt mußte ich das Faktum begrüßen, daß der Mond über keine Atmosphäre verfügte, denn wenn eine existiert und somit den Schall geleitet hätte, dann wären vom Lärm dieser immensen Startvorgänge sofort meine Trommelfelle zerfetzt worden.

Dann wurde der Kopf durch einen Zug am Luftschlauch zurückgerissen, und ich fiel zappelnd zu Boden. Ich drehte mich im Liegen schnell um und schaute auf den Hügel der *Phaeton*, der sich zusammen mit seinen Kameraden in den Himmel erhob, wobei er das Schiff huckepack mitnahm.

Der Eisbeutel schlug mir ins Kreuz, als ich mich wieder aufrappelte und dabei mit den Handschuhen über die Felsen schabte. Ich stand nun da, wo zuvor die Basis des Hügels der *Phaeton* gewesen war – jetzt bildete sie den Rand eines flachen Kraters –, und ich schaute verzweifelt nach oben. Die Linse befand sich bereits zehn Fuß über mir, beschleunigte und nahm das Schiff sowie all meine Hoffnungen mit. In wenigen Sekunden mußte sich der Luftschlauch straffen. Vielleicht würde ich dann wie eine Marionette mit hilflos baumelnden Beinen in die Höhe gezerrt werden; oder vielleicht riß der Schlauch auch sofort und ließ meine wertvolle Luft im Vakuum des Mondes verpuffen …

Ich verteilte das Gewicht der Tasche gleichmäßig auf dem Rücken, ging so tief in die Knie, wie die aufgeblähten Gelenke des Anzuges es zuließen, und stieß mich von der Oberfläche des Mondes ab.

Die lunare Schwerkraft behinderte den Flug nur geringfügig. Als ich mich dem Scheitelpunkt der Flugbahn näherte, verlangsamte sich die Steiggeschwindigkeit, und für einen qualvollen Moment befürchtete ich, die Kante zu verfehlen; aber dann schwebte ich mit Kopf und Armen über die Felskante hinweg, packte sie mit den behandschuhten Händen und fand schließlich Halt in Vertiefungen auf dem Körper des Felsentieres.

Nun hing ich dort und saugte Luft durch den Schlauch an, wobei der Eisbeutel gegen die Wirbelsäule schlug. Als die Linse mit zunehmender Geschwindigkeit gen Himmel fuhr, wurde der Druck auf Hände und Schultern zunehmend stärker, so daß ich das Vorhaben zurückstellen mußte, mir eine sichere Position auf der Linse zu verschaffen; fürs erste mußte ich in der momentanen Stellung verharren.

Ich drehte den Kopf und versuchte, die Schmerzen in den überbeanspruchten Schultern zu lindern; währenddessen wurde ich Zeuge einer weiteren Entwicklung. Denn nun hatten die Felslinsen-Wesen sich bis zur Spitze ihrer Säulenbeine hochgezogen und schickten sich an, über die Ebene zu wandern. Gemessen bewegten sie sich auf dem Boden schabend aufeinander zu und wieder voneinander weg, auf eine Art, die an ein Duell zwischen Schwertkämpfern erinnerte – oder an räuberische Insekten.

Dieser langsame, lautlose Walzer war so erstaunlich, als ob ich Zeuge geworden wäre, wie Windsor Castle sich vom Boden gelöst hätte und auf Wanderschaft gegangen wäre.

Die Säulen-Glieder wiesen keine Gelenke auf und krümmten sich auch nicht; es hatte vielmehr den Anschein, daß die Säulen in senkrechter Position eine nach der anderen unter der Oberfläche der Linsen wegglitten. Dieser ganze Bewegungsablauf erfolgte auf eine erstaunlich elegante Art und ermöglichte den Felsen-Tieren eine ungehinderte Fortbewegung.

All das registrierte ich mit kurzen Blicken von zwei oder drei Sekunden, während ich nach oben raste und die *Phaeton* verfolgte.

Schließlich fiel der auf den Armen lastende Druck ab, und ich begriff, daß meine Linse sich dem oberen Ende ihres Säulennestes nähern mußte. Ich schaute nach oben und sah, daß die Spitzen der Säulen tatsächlich schon sehr nahe waren – aber weit über ihnen konnte ich die Unterseite eines anderen Linsen-Tieres sehen, das breiter und höher als der Träger der *Phaeton* war. Es bewegte sich in recht bedrohlicher Manier auf die Linse mit der *Phaeton* zu.

Ich hatte zwar keine Ahnung, was das bedeuten sollte, bezweifelte jedoch, daß sich da eine positive Entwicklung abzeichnete; und sobald ich dazu imstande war, zog ich mich über die Kante des Felsens und schleppte den Luftschlauch und den Eisbeutel nach. Ich hatte schon angenommen, daß die *Phaeton* sich vielleicht losgerissen hätte oder umgestürzt und zertrümmert worden wäre; aber zu meiner Erleichterung stand sie nach wie vor auf dem Hügel und befand sich sogar noch in der Senkrechten. Aus dem Augenwinkel sah ich, daß das Modell der *Great Eastern* von einem herabgestürzten Felsen zerschmettert worden war; nur ein paar Fragmente aus Metall und Glas markierten noch die Stelle, an der ich sie vor wenigen Stunden deponiert hatte.

Ich eilte auf das Schiff zu. Ich sah, wie Holden und Pocket aus dem Fenster in meine Richtung schauten – und konnte die aufrichtige Freude erkennen, mit der sie meine Auferstehung von den Toten begrüßten; da war selbst der Wasserbeutel nur noch zweitrangig. Holden drängte mich mit Gesten zur Eile; aber ich wollte mich jetzt nicht hetzen lassen!

Traveller hatte mir erklärt, wie eine Luke im unteren Abschnitt der Wandung zur Deponierung des Eises geöffnet werden konnte. Mit erstaunlicher Gewandtheit kletterte ich ein Landebein hoch, ortete die Luke, entriegelte sie nach Travellers Instruktionen und leerte gleich darauf die Eistasche in die Tanks. Dann trug ich hastig den Hügel aus Eisbrocken ab und stopfte sie auch in die Luke. Diese ganze Arbeit mußte ich mit behandschuhten Händen ausführen, und je mehr ich mich beeilte, desto mehr Eis ging verloren. Dabei war ich mir ständig bewußt, daß, sollte es unserem linsenförmigen Gastgeber in den Sinn kommen, auf Reisen zu gehen, die *Phaeton* und ich sicherlich ein vorzeitiges Ende finden würden. Und die ganze Zeit konnte ich am Rande meines Gesichtsfeldes erkennen, daß diese andere Monster-Linse über der *Phaeton* dräute und immer näher kam.

Schließlich hatte ich es geschafft. Ich schloß die Luke, schleuderte die leere Tasche weg und stieß mich vom Bein des Schiffes ab, wobei ich Holden zuwinkte. Ich kletterte die zum Luftschrank führende Strickleiter hinauf und beäugte dabei nervös die Raketendüsen; sobald Traveller nämlich die Raketen zünden konnte, würde er sicher nicht zögern, das auch zu tun, ob ich mich nun schon an Bord befand oder nicht, und so blieben mir nur noch Sekunden, um mich in Sicherheit zu bringen. Ich zog mich in die enge Schleuse hinein, wobei ich wie ein Fisch mit dem Bauch nach oben im Luftschrank landete, und dann zog ich die Beine nach; ich barg die Strickleiter und den baumelnden Luftschlauch und griff nach dem Schott …

… als die Raketen feuerten.

Ich knallte gegen das Schott. Mein Körper wurde auf die noch offene Luke zu gerissen; ich schabte mit Händen und Füßen auf dem genieteten Eisen, und für einen schrecklichen Augenblick lag ich quer hinter der offenen Luke, wobei der Kopf auf dem Hals schwankte wie auf einem Grashalm.

Die Raketen wirbelten eine Wolke aus Staub und Steinchen vom Panzer unseres Linsen-Tieres auf.

Das Schiff brach abrupt zur Seite aus, und ich mußte die Finger um die Platte des Schotts klammern. Dann glitt die Kante des größeren Linsen-Tieres, das über der *Phaeton* gehängt hatte, über mein Gesichtsfeld; und ich begriff, daß Traveller uns quer durch den Himmel zog, um diesem zweiten Monster auszuweichen.

Als wir uns über das Chaos des Mondes erhoben, sah ich, daß das größere Tier das unsere jetzt vollständig überlagerte – und dann, mit plötzlicher Brutalität, stieß es sein Röhrenbündel nach unten. Die Säulen der Linse, die uns beherbergt hatte, wurden zertrümmert, und Fragmente wirbelten über die Landschaft; beide Linsen zerschellten auf dem Boden in tausend Stücke. Aber das bedeutete nicht das Ende, denn die fragmentierten Linsen schienen sich in einem Strudel aus Aktivität aufzulösen – ich erhaschte Blicke auf Steintentakel, die wie Weberschiffchen durch den Schutt fuhren und ihn anscheinend zu einem neuen Ganzen zusammenfügten; und ich fragte mich, ob es sich hierbei vielleicht um eine erstaunliche Variante lunarer Fortpflanzung handelte. Und dann nahm mir der aufsteigende Staub die Sicht.

Während wir aufstiegen und die Mondlandschaft sich unter uns entfaltete, stellte ich fest, daß diese außergewöhnliche Fusion nur eine von Tausenden war, denn wie ich jetzt erkannte, spielten sich in der gesamten Ebene ähnliche Manöver, Kopulationen und obszöne Freßorgien ab!

Schließlich schob ich mich von der Schleusenkante weg und schloß das Schott, wodurch ich mir die Sicht auf den kleiner werdenden Mond verstellte. Ich lag auf dem vibrierenden Metall und saugte dünne Luft an.

11

Eine wissenschaftliche Diskussion

Ich erinnere mich nicht daran, daß die Maschinen heruntergefahren wurden; ich muß nämlich einige Minuten in meinem eisernen Sarg geschwebt haben. Dann zogen hilfreiche Hände mich vorsichtig aus der Kiste und nahmen mir den Helm ab. Ich kam wieder zu mir, als ich noch im Anzug steckte und der Kupferring am Hals schabte, aber der Kopf war frei, und die vergleichsweise frische Luft der Kabine drang mir süß in die Nase.

Holdens rundes Gesicht schwebte mit dem Ausdruck echter Besorgnis über mir, und ich ergriff seinen Arm. »Holden! Haben wir überlebt? Sind wir vom Mond gestartet?«

»Ja, mein Freund …«

»Natürlich sind wir gestartet!« bellte Traveller hinter Holdens Rücken. »Wenn wir noch auf dem Mond wären, warum sollten wir dann in der Kabine herumschweben? Vielleicht haben wir Eure Atemluft mit Opium angereichert, was? Wie bedauerlich, daß Euer Ausflug nicht auch Euren Kopf durchgelüftet hat, mein Junge …« Sir Josiahs Augen waren auf mich fixiert, und – obwohl er bestrebt schien, es zu verbergen – schmeichelte es mir, daß sich hinter seinem barschen Auftreten eine gewisse Freude über meine Rückkehr versteckte.

Holden jedoch wandte sich zu ihm um und sagte: »Bei Gott, Traveller, könnt Ihr nicht einmal damit aufhören? Um uns alle zu retten, hat der Junge gerade einen regelrechten Alptraum durchlebt, und alles, was Euch einfällt, ist …«

»Holden.« Besänftigend legte ich dem Journalisten die Hand auf den Arm. »Regt Euch nicht auf; Sir Josiah meint es nicht so. Er kann eben nicht anders.«

Holden verstand, was ich sagen wollte, und schwieg nun; obwohl er seinem Gesichtsausdruck nach zu urteilen nicht bereit war, die Sache auf sich beruhen zu lassen – und in den darauffolgenden Tagen sollte ich feststellen, daß seine Haltung gegenüber Traveller merklich kühler wurde, eine Veränderung, die sich in tausend trivialen Sticheleien manifestierte.

Holden hatte anscheinend keine Sympathie für Leute, die er unfundierter Ansichten verdächtigte, ungeachtet ihrer sonstigen Leistungen.

Mir wurde eine klare, heiße Brühe eingeflößt. Dann durfte ich zum erstenmal seit Tagen wieder ein Bad nehmen; und so war ich der erste Mensch, der in Mondwasser badete! Ich hatte einige Bedenken, als ich in die verborgene Badewanne schlüpfte, denn was, wenn das Wasser unbekannte Krankheitserreger enthielt, die für Menschen tödlich waren? – aber nun, nachdem es durch die Filtersysteme der *Phaeton* gelaufen war, konnte das Mondwasser vom Aussehen, vom Geruch und sogar vom Geschmack her mit schlichtem Regenwasser verglichen werden; und Traveller versicherte mir, daß er eine Reihe chemischer Tests durchgeführt hatte, bevor die Freigabe als Brauch- und Trinkwasser erteilt worden war.

Schließlich wurde ich sicher auf meinem vertrauten Sitz angegurtet. Ich hatte es warm, war gebadet und in meine Kombination sowie einen von Travellers Bademänteln gekleidet, und zudem hielt ich eine große Flasche mit Travellers ältestem Brandy in der einen und eine aromatische Zigarre in der anderen Hand. Ich verspürte nun Stolz ob meiner Leistungen – jetzt, wo wir uns in Sicherheit befanden. Holden und Traveller saßen ebenso wie Bourne bei mir, der sich in sein übliches übellauniges Schweigen hüllte. Der unerschütterliche

Pocket arbeitete sich mit stoischer Ruhe durch das schmutzige Geschirr, welches sich in den letzten Tagen angehäuft hatte. »Also, Gentlemen«, sagte ich, »per Saldo ein recht bemerkenswertes Abenteuer.«

Holden erhob seine Flasche und inspizierte die funkelnden Tiefen des darin befindlichen Brandys. »Ganz recht. Und ganz und gar nicht so, wie wir es uns vorgestellt haben. Entgegen unseren ursprünglichen Annahmen sind wir nirgendwo auf erdähnliche Bedingungen gestoßen – aber genauso wenig hat sich der Mond als so tot und leblos erwiesen, wie manche Theoretiker glaubten.«

»Statt dessen«, führte Traveller mit dröhnender Stimme aus, »sind wir auf etwas völlig Unerwartetes gestoßen – was wir paradoxerweise doch hätten erwarten können. Die phoebeanischen Lebensformen – denn diese Bezeichnung schlage ich für sie vor, nach Phoebe, der griechischen Mondgöttin, Schwester von Apollo und Tochter von Leto und Zeus – die Phoebeaner sind mit keiner der irdischen Lebensformen zu vergleichen, weder hinsichtlich ihrer Morphologie noch bezüglich ihrer erstaunlichen Robustheit.«

»Sir Josiah«, fragte ich, »wenn die zertrümmerte Seite des Mondes der Erde zugewandt wäre, könnten die hektischen Aktivitäten der Phoebeaner dann von unseren Astronomen beobachtet werden?«

»Gewiß; und wenn es nur anhand von Veränderungen der Oberflächenfärbung und dem Aufsteigen von Staubwolken möglich wäre – obwohl wir bedenken müssen, daß Staub beim Fehlen einer Atmosphäre kein Expansionsmedium hat und daher schnell wieder zu Boden fällt, wenn er aufgewirbelt wurde. Davon abgesehen bin ich jedoch der Ansicht, daß sich das Habitat der Phoebianer zur Zeit nur auf den Traveller-Krater auf der Rückseite des Mondes beschränkt.

Und«, fuhr er fort, wobei er die Platinnase hob, »dieses Faktum der begrenzten Ausdehnung unterstützt eine Hypothese, die ich bezüglich des Ursprungs und der Natur dieser Mondwesen erstellt habe.«

Angelegentlich inspizierte er die Decke. Schließlich wurde die Spannung unerträglich – selbst der phlegmatische Pocket, der gerade das Geschirr abtrocknete, schaute sich erwartungsvoll um. »Und Eure Hypothese, Sir?« sagte ich dann auffordernd.

»Laßt uns noch einmal die Fakten betrachten«, erwiderte er langsam und umschloß die Brandyflasche mit seinen langen Fingern. »Wir stoßen auf diese Kreaturen im Herzen eines riesigen Kraters – eines Kraters, der unseren Spekulationen zufolge das Resultat einer gewaltigen Anti-Eis-Explosion ist.

Zweitens: Die Phoebianer können enorme Massen stemmen und schleudern sie mit immenser Wucht auf dem Mond umher. Daraus schließen wir, daß die unbekannten organischen Motoren, welche diese Wesen antreiben – ihre Äquivalente unseres Herzens, des Verdauungsystems und der Muskeln – in der Lage sein müssen, auf große Speicher hochkonzentrierter Energie zuzugreifen …«

»Also«, fiel Holden ihm erregt ins Wort, »wollt Ihr damit andeuten, daß die Phoebianer Wesen aus Anti-Eis sind, das ja auch über das Charakteristikum einer hohen Energiedichte verfügt?«

»Mitnichten«, erwiderte Traveller ruppig und gereizt, »und ich wäre Euch verbunden, wenn Ihr meine Ausführungen nicht unterbrechen würdet. Denn sogar ein Narr …« – Holden zuckte zusammen – »… könnte erkennen, daß die Anti-Eis-Theorie durch meine letzte Beobachtung auf den Status von Unsinn reduziert wird: Die Kreaturen haben vor unserer Ankunft nämlich geschlafen! Wenn sie nun von freigesetzter Anti-Eis-Energie lebten, Mr. Holden, was, um Himmels willen, sollte sie dann davon abhalten, ständig auf dem Mond herumzutoben?«

Ich beugte mich nach vorne. »Dann war es also unser

Erscheinen, das ein solch explosives Wachstum verursacht hat, Sir Josiah?«

»Oh, gütiger Gott, natürlich nicht«, entgegnete Traveller scharf und ungeachtet meines Status als Held kaum weniger gereizt. »Ich glaube kaum, daß unsere stümperhafte Landung ein Ereignis von solcher Tragweite darstellte, um das Erwachen von tausend lebenden Bergen auszulösen! Für die Phoebianer waren wir bedeutungsloser als ein zahnloser Floh für einen Hund. Nein; der Aufbruch der Phoebianer folgte dicht auf eine von uns verursachte Koinzidenz: Die darin bestand, daß ich einen Landeplatz direkt am Terminator wählte.«

»Aha.« Holden nickte. »Ihr wollt sagen, daß Ihr das Schiff in einem lunaren Sonnenuntergang gelandet habt. Und, wie Ihr andeutet, erwachen die Phoebianer nur bei Sonnenuntergang aus dem Schlaf?«

»Ich tue mehr als nur andeuten«, sagte Traveller steif. »Ich habe mir die Zeit genommen, bei unserem Abflug die Oberfläche durch die Teleskope zu betrachten; auf der Tagseite gibt es keine Anzeichen von Bewegung in dem Maßstab, den wir beobachtet haben. Aber die Nachtseite ist ein Hexenkessel aus Bewegung, in dem die Phoebianer ihren komplexen Reigen vollführen.«

»Eine faszinierende Beobachtung«, kommentierte ich trocken und fragte mich, ob ich meiner Erleichterung darüber Ausdruck verleihen solle, daß Traveller zum Zeitpunkt unseres Starts nicht so von Sorge über mein Wohlergehen überwältigt war, daß er nicht mehr in der Lage gewesen wäre, ein paar wissenschaftliche Beobachtungen durchzuführen. »Aber was ist denn so Besonderes an der Nachtzone, Sir Josiah?«

»Während des langen Mondtages«, erläuterte Traveller, »müssen die Temperaturen durch die Sonneneinstrahlung, welche ohne die Abschirmung einer Atmosphäre erfolgt, mehrere hundert Grad Celsius erreichen, wohingegen im Laufe der zweiwöchigen Nacht die Bodenwärme aufgrund des Fehlens einer Lufthülle nicht gehalten werden kann und die Wärme stetig in den Weltraum entweicht, wodurch die Temperatur fast auf den absoluten Nullpunkt sinkt.

Sodann möchte ich Euch daran erinnern, daß Anti-Eis nicht nur über eine, sondern über zwei neuartige Eigenschaften verfügt. Einerseits die Neigung einer seiner Komponenten, beim Kontakt mit normaler Materie zu explodieren. Aber dann existiert noch das Phänomen der Supraleitung, das von Maxwell und anderen beobachtet wurde. Aber diese Supraleitung ist temperaturabhängig; beim Versuch, einen Block aus Anti-Eis zu schmelzen, verschwindet die Supraleitung und mit ihr die Magnetfelder, welche die Anti-Substanz abschirmen... und dann – *bumm!*« Er unterlegte die letzte Silbe, indem er mit seiner Metallnase an die Brandyflasche stieß und ein durchdringendes Geräusch produzierte; wir alle sprangen auf – sogar der teilnahmslose Bourne. »Und das«, fuhr Traveller fort, »ist natürlich das Prinzip, auf dem die Konstruktion all unserer Anti-Eis-Maschinen basiert.«

»Ich glaube, ich verstehe«, sagte Holden langsam und mit nachdenklich verengten Augen. »Ihr wollt sagen, daß die Phoebianer Wesen sind, deren Blut durch Adern mit Supraleitung fließt. Aber diese Fähigkeit kann nur dann genutzt werden, wenn die Temperatur niedrig ist; steigt sie zu hoch an, wird die Leitfähigkeit unterbrochen.«

»Exakt«, bestätigte Traveller. »Die Phoebianer müssen während des Mondtages schlafen. Dann, wenn die hereinbrechende Nacht ihr widerstandslos fließendes Blut in Wallung versetzt, werden ihre Kräfte geweckt, und sie gehen ihrer rabiaten Beschäftigung nach. Aber nur zu bald setzt wieder die Dämmerung ein, und ihre Adern verstopfen sich erneut; sie schlafen im Sonnenschein ein und warten darauf, daß in vierzehn Tagen die Nacht aufs neue ihre Kräfte weckt.

Und erinnert Euch, daß die um einen Supraleiter entstehenden Magnetfelder extrem stark sind – viel stärker als alles, was menschliche Wissenschaftler bisher mit konventionellen Mitteln erreichen konnten. Meiner Meinung nach sind es diese Felder, welche die Grundlage für die von uns beobachtete immense Kraft und Geschwindigkeit der Phoebianer bilden.«

Holden nickte. »Das könnte tatsächlich der Wahrheit entsprechen, Sir Josiah. Überlegt einmal, Ned! Was, wenn Ihr die Tage in Bewußtlosigkeit verbringen würdet und nur in dunkler Nacht aktiv sein könntet?«

Ich dachte darüber nach und antwortete: »Ich habe tatsächlich einige Freunde, die einen vergleichbaren Lebensstil pflegen. Vielleicht haben sie ja phoebianische Vorfahren.«

»Ihr sagtet, diese Vermutung würde sich mit der früheren Beobachtung decken, daß die Phoebianer anscheinend auf den Traveller-Krater begrenzt sind.«

»Ja. Wie Ihr wißt, ist das Phänomen der Supraleitung nämlich nur in der Substanz beobachtet worden, die wir als Anti-Eis bezeichnen. Daher würde ich sagen, daß die von uns entdeckten Lebensformen von dem Kometen oder Meteor aus Anti-Eis auf den Mond gebracht wurden, der unseren Spekulationen zufolge auf die Oberfläche des Trabanten stürzte und durch seine Detonation diesen gigantischen Krater schuf.«

Ich nahm ein Schlückchen Brandy und sagte: »Das ist ja eine bestechende Theorie; aber hätten so große und komplexe Wesen eine derartige Explosion denn überleben können?«

»Eine vergleichsweise intelligente Frage«, konzedierte Traveller ohne jede Ironie. »Das hätten sie möglicherweise nicht. Aber wir können unterstellen, daß die Phoebianer von primitiveren Lebewesen abstammen, Sporen vielleicht, die robust genug waren, den Einschlag zu überstehen. Und wir können auch unterstellen, daß sie sich angesichts ihres schnellen Wachstums und ihrer energischen Aktivitäten in wenigen Jahrhunderten auch über die der Erde zugewandte Seite des Mondes ausbreiten werden.«

Ich runzelte die Stirn ob dieser Aussage. »Gott sei gedankt, daß die Möglichkeit einer weiteren Ausbreitung dieser Tiere ausgeschlossen ist – zum Beispiel auf unsere Erde.« Es schauderte mich bei der Vorstellung, diese großen kristallinen Extremitäten aus den grünen Hügeln Englands eruptieren zu sehen.

»Vielleicht«, sagte Traveller. »Aber welch eine Gelegenheit für wissenschaftliche Forschungen uns eine solche Invasion bescheren würde!«

»Wenn es dann noch Überlebende gäbe, die solche Forschungen durchführen könnten«, kommentierte Holden.

»Es ist zu bedauern«, befand Traveller, »daß die Restbestände an Anti-Eis so gering sind – und überwiegend anderen Projekten zugeteilt –, so daß nach unserer Rückkehr zur Erde eine weitere Expedition zum Mond höchst unwahrscheinlich ist; und es kann noch Jahrhunderte dauern, bis die von mir entwickelten Theorien bestätigt werden. So werden wir zum Beispiel nie erfahren, ob das von Ned gesammelte Wassereis originär vom Mond stammte, von einem Anti-Eis-Kometen dort abgelagert wurde oder ein Abfallprodukt der Aktivitäten der Phoebianer ist.«

Bourne grinste. »Wie traurig, daß ihr Engländer jetzt von eurer neuesten Kolonie abgeschnitten seid. Ihr hättet diese Phoebianer nämlich lehren können, eure Fahne zu grüßen oder wie man ein Parlament einrichtet, wie ihr es mit den unglücklichen Indianern gemacht habt.«

Ich lachte nur darüber, aber Holden entgegnete echauffiert: »Oder ihr Franzen könntet sie in der Technik der Revolution unterweisen. Dazu sind sie sicher hirnlos und destruktiv genug.«

»Gentlemen, bitte«, intervenierte ich. »Dies ist kaum der geeignete Moment für eine solche Auseinandersetzung.« Ich sah Traveller erwartungsvoll an. »Sir Josiah,

Ihr habt von unserer Rückkehr zur Erde gesprochen. Also befinden wir uns in Sicherheit, oder?«

Traveller lächelte mich an, nicht einmal unfreundlich, und deutete auf das in der Decke eingelassene Schott. »Überzeugt Euch selbst.«

Ich löste die Gurte, überreichte Pocket den Stummel meiner Zigarre zwecks ordnungsgemäßer Entsorgung und ließ die Brandyflasche in der Luft schwebend zurück; und dann, noch immer im Bademantel, hüpfte ich zur Luke hoch und betrat die Brücke.

Die Brücke war ein Ort spektraler Schönheit, die verschiedenen Skalen und Konsolen schimmerten im schwachen gelblichen Glühen der Ruhmkorff-Spulen wie die von Kerzenlicht beschienenen Gesichter von Chorsängern; und das Ganze war in ein weiches blaues Licht getaucht: Dies war das Licht der Erde, die direkt über der gläsernen Dachkuppel hing.

Ich schaute zu dieser lieblichen Insel aus Wasser und Wolken auf und zum sprühenden Funkeln des Kleinen Mondes, der über die Ozeane dahinzog; und obwohl ich wußte, daß wir noch viele Tage des Weltraumfluges überstehen mußten, würde mich jeder verstrichene Augenblick näher zu meiner Heimat bringen und zur Welt des menschlichen Lebens, dem ich entrissen worden war: Zur Welt des Krieges – und der Liebe.

Ich betrachtete den Planeten, bis es mir schien, daß mich aus dem glitzernden Ozean die sanften Augen von Françoise anblickten, mein Hoffnungsanker.

12

Die Luft von England

Am 20. September 1870 brachte Traveller die Phaeton nach England zurück.

Der Ingenieur manövrierte sein ramponiertes Schiff durch die Feuer der Luftreibung, die den Globus umspannenden Winde der oberen Atmosphäre und schließlich durch ein heftiges Gewitter: Noch immer eine Meile über dem Boden kauerten wir uns auf den Sitzen zusammen und schauten angsterfüllt durch die Bullaugen auf die Schwerter aus Blitzen, die von Wolke zu Wolke zuckten; und wir glaubten schon, daß wir mitten durch die Erde geflogen und bereits in der Hölle gelandet wären.

Und schließlich landete die *Phaeton*, nachdem sie auch den letzten Tropfen des wertvollen Mondwassers aufgebraucht hatte, mit einem Stoß auf dem weichen Stoppelfeld einer Farm in Kent. Die Raketen verstummten nun für immer, und Schweigen legte sich über die Raucherkabine, die unser Gefängnis gewesen war. Pocket, Holden und ich schauten uns voller Erwartung an. Dann hörten wir, wie die Luft von England leise um die Hülle des Schiffes strich; und wir stießen laute Jubelrufe aus, als uns klar wurde, daß wir wieder zuhause waren.

Der Franzose, Bourne, weinte leise hinter vorgehaltener Hand. Ich bemerkte dies, und aufgrund einer seltsamen Sympathie, die ich für den Burschen entwickelt hatte, wollte ich ihm schon ein paar tröstende Worte sagen. Aber der Gedanke, wieder in meinem Heimatland zu sein, hatte mich völlig überwältigt; eine Rückkehr, die mir während des größten Teils des Fluges jenseits der Atmosphäre unvorstellbar erschienen war. Und so löste ich die Gurte, wobei ich noch immer wie verrückt schrie und stand auf…

…und ging, so schnell wie durch den Schwinger eines Rabauken, durch mein eigenes erstaunliches Gewicht zu Boden!

Die Beine hatten wie Papier nachgegeben, und das Gesicht wurde unangenehm auf das Deck gedrückt. Mit unter der Belastung zitternden Armen richtete ich mich wieder auf und lehnte mich an die lederbespannte Wand. »Ich kann Euch sagen, Kameraden, an dieser Gravitation haben wir schwer zu tragen.«

Holden nickte. »Traveller hat uns ja auf den Muskelschwund unter den Bedingungen der Schwerelosigkeit hingewiesen.«

»Ja; und so viel zu all diesen sinnlosen Gymnastikübungen. Zum Mond mit ein paar Keulen! Nun, ich möchte einmal sehen, wie der große Mann sich unter dieser ungewohnten Belastung hält…« Aber Holden beschämte mich mit dem Hinweis, daß Traveller ein alter Mann sei, der sein Herz nicht ohne Not anstrengen sollte. Und so war ich es, der wie ein schwächliches Kind auf das in der Kabinenwand eingelassene Schott zukrabbelte.

Mit etlicher Anstrengung gelang es mir schließlich, das Handrad zu drehen, und ich stieß das schwere Schott auf.

Ein kühler Luftzug, die Essenz eines frischen englischen Herbstnachmittags, strömte in das Schiff. Ich hörte, wie Holden und Pocket genüßlich den frischen Sauerstoff einsogen, und sogar Bourne unterbrach sein stilles Weinen. Ich lag auf dem Rücken, sog die wundervolle Luft ein und fühlte, wie das Blut in der herbstlichen Kühle durch die Wangen strömte. »Wie stickig die Luft im Schiff doch war!« stellte ich fest.

Holden atmete tief durch und hustete. »Travellers chemisches System ist ein wissenschaftliches Wunder.

Aber ich muß Euch beipflichten, Ned; die umgewälzte Luft in dieser Kiste ist immer schaler geworden.«

Nun setzte ich mich auf und schlitterte vorwärts, bis die Beine über dem zehn Fuß tiefen Abfall bis zum dunklen Lehm von Kent baumelten; der Blick schweifte über Felder, Hecken und Rauchfäden aus Bauernhäusern und im Wald versteckten Köhlereien.

Ich schaute hinab und fragte mich, wie ich wohl den Boden erreichen sollte – und sah in das breite, rosige Gesicht eines Farmers. Er trug einen verschlissenen, aber respektablen Tweed-Anzug, lehmverschmierte Gummistiefel und einen Strohhut; und er führte eine große Heugabel mit sich, die er in Verteidigungsstellung vor sich hielt. Während er unser unglaubliches Schiff anstarrte, stand sein Mund offen und enthüllte schlechte Zähne.

Verstohlen korrigierte ich den Sitz meiner Krawatte und winkte ihm zu. »Guten Tag, Sir.«

Er stolperte drei Schritte zurück, richtete die Heugabel auf mich, und der Kiefer sackte noch weiter hinab.

Ich hob die Hände und setzte mein gewinnendstes Lächeln auf. »Sir, wir sind Engländer; Ihr braucht keine Angst zu haben, trotz der ungewöhnlichen Art unseres Erscheinens.« Ich mußte vorsichtig sein. »Ihr habt sicher schon von uns gehört. Ich gehöre zu der Gesellschaft von Sir Josiah Traveller, und das ist die *Phaeton*.«

Ich verstummte, wobei ich eine sofortige Identifizierung erwartete – seit unserem Verschwinden waren wir doch sicher Gegenstand von Spekulationen der Presse gewesen –, aber der gute Landmann blickte nur grimmig und stieß eine Silbe aus, die ich als »Wer?« interpretierte.

Ich begann es ihm zu erklären, aber die Worte klangen selbst für meine Ohren phantastisch, und der Farmer runzelte nur in zunehmendem Mißtrauen die Stirn. So gab ich es schließlich auf. »Sir, laßt mich folgende Tatsache betonen: Daß wir vier Engländer und ein Franzose sind und dringend Eurer Hilfe bedürfen. Trotz meiner

Jugend und Gesundheit kann ich nicht einmal mein eigenes Gewicht tragen, dank der erstaunlichen Erlebnisse, die hinter mir liegen. Ich frage Euch daher, von Christ zu Christ, ob Ihr uns die Hilfe gewähren werdet, auf die wir angewiesen sind.«

Das puterrote Gesicht des Farmers war ein einziger Ausdruck des Mißtrauens. Aber dann, nachdem er etwas von den mehreren Morgen Ackerlandes gemurmelt hatte, die wir brandgerodet hätten, ließ er die Mistgabel sinken und näherte sich dem Schiff.

Der Name des Farmers war Clay Lubbock.

Lubbock mußte noch zwei seiner stärksten Leute anfordern, um uns aus dem Schiff zu holen. Sie verwendeten Seilschlingen und reichten uns auf diese Weise von einem Paar kräftiger Arme zum nächsten weiter. Dann wurden wir auf einen Ochsenkarren geladen, in Decken gehüllt und über den Acker zum Bauernhaus gefahren. Traveller, dessen Stimme durch das Rütteln des Karrens verzerrt wurde, kam auf die Ironie unseres schnellen Abstieges durch die Schichten der Technik zu sprechen; aber sein Erscheinungsbild – dünn, gebrechlich und leichenblaß – straften seine spaßigen Worte Lügen, und niemand von uns ging weiter darauf ein.

Die Landeier starrten in stummer Faszination auf Travellers Platinnase.

Im Bauernhaus wurden wir von Mrs. Lubbock begrüßt, einer rustikalen, grauhaarigen Frau mit kräftigen, behaarten Unterarmen; ohne sich nach unserem Befinden zu erkundigen oder sonstige Fragen zu stellen, überprüfte sie unseren Zustand mit dem geschulten Auge eines Viehhändlers, und bald hatte sie uns trotz des Protestes von Traveller dick eingemummt vor einem knisternden Feuer plaziert und flößte uns kräftige Hühnerbrühe ein. Lubbock ritt derweil auf seinem schnellsten Pferd in die Stadt, um die Kunde von unserer Rückkehr zu verbreiten.

Traveller protestierte gegen diese Bemutterung und

sagte, daß er kein Invalide sei und Arbeit zu erledigen hätte. Er wollte dringend eine Telegraphenstation aufsuchen, um den Rücktransport der verschrammten *Phaeton* zu seinem Haus in Surrey zu veranlassen. Holden beruhigte ihn. »Ich möchte auch so schnell wie möglich wieder in die Zivilisation zurückkehren«, sagte er. »Bedenkt, ich bin Journalist. Meine Zeitung und auch andere Blätter würden es mir großzügig honorieren, wenn ich unsere Erlebnisse in Gestalt einer spannenden Erzählung veröffentliche. Aber, Sir Josiah, ich weiß auch, daß ich im Moment geschwächt bin. Sobald unsere Rückkehr sich herumgesprochen hat, werden wir keinen Augenblick Ruhe mehr haben. Ich habe eine Tortur hinter mir, die in der Menschheitsgeschichte ohnegleichen ist, und bin kaum mehr imstande, einen Löffel Suppe zum Mund zu führen und würde daher die Gelegenheit begrüßen, für einige Stunden die erholsame Gastfreundschaft von Mrs. Lubbock zu genießen. Und das solltet Ihr ebenfalls tun, Sir Josiah!«

Traveller akzeptierte dieses Argument zwar nicht, hatte aber keine andere Wahl, als sich dreinzufügen; und so wurden wir in kleinen, im Haus der Lubbocks verstreuten Zimmern auf harten Pritschen gebettet. Holden überredete den Farmer, einen seiner Leute als Wache vor dem Zimmer des armen Bourne abzustellen; ich hielt das indessen für ziemlich übertrieben, denn Bourne war kaum in der Lage, aus dem Fenster zu klettern und über die Felder in die Freiheit zu flitzen.

Ich lag auf der Pritsche und wartete auf den Schlaf, wobei ich das Fenster geöffnet hatte, um die kühle Herbstluft hereinzulassen; dabei überlegte ich, daß trotz der Widrigkeiten der Welt (die harte Matratze unter meinem Kreuz unterstützte mich kaum bei der erneuten Gewöhnung an die irdische Schwerkraft), der Ausgleich hierfür – der Geruch der direkt unter dem Fenster wachsenden Bäume, die entfernt in der Hecke raschelnde Brise und die Liebkosung des kratzigen Kopfkissens der

Lubbocks auf meinem Gesicht – den Gedanken, diese Erde jemals wieder zu verlassen, horrend erscheinen ließ.

Ich erwachte morgens in strahlendem Sonnenschein, fühlte mich ziemlich erholt und war sogar imstande, die paar Schritte zum Waschbecken ohne fremde Hilfe zu bewältigen. Traveller saß bereits am Küchentisch der Lubbocks; er war in seinen eigenen Morgenmantel gewickelt, den man aus der *Phaeton* geholt hatte, saß in einem alten Rollstuhl und genoß ein deftiges Frühstück aus Schinken und Eiern. Auf dem Tisch waren Zeitungen aufgestapelt, die er beim Essen durchging; und trotz der gemütlich warmen Küche, wobei die Strahlen der Morgensonne auf den Fußboden fielen und funkelnd von den polierten Brettern reflektiert wurden, war Travellers Gesichtsausdruck so düster und mißlaunig wie immer. Er schaute auf, als einer von Lubbocks hilfreichen Leuten mich in die Küche führte und sagte: »Ned, es ist kein Wunder, daß der Farmer Lubbock von unserem Erscheinen derart überrascht war. Es war schiere Eitelkeit, anzunehmen, daß unser Verschwinden auch nur für kurze Zeit von öffentlichem Interesse gewesen wäre – nicht, wenn Europa sich gerade selbst zerfleischt!«

Beunruhigt von diesen Worten begann ich nun selbst die Zeitungen durchzublättern. Die ältesten Ausgaben datierten von Anfang August, ein paar Tage vor unserem Abflug am achten des Monats: Offensichtlich bewahrte Lubbock die alten Zeitungen auf, um den Hühnerstall damit auszulegen. Grundsätzlich war unser Verschwinden im übergeordneten Kontext untergegangen – der Sabotage der *Prince Albert* am Tage ihres Stapellaufs –, und man hatte allgemein angenommen, daß wir in der durch den Angriff auf das Schiff verursachten Explosion umgekommen wären. Mit Erstaunen las ich, daß es sich seitdem als unmöglich erwiesen hatte, die *Albert* von den Saboteuren, oder Franktireurs, zurückzuerobern, die sie entführt hatten, wobei das Schiff in meiner Vorstellung noch immer wie ein entflohenes wildes Tier die Felder Belgiens oder Nordfrankreichs umpflügte! Die Aktionen der Franktireurs waren mit weiteren Anschlägen auf britisches Eigentum einhergegangen; ich fragte mich, ob die versuchte Sabotage der Schwebebahn, deren Zeuge Holden und ich in Dover gewesen waren, auch auf das Konto eines Franzosen ging.

Und, natürlich, gab es keine Neuigkeiten von Françoise Michelet oder den anderen Passagieren, die auf dem Unglücksschiff gefangen waren; und trotz des schönen Morgens in der Grafschaft Kent sank meine Stimmung, während ich diese nüchternen Zeitungsmeldungen sichtete.

Traveller registrierte meinen deprimierten Gesichtsausdruck und fragte mich, was mich denn bedrückte. Zögernd – denn für diese Art von Problemen hatte Traveller sicher kein Verständnis – erzählte ich ihm von Françoise: Von unseren Begegnungen und dem Eindruck, den sie sofort auf mich gemacht hatte. Im Verlauf meiner Erzählung spürte ich, wie ich errötete; was nämlich in der Intimität meines Herzens anscheinend eine ätherische Passion gewesen war, verwandelte sich im Bericht, den ich in dieser lichtdurchfluteten Bauernküche erstattete, in eine ziemlich dumme Schwärmerei.

Traveller hörte sich das alles kommentarlos an. »Das Mädchen scheint selbst auch ein Franktireur zu sein, Wickers«, folgerte er dann gleichmütig. Ich wollte empört protestieren, aber er fuhr fort: »Was denn sonst, wenn sie so vertraut war mit diesem erbärmlichen Bourne?« Er schniefte. »Wenn ich mich nicht irre, solltet Ihr keine Gefühle mehr an sie verschwenden, Ned. Sie ist dort, wo sie sein will.« Mit diesen Worten wandte er sich wieder seinen Zeitungen zu und ließ mich mit meinem Herzeleid allein.

Doch selbst in diesem ersten Moment des Schocks erfaßte ich die Plausibilität von Travellers Implikationen. Die Aspekte an Françoise, die Holden und sogar mir seltsam vorgekommen waren – die Faszination des Maschinenbaus, das auffallende Interesse an Politik –, fügten sich trefflich in Travellers Hypothese. Das waren Komponenten des weitaus komplexeren Charakters des von mir idealisierten Mädchens, dessen liebliches Antlitz mich damals aus den Ozeanen der Erde anzuschauen schien.

Ich wollte Traveller dafür verfluchen, daß er solche Zweifel in meinem Kopf ausstreute; aber dann schalt ich mich selbst einen Narren. Und dennoch war ich mir nicht ganz sicher. Und das Ärgerlichste an der ganzen Sache überhaupt war, daß Françoise im kriegsgeschüttelten Frankreich verschollen war und ich vielleicht nie die Wahrheit über sie erfahren würde.

Aufgewühlt richtete ich meine Aufmerksamkeit wieder auf die Zeitungen. Schnell verschafften Traveller und ich uns einen Überblick über den Hergang des europäischen Konfliktes, wie er sich seit unserem Abflug aus Londoner Sicht darstellte.

Im Krieg gegen die Preußen hatten die Franzosen böse Schlappen hinnehmen müssen. Bei der Durchsicht der schrecklichen Schlachtenbilanz konnte ich kaum glauben, daß Frankreich, mit seiner langen militärischen Tradition, seinem stolzen Erbe und seiner Bilderbucharmee, Bismarcks Aggression auf solch schmähliche Art und Weise unterlegen sein sollte. Frankreichs Strategie schien bisher hauptsächlich darin bestanden zu haben, daß die beiden Marschälle Bazaine und MacMahon beim Ausfindigmachen von Verteidigungsstellungen und auf der gegenseitigen Suche durch die französische Landschaft schlichen und sich dabei in periodischen Scharmützeln mit den Preußen aufrieben.

Etwa zur Zeit unseres unfreiwilligen Abfluges hatte sich Napoleon III. von Paris nach Châlons abgesetzt und Bazaine zum Kommandeur der Rheinarmee ernannt. Ein paar Tage später hatte Bazaine, der eine Einkesselung durch die schnell vorrückenden Preußen befürchtete, sich über die Mosel nach Westen zurückgezogen. Doch bei Metz stieß er auf zwei deutsche Korps und wurde schließlich doch eingekesselt; als wir in unserem friedlichen Bauernhaus diese Meldung lasen, war Bazaines Streitmacht noch immer in Metz eingeschlossen und wurde von nicht weniger als zweihunderttausend Preußen belagert.

Soviel zur einen Hälfte der glorreichen französischen Armee. Was die andere betraf, so hatte MacMahon sich darauf verlegt, in der Nähe von Paris zu bleiben und die Hauptstadt zu schützen, aber der Druck der öffentlichen Meinung, den die Pariser wegen der Schmach ihrer glorreichen *patrie* entwickelten, hatte ihn dann doch zu einem aggressiveren Vorgehen veranlaßt; und er war auf Metz marschiert, in der Hoffnung, sich dort mit Bazaine zu vereinigen.

Die um Metz dislozierten Deutschen, geführt von dem gewieften Moltke, hatten ihre Kräfte geteilt. Bazaine saß in der Falle, während der Rest der Preußen aufbrach, um den anrückenden MacMahon abzufangen. MacMahons Truppen, durch den schwierigen Marsch erschöpft, waren von den Preußen bei Sedan eingekesselt worden. MacMahon selbst war verwundet worden, und die französischen Befehlsstränge waren paralysiert.

Die französische Armee wurde vernichtet. Den Preußen fielen 100 000 Soldaten und nicht weniger als 400 Geschütze in die Hände.

Das Zweite Französische Reich versank im Chaos. Napoleon III. ergab sich den Preußen, und in der Hauptstadt etablierte sich eine Regierung der Nationalen Verteidigung unter dem Gouverneur von Paris, General Trochu. Und mittlerweile waren zwei preußische Armeen gegen Paris vorgerückt.

Schon als wir auf dem Feld in Kent gelandet waren, lag Paris, vor sechzig Jahren Bonapartes europäische Hauptstadt, unter preußischer Belagerung. Die einzige Hoffnung richtete sich nun auf Bazaine, doch der war noch immer in Metz eingeschlossen, und Gerüchten in London zufolge erschöpften sich langsam seine Vorräte. Die Preußen indessen befanden sich begreiflicherweise in Siegesstimmung, und es gab wilde Spekulationen, wonach Kaiser Wilhelm plante, im Triumphzug durch die Straßen des eroberten Paris zu reiten.

Die letzte Zeitung legte ich mit zitternden Händen nieder. »Großer Gott, Traveller. Da haben wir ja einige erstaunliche Wochen verpaßt! Sicherlich wird sich diese Demütigung Frankreichs für Generationen in die Seelen der Franzosen fressen. Sie waren ja schon immer so impulsiv – betrachtet zum Beispiel nur Bourne. Sicher wird für alle Zeiten ein Kriegszustand zwischen den Franzosen und ihren deutschen Vettern bestehen.«

»Vielleicht.« Traveller lehnte sich in seinem Rollstuhl zurück, wobei er die knochigen Hände über der Kutte gefaltet hatte, die seinen Bauch bedeckte, und starrte blicklos durch die staubigen Fenster des Bauernhauses. Als das Sonnenlicht über die weißen Haarsträhnen spielte, die von seinem Kopf abstanden, wirkte er so alt und gebrechlich wie in jenem Moment, als es schien, daß nicht einmal der Mond unser Leben retten würde. »Aber es ist nicht das ›für alle Zeiten‹, das mich beunruhigt, Ned; es ist das Hier und Jetzt.«

»Was beunruhigt Euch denn, Sir?«

»Denkt doch einmal nach, Junge«, erwiderte er barsch mit einem Anflug seiner alten Reizbarkeit. »Ihr wollt doch Diplomat sein. Die Preußen haben Frankreich bezwungen. Sicherlich kann nicht einmal der schlaue alte Fuchs Bismarck einen derart erstaunlichen Erfolg vorhergesehen haben – noch dazu in Ergänzung seines eigentlichen Zieles.«

»Das da wäre?«

»Ist das denn nicht klar?« Er musterte mich müde. »Die Vereinigung Deutschlands natürlich. Welch günstigere Gelegenheit könnte es geben, die Fürsten der deutschen Kleinstaaten zu einer politischen Einheit zu bewegen, als die Präsentation eines gemeinsamen Feindes? – und wie günstig, wenn dieser Feind das unsympathische Frankreich eines Robespierre und Bonaparte ist. Ich prophezeie, daß wir die Deklaration eines neuen Deutschland erleben werden, noch bevor dieses Jahr verstrichen ist. Aber natürlich wird es kaum mehr sein als ein größeres preußisches Reich, denn wenn diese baierischen Operettenprinzen zu der Ansicht gelangen, daß Bismarck in seinem Pomp und Triumph ihnen kaum ein großes Mitspracherecht bei der Führung dieses neuen Gebildes einräumt, werden sie zutiefst enttäuscht sein.«

Ich nickte nachdenklich. »Das Gleichgewicht der Kräfte ist also zerbrochen; jenes Gleichgewicht, das seit dem Wiener Kongreß Bestand gehabt hat …«

»Ein Gleichgewicht, um dessen Bewahrung Britannien immer gekämpft hat.« Er trommelte mit den Fingern auf die Tischplatte. »Laßt uns offen miteinander reden, Ned. Die britische Regierung würde es mit Gelassenheit aufnehmen, wenn preußische Geschütze Paris zusammenschießen würden; denn in den Köpfen der Briten werden die Franzosen von den Zwillingsdämonen der Revolution und des militärischen Expansionismus beherrscht. Und diese absurden Franktireur-Attacken auf britische Wirtschaftsziele wie die gute alte *Prince Albert* dürften ihnen auch kaum Sympathien verschaffen.

Aber die Entstehung eines neuen Deutschlands wird in Whitehall mit großer Sorge verfolgt. Denn es ist schon seit langem ein Ziel der britischen Außenpolitik, daß es keine dominierende Macht in Mitteleuropa geben dürfe.«

Betroffen von dieser zynischen Betrachtungsweise britischer Ziele runzelte ich die Stirn – denn sicher war die Durchsetzung einer friedlichen Lösung zu befürworten. »Sagt mir, wovor Ihr Euch fürchtet, Sir«, verlangte ich direkt.

Seine knochigen Finger verstärkten ihr Stakkato. »Ned, bis jetzt haben die Briten sich aus Bismarcks verdammtem Krieg herausgehalten, und das aus gutem Grund. Aber wie lange noch, bis britische Interessen durch das erstarkende Deutschland so gefährdet werden, daß sie sich zur Intervention veranlaßt sehen?«

Ich dachte darüber nach. »Aber die britische Armee, obschon die beste der Welt, verfügt nicht über die erforderliche Ausrüstung für großräumige Operationen in Mitteleuropa. Und sie hat auch nie darüber verfügt. Außerdem sind viele unserer Soldaten und Offiziere auf der ganzen Welt im Dienste Seiner Majestät in den Kolonien verstreut. Sicherlich würde Mr. Gladstone uns nicht in ein chancenloses außenpolitisches Abenteuer schicken.«

»Gladstone. Old Glad Eyes.« Er lachte freudlos. »Ich hatte immer schon den Eindruck, daß Gladstone ein affektierter Depp ist und Disraeli weder charakterlich noch intellektuell das Wasser reichen kann. Offensichtlich wäre Disraelis Einführung eines allgemeinen Wahlrechts im Jahre 1867 ein Desaster für das Land geworden ... Wer weiß, welcher Schaden dadurch angerichtet worden wäre? Sicher wäre der Industrie die ihr zustehende Mitwirkung an der Führung des Landes versagt worden – vielleicht würde noch immer die unsinnige Situation mit London als Hauptstadt existieren! Welch eine lächerliche Vorstellung. So hat es vielleicht auch sein Gutes, daß der angeschlagene ›Dizzy‹ sich aus der Politik zurückgezogen hat und sich auf seine bizarren literarischen Abenteuer konzentriert ... aber dennoch vermisse ich den Elan dieses Burschen.

Vielleicht ist es aber auch ein Segen, daß uns in dieser Stunde ein Glad Eyes vor die Nase gesetzt wurde; wie Ihr nämlich schon gesagt habt, würden er und seine Truppe von verweichlichten Whigs es sicher nicht riskieren, uns in ein solch absurdes Abenteuer zu führen ... Und wenn die Gerüchte stimmen, dann ist er ohnehin eher an Ausflügen nach Soho als nach Sedan interessiert.«

Mir blieb die Luft weg angesichts dieser respektlosen Tiraden.

»Also wird Gladstone uns vielleicht nicht in den Krieg in Europa verwickeln. Aber ... er hat andere Optionen.«

»Sagt mir, was Ihr damit meint, Sir Josiah.«

Er beugte sich nun nach vorne und verschränkte die Arme auf dem Tisch. »Ned, Ihr erinnert Euch doch an die Erlebnisse Eures Bruders auf der Krim.«

Im ersten Augenblick ergaben diese dunklen Worte, die düster inmitten dieses hellen Farmhauses gesprochen wurden, keinen Sinn für mich; und dann, in einem plötzlichen, schockierenden Moment, begriff ich. »Großer Gott, Traveller.«

Er implizierte natürlich, daß die britische Armee wieder Anti-Eis-Waffen einsetzen könnte; und diesmal nicht auf einer weit entfernten südrussischen Halbinsel mit einem komischen Namen – sondern im Herzen Europas.

Ich suchte in seinem Gesicht nach einem Indiz, das meine Interpretation widerlegte; aber alles, was ich in diesen langen, nüchternen Gesichtszügen sah, war eine schreckliche Angst, gepaart mit immensem Zorn. »Anti-Eis-Waffen«, sagte er, »könnten die preußische Armee binnen weniger Minuten vernichten. Und Gladstone weiß das. Bismarck hat sicher die fehlende Bereitschaft der Briten ins Kalkül gezogen, in europäischen Konflikten zu intervenieren – aber der Druck auf Gladstone, diesen gewaltigen Vorteil zu nutzen, muß mit jedem Tag wachsen.«

Ich beobachtete den Widerstreit zwischen Furcht und Zorn in Travellers Augen und stellte mir vor, wie dieser barsche, aber grundanständige Mann erneut gezwungen wurde, sich mit Kriegsgerät zu befassen. Aus einem Impuls heraus ergriff ich seinen Ärmel. »Traveller, Ihr habt uns zum Mond und wieder zurück gebracht. Ihr verfügt über eine immense Stärke; ich bin absolut zuversichtlich, daß Ihr es nicht gestatten werdet, Euer Genie auf eine solche Art mißbrauchen zu lassen.«

Aber seine Angst verschwand nicht; und erneut blätterte Traveller die Zeitungen durch, als ob er einen Hoffnungsschimmer in den Worten der Vergangenheit suchte.

Unsere Idylle sollte das Ende dieser Unterhaltung nicht länger als ein paar Minuten überdauern. Der erste, der an die Haustür der Lubbocks hämmerte, war der Bürgermeister der nächsten Stadt – deren Namen wir noch nicht einmal in Erfahrung gebracht hatten –, und während ich die stämmige, lehmbespritzte Statur dieses Gentlemans musterte, erkannte ich mit bedenklich sinkender Stimmung, daß ich in der Tat wieder zuhause war.

Wir wurden aus unserem Unterschlupf in Kent weggebracht. Uns blieb nur kurze Zeit, um uns voneinander zu verabschieden – was vielleicht ganz gut war, denn ich verspürte eine erstaunlich starke Verbundenheit mit meinen Reisegefährten. Ich würde zwar nicht so weit gehen und behaupten, daß ich diese langen Wochen der Gefangenschaft in der *Phaeton* nostalgisch verklärte, aber ich fühlte mich doch ziemlich schutzlos ohne die Gesellschaft meiner Kameraden.

Traveller quartierte sich bald in einem behaglichen Gasthof in der Nähe des Feldes der Lubbocks ein, wo seine wertvolle *Phaeton* lag, und schickte sich an, das Schiff zu seinem Laboratorium in Surrey zurückzuführen. Der treue Pocket erbat und erhielt ein paar Tage Urlaub, um seine geliebten Enkelkinder zu besuchen und sie davon zu überzeugen, daß er noch unter den Lebenden weilte; dann kehrte er wieder an seine Arbeit zurück, erkannte und bediente diskret die Bedürfnisse seines Arbeitgebers.

Was Bourne betrifft, so wurde dieser ohne weitere Verabschiedung unter starker Bewachung aus Kent fortgebracht und geriet bald in die Mühlen der internationalen Justiz. Der kompliziert liegende Fall mit einer britischen Anklage wegen Sabotage, einem belgischen Auslieferungsantrag und Protesten der bedrängten französischen Regierung – ganz zu schweigen von den praktischen Problemen der Kommunikation mit dieser nebulösen Körperschaft – drohte dem unglücklichen Bourne eine lange Haft zu bescheren, noch bevor sein Fall überhaupt verhandelt wurde.

Holden brach umgehend nach Manchester auf und schärfte uns ein, keinem anderen Journalisten Details unseres Abenteuers zu enthüllen. Es war belustigend zu sehen, wie seine füllige Statur, die auf den Status eines im Rollstuhl umherfahrenden Kartoffelsackes reduziert worden war, vor Erregung zitterte, als der Umfang der Geschichte – und die daraus resultierenden Tantiemen – im Hirn dieses Schreibers ständig zunahm; man schien direkt sehen zu können, wie es ihm in den Fingern juckte.

Dennoch wurde Holdens Bericht, der nach einigen Tagen in den Zeitungen von Manchester erschien, unserem Abenteuer im wesentlichen gerecht. Ich las mir die ziemlich reißerische Prosa durch und muß gestehen, daß mich nachträglich noch ein Schauder des Schreckens überkam, als er meinen Ausflug in das Vakuum und (da übertrieb er indes) meinen Kampf mit den Felsenmonstern von Luna beschrieb. Der Bericht im *Manchester Guardian* war reichlich mit Lithographien diverser Szenen der Handlung illustriert und wurde von einer Reproduktion von Holdens berühmter Photographie gekrönt, die mich und das glücklose Modell von Brunels Ozeandampfer zeigte.

Enttäuscht war ich lediglich über das negative Bild, das Holden von Traveller zeichnete. Der Journalist verbreitete sich in einer Art und Weise über Travellers quasianarchistische Sympathien, daß öffentliche Kritik an dem Ingenieur aufkam, selbst in diesem Augenblick seines größten Ruhms. Ich nutzte den Anlaß und beschäftigte mich eingehender mit den verschiedenen anarchistischen Denkern – wobei ich solch aufwieglerische Wirrköpfe wie Bakunin ignorierte und mich auf substantiellere Persönlichkeiten wie Proudhon konzentrierte, der postulierte, daß das Streben nach Besitz und politischer Macht nur den gewalttätigen und irrationalen Elementen der Menschen Vorschub leiste.

Sicherlich, so überlegte ich, wurde Proudhons These durch den gegenwärtigen Krieg in Europa fundiert verifiziert, und ich bedauerte Holdens Illoyalität.

Auf jeden Fall erlangte ich durch Holdens Ausführungen eine kurze Berühmtheit.

Ich kehrte in den Schoß meines Elternhauses in Sussex zurück, wobei meine Familie über die Maßen glücklich war, mich unversehrt und gesund wiederzusehen. Ich erlebte ein bewegendes Wiedersehen mit meinem Bruder Hedley; sein vernarbtes Gesicht verzog sich vor Freude, als ich auf Sir Josiah zu sprechen kam, der seit ihrer einseitigen Bekanntschaft auf der Krim eine Art Faszinosum für Hedley geworden war. Meine Londoner Freunde, von denen mich einige besuchten, drängten mich zu einem spektakulären Wiedereintritt in die Gesellschaft, damit ich noch mehr von meinem Status als Held profitieren konnte. Ich schaute in ihre Gesichter, die erstaunlich jung und frisch wirkten, und lehnte ihre Einladungen ab – nicht etwa wegen eines untypischen Anfalls von Bescheidenheit, denn ich hätte der bewundernden Aufmerksamkeit der Salonschönheiten sicher sein können, wenn ich erzählte, daß es eigentlich doch nicht so schlimm gewesen wäre –, sondern eher wegen eines anhaltenden Gefühls der Einsamkeit. Und außerdem verursachten die widersprüchlichen Emotionen bezüglich Françoise einen inneren Konflikt, den ich nicht bewältigen konnte.

Ich unternahm lange, einsame Spaziergänge in den Wäldern in der Nähe meines Elternhauses und erforschte diese konträren Gefühle. Es kam mir fast so vor, als ob ich, nachdem ich den Staub der Erde von den Stiefeln geschüttelt hatte, nicht mehr in der Lage wäre, mich bedingungslos in die menschliche Gesellschaft einzufügen. Und ich vermißte in zunehmendem Maße die Gesellschaft meiner früheren Kameraden.

Ich beobachtete, wie das Laub der Bäume sich herbstlich verfärbte, und überlegte, wie ein solcher Anblick wohl aus dem All wirken würde.

Ich schwor mir, daß ich sofort nach dem Verblassen meines kurzlebigen Ruhms wieder in die Welt der Menschen eintauchen würde; und in der Tat verblaßte der Ruhm – wenn auch nicht aus den Gründen, die ich eigentlich favorisiert hätte. Denn mit den länger werdenden Herbstnächten wurde auch die Lage der Franzosen immer verzweifelter.

Die Preußen hielten ihre Belagerungsringe aus Soldaten und Geschützen um Paris und Metz aufrecht. In den Zeitungen von Manchester kursierten Gerüchte über Hunger in den Straßen von Paris sowie einige zuverlässigere Berichte darüber, daß die Armee von Marschall Bazaine in Metz im Schlamm dahinvegetierte und mittlerweile kaum mehr in der Lage war, sich zu verteidigen, geschweige denn Paris zu entsetzen.

Ich verschlang die Zeitungen mit endloser und morbider Faszination, während die Leitartikler die Optionen und Risiken für Gladstone und sein Kabinett diskutierten. Kein zivilisierter Mensch, so lautete der allgemeine Konsens, wollte Anti-Eis erneut als Kriegswaffe eingesetzt wissen. Aber das Gleichgewicht der Kräfte wurde jetzt zweifellos seiner größten Belastungsprobe unterzogen, und die Stimmen zugunsten einer Intervention schienen zuzunehmen, bevor dieser wertvolle und bewährte Garant des Friedens in Europa für immer verloren war.

Dagegen sprachen sich all jene aus, die in Erinnerung an Bonaparte kein Bedürfnis verspürten, zugunsten der belagerten Franzosen einzugreifen. Und am anderen Extrem artikulierten die Söhne der Gascogne und ihre Anhänger immer lautstärker ihre Forderung, Britannien solle seine evidente Stärke nutzen, nicht nur um Frieden zu schaffen, sondern um den sich bekriegenden Völkern Europas eine Ordnung aufzuzwingen. Der Einfluß dieser radikalen Gentlemen auf die Debatte wurde anscheinend stärker; wie kolportiert wurde, sympathisierte sogar der König mit solchen Ansichten.

Bei der Lektüre dieser deprimierenden Materie erinnerte ich mich an die Gespräche, die ich mit Bourne auf der *Phaeton* geführt hatte. Ich konnte mich nicht mehr mit solchen Argumenten identifizieren, wie das vor meinem Abenteuer vielleicht noch der Fall gewesen wäre; nun sah ich jedoch von höherer Warte, wie diese nationale Debatte den Wirrungen eines derangierten Geistes glich, der versuchte, seine internen Ängste und Dämonen auf seine Umgebung zu projizieren.

Schließlich, Ende Oktober, erhielten wir die Nachricht, daß Bazaines Truppen in Metz – durchnäßt, hungernd und demoralisiert – kapituliert hätten; diesmal erbeuteten die siegreichen Preußen 1400 Geschütze und nahmen mehr als 170 000 Soldaten gefangen. Obwohl französische Verbände in verschiedenen Teilen des Landes weiterkämpften, war nach übereinstimmender Ansicht in Manchester der entscheidende Augenblick des Krieges gekommen; daß die Preußen, siegreich im Felde, bald durch die zerschossenen Straßen von Paris paradieren würden – und daß, wenn Britannien jemals in diesen Kampf um die Zukunft Europas eingreifen sollte, jetzt der Moment gekommen sei.

Das Getöse der Zeitungen, die von Gladstone Taten verlangten, schien sich zu einem stummen Schrei um mich zu steigern, und ich spürte, daß ich die Anspannung nicht länger aushalten konnte.

Jetzt gab es für mich nur noch eine Möglichkeit, dieser Gefühle Herr zu werden; ich packte eine Tasche, verabschiedete mich hastig von meinen Eltern und fuhr mit der Schwebe- und Dampfeisenbahn zum Wohnort von Josiah Traveller.

Die letzten paar Meilen zu Travellers Anwesen ging ich zu Fuß. Es befand sich nicht weit von Farnham entfernt, und in seinem Mittelpunkt stand ein kleines umgebautes Bauernhaus, das nicht weiter aufgefallen wäre, wenn da nicht ein dräuender, dreißig Fuß hoher Gigant trutzig hinter dem Haus gestanden hätte, dessen breite Aluminiumflanken von zusammengenähten Planen bedeckt waren. Hierbei handelte es sich natürlich um die *Phaeton;* und beim Anblick dieses magischen Gefährts, das sich über die einförmige Landschaft erhob, lachte mir das Herz.

Ich umrundete eine Hecke und näherte mich Travellers Haus – und dort, vor der Haustür, stand eine prächtige Kutsche aus edlem, poliertem Holz. Ich begriff sofort, daß ich heute nicht der einzige Besucher von Sir Josiah war.

Pocket quittierte meinen unangekündigten Besuch mit höchstem Enthusiasmus; er fragte mich sogar, ob er mir die Hand schütteln dürfe. Jetzt, da er sich auf festem Boden befand, war der Kammerdiener rege und geschäftig, und er sagte: »Ich bin sicher, Sir Josiah wird erfreut sein über Euer Erscheinen, aber im Moment hat er Besuch. Darf ich Euch in der Zwischenzeit einen Tee anbieten; und vielleicht möchtet Ihr Euch auf dem Anwesen etwas umsehen, Sir?«

Er gab die Identität dieses ›Besuchers‹ nicht preis, und ich bedrängte ihn auch nicht deswegen.

Ich nippte am Tee und sagte: »Ich will ehrlich zu dir sein, Pocket. Ich weiß nicht genau, warum ich überhaupt hierher gekommen bin …«

Er lächelte mit erstaunlicher Weisheit und erwiderte: »Ihr braucht mir nichts zu erklären, Sir. In diesen bewegten Zeiten bin ich sicher, für Sir Josiah sprechen zu können, wenn ich sage, daß Ihr in diesem Haus ein Heim habt. Genauso wie die *Phaeton* eines war.«

Ich spürte, wie ich errötete. »Weißt du, Pocket, du hast den Nagel auf den Kopf getroffen ... Danke.«

Ich traute mich kaum, noch etwas zu sagen, und wandte mich wieder dem Tee zu.

Das Haus selbst war erstaunlich klein und schmutzig. Sein Hauptmerkmal war ein großer, nach Süden gehender Wintergarten, der von Traveller in ein weitläufiges Laboratorium umgewandelt worden war. Außerdem gab es noch eine Scheune für größere Geräte und Fahrzeuge. Die Gebäude wurden von einigen Morgen Land umgeben. Nichts wuchs auf diesen brachliegenden Feldern, und an einigen Stellen konnte man stark versengte Narben sehen, wo Raketentriebwerkstests, Starts – und sogar Explosionen – erfolgt waren.

Der Wintergarten war großzügig eingerichtet, mit einem Gitter aus filigranem, weiß gestrichenem Schmiedeeisen, das dem Platz einen Hauch Leichtigkeit verlieh; verschiedene Werkzeuge und Maschinen wirkten in diesem sanften Licht wie exotische Pflanzen. Das Laboratorium erinnerte irgendwie an eine Mühle; eine an der Decke aufgehängte dampfbetriebene Maschine trieb über Lederriemen diverse Werkzeugmaschinen an, und überall standen Drehbänke, Bohrmaschinen, eine Metallpresse, Hobel- und Fräsmaschinen, Acetylen-Schweißgeräte und Werkbänke mit Schraubstöcken. Die Produkte dieser Werkzeuge lagen überall verstreut, wobei mir einige aus meiner Zeit auf der *Phaeton* bekannt vorkamen. So deutete Pocket zum Beispiel auf eine im schwachen Licht der Herbstsonne schimmernde Raketendüse, deren Öffnung wie der Kelch einer unwirklichen Blume nach oben gerichtet war.

»Und was ist mit der *Phaeton* selbst?« fragte ich Pocket.

»Es hat uns höllisch viel Zeit gekostet, das alte Mädchen vom Feld dieses Farmers in Kent nach Hause zu bringen. Stellt Euch vor, wir mußten sie mit einem Dampfkran fortschaffen; und die ganze Zeit beschwerte sich dieser Bauer Lubbock über die Furchen, die wir durch seine wertvollen Felder zogen.«

Ich lachte. »Ihr könnt dem armen Kerl keinen Vorwurf machen. Er hat uns schließlich nicht darum gebeten, auf diese unorthodoxe Art bei ihm hereinzuschneien.«

»Und was das alte Mädchen betrifft, so sagt Sir Josiah, daß sie es bemerkenswert gut überstanden hat, wenn man die Torturen bedenkt, der wir sie ausgesetzt hatten: eine Belastung, für die sie natürlich nicht ausgelegt war.«

»War denn einer von uns für solche Belastungen ausgelegt?« fragte ich mit Nachdruck.

»Insgesamt sind nur erstaunlich geringe Schäden aufgetreten. Ein eingeknicktes Landebein, eine eingedrückte Düse, ein paar Schrammen und Brandspuren, eine überlastete Luftpumpe oder zwei – ich möchte sagen, hauptsächlich wegen Eurer Bemühungen vor Ort, Sir.«

Dann verließen wir den Wintergarten, gingen in die frische Luft hinaus und hielten nun zum zweitenmal auf die Vorderseite des Hauses zu.

»Sie könnte also wieder fliegen?« fragte ich.

»Sie könnte wohl, wird aber nicht, glaube ich, Sir. Sir Josiah hat sie wieder aufgetankt, um die Funktion der Motoren zu überprüfen, und er hat viel Zeit damit verbracht, sie instandzusetzen, aber ich glaube, er ist der Ansicht, daß sie ihre Schuldigkeit getan hat. Er hat einige Ideen für eine zweite *Phaeton*, schöner und noch leistungsfähiger als die erste; ich vermute, daß er das Original in ein Denkmal umwandeln will.«

»Das sollte er auch«, meinte ich.

Pocket blieb jetzt stehen und blickte geradeaus. »Nun«, fuhr er leiser fort, »man kann nur hoffen, daß er diese Ideen auch in die Praxis umsetzen kann.«

Irritiert durch seinen Ton, wandte ich mich um und

folgte seinem Blick. An der Haustür erkannte ich die vertraute Gestalt von Traveller, der seinen Zylinderhut so schief und trotzig wie immer ins Gesicht gezogen hatte. Wie ich sah, verabschiedete er gerade seinen ersten Besucher. Dieser Mann, der jetzt in die Kutsche stieg, war ein kräftig gebauter Gentleman von ungefähr sechzig Jahren mit seltsam bekannten Merkmalen; ich betrachtete das zurückgekämmte graue Haar, die buschigen weißen Koteletten, die ausdruckslosen Augen, die streng heruntergezogenen Mundwinkel in einem Mondgesicht …

»Gütiger Gott«, flüsterte ich Pocket zu. »Das ist Gladstone selbst!«

Der Premierminister verabschiedete sich von Traveller; mit einem Schnalzen der Peitsche setzte der Kutscher die Kalesche in Bewegung. Traveller schritt langsam die Front seines Hauses ab und studierte abwesend den Efeu, der sich an den Ziegelsteinen emporrankte. Ich wollte schon zu ihm hinlaufen, aber Pocket hielt mich am Ärmel fest und signalisierte ein ›Nein‹; und so warteten wir, bis Sir Josiah uns seinerseits erreichte.

Schließlich stand er vor uns. Er straffte die Schultern, zentrierte den Hut korrekt um den Mittelpunkt des Schädels und verschränkte die Hände hinter dem Rükken; die Platinnase glitzerte im schwachen Licht der Novembersonne. »Nun, Ned«, sagte er mit einer Stimme, die so kraftlos war wie die Sonne. »Ich habe Euch ankommen hören. Ich bitte um Verzeihung; ich war – beschäftigt.«

»Das war der Premierminister, nicht wahr?« fragte ich ohne vorherige Begrüßung.

»Ihr müßt die Gewohnheit ablegen, auf offensichtliche Dinge zu rekurrieren«, rügte er mich; aber sein Tonfall klang abwesend.

»Ich habe von Bazaines Kapitulation bei Metz gehört.«

»Ja.« Er musterte mich intensiv. »So stand es in den Zeitungen. Es gibt indessen Neuigkeiten von der *Albert*.«

Plötzlich dachte ich nur noch an Françoise, und ich rief: »Welche Neuigkeiten? Ihr müßt es mir sagen.«

»Ned ...« Er ergriff meine Arme. »Die *Albert* ist zu einem Kampffahrzeug umgerüstet worden. Die französischen Saboteure, die ...« Er suchte nach dem Begriff.

»Die Franktireurs.«

»Sie haben sie übernommen, Kanonen installiert und sie in eine gigantische mobile Burg verwandelt. Und sie nehmen damit Kurs auf Paris, wo sie die Belagerung durch die Preußen durchbrechen wollen. Ned, das ist völliger Wahnsinn. Die *Albert* ist ein Passagierschiff und kein Kriegsschiff. Eine gut gezielte Granate, und sie wäre erledigt ...«

Die durch seine Worte heraufbeschworenen Bilder waren so phantastisch, daß es mir fast nicht möglich war, sie in einen Kontext einzuordnen. »Und die Passagiere? Was ist mit ihnen?«

»Das wissen wir nicht.«

»Und was hatte das hier zu bedeuten«, fragte ich etwas ruppig. »Der Premierminister von Großbritannien betätigt sich doch nicht als Melder, wie dramatisch die Nachrichten auch sein mögen, Sir Josiah.«

»Nein, natürlich nicht.« Sein Blick glitt von meinem ab, und sein Gesicht nahm wieder diesen gespannten, gehetzten Ausdruck an, der mir schon im Bauernhaus der Lubbocks aufgefallen war. »Mit der Nachricht von der *Albert* wollte Glad Eyes sich bei mir einschmeicheln. Ich vermute, daß er mir einen Bezug zwischen dem europäischen Krieg und meinen eigenen Belangen suggerieren wollte.

Die Regierung ist zu einer Entscheidung gelangt, wie Ihr seht. Metz ist gefallen, ja; aber Paris hält entgegen allen Erwartungen stand, selbst um den Preis, daß die

Einwohner hungern. Mittlerweile klingen die Preußen immer kriegerischer und großsprecherischer. Ein gerechter Frieden scheint in diesem Krieg kaum möglich zu sein; und die Regierung findet es recht bedauerlich, daß die Europäer nicht mehr in der Lage sind, einen ritterlichen Krieg zu führen und ihn gemäß den Regeln zu beenden.« Er schüttelte den Kopf. »Gladstone ist der Ansicht, daß Europa vielleicht für eine Generation in völligem Chaos versinkt, falls Britannien nicht interveniert. Das sagt er zwar, glaubt es aber selbst nicht. Britannien verfolgt wie üblich seine eigenen Ziele, und Gladstone würde mir alles mögliche erzählen, um mich zur Zusammenarbeit zu bewegen. Und doch – und doch, was, wenn Wahrheit in dem ist, was er sagt? Mit welchem Recht darf ich mich dem Gang der Geschichte entgegenstellen?« Er schlug sich mit der flachen Hand gegen die Stirn, schob den Hut zurück und schüttelte den Kopf.

Ich ergriff seinen Arm. »Sir Josiah, hat er von Euch verlangt, wieder Eure Anti-Eis-Waffe aus dem Krimkrieg einzusetzen?«

»Nein. Nein, Ned; sie wollen neue Waffen... Sie haben Pläne, die Ihr Euch nicht vorstellen könnt. Wie können menschliche Wesen, Menschen wie Ihr und ich, nur mit solchen Gedanken im Kopf herumlaufen?... Und sie drohen damit, mir im Falle einer Weigerung die Gelder zu streichen.« Er lachte bitter. »Was schon schlimm genug wäre. Sie würden mich aus meinem Haus vertreiben und mir den Zugang zum Anti-Eis verweigern; und eine Gruppe von weniger fähigen Leuten würde eingesetzt werden, um ihnen an meiner Stelle zu Willen zu sein.«

Ich schaute in sein langes, gequältes Gesicht und erinnerte mich an Holdens Analyse bezüglich der geringen monetären Kompetenz des Mannes. Sollte das die Achillesferse des großen Ingenieurs sein, die Schwachstelle, die seine Arbeit schließlich Makulatur werden ließ – genauso, wie die Pläne seines Helden Brunel an kaufmännischer Inkompetenz gescheitert waren?

Ich hoffte, daß Traveller die Regierung nicht bei ihrem obszönen Vorhaben unterstützen würde, aber sein Gesicht verriet Unsicherheit, und seine nächsten Worte brachten mir dann die völlige Gewißheit.

»Gladstone ist ein Narr und Schürzenjäger, kein Zweifel; aber er ist auch ein Politiker, Ned; und er hat Zweifel in mir geweckt! Wenn ich nämlich diese Dinge konstruiere, könnte ich sie vielleicht wirklich einem ›wissenschaftlichen‹ Einsatz zuführen, wie er sich ausdrückt. Wenn jedoch weniger kompetente Leute daran herumpfuschen, könnten wir eine Katastrophe eines Ausmaßes erleben, die alles bisher Dagewesene übertrifft.« Sein Gesicht war jetzt völlig offen und voller Schmerz. »Sagt mir, Ned. Was soll ich tun? ... Ich befürchte, daß ich mit ihnen kooperieren muß, denn aus Angst vor der Alternative ...«

»In Gottes Namen, Traveller, was sollt Ihr für sie bauen?«

Er senkte den Kopf, als ob er sich schämte. »Raketenboote. Kleinere Versionen der *Phaeton*. Aber diese würden dann nicht von einem menschlichen Piloten gesteuert werden; statt dessen könnte eine Adaption meines Navigationstisches, mit seinem gyroskopischen Leitsystem, die Rakete ins Ziel führen.«

Ich war perplex. »Aber was wäre der Zweck dieser unbemannten *Phaetonsi*? Was würde geschehen, nachdem sie gelandet sind?« Ich fragte mich vage, ob sie Munition oder Vorräte in das belagerte Paris fliegen könnten, aber Traveller schüttelte nur den Kopf.

»Nein, Ned; Ihr seht es immer noch nicht. Und ich mache es Euch auch nicht zum Vorwurf, denn dazu bedarf es schon einer besonders teuflischen Vorstellungskraft.

Das Raketenboot landet nicht. Vielmehr soll es wie ein Artilleriegeschoß in die Erde einschlagen. Dabei zerbricht ein Dewar mit Anti-Eis; das Anti-Eis kommt mit der Erdwärme in Berührung und löst eine monströse Explosion aus.«

Er breitete die Arme aus und drehte sich wie ein Betrunkener. »Ihr müßt zugeben, daß das Konzept eine gewisse Größe hat«, meinte er. »In meinem eigenen Garten, hier, könnte ich eine Granate abfeuern, die den Kanal überquert, die ganze Strecke nach Paris fliegt und den Stolz Preußens mit einem einzigen Hammerschlag fällt…«

»Nein!«

Traveller und Pocket starrten mich an.

Tausend Empfindungen strömten durch mein armes Herz.

Die widersprüchlichen Gefühle, die ich für Françoise hegte, tobten in mir: Das liebliche Gesicht, das im Verlauf unserer gefahrvollen Reise um den Mond für mich zum Talisman geworden war, ein Symbol der Hoffnung und der Zukunft, das für alles stand, zu dem ich zurückkehren wollte; aber unter dieser Oberfläche, wie sich auch unter dem schönsten Gesicht ein Totenschädel verbirgt, drohte das Gespenst des Franktireurs, ein Totem all derer, die Krieg und Tod auf der zerbrechlichen Erdkugel entfesselten, die ich aus dem All gesehen hatte.

Wie mein Geist unter dem Ansturm dieser Gedanken erbebte! Und wie weit ich mich von dem schlichten Burschen entfernt hatte, der vor nicht einmal drei Monaten an Bord der *Phaeton* gegangen war!

Mein Kurs, so befand ich, war nun abgesteckt.

Seit meiner einzigen Protestsilbe war kaum eine Sekunde verstrichen. Ohne weiter darüber nachzudenken, machte ich auf dem Absatz kehrt und rannte auf die verhüllte Form der *Phaeton* zu. Ich hörte, daß Traveller mir etwas nachrief und mir mit langsamen Schritten folgte, aber ich dachte nur an dieses Schiff.

Ich mußte Paris erreichen – ich mußte Françoise zur Rede stellen, sie retten, wenn ich dazu in der Lage war, die britischen Bomben ablenken – und um das zu tun, würde ich mit dem schnellsten verfügbaren Transportmittel reisen – an den Kontrollen der *Phaeton!*

13

Der Ballonfahrer

Die Raucherkabine war liebevoll restauriert worden. Die durch unsere mehrwöchige Gefangenschaft an den gepolsterten Wänden verursachten Kratzer und Risse waren unsichtbar ausgebessert worden, und ich stieß ein stummes Stoßgebet aus, daß die Antriebssysteme des Schiffes sich in einem genauso guten Zustand befanden.

Hastig kletterte ich über eine Strickleiter auf die Brücke. Einen Moment lang stand ich da und erwiderte den Blick der dicht gedrängten Instrumentenskalen, so unsicher wie ein Barbar, der in einen religiösen Schrein eindringt.

Aber ich schüttelte diese Stimmung ab und nahm ohne weitere Verzögerung in Travellers Sitz Platz.

Als die weiche Polsterung mein Gewicht registrierte, wurde ein verborgener Schalter betätigt, und die elektrische Instrumentenbeleuchtung wurde flackernd aktiviert. Ich glaubte ein Zischen zu vernehmen, als sich in den Röhren der Druck der diversen hydraulischen Systeme des Schiffes aufbaute.

Wie ein großes Tier erwachte das Schiff unter meiner Berührung zum Leben.

Ich saß in diesem Sessel und überflog besorgt die Instrumentenkonstellation. Aber ich hatte Traveller dieses Schiff vom Mond zur Erde fliegen sehen, und es war mir ziemlich leicht vorgekommen; da würde ich sicher keine Schwierigkeiten haben, den Katzensprung über den Ärmelkanal durchzuführen!

Mit neuerlicher Entschlossenheit wandte ich mich den Steuerhebeln neben dem Sitz zu. Diese Hebel liefen in

Griffschalen aus Gummi aus, die etwas zu groß für meine Hände waren. Auf den Griffen waren kleine Stahlhebel montiert; diese, so erinnerte ich mich, regelten die Zündung und den Schub der Raketenmotoren der *Phaeton*.

Als ich die Hände um die Griffe schloß, spürte ich Schweiß auf den Handflächen.

Ich drückte die Stahlhebel.

Die Raketen erwachten brüllend. Ein heftiges Zittern lief durch das Schiff.

»Ned!«

Traveller kletterte ungelenk durch die zur Raucherkabine führende Luke. Er hatte den Hut verloren, und weiße Haarsträhnen hingen ihm in die Stirn. Er atmete schwer, wobei Schweiß über seine Platinnase tröpfelte; und der Blick, mit dem er mich fixierte, war so intensiv wie Sonnenlicht.

»Versucht nicht, mich aufzuhalten, Traveller!«

»Ned.« Nun stand er auf dem Deck und überragte mich. Mit einer Stimme, deren Kraft das Dröhnen der Motoren neutralisierte, befahl er: »Steht von meinem Sessel auf.«

»Ihr habt mir erzählt, welche Pläne Gladstone verfolgt. Als anständiger Engländer kann ich nicht einfach zusehen und eine solche Grausamkeit ungehindert geschehen lassen. Ich habe vor, nach Frankreich zu fliegen und ...«

»Und was?« Jetzt beugte er sich über mich, wobei sich der Schweiß unter seinen tiefliegenden Augen sammelte. »Was dann, Ned? Wollt Ihr die *Phaeton* benutzen, um Gladstones Granaten in der Luft zu zerstören? Denkt doch mal nach, verdammt; was außer Eurem eigenen Tod könntet Ihr denn in dem daraus resultierenden Holocaust erreichen?«

Ich schob das Kinn vor und sagte: »Aber zumindest könnte ich vielleicht die französischen Behörden warnen ...«

»Welche Behörden denn? Ned, zur Zeit existieren keine Behörden in Frankreich! Und was die Preußen betrifft…«

»Es wird wenigstens eine Warnung erfolgen. Und ich kann vielleicht ein paar Seelen vor der bevorstehenden Vernichtung retten und somit einen kleinen Teil von Englands verlorener Ehre wiederherstellen.«

Sein Mund zuckte; und dann schien er seinem Zorn Luft zu machen. »Ned, Ihr seid ein Narr, aber es gibt wohl schlechtere Wege, sein Leben wegzuwerfen… Und dann ist da natürlich noch Eure Françoise.«

Mit flammendem Blick, als ob ich ihn davor warnen wollte, mich zu verspotten, sagte ich: »Mademoiselle Michelet ist für mich zu einem Symbol all jener Unglücklichen geworden, die in diesem Krieg leiden müssen. Wenn sie sich noch immer an Bord des gekaperten Landkreuzers befindet, verspreche ich, sie zu retten – oder dabei zu sterben!«

»Oh, Ihr verdammter Idiot. Ich sage Euch, daß die verfluchte Frau genau da ist, wo sie sein will: Sie wird Euch abschießen, wenn Ihr Euch ihr nähert und dabei wie ein Depp grinst.« Sein Blick wurde noch intensiver, und etwas von dieser verborgenen Menschenkenntnis, die ich früher bereits an ihm erkannt hatte, lag in diesen Augen. »Ah, das macht aber auch nichts. Nicht wahr? Es ist gar nicht der Gedanke an die Rettung, der Euch umtreibt. Ihr müßt die Wahrheit über Eure Françoise erfahren…«

Mir mißfiel dieser Einblick in meine Seele. »Laßt mich in Ruhe, Traveller! Ihr könnt mich nicht aufhalten.«

»Ned…« Traveller streckte unsicher die Hände aus. »Ihr könnt das Schiff überhaupt nicht fliegen. Ihr würdet es zerstören, noch bevor Ihr in der Luft seid! Ihr habt ja nicht einmal die Luken geschlossen.«

»Traveller, versucht nicht, mich aufzuhalten! – Ich schlage vor, Ihr geht zu Eurem Freund, dem Premierminister, und baut ihm als Gegenleistung für das versprochene Geld seine Todesengel.«

Er wölbte eine Augenbraue, wodurch ihre Fältchen gedehnt wurden.

Ein stechendes Gefühl der Scham durchfuhr mich, aber ich verdrängte das. »Sir Josiah, ich gebe Euch zehn Sekunden, das Schiff zu verlassen. Dann werde ich nach Frankreich fliegen.«

In seinen Worten schwang Gelassenheit mit, als er laut erwiderte: »Ich pfeife auf Eure zehn Sekunden. Ich beabsichtige nicht, das Schiff zu verlassen; ich kann Euch nämlich nicht erlauben, die *Phaeton* zu zerstören.«

»Dann befinden wir uns in einer Sackgasse. Muß ich Euch erst mit körperlicher Gewalt hinauswerfen?« Er seufzte tief und vergrub das Gesicht für einen Moment in den Händen; dann hob er den Kopf und schaute mich an. »Das wird nicht erforderlich sein, Ned; denn ich sehe, daß Ihr entschlossen seid, zu starten. Und deshalb bleibt mir nichts anderes übrig, als Euch zu begleiten.«

»Was?«

»Ich werde das Schiff fliegen. Hättet Ihr nun die Güte und würdet meinen Platz räumen, damit wir abfliegen können…«

Ich musterte ihn mit abgrundtiefem Mißtrauen, aber in seinem langen Gesicht konnte ich nur Entschlossenheit erkennen. »Traveller, warum tut Ihr das? Weshalb sollte ich Euch nicht einen Trick unterstellen?«

Es war direkt zu sehen, daß sein Geduldsfaden kurz vor dem Reißen stand. »Ihr könnt glauben, was Ihr wollt. Tricks liegen mir nicht, Ned; und es war wirklich mein Ernst, als ich sagte, daß Ihr das Schiff in wenigen Sekunden zerstören würdet, wenn Ihr ohne Hilfe weitermacht.«

»Dann assistiert mir. Erklärt mir, wie die *Phaeton* zu fliegen ist.«

»Unmöglich.« Er zählte die Punkte an seinen langen Fingern ab. »Es würde mehrere Tage dauern, Euch auch nur in die Grundlagen des Flugsteuerungssystems einzuweisen. Das«, so fügte er ohne jede Ironie hinzu, »würde selbst für den intelligentesten Schüler gelten. Zweitens. Bedenkt nur die Anforderungen, die an einen Piloten gestellt werden, der eine Flugmaschine durch die Atmosphäre steuert. Ned, die *Phaeton* ist inhärent instabil; das heißt, daß der Pilot – wenn Ihr nicht einen Gewaltstart hinlegen wollt wie unser französischer Kollege – ständig die Fluglage des Schiffes kontrollieren muß; andernfalls würde es sich drehen und mit dem Bug voran bei vollem Schub am Boden zerschellen. Dies ist die einzige Flugmaschine der Welt, und ich bin der einzige Mensch, der in der Luftfahrt bewandert ist. Drittens. Ihr werdet Euch erinnern, daß die *Phaeton* ein Prototyp ist. Daher hat sie einige Macken und Eigenheiten, die nur ich vorhersehen und kontrollieren kann …«

»In Ordnung!« Durch die Kraft, die ich zur Aufrechterhaltung eines konstanten Drucks auf die Raketenhebel aufwenden mußte, verkrampften sich die Hände bereits zu Klauen aus angespannten Muskeln.

Dann grinste er unerwartet, wobei seine Haare vom Kopf abstanden. »Ihr fragt, warum ich das Schiff fliegen will. Ich möchte nicht, daß Ihr mein Luftfahrzeug ruiniert, Junge; das ist doch ein offensichtlicher Grund. Im übrigen …

Nun, der alte Glad Eyes hat keinen Zweifel daran gelassen, daß diese Raketen-Granaten mit oder ohne meine Beteiligung gebaut werden. Jetzt habt Ihr mich zu der Überlegung gebracht, daß ich, falls das Anti-Eis erneut als Kriegswaffe eingesetzt wird, lieber vor Ort die Auswirkungen meiner Handlungen beobachten sollte, als drei Tage später einen inakkuraten Bericht im *Guardian* zu lesen.

Ned, ich habe mich nun entschieden. Fliegen wir los und suchen wir Eure wertvolle Lady; fliegen wir nach Paris, der Königin der Städte!«

Erneut sah ich ihm forschend ins Gesicht. Es fanden

sich keine Anzeichen von Hinterlist oder Täuschung; vielmehr wurde ich an den impulsiven Enthusiasmus erinnert, den ich in jenen letzten Minuten vor der Landung auf dem Mond wieder in ihm geweckt hatte. Und so nickte ich schließlich.

Traveller schlug die Hände zusammen. »Ich habe Pocket angewiesen, das Haus zu hüten; wir sind also startbereit. Nun denn, Ned, wenn Ihr meinen Platz freimachen würdet – laßt diese Hebel so langsam wie möglich los …«

Und so steigerte sich binnen weniger Minuten das Geräusch der Raketen zu einem Tosen; die Abdeckplanen zerrissen und fielen zu Boden, und die *Phaeton* erhob sich hoch über die Landschaft von Surrey.

Mit Kompetenz und Virtuosität steuerte Traveller das Schiff in einer Flughöhe von etwa einer halben Meile. Er vektorierte die Düsen und erklärte hierzu, daß die Raketen solcherart nicht nur die Masse des Schiffes in der Luft stabilisierten, sondern auch eine beträchtliche Querbeschleunigung erzielen konnten.

Und so rasten wir gen Süden.

Ich hatte das Gesicht an die Scheiben gedrückt. In einer solchen Höhe nimmt das Land, sofern es nicht von Wolken verhangen ist, das Aussehen einer Spielzeuglandschaft mit fein detaillierten Häusern, Bäumen und glitzernden Flüssen an. Es war direkt ein Schock, als wir plötzlich über dem waffengrauen Wasser des Kanals dahinflogen!

Nach vielleicht einer Stunde erreichten wir die französische Küste. Eine Hafenstadt breitete sich wie ein Diagramm unter uns aus, und Traveller glich den Blick durch das Periskop mit dem Inhalt einer auf seiner Brust ausgefalteten Karte ab. Dann nickte er zufrieden. »Wir haben Le Havre erreicht. Jetzt ist es nur noch ein Katzensprung bis Paris!«

Ich stellte mir vor, wie die braven Fischer dort unten

zu uns hochschauten und sich über das brüllende, feuerspeiende Monster wunderten, das an ihrem Himmel seine Bahn zog.

Wir orientierten uns nun an der Seine; wir folgten ihrem silbernen Lauf flußaufwärts durch die Normandie. Rauch stieg spiralförmig aus verstreuten Hütten und Bauernhäusern auf und driftete unter dem Einfluß der vorherrschenden Winde wie Federn nach Osten. Aus dieser göttergleichen Perspektive waren keine Anzeichen des Krieges zu erkennen.

Schließlich standen wir hoch über Rouen – die alten Straßen wirkten wie ein Kinderlabyrinth –, und ich erinnerte mich, daß es an diesem Ort gewesen war, wo wir Engländer die Jungfrau von Orléans auf dem Scheiterhaufen verbrannt hatten. Ich fragte mich, was diese tapfere Kämpferin wohl beim Anblick unseres großen, aus Aluminium bestehenden Luftschiffes empfunden hätte. Wäre es ihr wie eine erneute Vision des Herrn vorgekommen?

Schließlich, gegen zwei Uhr nachmittags, erreichten wir die Außenbezirke von Paris.

Aus der Luft erscheint Paris als annäherndes Oval, das von der Seine in Ost-West-Richtung säuberlich durchschnitten wird. Durch das Periskop konnten wir deutlich die im Herzen der Stadt liegenden Inseln erkennen, und wir studierten das elegante Dach der Kathedrale von Notre Dame – bis jetzt von der preußischen Artillerie verschont, welche die Stadt im Würgegriff hatte. Direkt im Norden der Seine konnten wir die Rue de Rivoli ausmachen, die parallel zum Fluß verläuft. Ich folgte dem Verlauf der Straße nach Westen, stieß auf die Champs Elysées und hielt bei umgestürzten Bäumen inne, die wie heruntergefallene Streichhölzer auf der Straße verstreut waren. Ich fragte mich, ob sie von der deutschen Artillerie gefällt worden waren, aber Traveller meinte, daß die prächtige Allee abgeholzt würde, um Brennholz für die Bewohner der belagerten Stadt zu liefern.

Um die graubraune Masse der Stadt zogen sich die Befestigungen der Hauptverteidigungslinie: Wir entdeckten einen zwanzig Meilen langen Wall vom Bois de Boulogne im Westen bis zum Bois de Vincennes im Osten. Und, in der Landschaft jenseits der Wälle, konnten wir deutlich die Stellungen der preußischen Belagerungsarmeen erkennen. Offizierszelte waren wie Taschentücher in den Wäldern und Feldern verstreut; und – als wir etwas tiefer gingen – konnten wir die Gruben ausmachen, in denen die Geschütze standen – Hunderte von ihnen, deren todbringende Mündungen auf die unglücklichen Bürger von Paris gerichtet waren. Und wir konnten sogar die rot, blau und silbern glänzenden Uniformen der preußischen Soldaten erspähen.

Während ich auf die staunenden, nach oben gewandten Gesichter dieser deutschen Eroberer hinabschaute, überlegte ich, wie einfach es doch für mich wäre, sagen wir, einen Dewar-Behälter mit Anti-Eis auf sie abzuwerfen – mit verheerenden Folgen. Die Preußen hätten dem nichts entgegenzusetzen; wir könnten uns leicht außerhalb der Reichweite ihrer Geschütze halten, selbst wenn sie zur Luftzielbekämpfung geeignet waren.

Mir schauderte, und ich fragte mich, ob ich eben die Vision eines zukünftigen Krieges gehabt hatte.

Jetzt sahen wir fasziniert, wie sich aus der braunen Masse der Stadt die pralle, runde Form eines Heißluftballons erhob. Die Zeitungen von Manchester waren voll von Berichten über die tapferen Versuche der Pariser, mittels solcher Fahrzeuge mit dem Rest Frankreichs Kontakt aufzunehmen, und über den noch verzweifelteren Einsatz von Brieftauben; aber nichtsdestoweniger war der unmittelbare Anblick sehr beeindruckend. Das plumpe Fahrzeug ähnelte in seiner schrillen Farbenvielfalt und den ungleichmäßig zugeschnittenen Bahnen einer Patchwork-Decke, und es schwankte unsicher im strammen Westwind, der über die Dächer der Stadt fegte; aber dann schwebte es mit einem Hauch von Eleganz Richtung Osten und überflog nach wenigen Minuten die Stadtgrenze.

Wir suchten den Horizont mit Travellers Teleskopen ab – aber von der *Prince Albert* war nichts zu sehen. Traveller runzelte die Stirn. »Also, Ned, was nun?«

Konsterniert und enttäuscht schüttelte ich den Kopf; der Maßstab des unter mir ausgebreiteten Kriegsdramas war so groß, daß meine impulsiven Träume, ein einzelner Mann könne den Gang der sich anbahnenden Ereignisse verändern, selbst wenn er über eine solche Waffe wie die *Phaeton* verfügte, närrische Phantasien zu sein schienen. »Ich wüßte nicht, was wir hier ausrichten könnten«, sagte ich schließlich. »Aber trotzdem würde ich gerne weiter nach Françoise suchen.«

Traveller zupfte sich am Kinn. »Dann müssen wir uns weitere Informationen über den Standort der *Albert* verschaffen.«

»Sollen wir direkt in der Stadt landen?«

Er studierte kurz die Karte auf seiner Brust. »Ich würde von einem solchen Vorgehen abraten. Wir haben keine Möglichkeit, die Bewohner von unserer Ankunft zu informieren oder sicherzustellen, daß eine Landefläche bereitgestellt wird – vielmehr ist es so, daß in der jetzigen überreizten Verfassung der Pariser eine Landung eine große Menschenmenge anlocken könnte, die direkt in den Strahl unserer Dampfdüsen hineinläuft.

Nein, Ned; ich kann eine Landung in der Stadt nicht empfehlen. Aber ich hätte einen Alternativvorschlag.«

»Der da lautet?«

»Laßt uns dem Ballonfahrer folgen. Wenn er runtergeht, können wir auch sicher landen und mit ihm sprechen.«

Ich dachte darüber nach. Ich hatte Bedenken, wertvolle Stunden mit der Verfolgung des primitiven Fluggerätes zu vergeuden. Andererseits hatte der Ballonfahrer jedoch sicher einen größeren Überblick über die Situation als der Durchschnitts-Pariser. Diesen kühnen

Burschen ein paar Minuten lang zu befragen, wäre genauso effizient wie eine stundenlange Recherche im überfüllten Paris.

»Sehr schön«, sagte ich zu Traveller. »Laßt uns diesem tapferen Piloten folgen und hoffen, daß er uns weiterhelfen kann.«

Im Osten von Paris liegt die Region der Champagne; und genau hierher, etwa zwanzig Meilen von den Stadtmauern entfernt, trug der Westwind unseren Ballonfahrer. Inmitten gepflegter kleiner Weingärten lag sein zusammengefallener Ballon wie ein bunter Teich und war aus der Luft überhaupt nicht zu übersehen.

Traveller landete die *Phaeton* eine Viertelmeile weiter nördlich. Bevor die Raketendüsen sich noch abgekühlt hatten, rollten wir Strickleitern aus und hangelten uns auf die Erde hinab. Es war jetzt später Nachmittag, und wir standen ein paar Sekunden da und blinzelten in einen wolkigen Himmel. Die *Phaeton*, die in ihrer üblichen spektakulären Weise gelandet war, stand im Zentrum einer Scheibe aus versengten und herabgefallenen Trauben; nie mehr würden diese Stöcke Früchte tragen! Und direkt am Rande dieser verbrannten Erde stand ein Mann in einem schlichten Kittel und gaffte; sogar von meiner Position aus konnte ich seinen offenstehenden Mund sehen.

Traveller schritt selbstbewußt zu diesem Landmann hin und drückte ihm Geld in die Hand. Der Ingenieur sagte dem Burschen in gebrochenem Französisch, daß er dieses Geld seinem Patron als Entschädigung für die teilweise Zerstörung des Weingartens geben solle. Verwirrt blätterte der arme Kerl das Geldbündel durch und starrte es an, als ob er noch nie eine englische Fünf-Pfund-Note gesehen hätte. Aber wir hatten keine Zeit mehr für weitere Erklärungen; wir verabschiedeten uns kurz von unserem unfreiwilligem Gastgeber und gingen von dannen, an Hecken vorbei und durch Weingärten hindurch.

Nach fünf Minuten stießen wir auf den Ballon. Das nun luftleere Gebilde war aus allen möglichen Textilien zusammengestückelt worden – ich erkannte Tischtücher, Bettlaken, Vorhänge und sogar ein zartes, weißes Gewebe, das mich an intimere weibliche Kleidungsstücke erinnerte. Der Ballon wies rechteckige Bahnen auf, an denen Schnüre befestigt waren und die bei der Landung offensichtlich aufgerissen worden waren; doch um diese präzisen Rechtecke war die Ballonhülle zerrissen, und daher mußte der Ballon mit einer höheren als vom Piloten beabsichtigten Geschwindigkeit gelandet sein. »Gütiger Gott, Sir Josiah«, sagte ich zu Traveller, »diese ganze Konstruktion ist ja eine reine Improvisation.«

»Man braucht mehr Mut, in einem solchen Gefährt in die Lüfte zu steigen, als mit der *Phaeton* zum Mond zu fliegen«, stellte Traveller fest. »Die Einwohner von Paris müssen wirklich verzweifelt sein, wenn …«

»Im Grunde«, so ertönte hinter uns eine französische Stimme aus der Ballonhülle, »versucht dieser Pariser nur verzweifelt, seinen Auftrag auszuführen, ohne dabei von den arroganten Bemerkungen irgendwelcher Engländer belästigt zu werden, und – au!«

Traveller und ich sahen uns besorgt an, und dann liefen wir um den zusammengefallenen Ballon herum.

Der Ballonkorb war nicht mehr als ein großer geflochtener Wäschekorb, der mit Lederriemen an der Hülle befestigt war. Der Korb lag auf der Seite, und Rollen und Bündel hatten sich über den weichen Erdboden ergossen; und inmitten dieses ganzen Chaos saß ein junger Mann. Er war ungefähr so groß und so alt wie ich und hatte einen aparten gallischen Teint. Er trug die schlichte, gedeckte Kleidung des Städters; so hätte man ihn zum Beispiel für einen Bankangestellten halten können. Nun aber war sein graues Jacket zerrissen und lehmverschmiert. Er hatte das linke Bein ausgestreckt und wollte sich am Boden abstützen, um aufzustehen;

aber jedesmal, wenn er das Bein auch nur leicht belastete, zuckte er schmerzerfüllt zusammen.

Traveller beugte sich zu ihm hinunter, um das verletzte Bein zu untersuchen. »Ihr müßt hier liegenbleiben«, sagte ich auf englisch. »Euer Bein ist offensichtlich verletzt, und ...«

»Mein Name ist Charles Nandron«, erwiderte er auf französisch. »Ich bin Deputierter der Regierung der Nationalen Verteidigung. Sir, Ihr befindet Euch zweifellos unbefugt auf französischem Boden; Ihr werdet deshalb die Höflichkeit besitzen, in der Landessprache mit mir zu sprechen, oder aber gar nicht – au!« Nandron warf den Kopf zurück und biß die Zähne zusammen.

In fließendem Französisch stellte ich mich und Traveller vor. »Wir sind mit der *Phaeton* hergekommen, bei der es sich um ein Anti-Eis ...«

»Ich habe kein Interesse an englischen Geräten«, sagte der Deputierte schnaufend. »Ich habe mein Leben riskiert, um mich mit unserer Provinzregierung in Tours in Verbindung zu setzen ...«

»Wenn Ihr jetzt nicht stillsitzt und Euch um das Bein kümmert, junger Mann«, sagte Traveller in seinem stakkatoartigen Englisch, »werdet Ihr für lange Zeit mit niemandem mehr Verbindung aufnehmen, höchstens mit ein paar Winzern.« Er drehte sich zu mir um und sagte: »Ich bin zwar kein Arzt, aber ich glaube nicht, daß es gebrochen ist – nur eine Aufschürfung und eine böse Verstauchung. In der *Phaeton* habe ich Mullbinden und Breipackungen; haltet Ihr den überheblichen jungen Gentleman davon ab, davonzukriechen, bis ich die Sachen geholt habe.«

Ich nickte knapp. Als Traveller davonstiefelte, ließ Nandron seinen arroganten Blick in einer Anwandlung von Neugier über Sir Josiahs Platinnase schweifen; aber bald widmete er sich wieder der Luftraumüberwachung.

»Wir sind in Manchester nur lückenhaft über die Lage

in Paris informiert«, sagte ich auf französisch, »und müssen uns dabei im wesentlichen auf die Berichte stützen, die von kühnen Blockadebrechern wie Euch übermittelt werden – wobei natürlich immer noch genug Raum für Spekulationen bleibt.«

Er nickte und schloß die Augen. »Paris ist in größter Bedrängnis. Die Preußen planen eindeutig, die Stadt durch Aushungern zur Aufgabe zu zwingen.«

»Erreichen euch dort Nachrichten vom Fortgang des Krieges?«

»Wir wissen, daß Bismarck ganz Frankreich nördlich und westlich von Orléans besetzt hat, mit Ausnahme von Paris. Frankreich steht und fällt mit Paris; aber diesmal werden wir die Invasoren vertreiben…«

»Ja. Und existiert denn eine Armee innerhalb der Mauern der Stadt?«

»Eine Bürgerarmee, Sir. Die Nationalgarde ist auf über dreihunderttausend Mann verdoppelt worden; praktisch jeder wehrfähige Mann in der Stadt hat sich erhoben, um sein Land zu verteidigen. Selbst von uns Politikern wird erwartet, daß wir in die Bresche springen.«

Ich musterte sein stolzes Gesicht, das jetzt schweißüberströmt war vor Schmerz, und überlegte, daß, wenn man die Historie des einer Hydra gleichenden Pariser Mobs betrachtete, diesen glücklosen Politikern wahrscheinlich wirklich nichts anderes übrigblieb, als zusammen mit den anderen auf die Barrikaden zu gehen. Aber ich verkniff mir einen diesbezüglichen Kommentar und fragte statt dessen: »Und wie ist die Lage in der Stadt?«

Er schüttelte den Kopf. »Wie Ihr wißt, gelangen keine Nahrungsmittel in die Stadt; der Wind macht es unmöglich, auch nur ein paar Pfund mit Ballons zu befördern; unsere Regierung hat ein Verteilungsproblem, sowohl regional als auch sozial.« Er lachte mit leichtem Zynismus. »Es verwundert also niemanden, daß die Armen am meisten leiden. Auch Geschäftsleute gehen bankrott. Aber die besten Restaurants haben noch alles auf der

Karte.« Er fixierte mich mit einem intensiven Blick und versuchte, sich gerader aufzusetzen. »Vielleicht möchtet Ihr und Euer dilettantischer Begleiter während Eures Besuches einmal ein solches Restaurant aufsuchen. Ich entschuldige mich im Namen aller Franzosen für das Fehlen solcher Dinge wie Frischgemüse und Meeresfrüchte; aber die Speisekarten sind exotischer denn je durch die Aufnahme solcher Spezialitäten wie Känguruh, Elefant und Katze …«

Beruhigend legte ich ihm die Hand auf die Schulter. »Sir, wir sind nicht Eure Feinde. Wir riskieren auf diesem Kriegsschauplatz sogar unser eigenes Leben; wir suchen nämlich jemanden.«

»Wen?« fragte er mit einem Anflug von Neugier.

»Habt Ihr schon von der *Prince Albert* gehört?« Ich erläuterte ihm die Umstände der Entführung des Schiffes durch Franktireurs und daß es dem Vernehmen nach einen südlichen Kurs auf Paris nahm.

Aber Nandron schüttelte den Kopf. »Ich weiß nichts von einem solchen Schiff«, sagte er abschätzig. »Und überhaupt werden unsere Franktireurs jetzt viel sinnvoller bei der Unterbrechung der langen preußischen Nachschublinien von Berlin eingesetzt …«

Enttäuscht von diesem neuerlichen Scheitern, nutzte ich die verbleibenden Minuten bis zu Travellers Rückkehr dennoch dazu, diesem hochnäsigen jungen Pariser weitere Details über die Lage in der Stadt zu entlocken. So erzählte er mir zum Beispiel, daß selbst jetzt das Programm zur Erneuerung der dreißig Jahre alten Verteidigungswälle durch Streitigkeiten und Verzögerungen behindert wurde, weil rivalisierende Gruppen von Ingenieuren sich über die eleganteste und ästhetischste Konstruktion stritten. Dabei mußte ich an die Schilderungen meines Bruders von den schlichten, aber wirkungsvollen Erdbefestigungen denken, welche die Russen um Sewastopol errichtet hatten.

Im milden, schwindenden Licht dieses Nachmittags

auf dem französischen Land fiel es mir schwer, die unglaublichen Details von Nandrons Geschichten zu glauben.

Die größte Hoffnung auf Rettung versprach Paris sich vom Minister des Inneren, Gambetta, der bereits vor einigen Wochen per Ballon aus der Stadt entschwebt war. Dieser Gambetta hatte anscheinend eine neue Armee aus dem französischen Boden gestampft und die Preußen bereits mit einigem Erfolg bei Coulmiers in der Nähe von Orléans angegriffen. Nun marschierte Gambetta auf Orléans selbst, wo er die Invasoren erneut stellen wollte. Aber starke preußische Verbände, die zuvor durch die Belagerung von Metz gebunden waren, marschierten jetzt ihrerseits auf ihn zu; und es hatte den Anschein, daß Orléans vielleicht zu einem so entscheidenden Schlachtfeld wie Sedan werden würde.

Traveller kam zurück und applizierte fachmännisch eine Packung um Nandrons Bein. Während Traveller beschäftigt war, fuhr Nandron fort: »Es heißt, daß General Trochu« – der Vorsitzende der provisorischen Regierung – »nicht um die Zukunft Frankreichs fürchtet; er glaubt nämlich, daß Sainte Geneviève, die im fünften Jahrhundert das Land vor Barbaren errettete, wiederkehren wird.« Er lachte bitter.

»Ihr teilt seinen Optimismus nicht?«

»Ich würde eher in den Bars der Stadt kursierenden Gerüchten Glauben schenken, wonach Bonaparte höchstselbst wieder von den Toten auferstanden ist – oder womöglich gar nicht erst gestorben ist, in seinem britischen Exil – und in einem großen Kampfwagen zurückkehrt, um sich Gambettas Armee bei Orléans anzuschließen und die Preußen zu verjagen.«

Ich nickte. »*Old Boney* höchstpersönlich, eh? Welch eine romantische Vorstellung ...«

Aber Traveller bedeutete mir zu schweigen. »Dieser ›große Wagen‹«, sagte er hektisch in seinem gebrochenen Französisch. »Enthalten diese Gerüchte irgendwelche Details?«

»Natürlich nicht. Sie sind nur Geschwätz von Ignoranten und schlecht informierten Leuten...«

Ich schaute Traveller überrascht an. »Glaubt Ihr vielleicht, daß es sich bei diesem Wagen um die *Albert* handeln könnte?«

Traveller zuckte die Achseln. »Warum nicht? Stellt Euch das große Anti-Eis-Schiff auf seiner Fahrt über die Felder Frankreichs vor, mit diesen unerschrockenen Franktireurs am Steuer. Könnte die Kunde von einer solchen Entwicklung denn nicht in entstellter Form in das verzweifelte Paris gelangt und mit diesem Unsinn über den Korsen verquickt worden sein?«

»Dann müssen wir nach Orléans aufbrechen!« sagte ich.

»Eure Analyse ist falsch«, fuhr Nandron barsch dazwischen. »Kein Sohn Frankreichs, der Selbstachtung besitzt, würde die verrückten Maschinen der Briten benutzen. Denn es ist die Ansicht der Regierung der Nationalen Verteidigung, daß die technische Invasion Frankreichs durch Britannien genauso ruchlos sei wie die der preußischen Barbaren...«

»Wenn auch etwas schwieriger zu definieren, was?« meinte Traveller aufgekratzt. »Nun, mein Junge, Ihr mögt selbst den Namen Britannien verachten; aber wenn Ihr die britische Hilfe jetzt nicht in Anspruch nehmt, werdet Ihr ziemlich lange brauchen, bis Ihr Tours mit diesem Bein erreicht, trotz meiner wundersamen Heilkräfte.«

»Danke«, sagte der Franzose kühl, »aber ich würde es vorziehen, alleine zu reisen.«

Traveller schlug sich fassungslos an die Stirn. »Ist die Dummheit junger Männer denn grenzenlos?«

»Ihr müßt verstehen, daß Ihr hier nicht willkommen seid«, sagte Nandron in stark akzentuiertem Englisch. »Wir wollen Euch nicht. Wir müssen das preußische Joch mit dem Blut von Franzosen abschütteln!«

Ich kratzte mich an der Wange. »Ich wünschte, Ihr würdet das Gladstone sagen.«

Er schaute verblüfft drein. »Was?«

»Vergeßt es.« Ich richtete mich auf. »Nun, Sir Josiah; das war wohl alles.«

»Nach Orléans?«

»In der Tat!«

Wir entboten Nandron einen Abschiedsgruß, den er indessen nicht erwiderte, und marschierten ein letztesmal durch die gepflegten Weingärten; das letzte, was ich von dem starrköpfigen Deputierten sah, war, wie er sich auf dem gesunden Bein abmühte, die Papiere und anderen Dinge aufzusammeln, die er unter solchen Schwierigkeiten aus dem belagerten Paris herausgebracht hatte.

14

Der Franktireur

»Wir dürfen keine Zeit mehr verlieren«, drängte ich Traveller. »Schon in diesem Augenblick kann die *Prince Albert* auf die preußischen Truppen treffen; und wir können sicher sein, daß die Situation der unschuldigen Menschen auf dem Kreuzer sich nur noch verschlimmern kann, wenn er in Kampfhandlungen verwickelt wird.«

Traveller rieb sich das Kinn. »Ja. Und Euer schwachsinniger Plan, Françoise aufzustöbern, wird kaum durch preußische und französische Artillerieduelle befördert werden. Wir müssen alles daransetzen, das Schiff zu finden, bevor es auf die Preußen trifft. Und es besteht auch noch ein weiterer Grund zur Eile, der Euch vielleicht nicht präsent ist.«

»Als da wäre?«

Er ballte eine knochige Faust. »Die Anti-Eis-Waffen.«

»Sicher wird die Herstellung der von Euch beschriebenen Gerätschaften Zeit brauchen«, sagte ich. »Insbesondere deshalb, weil Ihr Euch mit Eurer Expertise so schnell aus England verabschiedet habt.«

Er schüttelte den Kopf. »Ich befürchte, daß es nicht so lange dauern wird. Diverse komplette Raketenmotoren – Prototypen für die Triebwerke der *Phaeton* – befinden sich in meinem Laboratorium. Gladstones Leute würden sie binnen kurzem nachbauen können. Und, Ned, Ihr dürft auch meine persönliche Bedeutung nicht überschätzen: Das Prinzip der Anti-Eis-Motoren wäre auch für Newton nachvollziehbar gewesen; und für einen modernen Ingenieur dürfte eine Untersuchung von einigen Minuten mehr als ausreichend sein. Selbst die originär von mir entwickelten Dinge wie das gyroskopische Navigationssystem sind kein Mysterium.«

Seine Ausführungen beunruhigten mich. »Mein Gott. Dann müssen wir sofort starten!«

»Nein.« Traveller deutete auf die untergehende Sonne – es war bereits fünf Uhr an diesem Herbstnachmittag. »Es wäre kaum sinnvoll, die *Phaeton* mitten in der Nacht auf einem Schlachtfeld zu landen. Und außerdem«, fügte er hinzu, »haben wir beide heute einen langen Tag gehabt; es ist kaum ein paar Stunden her, daß ich Old Glad Eyes in meinem Studierzimmer begrüßt habe.«

Ich wandte mich mit aller Macht gegen diese Verzögerung; aber Traveller stellte sich stur. Und so begab es sich, daß wir uns darauf vorbereiteten, noch eine Nacht in der Aluminiumhülle der *Phaeton* zu verbringen. Ich bereitete uns ein Mahl aus den aufgefüllten Corned-Beef-Beständen; Traveller füllte Flaschen mit seinem feinen alten Brandy ab; und dann saßen wir in der traulich beleuchteten Raucherkabine, genauso wie damals im Weltall.

Der Mittelpunkt der Kabine, das detaillierte Modell der *Great Eastern*, war durch ein Replikat ersetzt worden, wie ich anhand der Detailtreue feststellen konnte. Travellers kleines Piano blieb in der Wandung eingeklappt, eine traurige Reminiszenz an glücklichere Augenblicke.

Eine Weile versanken wir in Erinnerungen an unseren Flug ins All, aber unsere Gedanken schweiften doch schon zu sehr in die Zukunft ab. »Es ist natürlich nicht nur die bloße Verfügbarkeit Eurer Experimental-Raketen«, sagte ich schließlich, »die den Ausgang dieses Krieges bestimmen wird. Das Wissen um die britische Entschlossenheit zum Einsatz von Anti-Eis wird diese Kontinentalen schon zur Raison bringen.«

Er lachte. »Dann werden sie sich also nur auf Geheiß von Old Glad Eyes wie brave Buben verhalten und die

Waffen niederlegen? Nein, Ned; wir müssen uns den Tatsachen stellen. Schon bevor Bismarck diesen grausamen Krieg provozierte, hatte er gewußt, daß wir über Anti-Eis verfügen, und muß mithin unterstellt haben, daß Britannien es nicht einsetzt. Nur die Detonation einer Anti-Eis-Granate inmitten seiner Frontlinie wird ihn vom Gegenteil überzeugen. Und was die Franzosen betrifft – Ned, diese Kameraden kämpfen um ihr Leben, ihre Ehre und ihr geliebtes *patrie*. Sie werden kaum auf die abstrakte Möglichkeit einer britischen Superwaffe reagieren. Nochmals, nur die Entwicklung einer solchen Waffe wird die preußische Haltung ändern können. Diplomatie ist jetzt irrelevant; es gibt keine Begründung für eine Verzögerung. Und ich bin sicher, daß dies auch der Kalkulation von Gladstone und seinem Kabinett entspricht.«

Seine Worte waren nüchtern; ich nahm einen ordentlichen Schluck Brandy. »Dann seid Ihr also der Ansicht, daß alles für den Einsatz von Anti-Eis spricht.«

Sein Blick schweifte über die flackernde Kabinenbeleuchtung. »Ich sehe keine Alternative.«

Ich beugte mich nach vorne. »Sir Josiah, vielleicht hättet Ihr doch in England bleiben und gegen eine solche Entwicklung Stellung beziehen sollen. Vielleicht hätte die Kraft Eurer Argumente etwas bewirken können.«

Er schaute mich mit einem belustigten Flackern in seinen kalten Augen an. »Danke für diesen fundierten und abgewogenen Rat: Ausgerechnet von dem Mann, der mich dazu gezwungen hat, England zu verlassen! Aber meine Anwesenheit hätte ohnehin nichts bewirkt. Gladstone hat mich nämlich nicht zuhause aufgesucht, um das Thema zu erörtern, sondern um mich vor vollendete Tatsachen zu stellen.«

So verging der Abend.

Als die Dunkelheit sich über das Land senkte, legten wir uns wieder in die schmalen Kojen. Ich lag die ganze Nacht ruhig da, aber mein Kopf, in dem sich die Gedanken an die Zukunft jagten, kam nicht zur Ruhe.

Wir standen beide auf, als die einsetzende Morgendämmerung durch die Fenster drang. Der Kleine Mond stand hoch am klaren Himmel, eine helle weiße Boje, welche die erwachende Landschaft erhellte.

Einsilbig wuschen und kleideten wir uns an, frühstückten hastig, und – nicht einmal eine Stunde nach Einsetzen der Dämmerung – ließen wir die *Phaeton* erneut in den Himmel des besetzten Frankreich steigen.

Die alte Stadt Orléans befindet sich etwa fünfzig Meilen südlich von Paris am Ufer der Loire. Vor vier Jahrhunderten war sie von Johanna, genannt die Jungfrau von Orléans, von der britischen Belagerung befreit worden; und nun lag sie an der Frontlinie eines anderen Krieges, der eine noch größere Gefahr für Frankreich darstellte.

Traveller bestand darauf, daß die Wassertanks aufgefüllt wurden, und landete die *Phaeton* – zu meiner größten Verwunderung – am Ufer des Flusses. Lauthals meckernd half ich ihm dabei, einen Schlauch zum schilfbestandenen Flußufer auszurollen und stand ungeduldig daneben, während die Pumpen des Schiffes die von den Motoren benötigte Flüssigkeit ansaugten.

Wir erreichten Orléans kurz vor halb acht. Trotz Gambettas kürzlichen Sieges beim nahegelegenen Coulmiers war Orléans selbst noch immer besetzt. Und, als wir vielleicht eine Viertelmeile über den Dächern und Türmen der Stadt schwebten und die nach oben gewandten Gesichter der Einwohner durch die Teleskope betrachteten, erblickten wir überall preußische Soldaten und Offiziere. Ein Soldat – ein schmucker Kürassier mit einem Brustpanzer aus weißem Metall und prächtiger Kokarde – legte seine Flinte auf uns an feuerte einen Schuß ab. Ich sah das Mündungsfeuer und hörte, kurze Zeit später, den entfernten Knall der Explosion; aber die Kugel fiel harmlos auf die Erde zurück.

Von der *Prince Albert* war nichts zu sehen. Ich schlug vor, daß wir landeten und Erkundigungen einzogen, aber Traveller zeigte auf Preußen, die aus über die ganze Stadt verstreuten Unterkünften auftauchten; eine Kolonne formierte sich am Nordrand der Stadt in Marschordnung. »Ich glaube, wir sollten uns diskret zurückhalten«, sagte er. »Ein spektakulärer Auftritt der *Phaeton* würde diese gefechtsbereiten Deutschen sicherlich nicht gerade besänftigen.«

»Was sollen wir dann tun?«

Der in seinem Steuersessel sitzende Ingenieur rüstete das Periskop mit einem neuen Okular aus. »Ich würde sagen, die preußische Kolonne bereitet sich auf einen Marsch nach Westen vor – vielleicht nach Coulmiers, um die Franzosen dort erneut anzugreifen. Unsere Chancen, auf die *Albert* zu stoßen, liegen in dieser Richtung sicher am besten.«

»Und wenn wir wieder Pech haben?«

»Dann werden wir in der Tat landen müssen und können nur hoffen, weitere Informationen zu erhalten, ohne daß uns der Kopf weggeschossen wird. Aber wir sollten uns damit erst befassen, wenn es auch aktuell wird. Auf nach Coulmiers!«

Von Orléans aus folgte Traveller dem glitzernden Band der Loire nach Westen und änderte dann den Kurs nach Norden, wobei wir eine Ebene überflogen, die kreuz und quer mit Hecken bestanden war. Als wir uns jedoch Coulmiers näherten, erkannte ich am näherrückenden Horizont einen großen Teppich, der über diese eintönigen französischen Felder ausgebreitet war, eine graublaue Fläche aus Staub und Bewegung und blinkendem Metall. Bald sah ich, daß dieses wogende Gebilde langsam, aber stetig Kurs nach Osten nahm, zurück nach Orléans!

So stießen wir auf die französische Loire-Armee, Gambettas neue *levée en masse*.

Wir fegten wie ein Raubvogel über die vorrückende Armee. Aus der Nähe betrachtet war diese große zusammengewürfelte Streitmacht indessen weniger eindrucksvoll. Feldgeschütze trieben wie von Pferden gezogene waffengraue Flöße in einem Strom von Soldaten; aber die dunkelblauen Mäntel der Infanteristen, ihre roten Mützen, die zerrissenen weißen Hafersäcke und Biwakzelte wiesen samt und sonders die Spuren häufiger und harter Nachteinsätze im Felde auf. Und ihre Gesichter, jung und alt, verrieten nur Erschöpfung und Furcht.

Erneut gerieten wir in ungerichtetes Feuer, das aber wirkungslos verpuffte. Als jedoch ein Feldgeschütz angehalten und gegen uns in Stellung gebracht wurde, ging Traveller schnell in den Steigflug.

Als die Soldaten neuerlich zu einem monströsen Menschenmeer verschmolzen, bekam ich wieder ein Gefühl für die Dimensionen dieser Streitmacht; sie schien sich über den ganzen Horizont zu erstrecken, eine Flut, die sich anschickte, die Preußen fortzuspülen.

»Lieber Gott, Traveller, das ist sicher eine Armee, der keine andere widerstehen kann. Das müssen eine halbe Million Soldaten sein. Sie werden die Preußen allein schon aufgrund ihrer zahlenmäßigen Überlegenheit vernichten.«

»Vielleicht. Dieser Kamerad Gambetta hat mit der Aufstellung einer solchen Truppe wirklich eine Leistung vollbracht. Obwohl einige dieser Artilleriegeschütze anscheinend schon etwas älter sind; und sind Euch die vielen unterschiedlichen Gewehre aufgefallen? Da stellt man sich doch gleich die Frage nach der Munitionsversorgung dieser tapferen Burschen.«

Mir war indes nichts derartiges aufgefallen. »Dann beurteilt Ihr also ihre Erfolgsaussichten gegen die Preußen heute weniger optimistisch?«

Er schob das Periskop ein und rieb sich die Augen. »Ich habe schon mehr vom Krieg gesehen, als ich eigentlich von seiner Wissenschaft in Erfahrung bringen wollte. Zahlenmäßige Überlegenheit ist durchaus ein signifikanter Faktor, wird aber durch Ausbildung und

Kampferfahrung bei weitem übertroffen. Schaut Euch nur die Formation der armen Franzmänner an, Ned! Schon auf dem Marsch gruppieren sie sich zu Kampfverbänden. Damit sind sie natürlich nicht mehr in der Lage, operative Manöver durchzuführen; und ihre Kommandeure müssen sie wie eine Schafherde zusammentreiben und ins Gefecht schicken.

Und in der Zwischenzeit treten die Preußen in aller Ruhe und nach den Regeln der Kriegskunst gegen sie an…

Ned, ich befürchte, daß wir heute Zeugen eines blutigen und schrecklichen Tages werden; und wenn er eine Entscheidung bringt, kann sie nur zugunsten der Preußen ausfallen…«

Aber ich hörte ihm kaum zu; denn am östlichen Horizont hatte ich eine neue Erscheinung ausgemacht. Sie glich einer Festung, deren Mauern die blitzenden Bajonette der französischen Soldaten überragten; aber es war eine Festung, die zusammen mit der Infanterie über die Ebene marschierte…

Unfähig, meiner Erregung Herr zu werden, drehte ich mich zu Traveller um und packte ihn an der Schulter. »Sir Josiah, seht einmal nach vorne. Werden diese Preußen denn nicht kehrtmachen und fliehen – davor?«

Es war die *Prince Albert*. Wir hatten sie schließlich gefunden!

Der Landkreuzer driftete wie ein eiserner Ingot in diesem Ozean aus feldgrauen Menschen. Hinter dem Schiff konnten wir Spuren umgepflügter Erde ausmachen, die sich in einer schnurgeraden Linie bis zum Horizont erstreckten. Traveller war von diesem Anblick erfreut, konnte er ihn doch als Beweis dafür nehmen, daß sein Anti-Eis-Antriebssystem immer noch einwandfrei funktionierte.

Es befanden sich sicherlich noch genügend Leute an Bord der *Albert*, die den Konstrukteur des Schiffes kannten und daher auch das außergewöhnliche Luftschiff, das über ihnen schwebte, einordnen konnten; denn vom Promenadendeck brandeten uns Jubelrufe entgegen, und auch die Soldaten, die der schlammigen Spur des Schiffes folgten, grüßten uns. Ich winkte zurück und hoffte, daß man mich durch die Kuppel der *Phaeton* sehen konnte. Der ganze Vorgang war in meinen Augen auf jeden Fall angenehmer, als unter Beschuß zu liegen.

Aber Travellers Gesichtsausdruck war düster; durch das Periskop inspizierte er die Schäden, die sein Schiff aufwies.

Fünf der sechs Schornsteine standen noch, obwohl ihr stolzer roter Anstrich zerkratzt und lehmbespritzt war; an der Stelle, wo sich ursprünglich der sechste befunden hatte, klaffte eine schwarze Wunde wie der Mund einer Leiche, durch den man in die dunklen Eingeweide des Schiffes blicken konnte. Als ich auf diese Wunde starrte und mir die Einzelheiten jenes gräßlichen Augusttages ins Gedächtnis rief, an dem das Schiff gestartet war, schoß mir das Blut mit einem fast hörbaren Rauschen in den Kopf.

Die anderen Schäden schienen eher kosmetischer Natur zu sein. Die glasüberdachten Freitreppen, die früher die Flanken des Schiffes geziert hatten, waren abmontiert worden und hatten Strickleitern weichen müssen – weil diese, wie ich vermutete, im Falle eines Angriffes schneller eingezogen werden konnten. Der Rumpf des Schiffes war nachträglich mit tausend Schlitzen perforiert worden. Durch diese Schlitze erspähte ich indes nicht die eleganten Salons oder die filigranen schmiedeeisernen Kunstwerke, welche die Eleganz des Schiffes ausgemacht hatten, sondern die häßlichen Schnauzen kleiner Artilleriegeschütze.

Der Landkreuzer war in der Tat in eine Maschine des Krieges verwandelt worden.

Travellers Zorn war tief und bitter. »Ned, wenn die Preußen schon erkannt hätten, wie fragil die *Albert* wirklich ist, dann hätten sie sie sicher nicht unbehelligt so weit nach Frankreich einfahren lassen.«

»Aber wie Ihr seht, ist sie eine Ikone, ein Fluchtpunkt für diese Franzen-Infanterie.«

»Sie ist ein Symbol, kann aber auch nicht mehr sein. Ned, sie wird diese armen Burschen eher in einen frühen Tod schicken als zum Sieg führen.«

Ich runzelte die Stirn und wandte mich dem nach Osten gehenden Fenster zu. »Dann sollten wir lieber unverzüglich landen, Sir Josiah, denn … Schaut!«

Am Horizont, unterhalb des leuchtenden Kleinen Mondes, erschien eine Linie aus glitzerndem Silber, dunkelblauen Uniformen, drohenden Mündungen von Feldgeschützen und nervös tänzelnden Pferden: Es war die aus Orléans ausgerückte und in Gefechtsordnung aufmarschierte preußische Armee.

Der Krieg war vielleicht noch eine halbe Stunde entfernt.

Das schmuckvolle Schwimmbecken der *Albert* war entleert worden und ihr Garten zu einer schlammigen Kuhle verkommen, die von den Stümpfen gefällter Bäume durchsetzt war. Das ganze Oberdeck starrte vor Artilleriegeschützen und Soldaten; diese Elitetruppen boten ein buntes Bild, von schneidigen Husarenoffizieren mit ihren schmucken Kalpaken bis hin zu Milizen – Männer und Frauen – in Lumpen, die einst edle Bekleidung gewesen waren. Beim Anblick dieser Leute machte mein Herz einen Sprung; wenn Menschen der höheren Gesellschaft seit dem unglücklichen Stapellauf des Schiffes an Bord geblieben waren, dann bestand in der Tat die Hoffnung, daß Françoise noch am Leben war.

Traveller hielt die *Phaeton* für kurze Zeit in einer stationären Position, bis seine Intention deutlich wurde; und einer der Husarenoffiziere schickte sich an, eine Landefläche freizumachen.

Traveller setzte die *Phaeton* so behutsam auf wie ein rohes Ei. Ohne abzuwarten, bis die Düsen sich abgekühlt hatten, öffnete ich die Luken, rollte eine Strickleiter aus und kletterte auf das Deck hinab.

Das intensiver werdende Sonnenlicht blendete mich. (Es war bereits halb neun.) Als die letzten Echos des Motorenlärms verklungen waren, kam die Belegschaft des Promenadendecks, Soldaten und Zivilisten gleichermaßen, auf uns zu. Jeder trug ein Gewehr – selbst, wie ich mit einem Schock feststellte, eine Frau! Diese außergewöhnliche Person trug die Überreste eines Seidenkleides, das dem ähnelte, welches Françoise am Tag des Stapellaufes getragen hatte; aber dieses Kleid war blutverschmiert und zerrissen und enthüllte einen Fundus an Unterwäsche, der unter weniger düsteren Umständen indiskret hätte erscheinen können. Ihr Gesicht war schmutzig, und die Augen waren dunkel gerändert; sie hielt eine Flinte in der Hand, deren Mündung auf mich wies, wobei sie im Umgang mit der Waffe ihren männlichen Kameraden in nichts nachzustehen schien.

Aus dieser mißtrauischen Menge löste sich der Offizier, der für uns das Deck geräumt hatte. Er war ein großer Mann von etwa dreißig Jahren, dem die braune Uniform und die weiße Schärpe seines Regimentes gut zu Gesicht standen, und seine intensiven braunen Augen und der Oberlippenbart, eingerahmt von einem messingfarbenen Kinnriemen, verrieten Energie, Intelligenz und Kompetenz. Aber auch seine Augen waren dunkel gerändert, und das Gesicht war mit den Stoppeln eines mehrere Tage alten Bartes übersät. Er stellte sich als Hauptmann des Zweiten Husarenregimentes vor und befragte uns zu unserer Identität; aber bevor ich noch antworten konnte, ertönte vom östlichen Horizont ein Geräusch wie ein unterdrücktes Husten.

Der Husar ließ sich auf das Deck fallen, als ob er mit

der Sense niedergemäht worden wäre; Traveller und ich folgten seinem Beispiel etwas langsamer. »Preußische Artillerie«, flüsterte Traveller.

»Was? Sind wir schon so nahe?«

»Zweifellos. Wenn sie sich erst eingeschossen haben, dann …«

Ein schrilles Pfeifen schnitt durch die Luft, irgendwo zu meiner Linken; eine Granate fiel in einiger Entfernung von dem Meer aus französischen Soldaten zu Boden und explodierte harmlos, was einen müden Jubel der Passagiere der *Albert* hervorrief.

Aber das Applaudieren verging ihnen, als eine zweite Granate vielleicht eine Viertelmeile hinter uns den Boden umpflügte und die Soldaten wie Kegel umwarf. Das Deck schüttelte sich unter mir, und mit Erschrecken sah ich, daß ein großes Stück rostbrauner Erde in die Luft geschleudert wurde. Das sich mit menschlichem Fleisch vermischende Erdreich ließ den Eindruck aufkommen, die Erde selbst wäre verwundet worden.

»Traveller, ist das der Krieg?«

»Ich befürchte es, Junge.«

Der Husarenoffizier wandte sich uns zu und sagte schnell auf französisch: »Meine Herren, wie Ihr seht, stecken wir fest; wenn Ihr nicht wollt, daß Euer Wunderspielzeug in Stücke geschossen wird, würde ich Euch empfehlen, zu einem ruhigeren Ort zu fliegen.«

Ich ergriff seinen Arm. »Wartet! Wir suchen einen weiblichen Passagier auf diesem Schiff; sie wurde hier eingeschlossen, als …«

Aber der Hauptmann schüttelte meine Hand mit zorniger Ungeduld ab und eilte zu seiner Kompanie.

Ich drehte mich zu Traveller um. »Ich muß sie finden.«

»Ned, uns bleiben nur noch Minuten. Ein guter Schuß von diesen Preußen …«

Verzweifelt packte ich ihn an der Schulter. »Wir haben

es doch schon so weit geschafft. Werdet Ihr auf mich warten?«

Er schubste mich fort. »Beeilt Euch, Junge.«

Meine Wanderung über das Deck glich einem Alptraum. In meinem Innersten konnte ich einfach kein anderes Bild von Françoise akzeptieren als das eines gefangenen Passagiers, eines Opfers. Also suchte ich sie an Stellen, an denen sie sich vielleicht versteckte oder eingesperrt war. Ich suchte Niedergänge ab, die in das Innere des Schiffes führten; aber die Orte, an denen einst der Champagner floß und zwanglose Konversation betrieben wurde, gemahnten mich jetzt an das Innere eines von Lord Nelsons Linienschiffen. Artilleriegeschütze schoben sich wie Hundeschnauzen durch in die Hülle gebrochene Stückpforten, und überall stank es nach Kordit, waberten Formaldehyddämpfe und stapelten sich Bandagen eines improvisierten Feldlazaretts. Ich gelangte in den Großen Salon – oder das, was davon noch übrig war; wo ursprünglich der durch schmuckvolle Blenden kaschierte Schornstein durch den Raum verlaufen war, gab es jetzt nur noch einen obszön klaffenden Kamin, und das Interieur des Salons war geschwärzt und zerstört. Aber bewaffnete Männer und Frauen liefen zielstrebig umher. Die künstlerisch wertvollen, indes beschädigten und verkohlten Paneele wirkten absolut deplaziert in einem Szenario, das ihre Meister sich wohl niemals hätten vorstellen können.

Aber es gab keinen Hinweis auf Françoise. Meine Anspannung und Besorgnis näherten sich dem Siedepunkt.

Ich kletterte wieder auf das Promenadendeck. Als ich über die Reling auf das unter uns liegende Feld schaute, sah ich, daß die ungeordneten französischen Formationen und die Preußen sich bereits gegenseitig mit Gewehrfeuer beharkten. Ständig pfiffen Granaten über uns hinweg und tränkten durch ihre Detonationen die Erde mit dem Blut der Franzosen. Die Kanonen der *Albert* hatten jetzt ebenfalls zu sprechen begonnen; und mit jedem abgefeuerten Schuß lief ein Beben und Zittern durch die fragile Struktur des Schiffes.

Dann hörte ich, wie den Ton einer Oboe inmitten der Klangfülle eines großen Orchesters, Traveller meinen Namen rufen.

Ich blickte zur *Phaeton* zurück. Als der Ingenieur sah, daß wir Augenkontakt hatten, deutete er nach oben.

Mit schmalen Augen sah ich ins Sonnenlicht und machte einen weißen Strich aus, wie eine sehr dünne Wolke, der sich über den Himmel zog und eine gekrümmte Bahn am Kleinen Mond vorbei beschrieb. Die Linie wurde länger, als ob sie von der Hand Gottes gezogen würde... und sie überflog unser Schlachtfeld in Richtung Orléans. Diese Erscheinung war völlig geräuschlos und wurde von den kämpfenden und verängstigten Soldaten am Boden überhaupt nicht wahrgenommen.

Die Botschaft war klar. Es handelte sich um eine Anti-Eis-Rakete. Das Herz wurde mir schwer, nicht nur vor Angst, sondern auch vor Scham, Brite zu sein.

Ich schüttelte den Kopf und konzentrierte mich wieder auf das zunehmende Chaos um mich herum, und ich fragte mich, wie ich meine Suche in der kurzen Zeitspanne abschließen sollte, welche die Anti-Eis-Granate mir noch ließ.

Ich erspähte den weiblichen ›Soldaten‹, der mir schon früher aufgefallen war. Dieses Flintenweib hatte sich nun an der Bugreling postiert, das Gewehr angelegt und zielte auf die Preußen. Ich beschloß, sie anzusprechen. Sicherlich würden die paar an Bord des Schiffes verbliebenen Frauen ungeachtet ihrer Einstellung zu diesem Konflikt einander helfen und unterstützen; und so würde diese moderne Jungfrau von Orléans mir vielleicht den Weg zu Françoise weisen können, deren Rettung das einzige war, was mich in diesem ganzen Chaos überhaupt bewegte!

Ich machte mich zum Bug auf. Es war ein langsames Vorankommen. Im Blutrausch befindliche Franzosen hetzten von einer Seite des Schiffes auf die andere und rannten mich mehr als einmal über den Haufen. Derweil explodierten ständig preußische Granaten in der Luft, und alle paar Sekunden war ich gezwungen, mich zu ducken oder flach auf die Decksplatten zu werfen.

Doch schließlich erreichte ich die Amazone, die mittlerweile mit klinischer Präzision feuerte, und als ich ihr die Hand auf die Schulter legte, drehte sie sich zu mir um und fuhr mich in schnellem Marseille-Dialekt an: »Verdammt? Was wollt Ihr?« Dann brach ihre Stimme ab, und ihre Augen wurden zu Schlitzen – himmelblaue Augen, die selbst hinter der Maske aus Schmutz noch lieblich waren.

Ich trat einen Schritt zurück, wobei ich die einschlagenden Granaten überhaupt nicht mehr registrierte. »Françoise? Seid Ihr das?«

»Wer denn sonst? Und wer, zum Teufel ... ah, ich erinnere mich. Vicars. Ned Vicars.« Ihr Gesicht schien vor mir zurückzuweichen, als ob ich sie durch ein umgedrehtes Fernglas betrachtete; mein Gesicht war starr, und der Schlachtenlärm schien weit entfernt.

Es stimmte also. Was Holden bereits vermutet hatte, was Traveller mit seinem scharfen Verstand deduziert hatte, was ich in meiner närrischen Naivität nicht hatte wahrhaben wollen.

Sie schüttelte den Kopf, wobei ihre Anspannung und Wut kurz von einem Staunen überlagert wurden. »Ned Vicars. Ich dachte, Ihr wäret in der Explosion umgekommen.«

»Ich befand mich an Bord der *Phaeton*, und diese wurde nicht zerstört. Frédéric Bourne hat sie gekapert. Wir sind gestartet – Françoise, wir sind zum Mond geflogen!«

Sie schaute mich an, als ob sie einen Irren vor

sich hätte. »Was habt Ihr gesagt? – Aber was ist mit Frédéric?«

»Er hat überlebt; und er befindet sich in sicherem Gewahrsam. Aber Ihr...« Ich legte ihr die Hände auf die Schultern und spürte nur Muskeln. »Françoise, was ist mit Euch geschehen?«

Sie stieß meine Arme weg und preßte ihre Flinte gegen die verölten Überreste ihres Kleides. »Nichts ist mit mir geschehen.«

»Aber Euer Auftreten... dieses Gewehr...«

Sie lachte. »Warum sollte eine Frau mit dem Gewehr in der Hand denn etwas so Besonderes sein? Ich bin Französin, und mein Land befindet sich in tödlicher Gefahr! Natürlich werde ich da zur Waffe greifen.«

»Aber...« Der Gestank von Staub und Kordit, das Jaulen der Granaten, die Erschütterung des Decks – all das brachte in meinem Kopf eine Glocke zum Läuten. »Ich glaubte, Ihr wäret bei der Explosion des Schornsteins umgekommen oder, falls Ihr überlebt hättet, gefangengenommen worden.«

Sie beugte sich näher zu mir herüber und schaute mir in die Augen; ihr Gesicht, das mir einst so schön erschienen war, war eine Maske der Verachtung. »Früher habe ich Euch und Euresgleichen für... putzig gehalten. Im schlimmsten Fall harmlos. Nun kommt Ihr mir jedoch verboten dumm vor. Ned, hört mir zu. Ich wurde bei der Explosion des Schornsteins nicht verletzt, weil ich nämlich – *nachdem ich den Absperrhahn des Schornsteins blockiert hatte,* während der Führung unter diesem mürrischen Ingenieur – dafür gesorgt habe, daß ich mich in einem weit entfernten Winkel des Schiffes befand.«

Jetzt wurde mir klar, warum ich beschlossen hatte, diesen schrecklichen Ort aufzusuchen. Ich mußte mich letztendlich der Wahrheit stellen: Und hier lag sie vor mir, ungeschminkt und fürchterlich. Ich konnte kaum sprechen.

Eine Granate näherte sich, mit einem lauteren Kreischen als alle bisherigen. »Françoise … kommt mit mir zurück«, schrie ich gegen das Getöse an.

Jetzt öffnete sie den Mund und lachte laut; dabei sah ich, daß Speichel über ihre makellosen Zähne troff. »Ned, ihr Engländer werdet den Krieg nie verstehen. Geht nach Hause.« Sie wandte sich von mir ab …

… und dann erbebte das Deck unter mir, und ich wurde auf den Rücken geschleudert; ein lauter Schrei drang an meine Ohren.

Die *Albert* war getroffen worden. Der Landkreuzer stoppte. Traveller hatte recht gehabt: Ein präziser Treffer hatte genügt, um das Schiff lahmzulegen. Aus vier Schornsteinen quoll zwar noch Dampf, aber der fünfte stieß nur noch schwarzen Rauch aus, der nichts Gutes ahnen ließ, und irgendwo aus dem Innern des Schiffes drang ein tiefes, gequältes Knirschen, als ob die metallenen Glieder des Schiffes noch immer versuchten, den Landkreuzer fortzubewegen.

Das Metall des Promenadendecks war wellenförmig deformiert worden. Platten waren auseinandergerissen worden, die Nieten abgeplatzt.

Soldaten und Geschütze waren wie Spielzeug verstreut worden. Doch um mich herum sah ich schon wieder zielstrebige Bewegung, als Soldaten über ihre gefallenen Kameraden stiegen und die verstreuten Waffen aufhoben.

Françoise war nicht zu sehen. Vielleicht hatte sie sich doch noch in Sicherheit bringen können – oder aber sie lag leblos dahingestreckt inmitten ihrer Landsleute.

Es gab jetzt nichts, was ich für sie tun konnte – wie es schien, hatte ich eigentlich nie etwas für sie tun können –, und ich mußte mich darauf konzentrieren, mich selbst zu retten. Die *Phaeton* stand noch immer am anderen Ende des Decks, jedoch in leichter Schräglage; als ich zu ihr hinrannte, wurde der Landkreuzer von einer zweiten Explosion erschüttert, und ich wurde erneut auf das blutverschmierte Deck geworfen. Es hatte den Anschein, als ob die *Prince Albert* sich auch ohne weiteres Zutun der Preußen selbst verschrotten wollte.

Dampf quoll aus den Düsen der *Phaeton*. Ich hangelte mich hastig die Strickleiter hinauf, zog sie hinter mir ins Luftschiff und schlug das Schott zu; dann schleppte ich mich mit letzter Kraft auf die Brücke.

Traveller saß in seinem Sessel, wobei sein Gesicht zu einer grotesken Maske verzerrt war; die Platinnase war nämlich abgerissen worden, und die klaffende Höhlung war eine schwarze Grube, aus der noch immer Blut tröpfelte. Mit kalten Augen musterte er mich flüchtig über dieses Loch hinweg – dann riß er an den Steuerhebeln, und die *Phaeton* schoß, ohne die Startfreigabe abzuwarten, in die Luft.

Doch selbst während des Steigfluges wurde die Brücke von Licht durchflutet. Ich klammerte mich an das Deck, während das Luftschiff in der turbulenten Luft wie ein scheuendes Pferd bockte!

Die Dewars der *Albert* waren geborsten. Die in ihnen gespeicherte Anti-Eis-Energie wurde explosionsartig freigesetzt, und die fragile Struktur des Kreuzers platzte wie eine Papiertüte. Eine heiße Druckwelle wie der Hauch der Hölle schoß nach oben, holte die *Phaeton* ein und wirbelte sie wie ein Herbstblatt über einem Freudenfeuer durch die Luft. Längere Zeit kämpfte Traveller mit der Steuerung, und ich konnte nur abwarten, wobei ich glaubte, daß wir sicherlich kippen und auf dem Erdboden zerschellen würden.

... Aber langsam, wie sich ein Sturm legt, beruhigte sich die aufgewühlte Luft. Die *Phaeton* rollte nur noch sanft, und am Schluß stabilisierte sie sich wieder.

Ich stand vorsichtig auf; ich hatte das Gefühl, daß jeder Zoll meines Körpers systematisch weichgeklopft worden wäre, aber dennoch war ich intakt und heil, und wieder dankte ich Gott für meine Errettung.

Traveller wandte mir sein schrecklich entstelltes Gesicht zu. »Seid Ihr in Ordnung?«

»Ja. Ich… Françoise ist ein Franktireur.«

»Ned, sie ist jetzt sicher tot. Aber sie hat ihren Weg selber gewählt… was auch ich tun muß«, fügte er düster hinzu.

Ich schaute zur Glaskuppel hinaus. Die französischen und preußischen Infanteristen waren nun zusammengestoßen. Unter uns entfaltete sich eine Arena aus Staub, vergossenem Blut und tausend kleinen Explosionen: Es war ein Schlachtfeld, von dem wir gnädigerweise so weit entfernt waren, daß die Schreie der Verwundeten und der Gestank des Blutes uns nicht erreichten.

Traveller deutete auf eine Stelle zu seiner Linken. »Schaut. Könnt Ihr es sehen? Die Flugbahn von Gladstones Londoner Granate.«

Ich sah zum Himmel auf. Ich verengte die Augen zu schmalen Schlitzen und konnte so den seltsamen Dampfstreifen ausmachen, der sich über den Himmel zog und jetzt etwas ausfaserte. War es wirklich erst ein paar Minuten her, seit ich auf dem Deck der *Albert* gestanden und diese Spur beobachtet hatte?

»Traveller, was ist ihr Ziel?«

»Nun, sie ist sicher für das Schlachtfeld bestimmt. Welche günstigere Möglichkeit könnte es geben, das Mißfallen Seiner Majestät zu bekunden, als den Stolz Preußens und Frankreichs mit einem Schlag plattzumachen? – aber Gladstones Dilettanten haben versagt. Sie haben die Entfernung falsch berechnet. Ich wußte, daß ich zuhause bleiben sollte, um die Sache richtig anzufangen. Ich wußte es…«

Seine Stimme war zwar fest und vernünftig, aber es schwang ein seltsamer Unterton mit; und ich spürte, daß er bald die Nerven verlieren würde. »Traveller, vielleicht ist die falsche Flugbahn der Granate ein Segen. Wenn sie, ohne Schaden anzurichten, in unbewohntem Gebiet einschlägt…«

»Ned, die Granate verfügt über einen Dewar-Sprengkopf mit mehreren Pfund Anti-Eis. Er wird auf jeden Fall Schaden anrichten … und überhaupt habe ich ihren Kurs lange genug verfolgt, um zu wissen, wo sie niedergehen wird.«

»Wo?«

»Es kann jetzt jede Sekunde geschehen, Ned; Ihr solltet die Augen beschirmen.«

»Wo, verdammt?«

»… Orléans.«

Zuerst erschien eine ästhetische Blume aus Licht, die vom Kern der alten Stadt radial in alle Richtungen expandierte. Als sie verblüht war und wir unsere geblendeten und tränenden Augen wieder öffnen konnten, sahen wir, daß nach dem Licht ein heftiger Wind über die Ebene fegte; Bäume knickten wie Streichhölzer, und Gebäude fielen in Schutt und Asche.

Wenige Sekunden nach dem Einschlag bildete sich eine große Wolke über dem Stadtzentrum. Die Wolke stieg himmelwärts, ein monströser, aus dem Boden wachsender Pilz, der sich mit zunehmender Höhe schwarz einfärbte. Von unten wurde er durch ein höllisches rotes Glühen angestrahlt – zweifellos das brennende Orléans – und von oben durch eine wabernde Wolke zuckender Blitze.

Das alles lief völlig geräuschlos ab.

Ich bemerkte, daß die gegeneinander anrennenden Armeen unter uns die Kampfhandlungen eingestellt hatten und daß ihre Geschütze schwiegen; ich stellte mir vor, wie Hunderttausende Soldaten sich aufrichteten, ihre Gegner ansahen und sich dann dieser monströsen neuen Erscheinung zuwandten.

»Was habe ich getan?« sagte Traveller. »Sewastopol war im Vergleich hierzu nur eine Kerze.«

Ich suchte nach Worten. »Ihr hättet das nicht verhindern können …«

Er drehte sich zu mir um, wobei er seiner Travestie eines Gesichtes ein bizarres Lächeln aufgeprägt hatte. »Ned, seit der Krim habe ich mein Leben der friedlichen Nutzung von Anti-Eis gewidmet. Ich hatte nämlich kalkuliert, daß, wenn ich das verdammte Zeug für zivile, dabei aber gerade auch spektakuläre Zwecke einsetzte, es nie wieder für kriegerische Anlässe mißbraucht würde. Nun, zumindest ist das Zeug durch Gladstones Schrullen jetzt erschöpft … Aber ich habe versagt. Und noch schlimmer: Durch die Entwicklung immer ausgefeilterer Techniken für die Nutzung des Eises habe ich der Erde diesen Tag beschert.

Ned, aber ich möchte Euch noch eine andere Erfindung zeigen.« Sein Gesicht war noch immer durch dieses gespenstische Lächeln entstellt, als er seine Zurückhaltung aufgab.

»Was …?«

»Ein Entwurf von Leonardo – einem der wenigen Römer mit einem Sinn für das Praktische. Ich glaube, es wird Euch gefallen …«

Und das waren seine letzten Worte, bevor seine Faust gegen meine Schläfe krachte.

Ich erwachte durch kalte Luft, die mich umfächelte. Ich schlug die Augen auf, und ein pulsierender Kopfschmerz setzte ein.

Der Kleine Mond füllte mein Gesichtsfeld aus.

Ich saß in der Schleuse nahe der Basis der Raucherkabine. Die Beine baumelten aus der offenen Luke; das Schlachtfeld lag viele hundert Fuß unter mir. Ein merkwürdiger khakifarbener Rucksack, wie ein Tornister, war an meiner Brust befestigt.

Als ich wieder alle Sinne beisammen hatte, wollte ich mich erschrocken an der Schleusenkante festhalten. Eine Hand legte sich auf meine Schulter; ich wandte mich um und starrte abwesend auf lange Finger, die eine exotische Spinne zu umfassen schienen.

Es war, natürlich, Traveller. »Es ist fast vollbracht, Ned«, schrie er gegen die rauschende Luft an. »Der Bestand an Anti-Eis ist praktisch erschöpft. Jetzt muß ich nur noch den Rest erledigen.« Sein Lachen wurde durch das Loch in seinem Gesicht verzerrt.

Sein Ton erschreckte mich. »Traveller, laßt uns an einem sicheren Ort landen und ...«

»Nein, Ned. Unser junger französischer Saboteur hat einmal gesagt, die Vergeudung von ein paar Unzen Anti-Eis würde den Tod eines Patrioten rechtfertigen. Nun, ich glaube jetzt, daß er damit recht hatte. Ich werde die *Phaeton* zerstören und mit diesem Akt der Katharsis die Befreiung der Erde vom Fluch des Anti-Eis beschleunigen.«

Ich suchte nach Worten. »Traveller, ich verstehe. Aber ...«

Aber da war keine Zeit mehr für weitere Worte; ich erhielt nämlich einen Fußtritt in den Allerwertesten, der mich mit den Füßen voran aus dem Schiff und in die Luft beförderte!

Als die kühle Luft an meinen Ohren vorbeistrich, schrie ich in Erwartung des sicheren Todes auf. Ich fragte mich, wie verzweifelt Traveller sein mußte, daß er eine solche Handlung beging – aber dann, nach einem freien Fall über fünfzig Fuß, verspürte ich ein heftiges Zerren am Oberkörper. Die an dem Rucksack befestigten Schnüre strafften sich, und nun sank ich langsam baumelnd zu Boden. Ich schaute auf – unter erschwerten Bedingungen, denn die Gurte des Rucksacks hatten sich unter den Achseln verdrillt. Die Schnüre waren an einem Konstrukt aus Segeltuch und Seilen befestigt, das einen nach unten zulaufenden Kegel bildete, in dem sich während meines Sturzes die Luft fing und solcherart die Sinkgeschwindigkeit auf ein sicheres Maß reduzierte.

Ich wand mich in den Gurten und schaute an den baumelnden Füßen vorbei nach unten. Der Anti-Eis-Pilz wuchs noch immer und erhob sich hoch über das vernichtete Orléans. Die Armeen Frankreichs und Preußens waren unter mir ausgebreitet, aber es war fast keine Bewegung zu erkennen; und es war auch nicht vorstellbar für mich, daß Menschen nach einem solchen Ereignis wieder miteinander kämpfen konnten. Vielleicht, so überlegte ich in der Stille und Ruhe meines Abstieges durch die Luft, würde, wo die weltweiten Bestände an Anti-Eis nun praktisch erschöpft waren, dieser – gespenstische – Vorfall den kommenden Generationen als Warnung vor den Gefahren und Schrecken des Krieges dienen.

Vielleicht hatte Traveller schließlich doch sein Ziel einer Welt ohne Krieg erreicht – aber zu einem Preis, den er sicher nicht akzeptieren konnte.

Irgendwo über meinem Schirm ertönte ein Brüllen, und ich sah einen Blitz aus Dampf und Feuer. Erneut verrenkte ich den Hals – da war der Kleine Mond, der verwirrt auf diese geschundene Erde herabblickte –, und da stieg die sagenhafte *Phaeton* zum letztenmal auf ihren Wolken aus Dampf in den Himmel.

Das Schiff gewann stetig an Höhe. Bald markierte nur noch eine Dampfspur, ähnlich der von Galdstones Granate, ihre Bahn; und ich begriff, daß Traveller nicht vorhatte, noch einmal auf die Welt der Menschen zurückzukehren. Schließlich verwischte sich die Spur fast bis zur Unkenntlichkeit, als Traveller die Grenze der Atmosphäre erreichte … aber es war eine Spur, die wie ein Pfeil auf das Herz des Kleinen Mondes wies.

Jetzt war seine Absicht klar; er wollte das Schiff mit dem Satelliten kollidieren lassen.

Einige Minuten verstrichen. Travellers Spur franste langsam aus, und ich schaukelte hilflos, aber bequem unter Leonardos Schirm; ich hielt den Blick auf den Kleinen Mond gerichtet und wartete darauf, daß die *Phaeton* auf ihm einschlug …

Die Welt wurde bis zum Horizont von Licht überflutet; es war, als ob der Himmel selbst in Flammen stünde.

Der Kleine Mond war anscheinend explodiert.

Geblendet kam ich inmitten einer Gruppe staunender Franzosen auf dem Erdboden auf.

Epilog

Ein Brief an den Sohn

4. November 1910
Sylvan, Sussex

Mein lieber Edward,

ich hoffe, dieser Brief erreicht Dich in der Befindlichkeit, in der ich ihn abgeschickt habe: Soll heißen, bei guter Gesundheit und frohen Mutes.

Du wirst zweifellos erstaunt sein, beim Öffnen dieses Briefes statt des üblichen Missivs Deiner Mutter diese paar von mir hingekritzelten Seiten zu sehen. Und ich hoffe, Du wirst mir verzeihen, wenn ich den gewohnten Nachrichtenüberblick von zuhause diesmal unterschlage; was das betrifft, so möchte ich nur sagen, daß es uns allen gut geht und wir dich sehr vermissen.

Dieses Schreiben ist der Versuch, auf meine unvollkommene Art die Meinungsunterschiede zu überbrücken, die in unserer Eigenschaft als Vater und Sohn zwischen uns bestehen. Ich nehme die Verantwortung dafür auf mich; und wie Du vielleicht gemerkt hast, war unsere letztes ausführliches Gespräch vor Deiner Abkommandierung nach Berlin – Du erinnerst Dich: Mit Pfeife, Whisky und in Hausschuhen vor dem verglimmenden Kaminfeuer an jenem späten Samstagabend – ein früherer Versuch, diese Barriere zwischen uns zu durchbrechen. Ich habe natürlich versagt. Und doch, in Deinem heiligen Zorn an jenem Abend, brach es mir fast das Herz, als ich mich in Dir wiedererkannte, so wie ich vor dreißig oder vierzig Jahren selbst einmal gewesen war!

Laß mich nur soviel sagen. Ich bin Dein Vater. Ich betrachte mich nicht als Feigling und noch weniger als Patrioten. Ich kann Dir versichern, daß Du Dich deswegen nicht schämen mußt. Aber meine Ansichten bezüglich des bevorstehenden Konfliktes mit Preußen wirst Du mit Sicherheit nicht teilen können.

Ich bin nicht bestrebt, Dir meine Philosophie aufzuzwingen; Du bist Offizier in der besten Armee der Welt, und ich bin sehr stolz auf Dich. Aber ich möchte, daß Du mich verstehst. Wenn es Krieg gibt – was ich für unausweichlich halte –, dann wird er Dich, und ich bete zu Gott, daß er Dich beschützt, mit Sicherheit verändern, ob nun zum Besseren oder Schlechteren. Und ich möchte, ein letztesmal, versuchen, in dem jungen Mann, den ich großgezogen habe, ein wenig Verständnis dafür zu wecken, warum ich so geworden bin, wie ich jetzt bin, seit jenen schicksalhaften Tagen des Jahres 1870.

Du hast mein Manuskript mit dem Bericht über die Abenteuer gelesen, die ich vor vierzig Jahren erlebt hatte – ebenso wie die geschliffeneren Ausführungen von Sir George Holden, der seine Erlebnisse in eine lukrative und ruhmreiche Karriere ummünzen konnte, bevor er aufgrund eines übermäßigen Genusses von Portwein und anderen Essenzen eines frühzeitigen Todes starb. Er machte sein Vermögen natürlich mit dem wissenschaftlichen Roman *Das Neue Carthago*, der davon handelt, daß die Bürger dieser antiken Stadt Anti-Eis entdecken und sich daraufhin umgehend an ihren Feinden, den Römern, rächen. Die Kritik verriß es als ›flüssig geschrieben, aber wenig plausibel …‹ – was genau der Ansicht von Josiah Traveller entsprach, als er Holden vor vielen Jahren auf der *Phaeton* diesen Köder auslegte!

Ich beneidete George nicht um seine gewaltigen Einnahmen – du hast es dir verdient, Kamerad –, aber solche Selbstdarstellung war meine Sache nicht.

Als ich nach dem Einsatz der ersten Gladstone-Granate nach England zurückgekehrt war, quittierte ich den Dienst in London und ging wieder zu meiner Familie nach Sussex. Ich begann ein Studium der Rechtswissenschaften, eröffnete eine Kanzlei und arbeitete dann so unauffällig – und so anonym wie möglich – als bestenfalls mäßig erfolgreicher Rechtsanwalt in der Gegend von Sussex.

Aber ich habe die Entwicklung der globalen Ereignisse seit jenem kataklysmischen Herbst verfolgt; und manchmal habe ich den Eindruck, daß die Angelegenheiten der Menschen sich wie eine traurige Blume um diesen einen, blendenden Lichtpunkt der Gladstone-Granate entfaltet haben.

Ich will nicht weiter ausführen, was ich vom zerstörten Orléans sah. Ich bete zu Gott, daß Dir ein solcher Anblick erspart bleibt, Edward. Aber vielleicht wird Dich Dein Dienst einmal an diesen schrecklichen Ort führen, an dem die *Prince Albert* noch immer ruht, seit sie das kleine Präsent von der preußischen Artillerie erhielt, ein rostiges Mahnmal eines vergangenen Krieges.

Der Einsatz der Anti-Eis-Granate markierte natürlich das Ende des Europäischen Krieges; wenn schon die Angst vor einer erneuten britischen Intervention nicht ausgereicht hätte, dann glaube ich zumindest, daß der Kampfeswille der in den Ebenen der Loire angetretenen Soldaten sich während der Aufräumungsarbeiten inmitten des Gestanks von Orléans verflüchtigte. Ich erinnere mich an den Anblick, wie die verdreckten Preußen sich langsam und gemessen zu Kolonnen formierten und abzogen; und ich wußte, diese Generation würde nicht mehr in den Krieg ziehen.

Edward, ich stelle nun mit Entsetzen fest, daß gewisse Nachschlagewerke die Bombardierung von Orléans als großen Triumph für die Briten darstellen. Es war ein Unfall – die Granate sollte die Stadt nämlich überhaupt nicht treffen –, und die Tatsache, daß Gladston mit dieser Intervention so viele seiner Ziele durchsetzen konnte, beruht nur auf dem schieren Schrecken und dem Massaker, das vom Anti-Eis angerichtet wurde.

Ein Friedensvertrag zwischen Frankreich und Preußen kam im Frühjahr 1871 unter britischer Ägide auf dem Kongreß von Tours zustande. Nach einem derart kostspieligen Rückzug zerstoben Bismarcks Ambitionen eines vereinten Deutschland, und dieser schlaue alte Herr mußte sich noch bemühen, den Einfluß und die Macht, die er bisher ausgeübt hatte, zu verteidigen. (Aber er hat sich natürlich behaupten können.) Mithin ist Deutschland auch heute noch ein liebenswertes Gebilde aus lauter Kleinstaaten, die von Fürsten und Herzögen regiert werden, wobei der preußische Adler gleichsam in der Ecke schwebt, und das ist, zumindest in den Augen der Briten, auf jeden Fall einem mächtigen Deutschland im Herzen Europas vorzuziehen, das sonst entstanden wäre.

Mittlerweile hatte die neue provisorische Regierung Frankreichs unter Gambetta britische Hilfe bei der Niederschlagung der anhaltenden Unruhen in Paris in Anspruch genommen; und Gambetta ist sogar dem Rat bedeutender englischer Parlamentarier gefolgt, eine Verfassung für eine neue Dritte Republik zu verabschieden. Und nun hat es sich gefügt, daß ein Parlament – das der Mutter aller Parlamente in Manchester bis ins kleinste Detail gleicht – täglich in Paris zusammentritt, und in vier Jahrzehnten ist der dem britischen Vorbild entlehnte Parlamentarismus integraler Bestandteil der französischen Gesellschaft geworden.

Ja, wir haben heute ein Europa, dessen Ordnung den Vorstellungen der gerechtesten und ehrenhaftesten – britischen – Staatsmänner des Jahres 1860 entspricht; und um diese Ordnung aufrechtzuerhalten, haben wir in solchen traditionellen Gefahrenherden wie Belgien, Elsaß-Lothringen und Dänemark Garnisonen errichtet – und sogar an der Peripherie von Berlin. Wir mögen zwar nicht die von den Söhnen der Gascogne erträumten normannischen Festungen erbaut haben, aber nichtsdestoweniger können wir sagen, daß wir ein Britisches Europa geschaffen haben.

Und als ob diese ganze politische und militärische Dominanz noch nicht ausreichen würde, gibt es noch die fortdauernden Wunder der Anti-Eis-Technologie. Das Netz der Schwebebahnen erstreckt sich immer weiter über den Kontinent, und Luftboote, sowohl für Passagiere als auch für Fracht, in denen die brave alte *Phaeton* Platz finden könnte, ziehen täglich über den Wolken ihre Bahn und haben die Entfernung zwischen Manchester und Moskau auf nur noch wenige Stunden verkürzt. Transatmosphären-Schiffe flitzen zwischen Erde und Mond hin und her, und jedes Jahr versorgt uns die Royal Geographic Society mit den neuesten Forschungsberichten betreffs des Traveller-Kraters und der phoebianischen Felsentiere. Und, nicht zu vergessen, in unter den Feldern von Kent verborgenen Silos harren die Gladstone-Granaten ihres Einsatzes, eine für jede europäische Großstadt.

Es ist jetzt eine merkwürdiger Gedanke, daß Josiah Traveller – am Ende seines Lebens – glaubte, mit der Erschöpfung der bekannten Anti-Eis-Bestände am Südpol würde die Nutzung dieser Substanz, ob nun zum Guten oder Schlechten, ein Ende finden … Welche Ironie, daß er es in seinem letzten, verzweifelten Akt der Menschheit doch ermöglicht hatte, ihre gierigen Finger nach mehr Anti-Eis auszustrecken – mehr, als er sich hätte vorstellen können –, ein Vorrat, der so groß ist, daß er praktisch unerschöpflich scheint!

Wer hätte wohl geahnt, daß der Kleine Mond fast ausschließlich aus Anti-Eis bestand? Astronomen, die den Vorfall beobachteten, erkannten sofort, daß eine Detonation von der durch den Aufprall der *Phaeton* verursachten Stärke nur das Resultat einer Anti-Eis-Explosion sein konnte. Die Wissenschaftler wissen jetzt, daß der Kleine Mond ein Fragment jenes Kometen ist, der bei der Erschaffung des Traveller-Kraters zerstört wurde – ein Fragment, das eine Umlaufbahn um die Erde einschlug – möglicherweise, nachdem es durch den Kontakt mit den Ausläufern der Erdatmosphäre Masse verlor und dadurch abgebremst wurde. All das geschah im achtzehnten Jahrhundert, so sagen die Naturvölker; und zur selben Zeit, als die australischen Aborigines ein weiteres Fragment des Kometen über den Himmel rasen sahen, ging der Kleine Mond in einen Orbit um die Erde.

So kreiste ein immenser Vorrat an Anti-Eis-Energie um die Erde, der durch seine schnelle Rotation und die regelmäßigen Abstecher in den Erdschatten am Schmelzen und Explodieren gehindert wurde.

Als Traveller nun unfreiwillig den Weg gewiesen hatte, wurden die restlichen irdischen Eisbestände zum Bau neuer *Phaetons* verwendet, mit denen man gerade bis zum Mond fliegen und die Dewars mit neuer wertvoller Tiefkühlenergie beschicken konnte. Und heute kann jeder Europäer die winzigen Funken der britischen Orbitalboote beobachten, die unablässig zum Kleinen Mond aufsteigen, wieder in die Atmosphäre eintauchen und somit unsere Macht weiter festigen.

Wie der arme Traveller diese Entwicklung gehaßt hätte! Oft frage ich mich, ob er in diesen letzten Sekunden, als das alles verzehrende Licht sich durch die Aluminiumwand der *Phaeton* brannte, die Implikationen seines Handelns begriff. Ich bete, daß er es nicht tat; daß dieses große, geniale Gehirn schon lange vor der Vernichtung seines Schiffes den Dienst versagte und Traveller die Vereitelung seines Vorhabens nicht mehr erlebte…

Aber ich schweife ab.

Edward, ich komme wieder auf das Thema unserer Debatte an jenem Samstagabend zu sprechen. Ist die Welt nun ein besserer Ort dank dieser Pax Britannica, die wir mit unserem Anti-Eis und unserer Industrie und Verwaltung verordnet haben?

Die Antwort muß, leider, so ausfallen: Nein. Letztlich nicht einmal für uns Briten selbst.

Ich weiß, daß Dein Interesse an Politik bestenfalls marginal ist, aber selbst Du müßtest doch die jüngsten unheilvollen Entwicklungen in der Heimat mitverfolgt haben, wie zum Beispiel die Streiks wegen Balfours neuer Lebensmittelsteuern – Steuern, die hauptsächlich zu dem Zweck erhoben werden, den unzufriedenen Armen die Daumenschrauben anzulegen – und die brutale Niederschlagung dieser Streiks durch Churchills Truppen.

Seit Jahrhunderten hat in England nicht eine derart rebellische Stimmung gegärt. Wie konnten wir Briten, mit unserer Gabe der Anpassung und des Ausgleichs, nur so weit kommen? Bisher war es nämlich in Großbritannien Tradition, kleinere Konzessionen zu machen, um Unzufriedenheit nicht zu blutigen Aufständen eskalieren zu lassen. Für Balfour könnte ein solcher Kompromiß nun darin bestehen, sich ein wenig an diesem Waliser David Lloyd George zu orientieren, der Steuerreformen zu Lasten der Superreichen und Grundbesitzer fordert. Ja, Edward; ich meine Lloyd George, den Aufwiegler, der jüngst noch im Gefängnis gesessen hat! Bist Du jetzt schockiert? Nun, wenn man solche Männer an der Regierung beteiligen würde, könnte man vielleicht bessere Lösungen finden.

Aber im Großbritannien von heute gibt es keinen Raum für Ausgleich, wie gering auch immer er sein mag. Edward, das ist der verderbliche Einfluß von Anti-Eis und den neuen Techniken, die den Industrialisten eine solche Machtfülle beschert haben – auf Kosten der weniger privilegierten Schichten der Gesellschaft. Wir haben uns zum Schlechteren verändert, und nun – wie ein mir bekannter Franzose einst voraussagte – laufen wir Gefahr, an unseren eigenen Widersprüchen zu zerbrechen.

Ich erwarte nicht, daß Du auch nur in einem Punkt

mit mir übereinstimmst: Nur, daß Du meine Überzeugungen als solche respektierst.

Auf dem Kontinent sieht es kaum besser aus.

Betrachten wir einmal Frankreich. Edward, ich kenne die Franzosen. Glaubst Du wirklich, sie hätten das ihnen aufoktroyierte britische Parlament akzeptiert? Ich sage Dir, es bleibt ihnen im Halse stecken, genauso wie mir ihr trockenes Baguette. Ich möchte mich hier jetzt nicht weiter über die Vorzüge und Schwachstellen des britischen Systems auslassen. Ich will nur sagen, daß *es nicht französisch ist;* wäre es daher nicht besser gewesen, wir hätten unseren gallischen Vettern gestattet, sich eine Verfassung zu geben, die ihrem Nationalcharakter und ihrer Geschichte eher gerecht wird? Aber das taten wir nicht; und so träumen die Franzosen weiter, von den Tagen ihrer glorreichen Revolution und ihrem geliebten Bonaparte.

Was Preußen betrifft, so gibt es da diesen schlauen alten Fuchs Prinz Otto von Schönhausen Bismarck, der noch im Alter von fünfundneunzig Jahren in Berlin regiert. Der neue Kaiser, Wilhelm II., ist Wachs in Bismarcks leberfleckigen Händen.

Lange Zeit hieß es, Bismarck wäre ein, wenn auch nur bedingter, Freund der Briten geworden – man bedenke nur den wirtschaftlichen und kulturellen Austausch, der sich in den letzten Jahrzehnten zwischen unseren beiden Nationen entwickelt hat.

Dennoch haben kürzliche Ereignisse – hauptsächlich Bismarcks unangemessenes Eingreifen in die österreichische Erbfolge, die an die Einmischung in die Angelegenheiten der spanischen Krone erinnert, wodurch er den damaligen Krieg mit Frankreich provozierte – diese These Lügen gestraft.

Bismarck hat die letzten Dekaden als der opportunistische und verschlagene Politiker ausgesessen, der er nun mal ist; und mittels einer Reihe von Listen, Finten und Stratagemen hat er seine Stellung in Preußen und Preußens Stellung in Europa bewahrt.

Bismarck ist kein Freund Großbritanniens. Großbritannien hat es ihm verwehrt, das Ziel seines Lebens zu erreichen: Die Einigung Deutschlands. Es hat den Anschein, als ob Bismarck sich weigerte zu sterben, bis dieses Ziel erreicht ist – oder zumindest, bis Manchester so schwach ist, daß es nicht mehr intervenieren kann.

Er ist jetzt bereit zum Losschlagen. Und wir erwarten die neue Emser Depesche, die den bewaffneten Konflikt mit Großbritannien provozieren soll. Welche Haltung wird Frankreich dabei einnehmen? Wenn das Ziel der Preußen in der Verdrängung des britischen Einflusses aus den Ebenen Europas besteht, dann können wir bestenfalls auf die Neutralität der Franzmänner hoffen. Wir dürfen die Geister von Orléans nicht vergessen… Und es wirkt sich auch nicht unbedingt zu unseren Gunsten aus, daß der jetzige französische Außenminister ein gewisser Frédéric Bourne ist.

Du wirst jetzt sicher einwenden, daß Bismarck uns nur nervös machen will. Sicherlich wird er es nie riskieren, einen Anti-Eis-Feuerregen auf seine Landsleute niedergehen zu lassen.

Aber ich sage, er wird. Edward, ich glaube nämlich, daß Bismarck mittlerweile über ein eigenes Arsenal an Anti-Eis-Waffen verfügt, mit dem er zurückschlagen kann; unsere Anti-Eis-Bestände werden nämlich im Laufe all dieser Jahrzehnte mit Sicherheit angezapft worden sein. Die preußischen Waffen werden in ihrer Vernichtungskraft den britischen in nichts nachstehen – oder sie gar übertreffen, angesichts des militärischen Einfallsreichtums der Preußen.

Und was dann?

Ich vermute, daß ein neues Gleichgewicht der Kräfte entstehen könnte: Eine Pattsituation zwischen zwei Staaten, Großbritannien und Preußen, die beide bis an die Halskrause mit Anti-Eis-Waffen gerüstet sind und nur durch das Zerstörungspotential der Gegenseite von einem Angriff abgeschreckt werden… Kann ein solches

Gleichgewicht den Frieden wirklich sichern? Vielleicht. Aber diese Jahrzehnte britischer Hegemonie werden von den Völkern Europas so schnell nicht vergessen werden. Erinnere Dich nur an die Ansprache, die Seine Majestät anläßlich der Jahrhundertwende vor dem Commonwealth gehalten hat und in der er die Zukunft beschwor. Ein Tausendjähriges Britisches Reich … der Schatten der britischen Flagge legt sich über die Jahrhunderte – solche Prahlerei hat die schlimme Hypothek nur noch erhöht, die wir oder unsere Nachkommen abtragen müssen.

Edward, ich befürchte, daß der Krieg nun unausweichlich ist. Die verbitterten alten Männer in Berlin und Paris werden sich keinen Deut um die Vernichtung ihrer Völker scheren, wenn dies nur bedeutet, daß Großbritannien von der Landkarte Europas radiert wird; und deshalb, hervorgerufen durch unsere eitle und arrogante Selbstgefälligkeit, stehen wir wahrscheinlich an der Schwelle eines derart verheerenden Krieges, wie die Menschheit ihn noch nicht erlebt hat.

Ich bete, daß Du meine Furcht und Besorgnis nun verstehst; und ich bete natürlich auch, daß wir alle die kommenden Tage der Dunkelheit überdauern und schließlich im Licht der Sonne einer besseren und gerechteren Welt wieder vereint werden.

Ich verbleibe in Liebe
Dein ergebener Vater
NED VICARS